STUART
NEVILLE

RACHE
ENGEL

atb aufbau taschenbuch

STUART NEVILLE, Jahrgang 1972, hat sich als Musiker, Komponist, Lehrer, Bäcker und Vertreter versucht, bevor er freier Autor wurde. Sein erster Roman »Die Schatten von Belfast« wurde von der Los Angeles Times als bester Thriller des Jahres ausgezeichnet.
Bei Aufbau Taschenbuch sind seine Thriller »Die Schatten von Belfast«, »Blutige Fehde« und »In ewiger Ruhe« lieferbar; bei Rütten & Loening ist zuletzt »Der vierte Mann« erschienen. Mehr zum Autor unter stuartneville.com

Das Mädchen Galya kommt nach Nordirland, weil sie einen großen Traum hat: ein besseres Leben als in der Ukraine. Doch sie soll zur Prostitution gezwungen werden. Als sie sich wehrt, tötet sie ausgerechnet den Bruder des Oberhaupts der Mafia. Sie kann fliehen, aber damit gerät sie in noch größere Gefahr. Jack Lennon, Ermittler in Belfast, begreift als Erster, was geschehen ist. Doch als er Galya helfen will, gerät er selbst ins Visier eines Killers.

STUART NEVILLE

RACHE ENGEL

EIN BELFAST-THRILLER

Aus dem Englischen
von Armin Gontermann

atb aufbau taschenbuch

Die Originalausgabe unter dem Titel
Stolen Souls
erschien 2011 bei Harvill Secker, London.

MIX
Papier aus verantwortungsvollen Quellen
FSC www.fsc.org
FSC® C083411

ISBN 978-3-7466-3188-2

Aufbau Taschenbuch ist eine Marke der Aufbau Verlag GmbH & Co. KG

1. Auflage 2016

Die deutsche Erstausgabe erschien 2013 bei Rütten & Loening,
einer Marke der Aufbau Verlag GmbH & Co. KG

Umschlaggestaltung www.buerosued.de, München
unter Verwendung eines Motivs von © Arcangel / Paul Bucknall
Gesetzt aus der Garamond Premier Pro durch psb, Berlin
Druck und Binden CPI books GmbH, Leck, Germany
Printed in Germany

www.aufbau-verlag.de

Für Jo,

und auf alles, was noch kommt

TEIL 1
GALYA

1

Heißes Blut auf ihren Händen. Rot. Das leuchtendste Rot, das Galya je gesehen hatte. Ihr Kopf kippte zur Seite, und plötzlich sah sie nur noch in einen schwarzen Tunnel.

Nein, jetzt nur nicht ohnmächtig werden.

Sie keuchte, holte gierig Luft und nahm den kupfernen Geruch wahr, der ihr sofort wie eine Faust auf den Magen schlug. Sie schmeckte Galle im Mund und schluckte.

Als sie versuchte, die Glasscherbe herauszuziehen, um deren eines Ende sie als improvisiertes Messer einen Fetzen vom Bettlaken gewickelt hatte, zitterten die Beine des Mannes. Galya schrak zurück. Er hatte die Augen weit aufgerissen. Sie drehte die Scherbe hin und her und spürte, wie sie tief in seinem Hals an etwas Hartem schabte, dann knackte es. Die Klinge glitt aus dem zweiten Mund, den sie dem Mann unterm Kinn eingeschnitten hatte. Hellrotes Blut blubberte heraus, verteilte sich auf seinem litauischen Fußballtrikot und ertränkte das leuchtende Gelb.

Galya machte einen Schritt zurück. Das Blut auf dem Linoleum lief auf ihre nackten Füße zu. Es leckte schon an ihren Zehen, warme Küsse des Sterbenden, dessen Augen sich schon trübten. Er rutschte an der Wand zu Boden.

Aus ihrem Bauch sprang ein Schrei, doch sie presste die freie Hand auf den Mund und fing ihn noch im Mund ab. Die Hand auf ihren Lippen war schmierig, und dann konnte sie es auch schmecken.

Ihr drehte sich der Magen um, zwischen ihren Fingern quoll Erbrochenes hervor. Die Beine sackten ihr weg. Wie ein Zug schoss der Fußboden auf sie zu.

Der Länge nach lag sie in der heißen Pfütze. Sie versuchte herauszukrabbeln, aber das Blut auf ihrer nackten Haut war zu glitschig.

Erneut kam der Schrei hoch, und diesmal konnte sie ihn nicht unterdrücken. Obwohl sie wusste, dass er sie umbringen würde, ließ Galya ihn entfleuchen wie einen verschreckten Vogel, der aus dem Käfig ihrer Brust entkam.

Der Heulkrampf presste ihr den letzten Atem aus den Lungen. Sie rang nach Luft, hustete, rang erneut nach Luft, versuchte, klar zu denken.

Sie lauschte über das Rauschen in ihren Ohren hinweg.

Nichts zu hören außer dem erstickten Blubbern aus der Kehle des Mannes. Dann ein Klopfen an der Schlafzimmertür. Tränen schossen ihr in die Augen, die Tränen eines verängstigten kleinen Mädchens, aber Galya blinzelte sie weg. Sie war kein kleines Mädchen mehr, schon seit dem Tag nicht, als ihr Vater vor über einem Jahrzehnt gestorben war.

Denk nach, denk nach, denk nach!

Immer noch hielt sie die gläserne Klinge in den blutverschmierten Fingern. Die Spitze fehlte, der umgewickelte Stoff war durchtränkt. Vielleicht konnte sie die Kerle ja auf Abstand halten. Sie würden ihren toten Freund sehen und wissen, dass Galya ihnen dasselbe antun konnte.

Noch ein Klopfen, diesmal lauter. Der Türgriff klackte.

»Tomas?«

Angst durchfuhr sie. Nein, mit einer Glasscherbe würde sie die Männer nicht aufhalten können. Wieder drohte ein Weinkrampf. Noch einmal stemmte sie sich dagegen.

»Tomas?« Die Stimme lallte ein paar weitere Worte. Ein wenig

Litauisch konnte sie zwar, aber nicht genug, um die betrunkenen Fragen zu verstehen, die von jenseits der Tür hereindrangen.

»Alles in Ordnung da drinnen?« Eine andere Stimme, in dem schroffen, näselnden Englisch, das in diesem fremden, kalten Land gesprochen wurde. »Hinterlass bloß keine blauen Flecken auf dem Mädchen.«

Wie viele waren es? Als sie angekommen waren, hatte Galya sich die Stimmen zu merken versucht. Zwei sprachen Litauisch. Einer davon lag jetzt neben ihr auf dem Boden. Der andere sprach Englisch mit so starkem Akzent, dass sie ihn als Iren identifizieren konnte. Einer der beiden Brüder, vermutete Galya. Die ganze Woche über hatte sie durch die verschlossene Tür ihre Gespräche belauscht und herausbekommen, dass der eine Mark hieß und der andere Sam. Heute Abend war nur einer der beiden da.

»Tomas?« Eine Faust hämmerte gegen das Holz. »Jetzt hör schon auf mit dem Scheiß da drinnen. Wenn du nicht sofort kommst und aufmachst, trete ich die Tür ein.«

Galya kniete sich hin und drückte sich hoch. Ein kalter Luftzug fächelte über ihren nassen Bauch und die Oberschenkel. Das einfache graue Sweatshirt und die Jogginghose, die sie ihr gegeben hatten, lagen auf der Frisierkommode. Sie griff danach und wechselte beim Überstreifen die Scherbe von einer Hand in die andere. Sie spürte, wie das Blut auf dem Stoff klebte. Es mochte vielleicht Unsinn sein, aber angezogen fühlte sie sich irgendwie sicherer.

Bei jedem Schlag vibrierte die Tür. Dahinter fluchte der zweite Litauer.

»Verdammt noch mal«, rief der Ire.

Galya blinzelte, als die Tür im Rahmen erzitterte und ihr *Wumm!* im Schlafzimmer widerhallte. Sie verkroch sich in der hintersten Ecke und hielt das gläserne Messer ausgestreckt. Noch ein *Wumm!*, das die Glühbirne über ihrem Kopf schwanken ließ.

Galya drückte sich noch tiefer in den Winkel. Die Scherbe vor ihren Augen zitterte.

Sie betete zu ihrer Großmutter, der Frau, die sie und ihren Bruder stets beschützt hatte, seit sie beide Waisen geworden waren. Solange Galya sich erinnern konnte, war die alte Frau immer ihre Mama gewesen. Jetzt lag Mama Hunderte Kilometer weit weg unter der Erde und konnte ihnen keinen Schutz mehr bieten. Obwohl sie an solche Sachen eigentlich nicht glaubte, rief Galya jetzt Mamas dahingeschiedene Seele an. Sie flehte, Mama möge auf ihre Enkelin herabschauen und sich erbarmen. *O bitte, Mama, bitte komm und hol mich hier weg, o bi…*

Die Tür flog auf, schlug gegen die Wand und prallte wieder zurück. Der Litauer bremste sie beim Eintreten mit der Schulter ab. Der Ire folgte. Als sie den Toten sahen, blieben sie wie angewurzelt stehen.

Der Litauer bekreuzigte sich.

Der Ire sagte: »Ach du Scheiße.«

Galya drückte sich noch weiter in die Ecke und machte sich so klein wie möglich, als würde niemand sie sehen, solange sie dort hockte.

Der Litauer fluchte kopfschüttelnd, seine Augen wurden feucht. Mit seiner großen Pranke wischte er sich über den Mund.

»Mein Gott, Darius, ist er tot?«, fragte der Ire.

»Sieht aus ja«, sagte Darius.

»Was machen wir jetzt?«

Darius schüttelte den Kopf. »Weiß nicht.«

»Scheiße«, sagte Sam. Das musste Sam sein, Galya war sich sicher.

»Wir alle tot«, sagte Darius.

»Was?«

»Arturas«, sagte der Litauer. »Er töten uns beide. Deinen Bruder auch.«

Sam begehrte auf. »Aber wir haben doch gar nichts …«

»Egal. Wir alle tot.« Er deutete mit seinem wulstigen Finger in die Ecke. »Wegen ihr.«

Sam drehte sich um und sah Galya an. Sie hob ihre gläserne Klinge und durchschnitt damit vor sich die Luft.

»Warum du das tun?«, fragte Darius, das Gesicht eingesunken vor lauter Verzweiflung.

Sie fauchte, und die Scherbe sauste vor seinen Augen vorbei.

»Spar dir die Worte«, sagte Sam. »Die spricht kein Englisch.«

Galya verstand jedes Wort. Angesichts der Verstellung musste sie beinahe ein Kichern unterdrücken. Sie spürte ihren Geist flattern wie eine Fahne im Wind, die sich jeden Moment losreißen konnte. Einen Moment lang war sie versucht, einfach loszulassen und sich vom Wahnsinn davontragen zu lassen, aber so leicht aufzugeben, dazu hatte Mama sie nicht erzogen. Galya fletschte die Zähne und drohte erneut mit der Scherbe.

»Was sollen wir jetzt machen?«, fragte Sam.

»Ihm loswerden«, erklärte der Litauer.

Sam riss die Augen auf. »Wie, ihn einfach irgendwo abladen?«

»Wir sagen Arturas, dein Bruder kommen her, nehmen sie mit und kommen nicht zurück. Wenn Arturas fragen, wohin, wir sagen, wissen nichts.«

»Glaubt der uns das denn?«

Der Litauer zuckte die Achseln. »Wir sagen Wahrheit, wir tot. Arturas nicht glauben, wir auch tot. Wo ist Unterschied?«

Sam nickte in Richtung Zimmerecke. »Und was ist mit der da?«

»Was du denken?«, fragte der Litauer.

Sam blinzelte verwirrt und starrte Darius an. »Los.«

Der Litauer trat beiseite. »Nimm ihr weg *Stiklas*.«

»Was soll ich ihr wegnehmen?«, fragte Sam.

»*Stiklas, Stiklas.*« Der Litauer suchte nach dem richtigen Wort. »Glas. Nimm ihr weg.«

Sam näherte sich mit erhobenen Händen. »Nur ruhig Blut, Schätzchen.«

Galya stach auf ihn ein und erwischte ihn fast am Unterarm.

»Scheiße!« Sam fuhr zurück.

Darius stieß ihn wieder vor. »Nimm ihr weg.«

»Ach, leck mich. Nimm es ihr doch selbst weg.«

Fluchend rempelte der Litauer den anderen zur Seite. Galya fuchtelte mit der Scherbe vor ihm hin und her, doch er packte mit einer schnellen Bewegung ihr Handgelenk, verdrehte es unsanft, und die Scherbe fiel zu Boden. Wie eine Schlange legte sich sein dicker Arm um ihren Hals, und bei ihrem letzten Atemzug roch sie Leder und billiges Aftershave. Dann versank alles in der Finsternis.

Sie träumte von Mamas rauen Händen, von warmem Brot und einer Zeit, als sie von Belfast nur gewusst hatte, dass es eine jämmerliche Stadt war, die manchmal im Radio erwähnt wurde.

2

Schreie weckten Detective Chief Inspector Jack Lennon auf. Er fuhr auf dem Sofa hoch. Wie lange war er eingenickt? Nicht sehr lange. Im Fernsehen lief immer noch derselbe Film.

Beim nächsten Schrei war er auf den Beinen. Ungefähr eine Woche war es her, seit Ellen das letzte Mal kreischend aus dem Schlaf hochgefahren war, in dem ihre Alpträume hausten.

Seine Tochter hatte mehr Leid erfahren, als je irgendein Mensch erleben sollte. Nach wie vor wunderte Lennon sich, dass sie überhaupt noch funktionierte, dass sie die innere Kraft zum Weiterleben besaß. Vielleicht hatte sie diese starrköpfige Ader ja von ihrer Mutter geerbt, die neben ihr gestorben war. Er hatte Marie McKennas Leichnam den Flammen überlassen, als er die bewusstlose Ellen aus dem Haus in der Nähe von Drogheda getragen hatte. Ellen sprach nie darüber, was dort passiert war. Vielleicht erinnerte sie sich nicht mehr, vielleicht wollte sie auch einfach nicht sagen, was geschehen war. Wie auch immer, für Lennon machte es die Sache leichter. Er war sich nicht sicher, ob er es ertragen hätte, solche Dinge aus ihrem Mund zu hören.

Lennon war jetzt hellwach. Er ging zu ihrem Schlafzimmer, öffnete die Tür und schaltete das Licht ein. Ellen lag unter ihrer verknäulten Bettdecke und starrte ohne Anzeichen des Erkennens zu ihm hoch. Erneut schrie sie auf.

Lennon kniete sich neben das Bett und legte ihr eine Hand auf die kleine Wange. Er hatte gelernt, das Kind nicht in die Arme zu nehmen, wenn es aufwachte, verfolgt von seinen nächtlichen Schrecken. Der Schrecken war dann zu groß.

»Ich bin es«, flüsterte er. »Daddy ist ja da. Alles in Ordnung.«

Ellen blinzelte ihn an, und ihr Gesicht entspannte sich. Er hatte fast vergessen, wie alt sie aussah, wenn sie aus ihren Albträumen erwachte, ein siebenjähriges Mädchen, in dessen Augen sich Jahrhunderte von Schmerz spiegelten.

»Du hast nur geträumt«, beruhigte Lennon sie. »Du bist in Sicherheit.«

Ihre Finger wanderten zum Hals und streichelten die Haut, als schmerze sie.

»Wovon hast du geträumt?«, fragte er.

Seine Tochter runzelte die Stirn, vergrub den Kopf im Kissen und zog die Bettdecke so hoch, dass er nur noch ihren Scheitel sehen konnte.

»Du kannst es mir ruhig erzählen«, sagte Lennon. »Vielleicht geht es dir dann besser.«

Sie lugte hinaus. »Ich war ganz kalt und nass, und dann hab ich keine Luft mehr gekriegt. Ich bin erstickt.«

»So, wie wenn man ertrinkt?«

»Mmmm. Als hätte ich was um den Hals. Dann war da so eine alte Frau. Sie wollte mit mir reden, aber ich bin weggelaufen.«

»Hat sie dir Angst gemacht?«

»Mmmm.«

»Warum bist du denn dann weggelaufen?«

»Weiß nicht«, sagte Ellen.

»Glaubst du, du kannst wieder einschlafen?«

»Weiß nicht.«

»Kannst du es versuchen?«

»Okay.«

Lennon streichelte ihr übers Haar. »Braves Mädchen«, sagte er.

Leise sah er zu, wie ihr die Augenlider zufielen und ihr Atem sich beruhigte. Beim Klingeln des Telefons wurde sie einen Moment lang unruhig. Er hielt die Luft an, bis sie wieder still dalag, atmete erst wieder, als es schien, dass das Telefon sie nicht geweckt hatte, und ging hinaus, um den Anruf entgegenzunehmen.

»Bernie McKenna hier«, meldete sich die Anruferin mit schroffer Stimme.

In den vergangenen Monaten hatten sie öfter am Telefon und persönlich miteinander gesprochen, als er zählen konnte, trotzdem meldete sie sich immer noch mit dieser steifen Förmlichkeit.

»Wie geht es Ihnen?«, fragte Lennon. Sein einziges Interesse an ihrem Wohlbefinden war, abschätzen zu können, wie das Gespräch sich entwickeln würde. Nur selten verliefen ihre Telefonate problemlos.

»Mir geht es gut«, antwortete sie. Nach Lennons Verfassung erkundigte sie sich nicht. »Was ist mit Ellen?«, fragte sie stattdessen.

»Was soll mit ihr sein?« Kaum hatte er gesprochen, bedauerte er die Feindseligkeit, die sich in seine Stimme geschlichen hatte.

»Zu diesem Ton besteht kein Anlass«, sagte Bernie. Sie stieß die Wörter hervor, als hätte sie dabei die Lippen zusammengepresst. »Sie ist meine Großnichte. Ich habe jedes Recht, mich nach ihr zu erkundigen. Ein größeres als Sie.«

»Sechs Jahre lang wollten Sie sie doch nicht einmal kennenlernen«, erwiderte Lennon. Im nächsten Moment zuckte er zusammen.

»Sie doch auch nicht«, erklärte sie.

Lennon unterdrückte seine Wut. »Jedenfalls, es geht ihr gut. Sie ist im Bett.«

»Hat sie immer noch diese Träume?«

»Manchmal.«

Bernie schluckte hörbar. »Als ich die arme Kreatur das letzte Mal sah, sah sie aus wie ein Gespenst.«

»In manchen Nächten ist es besser als in anderen«, sagte Lennon.

»Haben Sie Dr. Moran wegen ihr angerufen?«

»Mein Hausarzt hat sie auf die Warteliste für die Kinderpsych...«

»Aber da wartet sie doch Monate. Dr. Moran kann sie sich sofort anschauen.«

Lennon konnte sich den Rest des Gesprächs jetzt schon vorstellen. Er schloss die Augen. »Ich kann mir keine Privatbehandlung leisten«, sagte er.

»*Ich* aber«, erwiderte Bernie. »Michael hat uns gut versorgt. Ich kann für alles aufkommen, was sie braucht.«

Lennon hatte Gerüchte über den beträchtlichen Nachlass gehört, den Michael McKennas Sippe geerbt hatte, als man ihm im letzten Jahr das Hirn weggepustet hatte. Er bezweifelte nicht, dass Bernie es sich leisten konnte, ein paar Schekel abzugeben, aber schon allein die Vorstellung machte ihn rasend.

»Ich will Michael McKennas Geld nicht«, erklärte er.

»Und was ist gegen das Geld meines Bruders einzuwenden?«

»Ich weiß, woher es stammt.«

Ein paar Sekunden lang hörte er sie schwer atmen, dann sagte sie: »So was muss ich mir von Ihresgleichen nicht bieten lassen.«

»Dann lassen Sie es eben bleiben. Hören Sie, ich habe noch zu tun, wenn Sie also ...«

»Immer mit der Ruhe«, unterbrach Bernie ihn. »Ich hatte noch nicht mal Gelegenheit, die Frage zu stellen, deretwegen ich überhaupt angerufen habe.«

Er seufzte laut genug, dass sie es hören konnte. »Na schön. Was?«

»Weihnachten.«

»Das hatten wir schon besprochen. Ellen verbringt den Tag mit ...«

»Aber ihre Großmutter will sie sehen. Die arme Frau ist durch die Hölle gegangen. Ellen ist alles, was sie jetzt noch von ihrer eigenen Tochter hat. Was hat es denn für einen Sinn, dass das Kind den Tag ganz allein in Ihrer Wohnung verbringen soll?«

»Sie wird nicht allein sein. Sie wird mit mir zusammen sein.«

»Sie sollte bei ihrer Familie sein«, erklärte Bernie. »Ihre Großmutter, ihre Cousinen, alle von unserer Seite werden da sein. Gönnen Sie ihr doch einen schönen Tag. Nur weil Sie unglücklich sind, müssen Sie das Kind ja nicht auch unglücklich machen.«

»Ich bringe sie zu ihrer Großmutter. *Meiner* Mutter. Und den Rest des Tages verbringt sie mit mir. Wir essen mit Susan, einer Nachbarin, zu Abend, mit ihr und ihrem kleinen Mädchen Lucy. Die beiden sind die besten Freundinnen. Sie wird hier glücklich sein.«

»Sie bringen sie zu Ihrer Mutter? Also, was soll das denn? Ihre Mutter ist ja nicht mal mehr genug bei Sinnen, um ihre eigenen Kinder zu erkennen, wenn sie vor ihr stehen, geschweige denn ...«

»Das reicht«, unterbrach Lennon, dem sich die Kehle zuschnürte. »Ich muss los.«

»Aber was ist mit Weih...«

Er legte auf, unterdrückte das Verlangen, das Telefon gegen die Wand zu werfen, und legte es stattdessen zurück auf den Couchtisch. Wie oft würde er sich darüber noch mit Bernie McKenna streiten müssen? Seit dem Tag, als Marie gestorben war, schlich ihre Familie um ihn herum und wartete darauf, dass er einen Fehler machte, damit sie seine Tochter für sich beanspruchen konnten.

Zugegeben, in ihren ersten sechs Lebensjahren war er der Kleinen kein Vater gewesen, aber die anderen waren ihr ebenso wenig eine Familie gewesen. Maries Sippschaft hatte sie ausgegrenzt, als sie sich mit ihm eingelassen hatte, einem Cop. Und das lange bevor die Republikaner endlich ihre über Jahrzehnte hinweg gültige Haltung änderten und die Rechtmäßigkeit des Polizeidienstes anerkannten. Bis dahin war jeder junge Katholik, der zur Polizei ging, umgehend zum Ziel von Mordanschlägen geworden, und jeder, der mit ihm Umgang pflegte, war aus ihrer Gemeinschaft verbannt worden. Genau das war Marie widerfahren, und er hatte ihr dieses Opfer damit vergolten, dass er sie verlassen hatte, als sie schwanger wurde. Die jüngsten Streitigkeiten erinnerten ihn nur wieder daran, dass sie allesamt Ellen im Stich gelassen hatten, und jedes Mal suchte er einen Grund, sich den anderen moralisch überlegen fühlen zu können. Doch es gab keinen. Sein eigener Verrat war der Allerschlimmste gewesen, und das würde Bernie McKenna ihm immer vorhalten. Nach jedem Anruf kochte er vor Wut und konnte sie nur mit schierer Willenskraft ersticken.

Noch bevor er sich wieder vollends beruhigt hatte, klingelte das Telefon erneut. Unwillig griff er danach und fluchte, ehe er auf die Sprechtaste drückte. »Herrgott noch mal, Sie wecken sie noch auf. Ich will darüber nicht mehr reden, also zum letzten Mal, Sie können …«

»Jack?«

»… sich Ihr Weihnachten in den …«

»Jack?«

Lennon hielt inne. »Wer ist da?«

»Chief Inspector Uprichard.«

Lennon setzte sich auf die Couch und legte die freie Hand über die Augen. »Nein«, sagte er.

»Ich brauche Sie hier, Jack«, verkündete Uprichard.

»Nein«, wiederholte Lennon. »Nicht noch einmal. Das hatte ich Ihnen doch schon gesagt, oder? Wir hatten uns darauf geeinigt. Über Weihnachten übernehme ich keine Nachtschicht. Ich kann nicht.«

»DI Shilliday ist krank geworden«, sagte Uprichard. »Und sonst habe ich keinen, der für ihn übernehmen kann.«

»Nein«, beharrte Lennon.

»Es wird eine ruhige Nacht. Da draußen ist nichts los. Sie können in Ihrem Büro schlafen. Ich haben eben nur keinen anderen, so ist es nun mal.«

»Nein«, wiederholte Lennon noch einmal, aber ohne rechte Überzeugung.

»Streng genommen ist es gar keine Bitte, Jack«, sagte Uprichard, dessen Stimme jetzt entschiedener wurde. »Zwingen Sie mich nicht, es Ihnen zu befehlen.«

»Scheiße«, fluchte Lennon.

»Also, das ist nun wirklich nicht nötig.«

»Ist es doch, verdammt«, erwiderte Lennon im Aufstehen. »Das ist das vierte Mal in einem Monat.«

Beinahe hätte er gesagt, dass er wusste, was dahintersteckte. Dass nämlich DCI Dan Hewitt vom Geheimdienst C3 die Fäden zog, um ihm das Leben schwerzumachen. Aber er riss sich am Riemen.

»Tut mir leid«, sagte Uprichard. »So ist es nun mal. In einer Stunde will ich Sie hier haben.«

Susan öffnete in einem eng anliegenden Morgenmantel die Tür. In den zehn Minuten, seit Lennon sie angerufen hatte, hatte sie ihr Haar in Ordnung gebracht und so viel Make-up aufgelegt, wie überhaupt möglich war. Entweder das, oder sie ging immer mit Lipgloss ins Bett.

Ellen quengelte schniefend in Lennons Armen, ihre nackten Füße traten ihn strampelnd.

»Du bist ein Goldstück«, sagte er zu Susan. »Ich kann dir gar nicht genug danken.«

Susan schenkte ihm ein flüchtiges Lächeln, das gleichzeitig warmherzig und traurig war. »Ist schon in Ordnung. Ich war noch nicht eingeschlafen.«

Lennon wusste, wenn er belogen wurde, aber trotzdem war er

froh darüber. »Bevor du morgen früh aufstehst, bin ich schon wieder da.«

Susan streckte die Arme nach Ellen aus. »Komm her, Schatz, ich nehme dich.«

Ellen rieb sich wimmernd die Augen.

Susan küsste sie aufs Haar. »Du kannst bei Lucy im Bett schlafen, in Ordnung?«

Ellen vergrub ihren Kopf unter Susans Kinn. Schon viele Male war sie im Schlaf hierher verfrachtet worden.

Lennon berührte Susans Unterarm. »Danke«, sagte er.

Sie lächelte noch einmal. »Wenn du wieder da bist, komm doch einfach zum Frühstück vorbei.«

»Die Nachbarn könnten reden«, sagte Lennon.

»Dann lass sie doch.«

3

Die in Plastik gewickelte Leiche rollte gegen Galya, als der Wagen ruckartig zum Stehen kam. Vom Blutgeruch musste sie in den Lappen würgen, den man ihr in den Mund gestopft hatte. Mit den Schultern drückte sie sich an der Rückwand des Kofferraums ab und schob mit den Knien die Leiche weg. Sie hatten ihr mit irgendeinem dünnen Elektrodraht die Handgelenke gefesselt, aber schon jetzt lockerte er sich auf ihrer vom Blut glitschigen Haut. Sie hätte ihn leicht abstreifen können, beschloss aber, ihn vorerst dran zu lassen, bis sie ihre Hände auch wirklich gebrauchen konnte.

Sie merkte, wie der Wagen schaukelte, als die Männer ausstiegen, dann hörte sie die Türen zuschlagen. In den letzten Minuten war die Fahrt langsam gewesen, mit scharfen Kurven und plötzlichen Stopps, bis der Wagen dann mit einem letzten schlingernden Ruck auf holprigem Untergrund zum Stehen gekommen war. Angestrengt versuchte Galya, Laute zu erhaschen. Von irgendwoher drang Verkehrslärm, aber noch näher war das sanfte Plätschern von Wasser.

In dem Moment, als sie mit vom Motorenlärm dröhnenden Kopf in der Düsternis aufgewacht war, war ihr klar gewesen, dass man sie umbringen wollte. Ohne Zweifel. Das Geräusch des gurgelnden Wassers war nur eine Bestätigung. Darin würden sie den Toten versenken und sie hinterherwerfen. Vielleicht würden die Männer sie vorher töten, vielleicht würde man sie auch einfach ersäufen. Auf jeden Fall würde sie bald im Wasser liegen.

Von draußen waren jetzt Stimmen zu hören, die des Iren schrill und panisch, die des Litauers tief und wütend. Beim Näherkommen warfen sie sich gegenseitig Vorwürfe und Flüche an den Kopf. Ein Schlüssel kratzte auf Metall, das Schloss drehte sich, und kalte Luft strömte herein.

Zwischen Darius und Sam bildete sich eine Nebelwolke, als ihr Atem sich vermischte. Der Litauer packte die Leiche seines Landsmanns, zerrte sie ächzend aus dem Wagen und ließ sie mit einem nassen Klatschen auf die Erde fallen.

Galya wehrte sich nicht, als Sam sie packte. Als er sie auf die Füße stellte, schien die eiskalte Erde ihr in die Sohlen zu beißen. Die Heftigkeit der Schauer, die sie durchfuhren, schüttelte sie, und er umklammerte ihre Arme noch fester.

Der Wagen, ein alter BMW, stand nur ein paar Schritte von einer Wasserfläche entfernt, abgestellt auf einem Streifen Brachland, der von der leeren Straße durch einen niedrigen Bordstein abgetrennt wurde. Ringsum standen regungslos und still Lagerhäuser und Kräne in der kalten Nacht. Träge Wellen plätscherten gegen den Uferdamm. Auf der anderen Kanalseite sah man weitere Lagerhäuser und dahinter die Lichter der Stadt. Galya versuchte, den Kopf zu wenden, um mehr von ihrer Umgebung zu erkennen, aber Sam verdrehte ihr den Arm.

»Lass das«, sagte er mehr zu sich selbst als zu ihr.

Darius bückte sich und packte die Fußgelenke seines toten Freundes. Er zog, kam aber nicht einmal einen Meter weit, weil sich die Folie im Geröll verfing. Fluchend ließ er die Beine wieder los.

»Helfen«, sagte er.

»Was?«, fragte Sam.

»Helfen«, wiederholte der Litauer. »Tomas werfen in Wasser.«

»Ich halte schon die hier fest«, sagte Sam und packte Galyas Arm noch fester.

»Wo soll hin?«, fragte Darius, breitete die Arme aus und deutete auf das weite Areal mit nichts als Wasser und flachen Gebäuden. Dann zeigte er auf die Leiche am Boden. »Du helfen.«

Eine feuchte Hitze blieb auf Galyas Arm zurück, als Sam sie losließ. Er schob sie rückwärts gegen den Wagen.

»Du rührst dich nicht«, befahl er.

Dann ging er hinüber zur Leiche, hockte sich hin und packte sie bei den Schultern.

Darius rief: »*Vienas, du, trys, hup!*«

Keuchend hievten die Männer die Leiche ein paar Zentimeter vom Boden hoch. Schnaufend und grunzend schlurften sie zum Wasserrand. Eine blutbefleckte Hand rutschte aus der Folie und strich mit den Fingerspitzen über das lockere Geröll.

»O Gott«, entfuhr es Sam.

Plötzlich wummerte wie aus dem Nichts ein verzerrter Disco-Beat los. Entsetzt schrie Sam auf und ließ die Schultern des Toten los.

Galya machte einen Schritt vom Wagen weg.

Darius legte die Füße ab und richtete sich auf. Irgendetwas an der Leiche vibrierte. Er bückte sich wieder und riss ein Loch in die glänzende Folie. Drinnen tastete seine Hand einen Moment lang herum, dann kam sie wieder zum Vorschein, ein Handy zwischen den wulstigen Fingern. Fassungslos schaute er aufs Display, dessen Licht ihn noch blasser aussehen ließ, als er ohnehin war. Er warf Sam einen Blick zu.

»Ist Arturas«, sagte er.

Sam schluckte so heftig, dass Galya es in seiner Kehle glucksen hörte.

»Gehst du dran?«, fragte er.

Darius starrte ihn finster an. »Du dummer Mann. Ich drangehen und sagen, Bruder nicht können? Sagen, er gehen in Wasser, ja?«

Sam fuhr zurück, als hätte die Beleidigung ihn mitten auf die Brust getroffen. »Woher soll ich denn das wissen, verdammt? Er ist dein Boss, nicht meiner.«

»Arturas Boss von jedem«, sagte der Litauer.

Sam machte einen Schritt vor. »Er ist dein Boss, nicht meiner.«

Darius hielt ihm das Telefon hin, aus dem immer noch die blecherne Musik schepperte. Sein feistes Gesicht schwoll vor Wut noch mehr an. »Okay, du sagen, er nicht dein Boss, du ihm sagen jetzt.«

»Leck mich«, sagte Sam.

Galya verdrehte ihre Handgelenke und spürte, wie der Elektrodraht beim Herunterfallen hinten ihre Beine streifte.

Darius trat über die Leiche hinweg und stand Sam jetzt direkt gegenüber.

»Du glauben, du starker Mann?«, fragte er, immer noch das aufleuchtende und dudelnde Telefon in der Hand.

Zwei Meter trennten Galya jetzt schon vom Wagen. Mit den Zehenspitzen schob sie den Draht weg, behielt die Hände aber auf dem Rücken. Sie drückte mit der Zunge gegen den Lappen in ihrem Mund, schob ihn heraus und ließ ihn zu Boden fallen. Sie beruhigte ihre Atmung.

Sam trat auf die andere Seite der Leiche. »Hör mal, das ist jetzt nicht der Moment, dass wir uns in die Haare kriegen, oder? Wir müssen die Sache hier regeln, bevor jemand vorbeikommt und uns fragt, was wir hier mitten in der Nacht treiben.«

Darius ließ sich nicht beruhigen. »Du besser aufpassen dein Maul, sonst du auch in Wasser.«

Sam hob die Hände.

Darius schlug sie weg.

Galya rannte los.

4

Arturas Strazdas legte auf, ohne eine Nachricht zu hinterlassen. Er dachte einen Moment lang nach, während der Wagen weiter über die Autobahn in Richtung Stadt raste. Der Fahrer richtete seine Aufmerksamkeit auf die Straße vor ihnen. Tomas ging immer ans Telefon. Egal, ob er im Bett war oder auf einer Beerdigung, nie ließ er einen Anruf unbeantwortet, wenn sein Handy in Reichweite war. Schon oft, wenn er seinen Bruder angerufen hatte, hatte Strazdas am anderen Ende nur Hecheln und Stöhnen gehört, weil er gerade eine von den Nutten fickte.

Einmal hatte Tomas einen Kinobesucher krankenhausreif geschlagen, der sich über die Störung beklagt hatte, weil er mitten in irgendeiner Liebeskomödie drangegangen war. Es hatte mehrere Tage und einige Investitionen erfordert, das Opfer davon zu überzeugen, dass es sich bei der Identifizierung des Angreifers geirrt hatte.

Tomas hatte schon immer Ärger gemacht, aber Strazdas hatte seiner Mutter versprochen, unter allen Umständen auf seinen kleinen Bruder aufzupassen. Erst vor ein paar Stunden hatte er dieses Versprechen wiederholt, bevor er sie in der Wohnung, die er ihr in Brüssel gekauft hatte, zurückgelassen und den Flieger nach Belfast genommen hatte.

Sie hatte sich bitterlich darüber beklagt, dass man sie über Weihnachten allein ließ, aber es ging eben nicht anders. Es gab Geschäftliches zu erledigen, und sosehr er seinen kleinen Bruder auch liebte, eine solche Verantwortung konnte man ihm nicht anvertrauen.

Bevor Strazdas an Bord der Maschine gegangen war, hatte er Tomas gesimst und ihn daran erinnert, sich bei seiner Ankunft bereitzuhalten, er erwarte ihn am Abend in seinem Hotel. Und jetzt ging Tomas nicht an den Apparat. Strazdas steckte sein Handy zurück in die Brusttasche und dachte nach.

Es konnte natürlich viele Gründe geben, warum Tomas nicht ans Telefon ging. Aber keiner davon reichte Strazdas. Hier stimmte eindeutig etwas nicht.

»Herkus«, rief er.

»Ja, Boss?« Der Fahrer sah über die Schulter.

»Wann hast du Tomas zuletzt gesehen?«

»Vor ein paar Stunden«, sagte Herkus. »Er und Darius waren in der Stadt einen trinken. Ich musste sie in aller Eile abholen. Sie waren in die falsche Bar geraten, irgendeinen Schuppen für Schwule. Du weißt ja, was Tomas von Schwulen hält.«

Ja, Strazdas wusste, was Tomas über Homosexuelle dachte. Diese spezielle Marotte hatte ihn im Laufe der Jahre schon eine Stange Geld gekostet. Sich um Tomas zu kümmern war eingedenk der ganzen Kautionen und Schmiergelder, als halte man sich ein exotisches Tier. Sein Futter war teuer.

»Wie schlimm?«, fragte Strazdas.

»Nicht besonders schlimm.« Herkus zuckte die Achseln. »Er hat nicht viel Blut an den Händen. Darius hat ihn rausgebracht, bevor er etwas richtig Übles anrichten konnte. Ein paar Straßen weiter habe ich sie aufgegabelt.«

»Und dann?«

»Tomas hat gesagt, er wolle die neue Hure einreiten. Die kleine Ukrainerin. Nach den ganzen Schwulen hatte er Lust auf eine Hure.«

Strazdas sah, wie die Lichter der Stadt sich näherten und die Gebäude in der Dunkelheit Gestalt annahmen.

»Was für eine kleine Ukrainerin?«

»Die, die Rasa letzte Woche von der Pilzfarm geholt hat. Die Agentur hat sie da hingeschickt, sie arbeitet unter Petronas. Als Rasa sie entdeckt hat, war sie vielleicht einen Monat oder sechs Wochen dort. Sie war von oben bis unten voll mit Pferdescheiße, aber einen Hingucker entdeckt Rasa schon auf hundert Meter. Die Loyalisten haben zweitausend für sie bezahlt.«

»Nettes Sümmchen«, sagte Strazdas.

»Wie gesagt, sie war ein Hingucker. Hat Darius mir erzählt. Jung, schlank, schöner Mund. Gute Titten. Heute wollten sie die Kleine zum ersten Mal anschaffen lassen. Tomas hat gesagt, er wollte ihr ein bisschen den Start erleichtern.«

»Wo haben sie das Mädchen untergebracht?«

»In der Nähe von Bangor«, sagte Herkus. »Nordwestlich der Stadt, noch hinter dem zweiten Flughafen.«

Strazdas zog erneut sein Telefon aus der Tasche. Er suchte Darius' Nummer heraus und wählte. Es klingelte noch nicht einmal, sondern schaltete sofort auf den Anrufbeantworter um.

»Wenn du mich am Hotel abgesetzt hast, suchst du Tomas und Darius«, befahl er.

»Okay«, sagte Herkus.

5

Schon als kleines Kind war Galya eine gute Läuferin gewesen. Sie war die Schnellste in ihrem Schulbezirk und hatte jede Medaille und jeden Pokal gewonnen, der bei den Regionalmeisterschaften zu gewinnen war. Mama stellte sie allesamt in dem alten Porzellanschrank aus, den sie vor vierzig Jahren von ihrer eigenen Großmutter geerbt hatte.

Als dann im Teenageralter ihre Gliedmaßen länger wurden, entdeckte sie als ihre Lieblingsdisziplin die fünftausend Meter. Mit vierzehn trainierte sie dreimal am Tag und kam Stück für Stück ihrem Ziel näher, die Distanz in fünfzehn Minuten zu bewältigen. Sie erinnerte sich noch daran, wie sie früh am Morgen in der Kälte die Haustür ihrer Mama hinter sich zuzog, zur Laufbahn im Dorf trabte und dann lauschte, wie die Welt um sie herum erwachte, während sie Runde um Runde abriss.

Der Trainer hatte sie für die Sportschule vorschlagen wollen und prophezeit, die Aufnahmeprüfungen werde sie mit Leichtigkeit bestehen, vielleicht werde man sie sogar für die Olympiamannschaft aufbauen. Aber das hätte bedeutet, wegzuziehen und Mama allein die paar Morgen Land bestellen zu lassen, die ihr selbst gehörten. Also lehnte Galya die Chance ab und lief nur noch für das Vergnügen eines rasenden Herzens.

Jetzt rannte sie um ihr Leben.

Ihre Arme ruderten wie wild. Eisiger Teer nagte an ihren nackten Fußballen. Gierig sogen ihre Lungen die kalte Luft ein.

Bevor die Männer bemerkten, dass sie weg war, hatte sie schon zwanzig Meter Vorsprung. Sam war bei dem panischen Versuch, sie zu erwischen, über den Toten gestolpert. Sie hörte, wie er hinschlug und vor Schmerzen aufschrie. Damit blieb nur noch Darius als Verfolger, der mit schweren Tritten seinen massigen Körper in Bewegung setzte.

Ob sie Waffen hatten? Galya glaubte es nicht, denn sonst hätte sie es vermutlich inzwischen knallen gehört und gespürt, wie ihr die Kugeln in den Rücken schlugen.

Weiter vorne sah sie ein offenes Tor, dahinter ein Dock. Hinter ihr rennende Füße, schwerfällig und unfähig, die Lücke zu schließen. Galya sah sich nicht um. Wenn sie das tat, würde sie ihren gleichmäßigen Rhythmus verlieren, und sie wusste, dass das beim Laufen das Entscheidende war. Ein gleichmäßiger Rhythmus garantierte Schnelligkeit und ein Minimum an Erschöpfung. Wenn sie den verlor, würde sie gegenüber den anderen an Boden verlieren. Und wenn sie an Boden verlor, würde sie sterben.

Atmen.

Rein, zwei, drei, vier, raus, zwei, drei, vier …

Sie hörte Darius' keuchende Atemstöße. Er war kein Sprinter, aber Ausdauer hatte er auch nicht. Nicht so wie Galya. Wenn sie sich lange genug vor ihm halten konnte, außerhalb seiner Reichweite, dann würden seine Beine nachgeben und die Muskeln zu sehr nach Sauerstoff lechzen, als dass sie ihn noch weitertrugen.

Rein, zwei, drei, vier, raus, zwei, drei, vier …

Galya hörte ihn aufschreien, er sammelte seine letzten Kraftreserven. Aber sie hatte mehr. Trotz der Schmerzen vom Salz auf der Straße, das ihr die Haut von den Füßen riss, holte sie alles aus sich heraus. Er war näher gekommen, holte trotz seines verzweifelten Japsens auf. Wieder kam er aus dem Tritt und brüllte auf.

Rein, zwei, drei, vier, raus, zwei, drei, vier …

Gerade noch rechtzeitig sah sie das Eis, verlängerte ihren

Schritt und sprang locker darüber hinweg. Darius nicht. Sie hörte, wie er ausrutschte, dann das nasse Klatschen seines Körpers auf der harten Erde und schließlich sein Keuchen, als ihm die Luft aus den Lungen gepresst wurde.

Ächzend und keuchend rappelte sich der Litauer hinter ihr wieder hoch. Er war groß und kräftig, aber schwerfällig. Davonlaufen konnte sie ihm, daran bestand kein Zweifel, aber der Schmerz zerrte an ihren Fußgelenken, und die eiskalte Luft brannte in ihren Lungen.

Rein, zwei, drei …

Es war zu kalt. Galya konnte die Luft nicht länger anhalten. Sie war aus dem Takt.

Raus, zwei, drei …

Ihr Atem pfiff durch die zusammengebissenen Zähne, sie verlor ihren Rhythmus. Sie befahl ihrem Kopf, sich zu konzentrieren, ihrem Körper zu gehorchen, aber der Schmerz wollte nicht in den Füßen bleiben. Er kroch die Gelenke und Waden hoch, machte ihre Schritte kürzer und ihre Schnelligkeit zunichte.

Die stampfenden Schritte des Litauers kamen näher. Er hechelte und keuchte, aber er hielt sein Tempo.

Das offene Tor war nur noch wenige Meter weit weg. Auf dem Gelände dahinter konnte sie die Lichter der Stadt und davor die Silhouette einiger großer, schwarzer Hügel erkennen. Kohle vielleicht oder Schotter, daneben hoch aufragende Maschinen und niedrige Schuppen. Gute Verstecke, falls sie es bis dorthin schaffte.

Aber da waren die Schmerzen und die Kälte. Sie stachen auf ihre Beine ein und legten sich um ihre Brust.

Der Litauer kam immer näher, so nahe, dass er sie schon berühren konnte, wenn er den Arm ausstreckte.

Galya rannte weiter und betete.

Mama, hilf mir, hilf mir, mach mich schneller, lass mich …

Blendendes Licht, ein kreischendes Geräusch und ein Schrei.

Das Auto, ein großer Wagen mit Allradantrieb, schoss aus einer Seitenstraße. Galya spürte den Luftzug, als es sie verfehlte und den Litauer anfuhr. Sie hörte, wie er hart auf die Erde schlug.

Eine Tür ging auf, eine Stimme rief: »Stehen bleiben!«

Galya rannte weiter, obwohl aus ihren langen Sätzen inzwischen ein unkoordiniertes Taumeln geworden war.

»Stehen bleiben!«, rief die Stimme wieder. »Polizei!«

Galya wurde langsamer und riskierte einen Blick über die Schulter.

Der Wagen hatte farbige Markierungen, an der Seite prangte die Aufschrift: HAFENPOLIZEI. Galya blieb stehen. Konfusion vermischte sich mit ihrer Panik.

»Keine Bewegung«, rief der Polizist. Er wandte seine Aufmerksamkeit dem Mann zu, der ausgestreckt vor dem Wagen lag. Dann sprach er in ein Funkgerät: »Bobby, wir brauchen hier einen Krankenwagen.«

Als Antwort kam ein Knistern aus dem Funkgerät.

»Weil ich gerade jemanden angefahren habe.«

Eine längere Salve statischen Rauschens.

»Weiß nicht. Er lebt noch. Jedenfalls bewegt er sich. Ecke Dufferin und Barnet Road.«

Galya kämpfte gegen die Adrenalinschübe an und zwang sich, reglos stehen zu bleiben und abzuwarten.

Der Polizist bemerkte den Wagen am Wasser, das in Plastik gewickelte Bündel am Kai. Erneut sprach er in sein Funkgerät. »Schick besser auch noch ein paar Jungs von der PSNI.«

Ein weiteres Knistern.

»Das werde ich gleich rausfinden. Aber was immer es auch ist, gut sieht es jedenfalls nicht aus.«

Er wandte sich wieder an Galya. »Also, Schätzchen, was ist hier los?«

Sie machte den Mund auf und wollte schon antworten, aber

dann fiel ihr ein, was man ihr über die Polizei in diesem Land erzählt hatte. Die Kolonnenführer auf der Farm und die Arbeiter wussten noch die Geschichten, die sie von anderen gehört hatten. Die Polizei hasste Einwanderer, verhaftete und schlug sie. Wer Glück hatte, wurde aus dem Land geworfen. Die anderen kamen jahrelang in irgendwelche tristen Gefängnisse, einer Staatsgewalt ausgeliefert, die sie in den nasskalten Eingeweiden ihrer Haftanstalten verrotten ließ.

Galya schaute an sich herab und sah, dass Blut ihre Kleider durchtränkt hatte und an ihren Händen klebte. Vor nicht einmal einer Stunde hatte sie einen Mann getötet. Wenn die Polizei sie erwischte, würde man sie für eine Mörderin halten. Wurden Mörder hierzulande immer noch aufgehängt? Galya machte einen Schritt zurück.

Der Polizist streckte eine Hand nach ihr aus. »Hör mal, Schätzchen, keiner tut dir was. Bleib einfach nur …«

Ein Motor heulte auf. Der Mann drehte sich um und sah, wie der alte BMW auf ihn zugeschossen kam.

Darius rappelte sich auf die Knie hoch.

»Was zum Teufel ist hier los?«, fragte der Polizist noch. Er griff nach der Pistole an seiner Hüfte, aber Darius hielt sein Handgelenk fest. Ohne den Polizisten aus den Augen zu lassen, richtete er sich zu seiner vollen Größe auf.

Galya rannte wieder los.

6

Zum zweiten Mal in dieser Nacht wurde Lennon kurz vor dem Einnicken vom schrillen Klingeln des Telefons aufgeschreckt. Frierend ruckte er in seinem dunklen Büro hoch und tastete nach dem Telefon.

»Ja?«

»Anruf von Sergeant Connolly«, meldete sich der Diensthabende. »Hört sich nicht gut an.«

»Herrgott noch mal«, fluchte Lennon und rieb sich den Schlaf aus den Augen. »Na schön, stellen Sie ihn durch.«

Lennon hörte es zuerst klicken und piepsen, während der Anruf von einer Leitung zur nächsten sprang, und erst dann Connollys keuchenden Atem. Offenbar machte dem Mann die Kälte zu schaffen. Connolly war ein guter Beamter, noch jung genug, um sich daran zu erinnern, warum er zur Polizei gegangen war, und doch schon alt genug, um sich über die Realität seines Jobs keine Illusionen mehr zu machen. Schneller als die meisten anderen war er zum Sergeant befördert worden und liebäugelte mit dem Posten eines Detectives. Früher oder später würde er ihn auch bekommen, schätzte Lennon, aber fürs Erste musste er noch weiter Streife fahren.

»Schießen Sie los«, sagte Lennon. Er wusste, dass Connolly ihm nur die nüchternen Fakten schildern würde, ohne irgendwelchen Firlefanz.

»Eddie McCrae und ich haben einen Anruf gekriegt, wir sollen zum Harbour Estate kommen«, berichtete Connolly. Sein Partner McCrae war immer noch Constable, obwohl er zehn Jahre älter war. »Ein Mann tot, habe ich selbst überprüft. Einer verletzt. Krankenwagen ist unterwegs. Eddie leistet ihm Erste Hilfe, es sieht aber übel aus. Und jetzt kommt das Schlimmste: Er ist Hafenpolizist. Besser, Sie kommen her.«

Lennon sackte auf seinem Stuhl zusammen. »In Ordnung. Geben Sie mir dreißig Minuten.«

Er hängte ein und wählte eine Amtsleitung. Es klingelte sechs Mal, bevor er eine alkoholgeschwängerte Stimme hörte.

Detective Chief Inspector Jim Thompson, der Leiter von Lennons *Major Investigation Team*, hörte am anderen Ende gähnend zu. Als Lennon Connollys Bericht durchgegeben hatte, sagte Thompson: »Das hätten Sie mir doch auch alles morgen früh erzählen können. Ich habe Gäste da.«

»Sie sind der Leiter meines MIT«, sagte Lennon. »Ich bin gehalten, Sie als Ersten zu informieren.«

»Und Sie sind der ranghöchste diensthabende Beamte. Sie haben den Anruf entgegengenommen. Jetzt kümmern Sie sich auch gefälligst darum, verdammt.«

»Ich habe nicht genügend Leute, um ein Team zusammenzustellen.«

»Da draußen ist es doch stockdunkel. Bis morgen früh kann der Tatort sowieso nicht ordentlich unter die Lupe genommen werden. Schaffen Sie einfach nur einen von der medizinischen Bereitschaft hin und jeden anderen, den Sie erwischen können. Sorgen Sie dafür, dass der Tatort gesichert wird und so weiter, die übliche Prozedur. Morgen kann dann der Assistant Chief Constable übernehmen. Sie werden ja wohl in der Lage sein, wenigstens das hinzukriegen. Und jetzt rufen Sie mich nicht noch einmal an, es sei denn, der Himmel fällt uns auf den Kopf, verstanden?

»Verstanden«, sagte Lennon.

Er würde nie ergründen können, wie Jim Thompson es je zum Detective Chief Inspector gebracht hatte. Seit vier Monaten war er jetzt schon in Thompsons Dezernat und hatte es seither noch nicht einmal erlebt, dass sein Vorgesetzter für irgendetwas den Kopf hinhielt, wenn er nicht unbedingt musste. Delegieren nannte Thompson das. Lennon nannte es Drückebergerei.

Es stimmte allerdings, dass man heute Nacht wenig mehr tun konnte, als den Tatort zu sichern und vom Rechtsmediziner den Tod feststellen zu lassen. Morgen würde dann der Assistant Chief Constable ein Ermittlerteam zusammenstellen. Lennon brauchte im Augenblick nichts weiter zu tun, als alles Punkt für Punkt abzuhaken. Trotzdem schwoll ihm der Kamm bei der Vorstellung, dass Thompson jetzt weiter vergnügt Weihnachten feiern konnte, während da draußen am Wasser ein Toter lag.

Mit seinen Detective Chief Inspectors hatte er offenbar einfach kein Glück. Dass er heute Abend hier hockte, hatte er DCI Dan Hewitt zu verdanken. Beweisen ließ sich das allerdings nicht, und überhaupt musste Lennon sich eingestehen, dass dahinter durchaus auch nur sein eigener Verfolgungswahn stecken konnte. Trotzdem drängte der Gedanke sich auf – vor allem, wenn man bedachte, dass Hewitt Lennon vor über einem Jahr verraten hatte. Marie McKenna hatte es das Leben gekostet, und Ellen wäre es fast ebenso ergangen.

Hewitt hatte viele Geheimnisse, und Lennon hatte so viele davon aufgedeckt, dass er seinem ehemaligen Freund das Leben schwermachen konnte, sollte er je beschließen, sie preiszugeben. Fürs Erste jedoch hielt er die Informationen unter Verschluss, teils in seinem Kopf, teils auf Papier. Ein Jahr lang hatte er die Akten durchkämmt auf der Suche nach Verbindungen zwischen Hewitt und Fällen, bei denen es nie zu einer Strafverfolgung gekommen war. Herzlich wenig war aktenkundig, weil sein alter Freund zur verschwiegensten Abteilung innerhalb der Polizei gehörte, dem Geheimdienst C3, dessen verborgene Umtriebe jenseits seiner eigenen, abgesicherten Büroräume nur selten zutage traten.

Einiges allerdings hatte Lennon in einer verschlossenen Box zu Hause in seiner Wohnung deponiert. Nicht genügend, um Hewitt zu Fall zu bringen, aber doch genügend, um ein paar unangenehme Fragen aufzuwerfen, falls es hart auf hart kam.

Vielleicht waren diese ganzen kurzfristig angekündigten Nachtschichten ja auch nur Zufall. Ebenso konnte es Zufall sein, dass nur noch so wenige von Lennons alten Informanten bereit waren, mit ihm zu reden. Natürlich kam es ständig vor, dass irgendwelche Beweise verlegt wurden, aber zwei von Lennons Fällen waren geplatzt, als er sie der Staatsanwaltschaft präsentiert hatte, weil aus der Asservatenkammer Indizien verschwunden waren.

Oder war es vielleicht möglich, dass DCI Dan Hewitt gewissen Leuten ins Ohr geflüstert, auf die Schulter getippt oder die Daumenschrauben angelegt hatte? Lennon vermutete, dass Hewitt ihm das Leben im Revier am Ladas Drive so schwer wie möglich machen wollte, in der Hoffnung, dass er sich woandershin versetzen ließ.

Den Gefallen würde Lennon ihm aber nicht tun. Stattdessen würde er auch weiterhin an Abenden wie diesem, an denen er lieber zu Hause bei seiner Tochter gewesen wäre, aufs Revier kommen. Es war derselbe störrische Wesenszug, aus dem heraus er sich dem Wunsch der McKennas verweigerte, Ellen in den Schoß ihrer Familie aufzunehmen, obwohl er wusste, dass es keinen logischen Grund dafür gab.

Er griff zum Telefon und begann mit seinen erforderlichen Anrufen.

Als Lennon ankam, schoben die Sanitäter gerade den verletzten Hafenpolizisten in den Krankenwagen. Wegen der Bandagen und der Halskrause war nur noch sein Mund zu sehen. Ein zweiter uniformierter Hafenpolizist sah zu, wie sich die Türen schlossen. Lennon registrierte die Rangabzeichen auf seinen Epauletten.

»Sind Sie der Vorgesetzte des Verletzten?«, fragte er.

Der Sergeant schaute ihn erst einen Moment lang verwirrt an, bevor er antwortete. »Entschuldigung, ja. Ich bin Bobby Watts. Als es passiert ist, hatte ich gerade Bereitschaft. Ich war derjenige, der die Polizeistreife angerufen hat, nachdem Smithy mich angefunkt hatte. Meine Güte, er hat sich zwar beunruhigt angehört, aber ich dachte doch nicht, dass so was dahintersteckte.«

»Detective Inspector Jack Lennon.« Er reichte Watts die Hand. »Ich bin vorerst der leitende Ermittlungsbeamte, bis der ACC morgen früh ein Team zusammenstellt. Was ist passiert?«

Watts berichtete ihm über Constable Wayne Smiths nervösen Anruf, dass er lediglich von einem Betrunkenen ausgegangen sei, der vor den Streifenwagen getorkelt war, dass er sich auf dem Weg zum Unfallort noch verflucht habe in Erwartung des ganzen Papierkrams und der erheblichen Schadensersatzansprüche, die zweifellos gestellt werden würden. Ein paar Minuten vor dem Fahrzeug der nordirischen Polizei sei er angekommen und habe etwas gänzlich anderes vorgefunden.

»So was habe ich noch nie zu Gesicht bekommen«, fuhr Watts kopfschüttelnd fort. Seine Augen wurden feucht. »Wissen Sie, wir am Hafen schieben eigentlich eine ruhige Kugel. Hier und da ein kleiner Diebstahl, ein paar Verkehrssachen, das ist schon das höchste der Gefühle. Nicht so was wie das hier, nicht mal damals in der schlimmsten Zeit der Unruhen. Seine Waffe haben sie auch mitgehen lassen.«

»Scheiße«, sagte Lennon. Wer auch immer verrückt genug gewesen war, einen Cop krankenhausreif zu prügeln, lief jetzt mit einer Glock 17 in der Tasche durch die Stadt. Es war bitterkalt, und Lennon zog seinen Mantel fest um sich. Vom Wasser her näherte sich Connolly, die fluoreszierende Jacke bis oben hin zugeknöpft.

Als der Sanitäter sich zum Fahrerhaus des Krankenwagens wandte, zupfte Lennon ihn am Ärmel. »Wie geht es ihm?«, fragte er.

»Nicht besonders«, sagte der Sanitäter. »Aber wir haben schon Schlimmeres gesehen. Abgesehen von den Platzwunden erkenne ich keine Hinweise auf schwere Kopfverletzungen, aber bevor wir ihn nicht gescannt haben, können wir nicht viel sagen. Die lebenswichtigen Organe sind alle in Ordnung. Wir bringen ihn ins Royal. Wenn Sie in ungefähr einer Stunde in der Notaufnahme anrufen, erfahren Sie mehr.«

»Danke.« Lennon wandte sich an Connolly. »Und?«

»Der Tote ist circa Mitte dreißig. Nach den Tattoos und den Klamotten zu urteilen, würde ich auf Osteuropa tippen. Sieht so aus, als hätte eine Stichwunde am Hals ihn erledigt.«

»In Ordnung«, sagte Lennon, »schauen wir uns die Sache mal an.«

Sie machten sich auf den Weg zur Leiche, da rief Watts ihnen nach: »Und was soll ich jetzt machen?«

Lennon überlegte zuerst, ihn in sein Büro zurückzuschicken, hier draußen war er ohnehin keine große Hilfe. Aber er brachte es nicht übers Herz. Also sagte er: »Bleiben Sie doch bitte bei Constable Smiths Wagen. Sorgen Sie dafür, dass niemand sich daran zu schaffen macht, bevor alles abgesperrt ist.«

Watts schaute die dunkle Straße auf und ab. Obwohl keine Menschenseele zu sehen war, ganz zu schweigen von jemandem, der sich am Wagen zu schaffen machte, sagte er: »Ach ja, gute Idee.«

»Danke«, sagte Lennon, erleichtert, dass Watts ihm seine Herablassung nicht übel genommen hatte. Für einen Hafenpolizisten gab es hier nichts Sinnvolles zu tun, aber ihn wegzuschicken wäre eine noch größere Beleidigung gewesen, als ihm irgendeine blödsinnige Aufgabe zuzuweisen.

Lennon und Connolly kehrten ans Wasser zurück. Ihre Schritte knirschten auf dem Eis.

»Ganz schön kalt«, sagte Connolly, um das Schweigen zu brechen.

»Stimmt«, sagte Lennon.

»Wie geht es Ihrem kleinen Mädchen?«

»Gut.«

»Schön. Freut sie sich schon auf den Weihnachtsmann?«

»Ja.«

Die zäh dahintröpfelnde Unterhaltung half ihnen bis ans Ufer und zu der in Plastik gewickelten Leiche. An den Stellen, wo das Bündel über die Steine gezerrt worden war, war die Folie gerissen, und eine weitere Stelle hatte man aufgerissen, um das Gesicht und den Oberkörper freizulegen.

»Haben Sie das gemacht?«

»Ja«, bestätigte Connolly. »Nur um sicherzustellen, dass es keine Lebenszeichen mehr gab.«

»In Ordnung. Aber sehen Sie zu, dass der Tatort nicht noch mehr verändert wird. Der Arzt müsste bald da sein. Außer ihm rührt keiner den Mann an, verstanden?«

»Alles klar«, sagte Connolly.

»Lampe«, verlangte Lennon und streckte eine Hand aus.

Connolly zog eine Taschenlampe aus dem Gürtel und reichte sie ihm. Lennon richtete den Lichtstrahl auf den Boden, um sich einen Weg zu bahnen, ohne auf irgendwelche Beweise zu treten. Ein paar Schritte weiter erfasste der Kegel ein Stück Elektrokabel und irgendeinen Bausch, der aussah wie der Fetzen von einem Laken.

»Was ist damit?«

»Sind nicht angerührt worden«, erklärte Connolly. »Könnte

einfach Müll sein, davon liegt hier eine Menge herum. Glaube ich aber nicht.«

»Ich auch nicht.«

Lennon hockte sich neben die Leiche. Das Gesicht war rundlich und grobschlächtig, das Haar kurzgeschoren, der Mund stand offen. Auf den Lippen bildete sich schon Frost. Durch einen tiefen Schnitt unter dem Kinn hatte sich ein Fleck gebildet, der aussah wie ein dunkelrotes Lätzchen.

»Sieht nicht aus wie von einem Messer«, sagte Lennon.

»Nein?«

»Nicht glatt genug.« Lennon hielt die Lampe ganz nahe heran, und der Strahl erfasste die Ränder der Wunde. »Sehen Sie, es ist eher eingerissen als durchgeschnitten. Die stammt von etwas Schartigerem.«

Insgeheim hoffte Lennon, dass der Fall nicht Thompsons MIT zugeteilt werden würde. Der Chef oder sein Stellvertreter würde bei der Leichenschau zugegen sein müssen. Und wie er Thompson kannte, würde der Lennon die Aufgabe übertragen, dabeizustehen, während sie den armen Kerl da aufschnitten.

»Da drüben sind Reifenspuren«, sagte Connolly.

Lennon ließ den Lichtkegel über Erde und Geröll streichen. Wegen des gefrorenen Untergrunds waren sie nur schwach, aber trotzdem zu erkennen. Hier hatte heute Nacht ein Wagen gestanden.

Er suchte das Stück zwischen den Spuren und der Leiche nach Fußspuren ab, doch alles, was er entdecken konnte, waren ganz schwache Abdrücke, nichts Verwertbares.

»Beeindrucken Sie mich doch mal mit einer logischen Schlussfolgerung«, sagte Lennon.

Connolly scharrte mit den Füßen. »Na ja, ich könnte mir vorstellen, irgendwelche Typen sind hier hergekommen, um die Leiche loszuwerden. Der Hafenpolizist hat sie gestört. Bevor sie den Toten ins Wasser werfen konnten, ist er zusammengeschlagen worden, und die anderen sind abgehauen.«

»Ich glaube, das ist eine ziemlich plausible Vermutung«, sagte Lennon.

»Da wäre noch was«, sagte Connolly.

Lennon stand auf. »Und was?«

»Ich glaube, ich kenne sein Gesicht«, sagte Connolly.

7

Arturas Strazdas klappte auf dem Schreibtisch der Hotelsuite seinen Laptop auf und schaltete ihn ein. Er setzte sich auf das luxuriöse, lederbezogene Sofa, das eine Seite des Zimmers einnahm. Ein paar Augenblicke später war er im hoteleigenen WLAN-Netz und rief die Webseite von *European People Management* auf, einer Arbeitsagentur, die gemeinschaftlich ihm, seinem Bruder und seiner Mutter gehörte. Ein halbes Dutzend solcher Agenturen operierte auf den Britischen Inseln und in der restlichen EU, und alle gehörten in irgendeiner Form seinen engsten Familienangehörigen.

Aber nur er allein kannte die inneren Mechanismen.

Mit einem Benutzernamen und Passwort, die er alle sieben Tage änderte, loggte er sich in den verschlüsselten Admin-Bereich der Webseite ein und folgte den Links, bis er eine Liste von Migranten gefunden hatte, die als in Nordirland tätig registriert waren. Sie waren sämtlich als polnische, tschechische, litauische oder lettische Staatsbürger gelistet. Er verengte die Suchkriterien auf weibliche Personen, die in den letzten drei Wochen ihren Arbeitsplatz verlassen hatten.

Ein Eintrag.

Wie zu lesen war, handelte es sich um eine Litauerin mit dem Namen Niele Gimbutiené. Strazdas wusste, dass der Name falsch war. Er klickte auf den Link, um ihr komplettes Profil zu sehen. Es gab zwei Bilder, eines der Scan eines litauischen Passes, das zweite ein Porträt des Mädchens. Eine oberflächliche Überprüfung, wie sie ein müder Grenzbeamter vornahm, hätte womöglich ergeben, dass die Fotos übereinstimmten und dieses Mädchen tatsächlich litauische Staatsbürgerin war und als EU-Bewohnerin jedes Recht hatte, legal im Vereinigten Königreich zu leben und zu arbeiten.

Wenn man sich aber die Augen, die hohen Wangenknochen und die Form des Mundes genauer ansah, konnte man den Verdacht haben, dass dieses Mädchen nicht das auf dem Passfoto abgebildete war. Und damit hätte man richtiggelegen.

Die Angaben besagten, dass dieses Mädchen seine Arbeitsstelle auf einer Pilzfarm im Monaghan County erst vor gut einer Woche verlassen hatte und in keinerlei Verbindung mehr zur Agentur stand. Strazdas wusste, dass das streng genommen nicht unrichtig war, aber die Wirklichkeit war ein wenig brutaler. Wären die Angaben vollkommen korrekt gewesen, hätte hier stehen müssen, dass sie der Agentur von einer dritten Partei abgekauft worden war, mitsamt dem Pass, mit dem sie eingereist war. Vielleicht würde man den Pass ja benutzen, um noch eine hübsche junge Frau mit blonden Haaren, blauen Augen und slawischen Zügen einzuschleusen. Dieses Mädchen hier befand sich jedenfalls immer noch irgendwo in Belfast.

Sein Bauchgefühl sagte Strazdas, dass Tomas in Schwierigkeiten steckte. Hatte dieses dünne Mädchen etwas damit zu tun? Er hatte keinen Grund, das zu vermuten, aber nach so vielen Jahren in diesem Geschäft hatte er gelernt, alle Möglichkeiten in Betracht zu ziehen.

Sein Handy klingelte. Er nahm es vom Schreibtisch, sah aufs Display und ging dran.

»In der Wohnung meldet sich keiner«, sagte Herkus. »Von draußen sehe ich kein Licht. Ich glaube nicht, dass sie da sind. Ich würde ja einbrechen, aber die Wohnungen hier haben alle Panzertüren. Da bräuchte ich einen Rammbock, um reinzukommen.«

»In Ordnung«, sagte Strazdas. »Sieh in allen Bars nach, in die Tomas und Darius trinken gehen. Wenn nötig, besorg dir mehr Leute. Ich will, dass sie noch heute Abend gefunden werden.«

Strazdas legte auf, ohne Herkus' Antwort abzuwarten. Er wandte seine Aufmerksamkeit wieder dem Foto des Mädchens zu.

»Was hast du mit meinem Bruder gemacht?«, fragte er.

Als die Laute seiner eigenen Stimme im leeren Raum widerhallten, fingen seine Wangen zu glühen an. Er redete ja schon mit sich selbst! Erst heute Morgen hatte seine Mutter ihm einen Vortrag gehalten, er würde zu hart arbeiten, sich zu großem Stress aussetzen und nicht schlafen. Jeder Mensch sei psychisch nur begrenzt belastbar, selbst ein so starker Mann wie Arturas Strazdas.

Strazdas hatte seiner Mutter nicht widersprochen. Niemand widersprach Laima Strazdiené.

Sein Vater jedenfalls ganz bestimmt nicht. Als Teenager hatte Arturas in der Zwei-Zimmer-Wohnung, die die Familie in Kaunas bewohnte, Tomas gegenüber am Tisch gesessen, der Vater zwischen ihnen. Der vierte Stuhl blieb beim Essen oft leer. Sie sprachen miteinander, um das Gegrunze im Nebenzimmer zu übertönen, während ihre Mutter irgendeinen Freier bediente.

Nachts teilten Arturas und Tomas sich im selben Zimmer das Klappbett, während ihre Eltern nebenan redeten. Oder besser gesagt, während ihre Mutter redete und ihr Vater zuhörte.

Damit wir etwas zu essen haben, sagte sie dann. Damit wir es warm haben.

Einmal hatte Strazdas sie nach den Besuchern gefragt, die zu allen möglichen Uhrzeiten kamen. Da hatte sie ihm heißen Kaffee in den Schoß geschüttet. Sein Vater hatte ihn in die Universitätsklinik gefahren und ihm geraten, er solle seine Fragen für sich behalten.

Nicht lange, nachdem die Sowjets Litauen aus ihren Fängen gelassen hatten, verließ der Vater ihr Zuhause. Er sagte nichts, hinterließ keine Nachricht, er saß nur einfach nicht mehr mit am Tisch. Strazdas' Mutter wollte nicht darüber reden, so als habe er nie existiert.

Bald waren die Besucher nicht mehr nur Männer. Oft waren junge Frauen da, und die nahmen die Männer ins Nebenzimmer mit, während Arturas und Tomas mit ihrer Mutter am Tisch aßen.

Drei Monate später zogen sie in eine Wohnung mit zwei Schlafzimmern. Die Brüder hatten gehofft, es würde bedeuten, dass sie jetzt ein eigenes Zimmer bekamen, doch stattdessen konnten nun zwei Mädchen gleichzeitig Besucher empfangen. Dafür gab es so ausreichend Geld, dass Tomas auf eine gute Schule und sein älterer Bruder auf die Universität gehen konnte.

Als Student nahm Arturas sich eine eigene Wohnung. Unter der Anleitung seiner Mutter stellte auch er ein Zimmer für die Tröstung einsamer Männer zur Verfügung. Er stellte fest, dass es ihm gefiel, Geld in der Tasche zu haben und anständige Kleidung tragen zu können. Die anderen Studenten waren neidisch, als er sich einen Wagen anschaffte, wenn auch einen gebrauchten.

Dann passierte die Geschichte mit Tomas und einem Lehrer seiner Schule, und sie mussten nach Wilna ziehen.

Laima hatte ihren jüngeren Sohn immer verwöhnt, ganz gleich, was für ein Narr er war. Für jeden sanften Kuss auf Tomas' Wange, so schien es, bekam Arturas eine satte Ohrfeige. Doch selbst jetzt, im Rückblick, hasste er sie nicht dafür. Schließlich hatte sie ihm beigebracht, wie man mit der Schwachheit anderer Leute gutes Geld verdienen konnte.

Arturas Strazdas stand auf, durchquerte das Zimmer und trat an das elegante, mit einer Glasscheibe bedeckte Sideboard heran. Herkus hatte dort ein kleines Päckchen hinterlassen, einen Zellophanbeutel mit etwas weißem Puder. Guter Stoff, hatte Herkus gesagt, direkt von der Quelle. Aber vorsichtig damit, hatte er gesagt.

Vielleicht ruhst du dich erst mal ein bisschen aus, bevor du was davon nimmst.

Strazdas öffnete den Verschluss des Beutels und schüttete ein wenig davon auf die Scheibe. Mit der Schlüsselkarte des Hotels teilte er das Puder und schob es zu drei Lines zusammen. Er zog einen Fünfzig-Euro-Schein aus der Tasche, rollte ihn zu einem Röhrchen zusammen, steckte ein Ende in sein linkes Nasenloch und inhalierte.

Plötzlich wurde alles glasklar.

Beim Ausatmen zitterte er, dann steckte er den Schein ins andere Nasenloch und inhalierte die zweite Line.

Ihm wurde schwindelig.

Strazdas steckte den Schein wieder ins linke Nasenloch und sog auch die dritte Line ein. Er warf den Schein weg, beugte sich vor und lutschte das restliche Puder von der Scheibe. Während seine Zunge, vom Kokain prickelnd, über die glänzende Oberfläche leckte, öffnete er die Augen und sah in deren Spiegelbild. Dann richtete er sich auf und starrte sich einen Moment lang an.

»Scheißkerl«, sagte er.

Sein Verstand war messerscharf, sein Herz schlug schneller, und die Luft war süßer als vorher. Er grinste das bestäubte Gesicht in der Glasscheibe an. Sein Telefon klingelte, und irgendwo in seinem Kopf erschien es ihm, als habe er den bevorstehenden Anruf vielleicht schon ein paar Sekunden vor dem Klingeln erahnt. Manche taten so etwas vielleicht als Unsinn ab, aber Arturas Strazdas war kein gewöhnlicher Mann. Er war ein großer Mann. Er konnte alles schaffen.

Oder vielleicht redete ihm auch nur das Koks das ein.

Strazdas schniefte laut und wischte sich die Nase ab, erst dann ging er zurück zum Schreibtisch und griff nach seinem Handy. Als er den Namen auf dem Display sah, verzagte er kurz.

»Ja, Mutter«, sagte er.

»Du hast nicht angerufen«, schimpfte sie, ihre Stimme so rau wie zerbrochener Schiefer. »Du hast gesagt, du meldest dich, wenn du landest, und dann hast du es nicht gemacht. Warum nicht?«

»Ich hatte zu tun«, sagte Strazdas.

»Aber nicht so viel, als dass du nicht deine Mutter anrufen und sie wissen lassen könntest, dass du heil angekommen bist.«

»Nein.«

»Und wie geht es Tomas?«, fragte sie.

Strazdas schloss die Augen. »Warum bist du so spät noch auf? Es ist mitten in der Nacht. Du solltest längst schlafen.«

»Du auch«, erwiderte sie. »Du hast meine Frage nicht beantwortet. Wie geht es Tomas? Ich habe ihn nicht mehr gesehen, seit er in diese schreckliche Stadt gezogen ist.«

Strazdas hatte seine Mutter noch nie belügen können. »Ich habe noch nicht mit ihm gesprochen«, sagte er.

»Warum nicht?« Sie versuchte erst gar nicht, die Besorgnis in ihrer Stimme zu verbergen. »Hast du ihn angerufen?«

Er holte tief Luft. »Ja. Er ist nicht drangegangen.«

»Aber Tomas geht immer ans Telefon.«

»Ich weiß.«

»Selbst, wenn er bei einer seiner Frauen ist, geht er ans Telefon. Es hat Zeiten gegeben, wo ich mir wünschte, er täte es nicht, aber er macht es immer.«

»Ich weiß.«

»Dann such ihn«, befahl sie. »Wage es nicht, mit mir zu sprechen, ehe du ihn gefunden hast!«

Das Telefon in seiner Hand erstarb.

»Mache ich nicht«, sagte er.

8

Galya wusste nicht, wie lange sie sich im Schatten versteckt hatte, bevor sie sich über die umzäunten Werften bis zu diesem Baugelände mit seinem Schutt und Stahl durchgeschlagen hatte. Sie hatte einen flüchtigen Blick über die Schulter riskiert und gesehen, dass der große Litauer dem Polizisten seine riesige Faust ins Gesicht geschlagen hatte. Im Loslaufen hatte sie noch das widerliche Klatschen von Faust auf Fleisch gehört und eine kurze Zeit lang die Schreie des Polizisten.

Vor einem Lagerhaus standen aufgereiht Lastwagen und Container, daneben türmten sich Haufen rostiger Maschinen und riesige Säcke mit Zement. Galya wählte die dunklen Ecken dazwischen und huschte dort entlang, wo die orangefarbenen Straßenlaternen sie nicht erhaschen konnten.

Bald hörte sie den Motor des BMW grummeln, der über die Straße näher kam und sich auf ihr Versteck zubewegte. Nur ein paar Meter vor ihr tauchte er auf. Er blieb stehen, eine Tür ging auf, und der große Litauer stieg aus, umwabert von seinem eigenen Atem.

Galya hielt sich eine Hand vor den Mund, damit er nicht die warme Luft sah, die aus ihren Lungen strömte. Er stand da und starrte ins Dunkel. Im ersten Moment war sie sich sicher, dass er ihr direkt in die Augen sah. Sein Körper war vorgebeugt, so als wolle er gerade den nächsten Schritt auf ihr Versteck zu machen, aber dann rief Sam aus dem Inneren des Wagens: »Wir müssen los.«

»Sie hier«, sagte der Litauer.

»Keine Zeit. Bestimmt sind schon die Cops unterwegs. Die können jede Sekunde hier sein. Jetzt komm schon, verdammt.«

Der Litauer drehte sich um und sah ihn an. »Du mir nicht sagen, was tun.«

»Was?« Sam spähte zu ihm hinaus, das Gesicht fassungslos. »Herrgott, darüber streite ich jetzt nicht mit dir. Steig ein, oder ich lasse dich hier.«

Der Litauer ließ die Schultern sinken. Er richtete seinen Blick in die Dunkelheit. »Ich wissen, du da«, sagte er. »Ich wissen, du sprechen Englisch. Ich nicht dumm wie dieser Mann. Du besser bleiben im Dunkel. Ich dich finden, du tot. Bruder von Tomas dich finden, du tot. Polizei dich finden, du tot.«

Galya drückte sich noch weiter ins Dunkel. Der Litauer machte einen weiteren Schritt vor.

»Ja«, sagte er. »Arturas gehören Polizei. Polizei dich ihm geben. Dann du tot. Arturas dir wehtun, lange wehtun. Dann du tot.«

Er fuhr sich mit dem Finger über die Kehle und grinste.

»Jetzt komm«, rief Sam. »Noch mal sage ich es nicht.«

Der Litauer stieg wieder in den BMW. Noch bevor er die Tür geschlossen hatte, schossen schon die Räder übers Eis, und der Wagen verschwand aus ihrem Blickfeld.

Wie lange war das jetzt her? Wie lange hatte sie sich dort in der Dunkelheit verborgen? Das Zittern war unkontrollierbar geworden, ihre Gliedmaßen hatten gezuckt und geschlottert. Galya wusste, dass sie sich bewegen musste, sonst würde die Kälte sie erledigen. Sie hatte so etwas schon erlebt, als die Unterkühlung den alten Vasyl auf dem Nachbarhof umgebracht hatte. Ohne Geld für Heizöl hatte er sich in einem Schrank in einem Haufen Lumpen vergraben und war gestorben. Wie ein Tier, hatte Mama gesagt, das sich sein eigenes Grab gräbt.

Es war schließlich die Ankunft eines weiteren Fahrzeugs mit der Aufschrift *Hafenpolizei* an der Seite, die Galya Beine machte. Mühsam setzte sie einen Fuß vor den anderen und hielt sich dabei im Schatten. Ihre Arme und Beine fühlten sich an, als gehörten sie einem Betrunkenen. Als sie versuchte, ihre Schritte zu beschleunigen, verlor sie durch die eiskalte Luft sofort das Gleichgewicht.

Einen törichten Moment lang freute sie sich geradezu über die zunehmende Taubheit in ihren Füßen, weil sie die stechenden Schmerzen betäubte. Aber dann fiel ihr wieder ein, dass Papa seine Zehen zum Teil durch Erfrierungen verloren hatte.

Galya wackelte mit den nackten Zehen, damit das Blut weiter in ihnen zirkulierte.

Durch die aufgestapelten Zementsäcke und die Lastwagen hindurch beobachtete sie, wie in der orangefarben erleuchteten Ferne der Polizist neben seinem zu Boden gegangenen Kollegen kniete. Während er sich auf den niedergestreckten Mann konzentrierte, wagte sich Galya aus der Dunkelheit, um die Straße zu überqueren und in der Nacht zu verschwinden.

Vielleicht einen Kilometer war sie halb marschiert, halb gelaufen, immer den Schotter der Autobahn zur Rechten und das Wasser zur Linken, als sie die Sirenen hörte. Just in diesem Moment kam sie an einer Reihe von Stahlskeletten vorbei, es waren mehrere im Bau befindliche Gebäude.

Galya drückte sich durch eine Lücke des Zauns, den man um das Baugrundstück herum errichtet hatte. Vier Stockwerke hoch ragten die Träger über ihrem Kopf auf. Sie hielt sich am Rand des Terrains und schaute angestrengt zu Boden, damit sie nicht in irgendein Loch fiel. Vor jedem Schritt, den sie tat, tastete sie mit den Zehen die Erde und Steine ab. Je weiter sie die Straßenlaternen hinter sich ließ und auf das Baugelände vordrang, desto weniger konnte sie sehen.

Auf dem Nachbargrundstück, jenseits des Sperrholzzauns,

stand eine Kirche. Kein Licht drang aus ihren bogenförmigen Fenstern nach draußen. Galya lief am Zaun entlang, bis sie das andere Ende des Geländes erreichte und eine mit einem Vorhängeschloss und einer Kette gesicherte Tür entdeckte. Sie drückte dagegen, und ein wenige Zentimeter breiter Spalt öffnete sich. Galya hockte sich hin. Ihre schmale Schulter passte zwar durch den Spalt, aber mit dem Kopf blieb sie darin stecken. Das raue Holz zerschrammte ihr die Wange. Mit aller Kraft stemmte sie sich gegen das Hindernis und zwängte ihren Kopf hindurch. Splitter stachen ihr ins Ohr, und ihr entfuhr ein kurzer Schrei, als sie an die schroffen hölzernen Kanten Haut und Haare verlor. Endlich konnte sie auch die zweite Schulter hindurchzwängen. Sie ließ sich fallen und schlängelte ihren Oberkörper und die Hüften zwischen den Brettern hindurch. Am liebsten hätte sie sich jetzt einen Augenblick ausgeruht, aber es war bitterkalt.

Also rappelte sie sich mühsam wieder hoch. Schließlich hatte sie ihre Gliedmaßen wieder unter Kontrolle, und das unkontrollierte, krampfhafte Zucken ließ fürs Erste nach.

Auf der anderen Seite stand ein etwa dreieihalb Meter hoher Zaun, dahinter befanden sich ein Parkplatz und ein neu aussehender Wohnblock. In einigen der Wohnungen brannte Licht. Ob sie wohl dort läuten und darum bitten konnte, das Telefon benutzen zu dürfen? Vielleicht. Aber wie würden die Leute auf das seltsame ausländische Mädchen reagieren, das sie so früh am Morgen störte? Eine Telefonzelle wäre besser.

Tag und Nacht, hatte er gesagt.

Der freundliche Mann.

Am Ende der Straße sah Galya einen Wagen mit beschlagenen Fenstern stehen, der von einer Laterne beschienen wurde. Die Vorderräder standen auf dem Bürgersteig, nahe an einem offenen Tor.

Los, befahl Galya sich. Wenn sie sich nicht bewegte, würde die Kälte wieder an ihr zu nagen beginnen. Sie lief auf das Tor zu. Bei jedem Schritt brannten ihre Fußsohlen. Der Himmel mochte wissen, in was für einem Zustand die sich inzwischen befanden. Darüber mache ich mir später Gedanken, dachte Galya. Erst einen Unterschlupf finden und Hilfe.

Am Ende der umzäunten Straße befand sich eine Schranke. Einsam stand das alte Gebäude dahinter und trotzte den neuen Wohnblöcken, die ringsherum aus dem Boden schossen. Über der Tür hing ein Schild, das *Guinness* anpries. Von drinnen war nichts zu hören.

Als sie sich dem Wagen näherte, sah sie, dass die Schnauze einen Kabelkasten am Fuß der Laterne gerammt hatte. Die Hintertür schien nicht ganz geschlossen zu sein. Stand sie etwa offen? Vielleicht konnte Galya ja heimlich hineinkrabbeln und eine Weile der Kälte entkommen.

Es war ein alter Wagen, kastenförmig und verbeult. Solche hatte sie früher auch in ihrem Dorf gesehen, zusammengehalten nur noch von Rost und Hoffnung. Galya langte nach dem Griff. Die Scheibe war innen beschlagen. Galya schluckte einmal, zog am Griff und machte einen Schritt zurück.

In Embryonalstellung lag ein schnarchender Mann auf der Rückbank. An die Brust hielt er eine längliche Flasche gedrückt. Vom kalten Luftzug aufgestört, schnaubte er und zog sich einen Mantel bis über die Nase. Aus dem Wagen wehte warme, von schalem Alkoholgestank geschwängerte Luft.

Galya vermutete, dass der Mann die Bar verlassen und vorgehabt hatte, nach Hause zu fahren, dann aber nicht weiter gekommen war als bis hierhin. Vom Suff besiegt, hatte er sich auf die Rückbank gelegt, um seinen Rausch auszuschlafen. Weil er eher kurz geraten war, hatte er nicht einmal die Beine besonders weit anziehen müssen.

Und er hatte kleine Füße.

Galya untersuchte seine Joggingschuhe. Billige Dinger, das sah sogar ein Mädchen aus der Ukraine. Aber auf dieser vereisten Erde immer noch besser als nackte Füße. Galya holte tief Luft, hielt den Atem an und nahm einen der Schnürsenkel zwischen Daumen und Zeigefinger. Mit einem leichten Zupfen löste er sich. Sie griff den Schuh hinten an der Ferse des Mannes und streifte ihn ab.

Der Mann keuchte und schnaufte. »Ja, doch, ich bin auf«, sagte er, die Worte ertränkt in beduseltem Schlaf.

Galya erstarrte.

Der Mann öffnete nicht die Augen. Bald setzte sein Schnarchen wieder ein.

Galya atmete tief aus. Sie machte den anderen Schnürsenkel auf und streifte den zweiten Schuh ab.

Die Augen des Mannes klappten auf, schauten aber ins Leere. »Ja, ich komme. Immer mit der Ruhe.«

Erneut sank er in seinen Schlaf zurück.

Ohne auf den Mief der Socken zu achten, zog sich Galya die Schuhe über die Füße. Sie waren mindestens zwei Nummern zu groß, aber es würde schon gehen. In der verschwitzten Wärme knetete sie ihre Zehen.

Etwas Glitzerndes erregte ihre Aufmerksamkeit. Dort unten im Fußraum lagen ein Handy und ein paar lose Münzen. Galya beugte sich über den Betrunkenen. Die Münzen klackerten gegen das Handy, als sie sie aufklaubte. Wieder machte der Mann die Augen auf und starrte Galya direkt ins Gesicht.

»Es muss doch noch früh sein«, sagte er.

»Ja«, antwortete Galya auf Englisch. »Es ist noch früh. Schlaf weiter.«

9

Herkus hatte in dem halben Dutzend Bars nachgefragt, in denen Tomas üblicherweise einkehrte. Niemand habe Tomas oder Darius gesehen, hatte es geheißen, und das glaubte er. Herkus belog man nur selten, selbst wenn die Leute nicht wussten, für wen er arbeitete. Er hatte die Sorte Gesicht, die einen beflügelte, die Wahrheit zu sagen. Nur die Allermutigsten – oder Allerdümmsten – kamen auf die Idee zu lügen. In den Bars, die er in den vergangenen zwei Stunden durchkämmt hatte, waren nur wenige Mutige gewesen, dafür jede Menge Dumme. Trotzdem war er sich sicher, dass sie die Wahrheit gesagt hatten, als sie behaupteten, dass Tomas heute Abend nicht durch die Tür gekommen sei.

Frustriert fuhr Herkus zur letzten Bar, die ihm noch einfiel. Zu dieser Nachtzeit würden die Türen schon verschlossen sein, aber wenn Tomas und Darius Lust hatten, einen zu heben, dann waren die Öffnungszeiten flexibel.

Er stellte den Mercedes auf der Holywood High Street ab, direkt dem Black Stove Grill & Bar gegenüber. Auf den ersten Blick schien der Black Stove ein exklusiver Laden in einer wohlhabenderen Gegend des Großraums Belfast zu sein. Für viele Gäste war er das auch, aber sein Besitzer war alles andere als vornehm. Nicht, dass er ein Krimineller gewesen wäre, jedenfalls nicht in dem Sinne, wie Herkus das Wort verstand. Eigentlich war er gar kein übler Bursche. Clifford Collins hatte lediglich bestimmte Vorlieben, die nur Frauen eines bestimmten Berufsstandes befriedigen konnten. Und deshalb gab Clifford von Zeit zu Zeit für Tomas den Gastgeber. Und wenn Clifford dann andeutete, dass er für das Essen und die Getränke, die man Tomas und seinen Freunden servierte, eine Bezahlung erwarte, erinnerte man ihn diskret daran, dass Tomas seine Rechnung beglich, indem er *nicht* Cliffords Frau anrief und ihr Näheres über die eher exotischen Zeitvertreibe ihres Mannes erzählte.

Herkus überquerte die Straße. Die schwere Außentür stand offen. Er versuchte die gläserne Innentür zu öffnen, aber die war verschlossen. Drinnen schimmerte ein mattes Licht. Herkus spähte durch die Milchglasscheibe und versuchte, irgendwelche verschwommenen Silhouetten auszumachen, die von Menschen stammen konnten, doch er konnte nicht mehr erkennen als hellere und dunklere Schatten. Ohne die Augen von der Scheibe zu nehmen, klopfte er mit seinen dicken Fingerknöcheln gegen die Tür.

Eine der dunklen Silhouetten bewegte sich.

»Ich kann dich sehen«, rief er auf Englisch. »Mach die Tür auf.«

Er klopfte noch einmal, diesmal fester.

»Einen Moment«, rief jemand. Herkus erkannte die hohe Fistelstimme von Clifford Collins.

»Mach endlich auf«, rief er.

Auf der anderen Seite der Scheibe tauchte ein Schatten auf. Schlösser klickten, eine Kette rasselte. Die Tür öffnete sich zehn Zentimeter, und Clifford spähte durch den Spalt.

»Ist Tomas da?«, fragte Herkus.

»Nein«, sagte Clifford. »Seit dem Wochenende habe ich ihn nicht mehr gesehen.«

Die Stimme des kleinen Mannes zitterte, aber seine Augen verrieten, dass er die Wahrheit sagte. Und erleichtert war.

Warum hätte er erleichtert sein sollen? Vielleicht hatte Herkus ja die falsche Frage gestellt.

»Darius ist hier«, erklärte Herkus. Diesmal war es eine Feststellung, keine Frage.

Mit herunterhängender Kinnlade schüttelte Clifford den Kopf und versuchte verzweifelt, eine passende Antwort zu finden. Schließlich sagte er: »Nein.« Die Lüge stand ihm ins Gesicht geschrieben.

Herkus zögerte keine Sekunde. Er machte einen Schritt zurück und trat mit voller Wucht gegen die Tür. Clifford jaulte auf und machte einen Satz zurück. Die Kette hielt. Herkus trat noch einmal, dann ein drittes Mal, und die Tür sprang auf.

»Bleib da«, befahl er Clifford beim Hereinkommen.

Clifford nickte und setzte sich an einen Tisch.

Weiter hinten, in eine Nische gekauert, hockten Darius und einer der beiden schwachsinnigen irischen Brüder, die in der Wohnung in der Nähe von Bangor Nutten anschaffen ließen. Herkus meinte sich zu erinnern, dass einer der beiden Sam hieß.

Von Tomas keine Spur.

Sam behielt die Hände auf dem Tisch. Sein Gesicht war blass, auf seiner Stirn glänzte der Schweiß. Er sah sehr nach einem Mann aus, der Angst hatte.

Herkus sprach Darius auf Litauisch an. »Wo ist er?«

Darius starrte auf die granitene Tischplatte. »Wer?«

Herkus trat an den Tisch. »Du weißt schon, wer.«

Darius lachte gequält. »Meinst du etwa Tomas?«

Sam zuckte bei dem Namen zusammen.

»Ja«, sagte Herkus. »Ich meine Tomas.«

»Keine Ahnung.«

»Sieh mich an«, schnauzte Herkus und beugte sich über ihn. Er roch den Whiskey und die Angst.

Darius schaute hoch und blickte Herkus an.

»Wo ist er?«

Darius zuckte die Achseln. »Wie schon gesagt, keine Ahnung. Ich bin ja nicht sein Babysitter.«

»Doch, das bist du«, sagte Herkus. Er sprach mit leiser, ruhiger Stimme, damit Sam nicht den Ernst der Lage erriet. »Bei dir habe ich ihn gelassen. Du bist verantwortlich. Ich frage dich noch einmal – und lüg mich nicht an. Wo ist Tomas?«

»Ich habe ihn in diese Wohnung in Bangor gebracht«, sagte Darius. »Er wollte das neue Mädchen ausprobieren. Dann beschloss er, mit ihr irgendwo auszugehen. Ich weiß nicht, wohin. Das war gegen elf. Seitdem habe ich weder ihn noch sie gesehen.«

Herkus legte Darius eine Hand auf die Schulter. Unter dem Leder spannten sich die Muskeln. »Du lügst mich an. Ich muss Arturas anrufen. Er wird wütend sein. Du weißt, wie sehr ihm an seinem Bruder liegt.«

Darius hob die Hände. Sie verrieten die Panik unter der erzwungenen Gelassenheit. »So ist es gewesen. Er hat das Mädchen mitgenommen. Das ist alles. Was soll ich da noch sagen?«

»Die Wahrheit. Und die wirst du mir erzählen. Früher oder später.«

Er warf Sam einen prüfenden Blick zu und bemerkte die Abschürfungen und den Dreck auf dessen Händen, so als sei der gestürzt.

»Du«, sagte er auf Englisch. Er sprach besser Englisch als Darius. »Wo ist Tomas?«

Der Schwachkopf sah aus besoffenen Augen zu ihm hoch. Er grinste. »Keinen blassen Dunst.«

Herkus packte alles von dem kurzgeschnittenen Haarschopf, was er erwischen konnte, und schlug das Gesicht des Schwachkopfs auf den Tisch. Noch bevor er es hörte, spürte er das befriedigende Knacken von Zähnen.

Sam spuckte Blut und winzige Zahnsplitter auf die Granitplatte, sprang auf und tastete nach etwas in seinem Rücken. Wollte der Idiot etwa ein Messer ziehen?

»Tu es nicht«, sagte Darius.

Die Wut in Sams Gesicht verwandelte sich in Entsetzen, als er zu begreifen schien, dass, was auch immer er in seinem Hosenbund gesucht hatte, nicht mehr da war.

»Tu es nicht«, wiederholte Darius lauter.

Sam schnappte sich etwas von der Sitzbank. Er riss es hoch und richtete es auf Herkus' Stirn. Ungefähr jedenfalls. Die Pistole zappelte in seiner Hand wie ein an Land gezogener Fisch. Blut tropfte ihm vom Kinn.

Herkus seufzte. »Du musst sie erst entsichern.«

Sam starrte ihn einen Augenblick an, dann drehte und wendete er die Pistole in der Hand um und suchte nach dem Sicherungshebel.

Mit einer einzigen schnellen Handbewegung entriss Herkus ihm die Waffe. Sam glotzte seine leeren Finger an.

»Das ist eine Glock«, sagte Herkus. »Die hat gar keinen Sicherungshebel. Setz dich hin.«

Sam gehorchte, während Herkus die Waffe in seine Jackentasche steckte.

»Ich frage dich noch einmal: Wo ist Tomas?«

Sam spuckte erneut aus. »Verhammhe Heihe, meine Hähne!«, rief er, Tränen schossen ihm in die Augen. Mit den Fingern befühlte er seine anschwellende Lippe.

Darius wischte sich rote Spritzer von der Wange und sagte auf Litauisch: »Ich habe dir schon gesagt, wir wissen es nicht. Es ist mit diesem Mädchen abgezogen und nicht wiedergekommen.«

»Na schön.« Herkus lächelte und sprach Sam auf Englisch an. »Machen wir eine kleine Spazierfahrt.«

10

Lennon schlotterte. Die Zahl der Anwesenden am Tatort war inzwischen stetig angewachsen. Als Erster traf der Rechtsmediziner ein. Dr. Eoin Donaghy trug einen Regenmantel über dem Schlafanzug. Seine einzige Aufgabe hier war, offiziell das Erlöschen des Lebens festzustellen. Es kostete ihn nur ein paar Sekunden, bis er mit Gewissheit sagen konnte: »Ja, der ist mausetot.«

Er trottete zurück zu Lennon und streifte sich die OP-Handschuhe ab, die er bei der Untersuchung getragen hatte, so kurz sie auch gewesen war. »Ziemlich kalte Nacht, um hier draußen jemanden umzubringen«, sagte er.

»Stimmt«, sagte Lennon.

»Böse Sache, das mit dem jungen Hafenpolizisten. Wie schlimm ist es?«

»Schlimm genug«, sagte Lennon. »Aber er kommt durch.«

»Ah, gut«, sagte der Arzt. »Na ja, wenn sonst nichts mehr ist?«

»Nein«, sagte Lennon, »das wäre alles. Danke.«

Sie gaben sich die Hand, und während der Arzt zu seinem Wagen zurückkehrte, kam Connolly herbei.

»Ich habe einen Namen«, sagte er.

Er hatte die letzte Viertelstunde in seinem Streifenwagen gesessen, mit dem Diensthabenden auf der Wache gesprochen und ihn gebeten, alle Verhaftungen wegen Störung der öffentlichen

Ordnung zu überprüfen, die Connolly in den letzten Monaten vorgenommen hatte.

»Ich wusste doch, dass ich den schon mal gesehen hatte«, sagte er. »Tomas Strazdas. Litauer. Letzten Oktober habe ich ihn wegen Störung der öffentlichen Ordnung festgenommen. Er hatte sich mit den Türstehern eines Nachtclubs angelegt. Hat ihm eine Nacht in der Zelle und eine Rechtsbelehrung beschert.«

»Das ist alles?«, fragte Lennon.

»Einem der Türsteher hat er ordentlich was aufs Maul gegeben«, sagte Connolly. »Bis zum nächsten Morgen wollte der Türsteher unbedingt Anzeige erstatten.«

»Sie glauben, dass jemand ihn unter Druck gesetzt hat?«

»Kann sein«, sagte Connolly. »Ich erinnere mich noch, dass irgendein Koloss, auch ein Litauer, ihn am nächsten Tag von der Wache abgeholt hat. Das ist mir damals komisch vorgekommen. Der Koloss war irgendwie ... wie sagt man gleich? Wenn man mit seinem Chef spricht?«

»Unterwürfig?«, schlug Lennon vor.

»Ja, genau. Unterwürfig. Als wäre Tomas der Boss von diesem Kerl.«

»Ich denke, wir müssen wohl mal ein wenig in Tomas' Vorgeschichte herumwühlen. Lust auf ein bisschen Ermittlungsarbeit?«

Connollys Gesicht wurde starr bei dem Versuch, ein Lächeln zu unterdrücken. »Ja, glaube schon.«

»Gut«, sagte Lennon. »Ich kläre das mit DCI Thompson ab. Wenn Sie hier fertig sind, gehen Sie nach Hause und ruhen sich etwas aus. Kommen Sie um sieben in mein Büro.«

Auf Connollys Glückseligkeit legte sich nun auch noch ein Schimmer der Hoffnung. »Ich bin morgen Abend mit der Nachtschicht dran.«

»An Heiligabend? Das biege ich ab, keine Sorge. Sie werden den Abend mit Ihrer Familie verbringen können.«

Jetzt konnte Connolly ein Grinsen nicht mehr unterdrücken. »Danke«, sagte er.

»Schon in Ordnung. Sehen Sie nur zu, dass Sie diese Chance so gut wie möglich nutzen. Wenn Sie bei mir anständige Arbeit abliefern, werde ich dafür sorgen, dass das weiter oben nicht verborgen bleibt.«

Jenseits des Absperrbandes fuhr ein Geländewagen der Polizei vor. Zwei Männer stiegen aus, ein Forensiker und ein Fotograf. Bis es hell wurde, lohnte es nicht, ein komplettes Team herzubeordern. Bis dahin würden sie nur ein Zelt über die Leiche stellen und rasch ein paar Fotos machen.

Lennon bezweifelte, dass er vor dem Morgengrauen hier wegkam. Bevor er ins Büro fuhr, um für DCI Thompson seinen Bericht zu schreiben, würde er noch zu Hause vorbeifahren, um nach Ellen zu sehen. Man hatte ihn ohnehin schon auch für den Heiligabend vorläufig zum Dienst eingetragen, auf Hewitts Betreiben hin, da war er sich sicher. Aber dann wäre er immerhin am frühen Abend zu Hause gewesen und hätte den Rest des Abends mit seiner Tochter verbringen können. Mit ein bisschen Glück konnte das immer noch klappen, aber dann würde er so müde sein, dass er letztlich doch wieder nur auf der Couch einschlief.

Das letzte Weihnachtsfest war sang- und klanglos an ihnen vorübergegangen. Abgesehen von ihren Alpträumen war Ellen in den ersten Monaten nach dem Tod ihrer Mutter so still gewesen, als sei sie nur der Schatten eines Kindes. Stundenlang hatte Lennon bei ihr gesessen und versucht, sie zum Reden zu bringen, war aber immer nur auf artiges Schweigen gestoßen.

Gelegentlich nahm sie immerhin seine Hand. Zuerst nur selten, aber im Laufe der Zeit dann doch immer häufiger. Oft hatte er dabei das Gefühl, dass es ihm mehr half als ihr.

In den Wochen nach Maries Tod hatte er sich selbst kaum ins Gesicht sehen können. Es kostete ihn fast körperliche Überwindung, sich nicht immer und immer wieder dieselbe Frage zu stellen. Was wäre gewesen, wenn er Marie und Ellen damals nicht in der Wohnung in Carrickfergus alleingelassen hätte?

Lennon hatte einige Sitzungen bei einem Psychologen absolviert, den die Polizei ihm besorgt hatte. Gemeinsam mit ihm hatte er nach möglichen Antworten gesucht, aber keine davon hatte ihm geholfen. Wäre er dagewesen, als der Mörder das Kind und seine Mutter verschleppte, hätte Lennon sie dann beschützen können? Vielleicht. Vielleicht wäre er aber auch selbst getötet worden, und man hätte sie trotzdem entführt. Dann war da die Frage, ob Lennon verraten worden war. DCI Gordon hatte ihn aus der Wohnung wegbeordert und war dann zwei Stunden später ermordet worden. Hatte Gordon seine Finger im Spiel gehabt? Hatte er Lennon eine Falle gestellt und war dann seinerseits hintergangen worden? Falls es so war und Lennon Marie und Ellen nicht allein gelassen hätte, hätte der Mörder sie dann trotzdem angegriffen? Oder hätte er abgewartet, bis sie schutzloser waren?

Der Versuch, diese Fragen zu beantworten, war, als wolle man fallenden Regen mit den Händen auffangen. Für jeden Tropfen, der in einer Handfläche landete, fielen tausend andere auf die Erde. Bald wurde deutlich, wie sinnlos das alles war. Was passiert war, konnte Lennon nicht mehr rückgängig machen. Stattdessen würde er Ellen ein so gutes Leben bieten wie nur irgend möglich.

Am Anfang war es noch erträglich. In gewisser Weise war Ellens Schweigen sogar eine Erleichterung, obwohl Lennon wusste, wie feige es von ihm war, so zu empfinden. Aber dann kam die Wut. Stiebende Funken, wie Blitze aus heiterem Himmel. Jede Kleinigkeit konnte das Kind zur Explosion bringen. Wenn sie mit einer Puppe spielte und die nicht so sitzen blieb, wie Ellen sie hingesetzt hatte, schrie sie und biss und trat um sich. Manchmal machte sie in ihrem Jähzorn Sachen kaputt, ganz gleich, ob sie ihr gehörten oder ihrem Vater. Jedes Mal verlosch das Feuer so schnell, wie es aufgelodert war, und danach war Ellen wieder, als sei nichts geschehen.

Um diese Zeit war es auch, dass Maries Tante Bernie McKenna anzurufen begann. Eine verhärmte alte Jungfer, die sich nicht einmal ein Lächeln abgerungen hätte, wenn Gott selbst herniedergefahren und ihr einen Witz erzählt hätte. Lennon stimmte ihrer Bitte zu, Ellen sehen zu dürfen, denn er fand, der Kontakt zu ihrem erweiterten Familienkreis könne der Kleinen nur guttun. Keine Sekunde lang hätte er geglaubt, Bernie werde daraufhin in betont unschuldigem Tonfall vorschlagen, dass das Kind bei seinen Verwandten mütterlicherseits besser aufgehoben sei. Wie denn er, ein alleinstehender Mann, ein kleines Mädchen aufziehen wolle? Nicht, dass sie schlecht von ihm denken würden, wenn er sie weggab, natürlich nicht, aber ein Mann sei nun mal ein Mann, und bei seinen unregelmäßigen Arbeitszeiten als Polizist, wie solle Ellen denn da irgendeine Stabilität bekommen?

Bis an sein Lebensende würde Lennon es nicht zugeben, aber tief im Inneren fragte er sich manchmal tatsächlich, ob Bernie McKenna nicht vielleicht recht hatte. Schließlich hatte er Ellen ja schon im Stich gelassen, als sie noch im Mutterleib gewesen war, und in den ersten sechs Jahren ihres Lebens hatte er keinen Kontakt zu ihr gehabt. In solchen Momenten erinnerte er sich jedes Mal daran, dass sie die einzige Verwandte war, die er noch hatte. Zumindest die einzige Verwandte, die seine Existenz zur Kenntnis nahm, denn seine Mutter und Schwestern hatten ihn verleugnet, als er damals Polizist geworden war.

Nein, er würde seine Tochter nicht hergeben. War das selbstsüchtig von ihm? Vielleicht. Wahrscheinlich. Aber es war das Versprechen, das er sich selbst gegeben hatte, als er sie aus jenem brennenden Gebäude getragen hatte, dem Haus, in dem ihre Mutter umgekommen war. Und dieses Versprechen würde er halten.

Schlotternd sah Lennon zu, wie der Fotograf dem Forensiker

half, das Zelt aufzubauen, eine weiße PVC-Folie über einem Alurahmen. Zu zweit brauchten sie weniger als eine Minute und eine weitere, um es mit Heringen zu sichern.

Er trat zu der offenen Zeltklappe und bückte sich hinein. Durch das durchscheinende Dach der Plane drang das Licht der Straßenlaternen herein. Lennon stand über der Leiche und kam sich vor wie ein Trauergast bei irgendeiner seltsamen Beerdigung.

Wer würde wohl um Tomas Strazdas trauern, fragte er sich.

11

»Mein Name ist Galya Petrowa«, sagte sie. »Bitte helfen Sie mir.«

»Wo bist du?«, fragte der Mann.

»Ich weiß nicht«, sagte sie. »Unter einer Brücke. Irgendwo am Wasser.«

»Schau dich um.«

»Es gibt ein großes Gebäude«, sagte sie. »Aus Glas und Metall. Rot gestrichen. Auf der Brücke kann ich Autos hören. Überall sind Kräne und Zäune.«

»Verstehe«, sagte er. »Das ist das Gebäude der Royal Mail. Rühr dich nicht vom Fleck. Bleib unter der Brücke. Halt dich im Dunkeln. Ich finde dich schon.«

Galya kamen die Tränen. »Danke«, sage sie und legte auf. Sie zog sich noch weiter in die Dunkelheit zurück und drückte das Telefon an ihre Brust wie ein Neugeborenes.

Erst heute Nachmittag – nein, gestern Nachmittag – war Rasa in das Schlafzimmer gekommen, in dem man Galya schon seit fast einer Woche festgehalten hatte. Sie hatte Galya erklärt, heute werde sie mit der Arbeit anfangen.

Galya wusste, was für eine Sorte Arbeit gemeint war.

Rasa hatte auf dem Bett Unterwäsche ausgelegt, winzige durchsichtige Fetzen, und ein paar Schuhe auf den Boden gestellt. Es waren Plateauschuhe mit so hohen Hacken, dass Galya unmöglich darin hätte laufen können.

»Zieh dich aus!«, verlangte Rasa in gestelztem Russisch. »Zieh das hier an!«

»Nein.«.

Rasa lächelte auf die müde und doch geduldige Weise, wie Eltern es bei einem begriffsstutzigen Kind machten. Galya schätzte, dass sie zwanzig Jahre älter war als sie selbst, vielleicht auch noch älter. Das Gesicht trug die Falten von Alter und Tabak. Rasa war gekleidet wie eine Geschäftsfrau, die sich nach jüngeren Männern sehnte. »Sei nicht kindisch«, sagte sie. »Du willst doch hübsch aussehen für deinen Freier, oder etwa nicht?«

Galya drückte sich an die Wand.

»Der Gentleman, der dich sehen will. Er wird bald da sein.«

»Wer ist es?«, fragte Galya.

»Niemand Spezielles«, sagte Rasa. »Einfach nur ein netter Mann.«

»Was will er?«

Rasa lachte und setzte sich ans Fußende des Bettes. »Das musst du schon selbst herausfinden. Und was immer er will, du wirst es für ihn tun.«

»Ich mache gar ...«

»Was immer er will«, wiederholte Rasa. Ihre Stimme war so hart wie alte Knochen, die knarzten. »Komm her. Setz dich neben mich.«

Galya drückte ihre Schultern an die Wand und stemmte sich mit den Füßen ab. »Ich will nicht.«

»Setz dich«, befahl Rasa. »Sofort.«

Galya trat ans Bett und ließ sich auf die Matratze sinken, behielt aber einen guten Meter Abstand zwischen sich und der anderen. Die Augen hielt sie weiter gesenkt.

»Bist du noch Jungfrau?«, fragte Rasa.

Galya wurde rot.

»Bist du noch?«

Galya kaute auf ihrer Lippe.

»Antworte!«, verlangte Rasa.«

»Nein«, sagte Galya.

»Einer?«, fragte Rasa.

Galya starrte die Wand an.

»Zwei Männer? Noch mehr?«

»Zwei«, sagte Galya und noch während sie es aussprach, wunderte sie sich selbst, warum sie die Wahrheit sagte. »Zu Hause gab es da einen Jungen. Wir waren noch sehr jung. Es war in einem Feld, nicht weit von Mamas Haus. Es ging so schnell, dass er fertig war, kaum dass er angefangen hatte, und dann ist er weggelaufen. Er hat nie mehr mit mir gesprochen. Zwei Wochen habe ich nicht geschlafen. Erst wieder, als das Blut kam.«

Rasas Stimme und Miene wurden sanfter. »Und der zweite Mann?«

»Aleksander«, sagte Galya. Sie wandte sich Rasa zu und schaute ihr ins Gesicht. Falls Rasa den Namen erkannte, ließ sie es sich jedenfalls nicht anmerken. »In Kiew. In der Nacht, bevor wir nach Wilna geflohen sind. Er hat mir erzählt, ich würde in Dublin bei einer netten russischen Familie wohnen, ich würde mich um ihre Kinder kümmern und ...«

»Und was?«

Beinahe rutschte Galya heraus, dass sie ihnen hatte Englisch beibringen sollen. Das war es, was Aleksander ihr erzählt hatte, während sie viele Kilometer weit von ihrem Dorf nahe der russischen Grenze bis in die ukrainische Hauptstadt gefahren waren. Aleksander hatte von dem Leben gesprochen, das sie haben würde, von den Orten, die sie sehen würde, von dem Geld, das sie verdienen und ihrem kleinen Bruder Maksim schicken würde, damit der die Schulden begleichen konnte, die Mama hinterlassen hatte.

Von dem guten Leben, das sie haben würde, sprach Aleksander, als er sie in dem Hotel in Kiew in die Arme nahm. So einen Luxus hatte Galya noch nie gesehen, solch dicke Teppiche, die seidenen Laken und mehr zu essen, als sie herunterbrachte. All das würde sie bekommen, sagte er und drückte sich an sie. Und sie erlag ihm, ungeachtet dessen, was Mama wohl denken würde, wenn sie vom Himmel hinabschaute. Denn sie war dankbar, weiß Gott. Und Aleksander war gutaussehend und groß, mit dunklen Augen und langen Wimpern, und Galya musste unbedingt einmal etwas Schönes berühren, einmal in ihrem Leben.

Ihr Orgasmus war gewesen, als würde Glas bersten, und danach hatte sie sich so leer gefühlt wie eine der Schaufensterpuppen, die sie in den Schaufenstern im Metrograd-Einkaufszentrum gesehen hatte. Eine Minute, vielleicht auch nur einige Sekunden lang hatte sie das Gefühl gehabt, Aleksander vielleicht zu lieben. Aber dann löste sich dieses Gefühl in ihrer Brust auf, wurde in dem Moment weggespült, als er ihr einen litauischen Pass mit dem Bild eines Mädchens gab, das Galya Petrowa ähnlich genug sah, um einem flüchtigen Blick standzuhalten.

Ins Flugzeug stieg sie allein, den Pass umklammert und mit einer köstlichen Beklommenheit im Herzen. Ihre Nerven sprühten Funken vor lauter Erwartung. Sie war noch nie geflogen und keuchte auf, als sie spürte, wie die Beschleunigung des Flugzeugs sie in den Sitz drückte. Dann hob es ab, und Galya betete zu Gott, dass es sie sicher nach Wilna bringen möge.

Sie schaute sich um und sah in die Gesichter der anderen Passagiere. Und ob sie nun mit ihren Begleitern scherzten oder nur reglos dasaßen, in allen Augen las Galya dasselbe Gebet.

Beim Fliegen glaubt jeder an Gott, dachte sie.

Wer hätte denn sonst den Mut dazu?

»Und was?«, fragte Rasa noch einmal.

»Und ich sollte mit den Kindern spielen.«

»Und jetzt bist du in Belfast. Was willst du dagegen machen?«

Galya verknotete ihre Finger.

»Dieser Aleksander hat dich also belogen, du bist auf dieser Farm gelandet und hast jeden Tag von morgens bis abends geschuftet«, fuhr Rasa fort. »Als ich dich gefunden habe, warst du voller Dreck und hast gestunken wie ein Pferd. Und jetzt schau dir mal die hübschen Sachen an, die ich dir gekauft habe. Und du kannst sogar ein bisschen Geld verdienen, sobald du mir alles zurückgezahlt hast.«

»Zurückbezahlt?«

»Für die Agentur, die dich rübergeholt hat. Denen musste ich eine Stange Geld bezahlen, um dich von dieser Farm wegzuholen. Wie willst du mir das zurückzahlen?«

»Ich habe nicht verlangt ...«

»Ist mir ganz egal, was du verlangt hast«, unterbrach Rasa sie, und in ihrer Stimme schwang wieder diese Unerbittlichkeit mit. »Ich habe dich da rausgeholt. Hat mich eine Menge gekostet, und jetzt schuldest du mir was. Du musst nichts weiter tun, als die Freier zufriedenzustellen. Was ist denn daran so schlimm? Tu einfach nur, was sie verlangen, lächle sie an, sei hübsch.«

Rasa rückte näher an Galya heran und streckte eine Hand aus, um ihr das Haar aus dem Gesicht zu streichen. »Weißt du überhaupt, was für ein hübsches Mädchen du bist?«

Galya kaute auf einem Fingernagel.

»Wie eine Puppe«, sagte Rasa. »Mehr musst du gar nicht machen. Einfach nur lächeln, hübsch sein und tun, was sie verlangen.«

Galya sah Rasa an. »Und wenn ich nein sage?«

Rasa lächelte sie traurig an. »Dann ist der Freier unzufrieden«, sagte sie langsam. Ihr Russisch war von einem litauischen Akzent gefärbt. »Und die Männer, die dir dieses Zimmer gegeben haben und ein Dach über dem Kopf, sind dann auch unzufrieden. Du willst doch nicht undankbar erscheinen, oder? Du willst doch nicht für schwierig gehalten werden? Dann werden sie nämlich wütend. Sie brauchen das Geld, um die Miete für dich zu bezahlen. Du willst sie doch nicht wütend machen, oder?«

»Nein«, sagte Galya so leise, das sie sich selbst kaum hörte.

»Braves Mädchen.« Rasa lehnte sich zu ihr und drückte ihr einen trockenen Kuss auf die Wange. »Tu einfach, was man dir sagt, und alles ist in Ordnung. Ich verspreche es.«

Also hatte Galya den grauen Trainingsanzug und die einfache Unterwäsche ausgezogen, die sie ihr ein paar Tage zuvor gegeben hatten, und die Spitzenfummel und die Schuhe angezogen, in denen sie kaum stehen konnte. Eine Stunde hatte sie halbnackt und mit Gänsehaut dagesessen und darauf gewartet, dass der Freier kam. Die Wochen, seit sie von Kiew nach Wilna, von Wilna nach Brüssel und schließlich von Brüssel nach Dublin geflogen war, waren zu einem einzigen zähen Brei aus lauter Mühseligkeit zerlaufen. Arbeiten und schlafen, arbeiten und schlafen, immer nass und kalt, immer schmutzig, immer müde, immer Heimweh nach Zuhause.

Jetzt saß sie in einem Zimmer mit einem weichen Bett, kalt, aber trocken, und musste nichts weiter tun, als einen Freier glücklich zu machen. Brachte sie so etwas fertig? Vielleicht, wenn sie den Gedanken an Mama gewaltsam verdrängte.

Vielleicht hätte sie es getan, vielleicht hätte sie sich hingegeben, hätte es da nicht den freundlichen Mann gegeben und das Kreuz, das er ihr in die Hand gedrückt hatte. Und den Zettel, auf den eine Telefonnummer gekritzelt war. Die Hoffnung, die er ihr gab, hatte sich in ihrem Herzen in Mut und an ihren Händen in Blut verwandelt.

»Ruf mich an«, hatte er ihr in einem Akzent gesagt, der nicht aus Belfast stammte.

»Ich kann dich retten«, hatte er gesagt.

Und Galya hatte ihm geglaubt.

12

Er legte das Telefon neben das Glas auf den Tisch zurück. Mit seinem kräftigen Finger strich er über das Kondenswasser und spürte die Kühle auf seiner schwieligen Haut.

Sie hatte früher angerufen, als er erwartet hatte. Er hatte nicht einschlafen können und sich, da er ohnehin wach war, ein Buttermilch-Shandy gegönnt. Ein halbes Glas Buttermilch und ein halbes Glas Limonade. Er nahm einen Schluck, schmeckte das süß-saure Gemisch und schluckte es hinunter.

Normalerweise dauerte es Tage, manchmal Wochen, bevor sie anriefen. So traurig es auch war, die Mädchen ließen eine Menge Misshandlungen über sich ergehen, bevor sie nach einem Ausweg suchten. Aber diese hier hatte weniger als vierundzwanzig Stunden gebraucht. Sie musste ziemlich unter diesen Ungeheuern gelitten haben, aber das wollte er sich lieber gar nicht vorstellen.

Weil er nicht wollte, dass sein eigener Wagen gesehen wurde, war er heute Nachmittag mit einem Taxi zu der Wohnung gefahren und hatte dort geläutet. Ein Summer ertönte, und das Schloss sprang auf. Er trat ein.

Die ältere Frau wartete auf dem Treppenabsatz auf ihn. Sie war zu gut gekleidet für eine solche Umgebung.

»Hallo, Schatz«, begrüßte sie ihn mit starkem Akzent. »Deine erste Mal?«

»Ja«, log er.

»Keine Sorge«, sagte sie und ließ ihn in die Wohnung. »Bestimmt du hast Spaß.«

Drinnen lungerten vor der kleinen Küche drei Männer herum. Zwei waren, nach ihren Tattoos und der Kleidung zu urteilen, Einheimische. Der dritte sah aus wie ein Ausländer, ein Hüne mit einem Riesenbauch und großen Pranken.

Unsicher, ob er weitergehen sollte, blieb er in der Tür stehen.

Einer der Einheimischen sah hoch, nahm aber kaum Notiz von ihm und unterhielt sich weiter mit seinen Freunden.

»Komm«, sagte die Frau. »Nicht so schüchtern.«

Beim Eintreten fragte er sich, warum er so nervös war. Es war ja nun wirklich nicht das erste Mal, dass er solch einen Ort betrat. Er hatte es schon sehr oft getan.

»Ist fünfzig Pfund für Massage«, sagte die Frau und streckte die Hand aus.

»Was?«, fragte er und spielte den Ahnungslosen.

»Du gibst fünfzig für Massage«, sagte die Frau. »Du willst was anderes, ist zwischen dir und ihr.«

»Ah«, machte er. Er griff nach seinem Portemonnaie, zählte zwei Zwanziger und einen Zehner ab und legte sie ihr in die Hand.

»Ist gut«, sagte sie lächelnd und bleckte ihre vergilbten Zähne. Nikotin, vermutete er.

Sie stopfte sich die Scheine in die Bluse und schob dabei den Stoff ihres Büstenhalters zur Seite. Eine unnötige Geste, fand er.

»Komm«, sagte sie. »Ihr Name ist Olga.«

Mindestens in einem Drittel der zwei Dutzend Gelegenheiten, bei denen er solche Wohnungen aufgesucht hatte, war der Name des Mädchens Olga gewesen. Die meisten hatten leere Augen und bewegten sich wie Marionetten. Sie sagten hallo und bitte und danke. Wenn er ihnen erklärte, dass er nichts von ihnen wolle, zupften sie trotzdem an seinen Kleidern. Das waren die verlorenen Seelen. Für sie konnte er nichts mehr tun.

Aber ein paar hatten noch Leben in sich. Sie hörten ihm zu. Sie starrten ihn voller Hoffnung und Ehrfurcht an, wenn er zu ihnen von Rettung sprach. Sie riefen ihn an. Irgendwann.

Die Frau führte ihn durchs Wohnzimmer und öffnete eine Tür. Über die Schulter hinweg warf er einen erneuten Blick auf die drei Männer. Einer von ihnen nahm einen Mantel, verabschiedete sich von seinen Freunden und verließ die Wohnung. Keiner der drei schenkte dem Mann, der sie musterte, irgendeine Beachtung.

»Komm«, sagte die Frau. »Gefällt dir, wirst sehen.«

Sie betrat das Schlafzimmer.

Er folgte ihr. Sie deutete auf das Mädchen auf dem Bett.

Das Mädchen sah auf. Es war nur ein flüchtiger Blick, aber er reichte, um ihm zu zeigen, dass sie noch ihre Seele besaß. Sie konnte noch gerettet werden.

Im Stillen dankte er dem Herrn im Himmel.

13

Die anderen warteten schon, als Herkus und seine Freunde in dem alten BMW anhielten. Der Schwachkopf Sam saß am Steuer, die Mündung der Glock war in die Rückseite seiner Sitzlehne gedrückt. Darius lag im Kofferraum. Er hatte gequält aufgestöhnt, als Herkus ihm befohlen hatte, sich dort hineinzulegen.

Kurz darauf saßen Darius und Sam nebeneinander, jeder mit Kabel an einen Stuhl gefesselt. Herkus stand über ihnen und blies sich in die hohlen Hände, um seine Finger zu wärmen. Die anderen beiden, Matas und Valdas, standen schweigend am Rolltor. Es waren gute Männer, die Herkus schon seit seiner Armeezeit kannte, und sie würden ihm Rückendeckung geben, ganz gleich, was hier passierte.

Unterwegs hatte er Arturas angerufen und ihm gesagt, dass er die beiden Männer gerade ins Versteck brachte. Arturas hatte ihm gesagt, er solle alles Notwendige tun, egal, wen er damit auf die Palme brachte.

Das Leben dieser beiden Männer war jetzt keinen Pfifferling mehr wert. Irgendwie tröstete das Herkus.

Das Versteck war drinnen genauso kalt wie draußen, eines von zwei Dutzend identischen Häusern auf einer Industriebrache nördlich der Stadt. Sie hatten früher einem gewissen McGinty gehört. Hinter vorgehaltener Hand hatte man Herkus erzählt, dass hier einmal ein Verrückter namens Fegan einen korrupten Cop umgebracht hatte und daraufhin das Siedlungsbauprojekt, das den Lagerhauskomplex hatte ersetzen sollen, für unbestimmte Zeit auf Eis gelegt worden war.

Abwechselnd sah Herkus die beiden Männer an. Sam war genauso dämlich wie sein Idiot von Bruder, beides kleine Ganoven, die eine Organisation mit großem Namen hinter sich hatten. Kein Wunder, dass Arturas für seine Geschäftspartner in der Loyalistenbewegung nur Verachtung übrig hatte. Wenn die zwei da typisch für deren gesamtes Personal waren, dann mochte Gott ihnen beistehen.

Darius war aus einem anderen Holz geschnitzt. Er war zwar nicht der Hellste von Arturas' Männern, aber er besaß Mut. Und enorme Körperkraft. Ein Berg von einem Mann, noch hünenhafter als Herkus selbst.

Mit wem sollte er also anfangen? Zuerst überlegte er, es sollte Darius sein. Um Sam zu zeigen, wie ernst seine Lage war. Andererseits aber war Darius zu nützlich. Jedenfalls im Moment noch.

Also Sam.

Herkus riss von einem Papiertaschentuch zwei Streifen ab, knüllte sie zusammen und stopfte sie sich in die Ohren. Dann zog er die Glock 17 aus der Tasche und drückte Sam die Mündung an die Stirn.

»Wo ist Tomas?«, fragte er.

»O Gott«, wimmerte Sam. »Ich weiß es nicht, ich schwöre bei ...«

Herkus drückte den Abzug und schrie: »Peng!«

Sam schrie auf, und in seinem Schoß breitete sich ein dunkler Fleck aus.

Herkus lachte. »Noch was über die Glock 17«, sagte er. »Keine Patrone in der Kammer, kein Peng.«

Er zog den Schlitten zurück.

»Jetzt macht es peng«, sagte er.

Herkus setzte Sam die Mündung an die Stirn.

Eine Flüssigkeit tröpfelte auf den Boden.

»Wo ist Tomas?«, fragte Herkus.

»Er ist tot!«, schrie Sam. »Sie hat ihn umgebracht!«

Herkus blieb das Herz stehen. Er schloss die Augen.

»Wer hat ihn umgebracht?«, fragte er und machte die Augen wieder auf.

»Das Mädchen«, stammelte Sam. »Sie hatte eine Scherbe, von einem Spiegel. Die hat sie ihm in die Kehle gerammt. Wir haben Panik gekriegt. Wir haben sie und die Leiche in den Kofferraum geworfen. Dann sind wir raus zum Hafen gefahren, um sie loszuwerden. Sie ist abgehauen. Wir haben Tomas da am Straßenrand liegenlassen.«

Er sah zu Herkus hoch, die Augen weit aufgerissen und tränennass. »O Gott, es tut mir leid. Wir wussten doch nicht, was wir machen sollten, wir hatten Angst. Es tut mir leid. O Gott, es tut mir ...«

Herkus drückte ab.

Sams Hinterkopf explodierte.

Darius weinte. Herkus setzte seinem alten Freund die Mündung an die Stirn.

»Erzähl mir alles«, verlangte er.

14

Noch bevor Herkus aufgehört hatte zu sprechen, drückte Arturas Strazdas die rote Taste auf seinem Telefon. Er starrte das Display an, ohne etwas wahrzunehmen.

Tomas tot.

Von einer Hure umgebracht.

Wie einen Hund irgendwo am Straßenrand liegengelassen.

Brüllend warf Strazdas das Telefon gegen die Wand. Er brannte innerlich, sein Herz glühte vor Zorn. Büschelweise packte er seine Haare und riss daran. Er ballte die Rechte zur Faust und schlug sich damit so lange auf die Stirn und die Schläfen, bis er, benommen wie ein Betrunkener, gegen die Wand taumelte.

Trotzdem wollte das Feuer nicht verlöschen.

Er streifte sich den linken Hemdsärmel vom Unterarm und vergrub seine Zähne in dem blassen Fleisch.

Ein Schmerz, heiß und grimmig, erstickte endlich seinen Zorn. Er bekam sich wieder unter Kontrolle. Vorsichtig machte er den Mund auf. Es schmeckte nach Metall.

Die Scham traf ihn mit voller Wucht, wie ein Schlag in die Magengrube. Noch nie hatte er einer Menschenseele von diesen Wutanfällen erzählt, und er würde das auch nie tun. Dass sie ihn manchmal dazu brachten, sich selbst zu verstümmeln. Dass er sich gelegentlich Wunden zufügte. Dass er sich, wenn auch nur selten, ritzte.

Strazdas atmete schwer, holte durch die Nase Luft und blies sie durch den Mund wieder aus, bis sich der Herzschlag in seiner Brust wieder beruhigt hatte. Er ging ins Bad der Suite und drehte am Waschbecken das kalte Wasser auf. Dann lehnte er sich gegen den schwarzen Marmor, hielt seinen Unterarm unter das Wasser und sah zu, wie rote Schlieren in den Abfluss rannen.

Er verfluchte sich.

Seit zehn oder noch mehr Jahren machte er das nun schon. Immer aus dem Nichts heraus, und kaum hatte es angefangen, war es auch schon wieder vorbei. Erst die Wut, dann der Schmerz, um sie zu ersticken, und dann die Scham.

Einmal, in seiner Wohnung in Brüssel, hatte die Putzfrau ihn dabei gesehen, wie er sich selbst ins Gesicht geschlagen und in den Handrücken gebissen hatte. Sie hatte gefragt, ob alles in Ordnung sei. Ja, hatte er gesagt, alles in Ordnung, keine Sorge.

Ihre Leiche war nie gefunden worden.

Strazdas riss ein halbes Dutzend Blatt Toilettenpapier ab, legte sie zu einem Ballen zusammen und drückte sie auf die blutunterlaufene Wunde. Er richtete sich auf und sah sich im Spiegel an. Ein gutaussehender Mann, wie man ihm schon öfter gesagt hatte. Dichtes schwarzes Haar und blaue Augen. Reine Haut, schöne Gesichtszüge.

Er spuckte den Spiegel an. Der Speichel sprühte wie eine Gischt auf die Scheibe und lief hinunter.

Arturas Strazdas wusste, dass es ihm nicht gut ging, aber er hatte keine Ahnung, wie er wieder gesund werden sollte. Oft schien es ihm, als sei sein Leben schon vorgezeichnet und er selbst Zeuge seines eigenen Schicksals. Er hatte noch nie eine Frau gehabt, für die er nicht bezahlt hatte, noch nie einen Freund, der ihn nicht fürchtete, und er wusste, dass er allein sterben würde.

Und er hatte immer gewusst, dass er seinen Bruder beerdigen würde.

O Gott, Tomas.

Strazdas nahm ein Handtuch und wischte die Spucke von der Scheibe, dabei vermied er, in sein Spiegelbild zu schauen. Er warf das Handtuch ins Waschbecken, ging ins Schlafzimmer und setzte sich auf die Bettkante.

Tomas tot.

Wie sich wohl Trauer anfühlte? Bewusst hatte Strazdas sie noch nie empfunden. Als er von einem Onkel erfahren hatte, dass sein Vater gestorben sei, hatte er zwar die Rolle des trauenden Sohnes gespielt, aber insgeheim hatte er jubiliert. Noch nie hatte er das Hinscheiden eines anderen beweint.

Strazdas schloss die Augen und erforschte sein Innerstes, auf der Suche nach einem Gefühl des Verlusts. Irgendetwas nistete da in seinem Herzen. Vielleicht war das ja eine Totenklage für seinen Bruder. Aber dem entgegen stand die Erleichterung, dass er sich nun nie wieder um Tomas' Katastrophen würde kümmern müssen. Und dieses Gefühl wiederum wurde noch in den Schatten gestellt von der Wut darüber, dass einer aus seiner eigenen Familie von einer Hure umgelegt worden war.

Daran klammere dich, halt dich fest an deinem Zorn.

Würde denn nicht jeder normale Mensch Wut empfinden, wenn der Bruder ermordet wurde? Ja, das würde er. Von einer Hure umgebracht!

Ruf nicht wieder an, bevor du ihn gefunden hast, hatte seine Mutter gesagt.

»Ich habe ihn gefunden«, sagte Strazdas in das leere Zimmer hinein.

Er musste sie anrufen. Ihr erzählen, was geschehen war. Zuerst hatte er überlegt, noch abzuwarten, bis er mehr Informationen hatte, aber das würde nichts bringen. Sie würde ihm jede Sekunde übelnehmen, die er ihr die Nachricht vorenthalten hatte, und ihn dafür bestrafen. Jede Minute, in der er sich die Beichte ersparte, würde sie ihm mit einer Minute der Raserei vergelten.

Er stand auf, ging ins Wohnzimmer der Suite und hob sein Handy vom Boden auf. Der Aufprall gegen die Wand hatte einen oder zwei Sprünge hinterlassen. Er öffnete die Kontakte-Liste. Ihre Nummer war unter Laima abgespeichert. Natürlich hätte er sie niemals in ihrem Beisein so genannt, aber es wäre ihm albern vorgekommen, in einer Telefonliste »Mutter« stehen zu haben.

Bevor er die Anruftaste drückte, tupfte er mit der Fingerspitze weißes Puder von der Glasscheibe. Er massierte es in seinen Gaumen ein und gab sich dem kühlen, betäubenden Gefühl hin, das darauf folgte.

Jetzt anrufen.

Strazdas lauschte auf die Rufzeichen, während das Handy mit der Brüsseler Wohnung verbunden wurde. Vor seinem geistigen Auge erschien der große offene Wohnbereich und das Telefon auf dem eleganten Beistelltisch neben dem Plüschsofa, das er seiner Mutter gekauft hatte. Er sah, wie sie in der dunklen Wohnung das Licht anschaltete, zum Telefon ging und nach dem Mobilteil griff, den Blick getrübt von Schlaf und Tränen.

»Hallo?«, meldete sie sich.

»Ich bin es.«

Im ersten Moment nur Schweigen; dann: »Sag es mir.«

»Tomas ist tot.«

Er hörte ein verzerrtes Klackern, als das Telefon zu Boden fiel. Ein erstickter Schrei wie von einem Tier, das in eine Falle geraten war. Eine Minute oder länger hörte er die unterdrückten Schluchzer und Klagelaute, dann brachen sie plötzlich ab, als hätte man eine Nadel aus der Rille einer alten Vinylscheibe gehoben.

»Wie?«

Strazdas erzählte ihr alles. Über die Hure, dass Tomas sie hatte einreiten wollen, dass sie ihm mit einer Spiegelscherbe die Kehle durchgeschnitten hatte, dass Darius und dieser Idiot, mit dem er unterwegs gewesen war, versucht hatten, die Leiche im Wasser zu versenken und dass die Hure ihnen entkommen war.

Als er fertig war, hörte er ihren gleichmäßigen Atem.

Schließlich sagte sie: »Töte sie!«

»Mache ich«, versprach Strazdas.

»Sorg dafür, dass die Schlampe leidet für das, was sie meinem Jungen angetan hat.«

Er war wieder das Kind, das sich schämte, weil es ins Bett gemacht hatte, mit den roten Spuren ihrer harten Hand auf den Schenkeln. »Mache ich«, versprach er.

»Und jeden anderen, der dafür verantwortlich war, und jeden, der sich dir in den Weg stellt. Hast du mich verstanden?«

Oder der junge Teenager, den sie mit den Fingern in der Hose erwischt und angewidert den Mund verzogen hatte. »Ja«, versprach er.

»Töte sie alle.«

Seine Blase drückte. »Ja.«

Ein hartes Klicken, dann war sie weg.

Er rannte ins Bad.

15

Ein weißer Toyota-Kleintransporter kam näher, seine Scheinwerfer tauchten die Dunkelheit unter der Brücke in helles Licht. Galya drückte ihren zitternden Körper an den Pfeiler, der Beton an ihrer Wange war eiskalt.

Der Transporter wurde langsamer. Auf der Fahrerseite wurde das Fenster heruntergelassen, und das rundliche Gesicht des Insassen kam zum Vorschein.

Galya trat von dem Pfeiler weg und ließ sich vom Licht einfangen.

Der Fahrer lächelte. Er lehnte sich zur Beifahrertür hinüber, öffnete sie und drehte sich wieder zu ihr um.

»Komm«, sagte er.

Er war am Nachmittag zu ihr gekommen. Als er, von Rasa hereingeführt, den Raum betreten hatte, hatte sie ihn kurz angeschaut und dann den Blick gesenkt.

Rasa sprach ihn auf Englisch an. »Viel Spaß mit ihr«, sagte sie. »Sie ist neu. Noch unberührt.«

Dann schloss sie die Tür und ließ ihn mit Galya allein.

Er blieb am anderen Ende des Schlafzimmers stehen. Die Augen in seinem runden Gesicht waren wie schwarze Ölflecken. Das ungestüme Haar hatte er sich aus der Stirn geschoben, und ein dichter Bart umrahmte die rote Öffnung seines Mundes. Von der

Mitte der Stirn bis zur Außenkante seiner rechten Augenbraue verlief eine rosarote Narbe. 38, 39, vielleicht vierzig. Galya musterte ihn aus den Augenwinkeln.

»Hallo«, sagte er.

Sie versuchte zu antworten, aber ihrer Kehle entwich nur ein zähes Gemurmel.

»Darf ich mich setzen?«, fragte er.

Galya rutschte noch weiter ans Kopfende des Bettes. Sie spürte sein Gewicht auf der Matratze, die schaukelte wie ein Boot auf einer Welle, von der einem übel wurde. Galya sah ihn nicht an, spürte aber seinen Blick auf ihrer bloßen Haut. Ohne nachzudenken, legte sie einen Unterarm über ihre nackten Brüste und den anderen zwischen ihre Schenkel, so dass ihre Hand über dem Knie lag.

»Mein Name ist Billy«, sagte er.

Galya antwortete nicht.

»Bin ich wirklich dein erster Freier?«, fragte er.

Galya schluckte und presste die Lippen zusammen.

»Es hat dich also noch nie jemand angerührt?«

Galya starrte auf das Muster der vergilbten Tapete.

»Gut«, sagte er. »Dann ist es noch nicht zu spät.«

Er kniete sich auf den Boden und sah zu ihr hoch wie ein Verehrer, der einen Heiratsantrag macht.

»Ich kann dir helfen«, sagte er. Sein Akzent war weich und samten, nicht so hart und kehlig wie der der Männer, denen diese Wohnung gehörte. Vielleicht war er Engländer, aber sicher war Galya sich nicht.

Sie hob den Kopf und schaute ihn an. Er sah ihr fest in die Augen, und in seinem Blick lag etwas Verbindliches, Ehrliches.

»Wenn du es hier herausschaffst«, sagte er, »dann kann ich dir helfen.«

Galya wollte schon antworten, machte aber den Mund wieder zu, als sie erkannte, dass sie ihm nichts zu sagen hatte.

»Bitte glaub mir«, fuhr er fort, »ich kann dir helfen. Wenn du von hier fliehen kannst, dann sag niemandem, wo du hingehst. Ich kann dir wieder nach Hause helfen. Wie heißt du?«

Galya schüttelte den Kopf.

»Ich heiße Billy Crawford«, sagte er. »Ich bin Pastor. Ein Baptistenpastor, aber man hat mich nicht in eine Kirche geschickt. Stattdessen helfe ich Mädchen wie dir. Ich helfe euch, aus dieser Situation herauszukommen. Verstehst du mich?«

Er streckte einen Arm nach Galya aus. Sie fuhr zurück.

»Keine Angst, ich tue dir nichts«, sagte er, als würde er einen zitternden Welpen beruhigen. »Schau hier.«

Er hielt ihr eine dünne Silberkette vor die Augen, von der ein Kreuz baumelte.

»Für dich«, sagte er. »Damit Jesus dich beschützt.«

Er wollte sie ihr über den Kopf streifen. Sie zuckte zusammen.

»Tut mir leid«, sagte er und ließ die Hände sinken. Das Kreuz ruhte in seinem Schoß. »Ich wollte dir keine Angst machen. Ich weiß, dass du dich fürchtest. Ich weiß, dass du nicht hier sein willst. Das willst du doch nicht, oder?«

Galya wollte den Kopf schütteln und ihm sagen, dass sie ganz bestimmt nicht hier sein wollte, nein. Stattdessen wandte sie die Augen ab.

»Schon in Ordnung«, sagte er. »Ich bin hier, um dir zu helfen. Ich kann dir helfen, wieder nach Hause zu kommen, weg von diesen Leuten.«

Weg.

So ein großes Wort. So groß, dass es auf Russisch viele Wörter dafür gab. Weg, so wie sie von Mamas Hof weggewollt hatte. Ihr Dorf hatte verlassen wollen. Um frei zu sein von den Dingen, die sie dort festhielten. Um woanders hinzugehen und ihr eigenes Leben führen zu können.

Jetzt kamen ihr diese Flausen töricht vor, aber das Wort wog trotzdem noch schwer. Von hier weg zu sein, wünschte sie sich mehr als je etwas anderes in ihrem Leben.

Als er jetzt also erneut die Hand ausstreckte, senkte sie den Kopf und ließ zu, dass er ihr die Kette um den Hals legte. Kalt lag das Kreuz auf ihrer Haut. Sie tastete mit den Fingerspitzen danach und fühlte die harten Kanten.

»Jesus wird dich beschützen«, sagte er. »Er wird dich beschützen, und Er wird dir helfen, von diesen Leuten wegzukommen. Verstehst du mich?«

Galya nickte.

»Gut.« Auf seinem Mondgesicht machte sich ein Lächeln breit. Er nahm ihre Hand und legte ihr einen Zettel hinein, auf dem eine Ziffernfolge stand, jede Zahl fein säuberlich mit Bleistift aufgeschrieben. »Wenn du von hier wegkommst, ruf mich an. Verstehst du? Ruf an. Ich kann dich retten.«

Er stand auf und ging zur Tür, öffnete sie und ließ Galya im Zimmer zurück. Galya starrte das Papier und die Ziffern darauf an. Sie nahm das Kreuz an ihrer Brust, drehte und wendete es im Licht, hob es an ihren Mund und küsste es.

Hinter der Schlafzimmertür näherten sich schnelle, harte Schritte. Galya knüllte den Zettel zusammen und stopfte ihn neben sich unter das Kopfkissen. Sie nahm die Kette vom Hals und wollte sie zu der Telefonnummer stecken, aber da ging schon die Tür auf. Galya schloss die Faust um das Kreuz, als Rasa eintrat und fragte: »Was ist passiert?«

»Nichts«, sagte Galya.

»Genau«, sagte Rasa und kam zum Bett. »Nichts.«

»Er wollte nur ...«

Rasas flache Hand klatschte auf Galyas Wange. Dem Schlag folgten erst ein Glühen und dann der Schmerz. »Nichts. Du hast kein bisschen für ihn getan.«

»Er wollte nur reden«, presste Galya mit tränenerstickter Stimme hervor. Sie hob das Kreuz hoch. »Hier. Das hier hat er mir gegeben.«

Erneut schnellte Rasas Hand vor und hinterließ auf Galyas anderer Wange ein brennendes Mal. »Männer wollen nicht reden«, sagte sie. »Männer wollen ficken. Du undankbares kleines Miststück! Nach allem, was ich für dich getan habe.«

Galya konnte die Tränen nicht länger zurückhalten. »Aber er wollte nicht ...«

Sie schrie auf, als Rasa sie an den Haaren packte und hochriss. »Die wollen nur ficken. Nur dafür bist du hier.«

Rasa schleuderte sie gegen die Kommode, Make-up und Cremes purzelten herunter. Der Spiegel schwankte auf seinem Ständer, kippte schließlich um und krachte zu Boden, dass die Splitter flogen.

»Jetzt sieh nur, was du angerichtet hast«, schrie Rasa und marschierte zur Tür. »Räum das auf!«

Als die Tür krachend zugefallen war, kniete Galya sich hin. Um sie herum lagen verstreut die Scherben des zerbrochenen Spiegels. Weinend sammelte sie sie auf und warf sie in den kleinen Mülleimer, der neben der Kommode stand.

Vielleicht konnte der nette Mann sie ja retten. Vielleicht auch nicht. So und so spielte es keine Rolle. Nicht, wenn sie nicht von hier entkommen konnte, von Rasa und von den Männern, an die man sie verkauft hatte. Bald würde der nächste Mann kommen, ein Mann, der nicht so freundlich war, und sie würde mit ihm Dinge tun müssen. Bei der Vorstellung drehte sich ihr der Magen um.

Galya griff nach der größten Scherbe, lang wie eine Klinge, und sah, dass sich darauf die Kette mit dem Kreuz schlängelte.

»Ich bringe dich zu mir nach Hause«, sagte Billy Crawford. Er legte den Gang ein und fuhr los. »Dort bist du fürs Erste sicher. Schnall dich an.«

Galya gehorchte. Sie bemerkte die tiefroten Flecken auf ihrer Kleidung und ihren Händen.

»Was ist dir widerfahren?«, fragte er.

Sie starrte vor sich hin. »Ich habe einen Mann getötet.«

Er trat so heftig auf die Bremse, dass sich der Gurt in ihre Brust schnürte. Dann machte er seinen eigenen Gurt los und stieg aus dem Transporter. Die Scheinwerfer ließen sein breites Gesicht weiß aufleuchten, als er vor ihr um den Wagen und bis zur Beifahrertür kam. Er riss die Tür auf. »Steig aus!«, sagte er.

Galya starrte zu ihm hinab.

»Raus!«, befahl er.

Sie öffnete ihren Sicherheitsgurt und stieg vorsichtig aus.

»Ich kann dir nicht helfen«, erklärte er. »Du musst gehen.«

»Sie hatten doch gesagt ...«

»Ich kann nicht. Es ist zu gefährlich.«

Angst schnürte Galya die Brust zu. »Sie hatten gesagt, Sie würden mir helfen.«

Er lief auf und ab und schaute sich hektisch in alle Richtungen um. »Wenn die Polizei nach dir sucht, dann wird sie ...«

Seine Worte verebbten, er biss sich in die Fingerknöchel.

Galya spürte, wie etwas in ihr zerbröckelte. Dieser seltsame, freundliche Mann hatte ihr Hoffnung gemacht. Würde er ihr diese Hoffnung jetzt wieder nehmen und sie in dieser kalten Stadt hier draußen aussetzen? Mit bebender Brust versuchte sie, die Tränen zu unterdrücken.

Der Mann blieb stehen und fuhr sich mit den Händen über das Gesicht. »Erzähl mir, was passiert ist.«

»Wir müssen hier weg«, sagte Galya.

Mit seinen rauen Händen packte er ihre Arme. »Erzähl mir, was passiert ist.«

»Ein Mann ist gekommen, ein Litauer. Er sagt, er reitet mich jetzt ein, zeigt mir, wie man es richtig macht. Er drückt mich aufs Bett. Er tut mir weh. Ich stoße ihn weg.«

Wort für Wort übertrug sie beim Sprechen ins Englische und half wedelnd mit den Händen nach.

»Ich habe eine Scherbe vom Spiegel. Als ich ihn zerbrochen hatte, habe ich ein Stück Stoff drumgewickelt, als Messer. Ich sagte ihm, er soll mich loslassen. Er war wütend. Er schrie. Er versucht, mir die Scherbe wegzunehmen. Ich wollte ihn nicht töten. Ich will nur nach Hause.«

Er ließ ihre Arme los und machte einen Schritt zurück. »Das Risiko ist zu groß«, sagte er, mehr zu sich selbst als zu Galya. »Ich kann nicht. Diesmal nicht.«

Galya zupfte ihn am Hemd. »Bitte, Sir, Sie haben doch gesagt, Sie würden mir helfen, wenn ich von denen wegkomme.«

Er wischte ihre Hand beiseite. »Aber nicht so. Die Polizei wird nach dir suchen. Ich kann nicht ...«

Eine Sirene in der Ferne ließ ihn verstummen. Er hob die Schultern und ließ sie wieder fallen. Sein Atem bildete zwischen ihnen eine Wolke.

»Nur die Ruhe«, sagte er.

Galya wusste, dass er nicht sie ansprach.

Er drehte sich einmal im Kreis und schaute sich in alle Richtungen um, bis sein Blick schließlich auf dem Nummernschild seines Kleintransporters hängen blieb. Er blickte wieder Galya an.

Sie griff in den Ausschnitt ihres blutverschmierten Sweatshirts und zog den Anhänger hervor, der an der Kette um ihren Hals hing.

»Das hier haben Sie mir gegeben«, sagte sie und zeigte ihm das Kreuz. »Sie sagen, Jesus beschützt mich. Das hat er gemacht. Er hat mir gezeigt, wie ich von diesem Ort entkomme.«

In ein stummes Gespräch mit sich selbst vertieft, schloss der Mann die Augen. Dann machte er sie wieder auf, und sein Atem ging ruhiger. Er hatte seine Entscheidung getroffen.

»Na gut«, sagte er. »Komm mit.«

16

Susan trat einen Schritt zurück und ließ Lennon in ihre Wohnung. Er hatte die Briefe in der Hand, die er dem Postboten abgenommen hatte, als er ihm unten begegnet war.

»Du siehst beschissen aus«, sagte sie.

»Schönen Dank. Ist Ellen schon auf?«

»Seit einer halben Stunde«, sagte Susan und ging in die kleine Küche voraus. »Sie ist in Lucys Zimmer. Ich wollte den beiden gerade Frühstück machen. Kaffee?«

»Gerne.« Lennon setzte sich an den Tisch.

Er legte die an Susan adressierte Post zur Seite und öffnete seine eigene. Eine Rechnung, eine Mahnung und eine Karte mit einer in Finglas abgestempelten *An Post*-Briefmarke.

Susan löffelte lösliches Granulat in zwei Becher und goss kochendes Wasser darüber. Ohne zu fragen, gab sie für ihn zwei Löffel Zucker hinzu, rührte um und stellte ihm den Becher hin.

»Ruh dich doch erst mal zehn Minuten aus«, sagte sie. »Ellen ist sowieso gerade mit Spielen beschäftigt.«

Lennon lächelte sie dankbar an und trank einen Schluck.

Die Weihnachtskarte war ein billiges Teil aus dem Supermarkt mit lauter knallbunten Farben und süßlicher Gefühlsduselei. Er klappte sie auf und spürte, wie seine Nerven zu flattern anfingen.

Einziger handschriftlicher Eintrag war der Buchstabe N, drei Zickzacklinien, als hätte ein Kind sie gemalt.

Er starrte den Buchstaben an und ging im Geiste fieberhaft sämtliche Möglichkeiten durch. Womöglich nur ein übler Scherz. Oder vielleicht irrte er sich ja auch, und hinter dem Gekritzel auf der Karte steckte tatsächlich nicht mehr als das, was zu sehen war, nämlich drei Striche.

Susan, die nicht von seine Seite gewichen war, fragte: »Was ist denn los? Du zitterst ja.«

»Nichts.« Er klappte die Karte zu, doch das vielsagende Grinsen des Nomaden hatte sich schon in sein Hirn gebrannt.

Lennon hatte den Mann nach dessen misslungenem Versuch verhaftet, Ellen im Royal Victoria Hospital zu entführen. Er sah wieder den Wahnsinn des Mannes vor sich, hörte sein höhnisches Gelächter. Der Nomade war aus der Haft geflohen, und zwar, wie Lennon vermutete, mit Hilfe von Detective Chief Inspector Dan Hewitt. Dann hatte er es noch einmal versucht, diesmal mit Erfolg. Er hatte Ellen und Marie aus einer Wohnung verschleppt, die Lennon für sicher gehalten hatte, und sie in ein Haus geschafft, das einem von Rache besessenen alten Mann namens Bull O'Kane gehörte.

Marie war aus diesem Haus nicht mehr entkommen, und bis heute war Lennon überzeugt gewesen, dass auch der Nomade es nicht hinaus geschafft hatte.

Natürlich nicht, redete er sich ein. Die ganze Bude hatten sie abgesucht und in den qualmenden Trümmern mehr als ein halbes Dutzend Leichen gefunden. Unmöglich, dass der Nomade da noch lebend hätte herausgekommen sein können.

Also doch ein übler Scherz, eine andere Erklärung gab es nicht. Womöglich steckte ja auch dahinter wieder Dan Hewitt.

Lennons Handy klingelte. Bevor er sich meldete, dankte er Gott insgeheim für die Störung.

Es war der Diensthabende, Sergeant Darren Moffat. »Ich wollte nur etwas an Sie weiterleiten«, sagte er. »Im Distrikt D sind vor

45 Minuten zwei Leichen gefunden worden, in der Nähe von Newtownabbey. Einen der beiden hat ein Beamter am Tatort sofort wiedererkannt. Einen besonders netten Zeitgenossen namens Sam Mawhinney.«

Lennon klemmte sich das Handy zwischen Ohr und Schulter und zerriss die Karte. Susan sah ihm zu, wie er die Schnipsel in den Abfalleimer warf.

»Und was geht mich das an?«, fragte er und zwang sich, die Karte zu vergessen und sich auf Moffats Informationen zu konzentrieren. Er setzte sich wieder hin und massierte sich, um die quälende Müdigkeit loszuwerden, mit den Fingerspitzen die Stirn.

»Der Name sagte mir irgendwas«, erklärte Moffat. »Hab ein paar Minuten gebraucht, bis ich draufgekommen bin. Ich hatte heute Morgen für Sergeant Connolly Unterlagen herausgesucht, die Verhaftungsprotokolle über diesen Litauer, der letzte Nacht getötet wurde.«

Lennon setzte sich auf. »Und?«

»Einmal sind Sam Mawhinney und sein Bruder zusammen mit einem Mr. Tomas Strazdas verhaftet worden. Tätlicher Angriff in dem kleinen Park in der Dublin Road, gleich neben dem Kino.«

»Nicht zu glauben«, rief Lennon aus.

»Ziemlicher Zufall, was?«

»Allerdings«, bestätigte Lennon. »Hat schon jemand die zweite Leiche identifiziert?«

»Noch nicht.«

»Wer ist in dieser Sache der leitende Ermittlungsbeamte?«

»Das dürfte wohl Detective Chief Inspector Keith Ferguson sein. Soll er Sie mal anrufen?«

»Ja.« Lennon legte auf.

Susan setzte sich ihm gegenüber hin. »Probleme?«

Lennon nickte über den Kaffeebecher hinweg.

»Hat die Sache Zeit, bis du ein bisschen geschlafen hast?«

»Wahrscheinlich nicht.«

Eine Bewegung am Fenster erregte seine Aufmerksamkeit. Schneeflocken tanzten langsam und träge hinter der Scheibe. Susan wandte den Kopf und folgte seinem starren Blick.

»Glaubst du, er bleibt liegen?«, fragte sie.

»Müsste er eigentlich. Es ist trocken da draußen.«

Obwohl Tomas Strazdas' Leiche ja unter einem transparenten Zeltdach der Spurensicherung lag, stellte Lennon sich vor, wie die dicken Flocken sich auf dessen kaltes, himmelwärts gerichtetes Gesicht legten.

Susan beugte sich über den Tisch und legte ihre Hand auf seine.

»Leg dich doch erst mal eine Weile auf mein Bett. Ruh ein bisschen deine Augen aus.«

»In Ordnung«, sagte Lennon. Er drückte ihre Hand, dann verließ er sie.

Er hatte schon öfter in ihrem Bett geschlafen und wusste, wohin er musste.

»Achte einfach nicht auf die Höschen am Boden«, rief Susan ihm nach.

Lennon streifte seine Schuhe ab und fiel auf das ungemachte Bett. Es roch nach Parfüm und Weichspüler. Er schloss die Augen und ließ sich auf die Matratze sinken. Schon bald darauf übermannte ihn der Schlaf und brachte Träume von einem Mann mit, der mit hasserfüllten Augen aus einem Flammenmeer trat. Kurze Zeit später wurde er von einem anderen Körper gestört, der sich neben ihn legte. Er spürte, wie sich Susans Schulter gegen seine drückte, und wehrte sich nicht.

Als Lennon aufwachte, war Susan weg. Er befühlte die Matratze neben sich: noch warm.

In körperlicher Hinsicht hatten er und Susan sich über Küsse und Berührungen nie hinausgewagt, obwohl sie schon oft versucht hatte, seine Hände an die Stellen zu führen, wo er sie am liebsten gehabt hätte. Aber er hatte widerstanden, denn tief in seinem Herzen war er sich sicher, dass er sie am Ende nur verletzen und ihre Freundschaft zerstören würde, wenn er diese Grenze überschritt. Doch immerhin hatten sie beide Trost darin gefunden, neben einem warmen Körper schlafen zu können, wenn ihnen danach war.

Ein kaltes blaues Licht drang durch das Fenster. In der Stille draußen war der Schneefall dichter geworden. Lennon setzte sich im Bett auf und fragte sich, wie lange er geschlafen hatte. Sein Handy lag auf dem Nachttisch. Gerade, als er danach griff, um zu sehen, wie spät es war, klingelte es.

»DCI Ferguson für Sie«, meldete sich der Diensthabende Moffat.

»Danke.«

»Jack Lennon?«, fragte eine Stimme.

»Am Apparat«, sagte Lennon und versuchte, wach zu klingen.

»Keith Ferguson hier. Wir sind uns vor einiger Zeit mal auf Roger Gordons Beerdigung begegnet.«

»Ich erinnere mich«, sagte Lennon, obwohl er sich gewünscht hätte, er täte es nicht. Gordons Witwe hatte ihn über das Grab hinweg angefunkelt. Er wusste, dass sie ihm die Schuld am Tod ihres Mannes gab.

»Dieser Mawhinney da draußen in Newtownabbey«, sagte Ferguson, »das war ein übler Bursche. Diesmal ist er offenbar an die Falschen geraten. Wir wissen noch nicht, wer der andere Tote ist, er sieht aber aus wie ein Ausländer. Sergeant Moffat hat mir gesagt, es könnte eine Verbindung zu dem Kerl bestehen, den Sie drüben an den Docks gefunden haben.«

»Kann sein«, sagte Lennon. »Der und die Mawhinney-Brüder sind mal zusammen wegen tätlichen Angriffs verhaftet worden.«

»Hmm. Hört sich ganz nach unserem Burschen an.«

»Kennen Sie ihn?«

»Oh, nur zu gut«, sagte Ferguson. »Den und auch seinen Bruder. Seit dem Tag, als sie aufgehört haben, an der Zitze ihrer Mutter zu nuckeln, stecken sie bis zum Hals in Schwierigkeiten.«

Lennon verzog angewidert das Gesicht.

»Drogen, Zigarettenschmuggel, raubkopierte DVDs, alles Mögliche. Als Letztes habe ich gehört, dass sie es mit Prostitution versucht haben. Sie haben ein paar Wohnungen gemietet, zwei in Carrick und eine in Bangor, die schauen wir uns nachher noch an.«

»Bangor«, wiederholte Lennon. »Das ist auf derselben Seite des Lough, auf der wir Strazdas' Leiche gefunden haben.«

»Stimmt«, sagte Ferguson. »Wenn Sie die übernehmen wollen, nur zu. Aber klären Sie es mit dem Distrikt D ab.«

»Mache ich«, sagte Lennon.

»Sagen Sie mal, Sie gehören doch zu DCI Thompsons Leuten, oder?«

»Das ist richtig.«

Und wie kommt es, dass ich dann mit Ihnen rede?«, fragte Ferguson. »Eigentlich müsste doch Thompson der leitende Ermittlungsbeamte sein.«

»Er hält viel vom Delegieren.«

»Hmm. Na schön, lassen Sie uns bei dieser Sache in Verbindung bleiben. Und ich hoffe nur, dass es jetzt nicht erst richtig losgeht.«

17

Herkus nahm sich einen Wodka aus der Minibar. Den hatte er sich nach so einer langen Nacht verdient, fand er. Nur Schwule verdünnten ihre Drinks mit Cola und solchem Zeug, deshalb nuckelte er ihn einfach gleich aus dem Fläschchen. Er rann hinab und wärmte ihm die Kehle und die Brust.

Arturas umkreiste ihn rastlos. Herkus hatte daran gedacht, ihn anzurufen und zu fragen, ob er Darius persönlich vernehmen wolle, aber er wusste, dass das ohnehin sinnlos war. Der Boss würde seine Suite nicht verlassen. Wenn es sich vermeiden ließ, ging er überhaupt nie nach draußen. Bei Herkus' Ankunft hatte er blass und fahrig gewirkt.

Weißes Puder bestäubte die gläserne Tischplatte.

Herkus wog jedes Wort und jede Geste sorgsam ab.

»Was zu trinken, Boss?«, fragte er.

»Nein«, sagte Arturas.

»Willst du dich nicht hinsetzen?«, fragte Herkus. »Vielleicht ein Frühstück bestellen?«

»Nein. Nichts zu essen. Hast du noch mehr von …?«

Er zeigte auf seine geröteten Nasenlöcher.

Herkus schüttelte den Kopf. »Später, Boss. Setz dich mal einen Moment hin, ja?«

Seufzend setzte Arturas sich auf die Couch. »Also schön, ich sitze.«

Herkus durchquerte das Zimmer und setzte sich dem Boss gegenüber hin. »Darius hat mir alles verraten«, sagte er.

»Ich will jedes Wort hören.«

»Bist du sicher?«, fragte Herkus.

»Ich bin mir sicher«, sagte Arturas.

Seufzend nickte Herkus. Er fing an zu erzählen.

Darius plauderte alles aus, mit zitternder Stimme kämpfte er gegen seine Todesangst an. Unterdessen weinte er und betrauerte sich schon selbst. Darius war schwerfällig und langsam, aber dumm war er nicht. Er wusste, dass er sterben würde. Die Frage war nur noch, wie qualvoll.

Darius sagte, er und Tomas hätten seit dem frühen Nachmittag getrunken. Daran war nichts Ungewöhnliches. Tomas war bester Laune, er redete und redete. Er begutachtete die Frauen, begrabschte sie. Dreimal musste Darius seinen schmächtigen Körper ungestüm umarmen und ihn lachend auf die Wange küssen, nur um ihn aus irgendeiner brenzligen Situation herauszuholen.

Für Darius war Tomas wie ein Bruder, was bedeutete, dass er ihn gleichermaßen liebte und hasste. Manchmal hätte er diesem kleinen Mistkerl am liebsten den Kopf abgerissen, und dann brachte der dürre Scheißer ihn so sehr zum Lachen, dass ihm der Bauch wehtat.

Heute hatte es hauptsächlich Gelächter gegeben. Aber kaum hatten sie die Bar neben dem Belfaster Rathaus betreten, lief die Sache auch schon aus dem Ruder. Sie hatten dort schon oft einen gehoben. Ein paar der Kellnerinnen stammten aus Litauen, und sie hatten sich beide einen Spaß daraus gemacht, mit ihnen zu flirten. Aber an diesem Abend war es anders. Mehr Männer als normal, nur ein paar schnatternde Frauen hatten sich bei irgendwelchen verweichlichten männlichen Freunden eingehängt, die einander zujohlten und miteinander gurrten.

Darius verstand sofort und versuchte, Tomas wieder auf die Straße hinauszubugsieren. Aber der ließ sich absolut nicht bremsen und drängte sich zum Tresen vor. Erst als er dort ankam, das Geld schon in der ausgestreckten Hand, begriff Tomas, dass hier irgendetwas faul war. Er blieb stehen und drehte sich mit weit aufgerissenen Augen einmal im Kreis.

»Der Laden ist ja voll mit Schwulen«, sagte er.

»Wirklich?«, fragte Darius und tat überrascht. »Dann lass uns lieber gehen, bevor eine von diesen Schwuchteln dich noch ins Herz schließt.«

»Nein.« Tomas schlug Darius' Hand weg. »Wir waren schon oft genug hier, immer war alles in Ordnung. Und jetzt plötzlich lauter Schwule.«

Darius legte Tomas seinen mächtigen Arm um die schmale Schulter. »Na schön, dann haben sie hier eben einmal die Woche Schwulenabend. Eine Menge Läden machen das. Komm, wir gehen einfach woandershin. Wie wäre es mit dem ›Fly‹? Schauen wir uns doch mal die kleinen Studentinnen an. Wir können Herkus anrufen, der fährt uns hin.«

»O nein« sagte Tomas und wand sich aus Darius' Umarmung. »Ich verziehe mich nicht aus irgendeinem Schuppen, bloß weil ein paar Schwule glauben, er gehört ihnen. Diese verdammten Schwulen sollten abhauen, nicht ich. Nicht ich bin hier der Scheißperverse. Nicht ich bin so eine Missgeburt.«

Bevor Darius ihn bremsen konnte, hatte Tomas schon den Arm eines der Männer gepackt, die an der Bar lehnten, er riss ihn herum und versetzte ihm einen ungelenken rechten Haken. Der Schlag streifte die Unterlippe des Mannes immerhin so fest, dass Blut floss, aber ohne die nötige Wucht, um wirklich Schaden anzurichten.

Überall um sie herum kreischten die Homosexuellen auf.

»Verdammte Missgeburten!«, brüllte Tomas, obwohl keiner der mit weit aufgerissenen Augen Dastehenden sein Litauisch verstand.

Darius umklammerte Tomas mit beiden kräftigen Armen und zerrte ihn zur Tür. »Ruhig Blut«, flüsterte er seinem Freund ins Ohr.

Sobald sie draußen und eine Straße weiter waren, rief Darius Herkus an.

»Verdammte Schwule«, knurrte Tomas, während sie durch die klare, kalte Abendluft liefen. Weihnachtseinkäufer traten seitwärts auf die Straße, um ihnen aus dem Weg zu gehen. »Die glauben, sie können einfach so einen Laden übernehmen. Scheiß-Perverse!«

»Perverse«, bestätigte Darius. »Wie wär's also mit dem ›Fly‹, hm? Da sind jede Menge Mädchen.«

»Nein«, sagte Tomas. Er blieb stehen. »Was ist eigentlich mit dieser Hure, die Rasa aus dem Süden raufgeholt hat. Die könnten wir uns doch mal anschauen.«

Also fuhren sie zu der Wohnung im Osten der Stadt. Darius und Sam blieben trinkend im Wohnzimmer sitzen, während Tomas ins Schlafzimmer ging und die Tür abschloss.

Darius hatte ein ungutes Gefühl im Bauch. Am Ende ließ Tomas seine Wut noch an dem Mädchen aus. Nun ja, auch egal. Im schlimmsten Fall würde das Mädchen eben so schlimm gezeichnet sein, dass es nicht mehr zu verhökern war. Dann würde Darius von Herkus eben die nötige Kohle verlangen, um die Brüder zu entschädigen, und damit hatte es sich.

Als sie Tomas laut werden hörten, dachten sie sich nicht viel dabei. Wenn es um Sex ging, konnte Tomas oft wütend werden. Erst als seine Stimme plötzlich verstummte, tauschten Darius und Sam nervöse Blicke aus.

Herkus massierte sich mit den Fingerspitzen die Schläfen, um die Kopfschmerzen zu verscheuchen, doch sie ließen nicht nach. Er überlegte, ob er sich noch einen Wodka aus der Minibar holen sollte, oder vielleicht einen Gin, besann sich dann aber eines Besseren.

»Sie ist ihnen entkommen«, berichtete er.

»Wie?«, fragte Arturas.

»Die beiden haben miteinander gestritten. Darius hat gesagt, als er hochsah, lief sie schon weg.«

Arturas stand auf. »Die hätten Tomas also ins Wasser geschmissen.«

»Sieht ganz so aus«, sagte Herkus.

Sein Boss konnte kaum verbergen, wie die Wut in ihm brannte. »Sie hätten ihn versenkt wie ein Tier.«

»Ja, Boss«, sagte Herkus.

Arturas nickte. »Es ist gut, dass du sie getötet hast. Leichter, als sie es verdient haben.«

»Ja, Boss.«

»Und jetzt tötest du die Hure.«

Herkus leckte sich die Lippen und rutschte unruhig in seinem Sessel hin und her. »Wie schon gesagt, Boss, sie ist entkommen.«

Arturas beugte sich über ihn. »Und du wirst sie finden.«

»In dieser Stadt? Die könnte inzwischen überall sein.«

»Du wirst sie finden.«

»Klar, ich suche nach ihr, aber …«

Arturas schlug so fest gegen die gepolsterte Sessellehne, dass Herkus' Kopf nach vorn wippte. »Du wirst sie finden!«

Herkus stand auf. »Ja, Boss.«

Arturas machte einen Schritt zurück. »Gut. Danke.«

Herkus ging zur Tür, machte sie auf und trat hinaus in den Flur. Als er sie schließen wollte, rief Arturas ihm nach: »Herkus?«

Herkus schob die Tür wieder auf und schaute zurück in die Suite. »Ja, Boss?«

Arturas zeigte wieder auf seine geröteten Nasenlöcher. »Besorg mir was, ja?«

Herkus seufzte. »Ja, Boss.«

18

Galya sah Billy Crawford zu, der vor ihr ein hohes Glas auf den Resopaltisch stellte. Er füllte es halb mit etwas, das entfernt nach Milch aussah, und goss dann mit Limonade auf.

»Ein Buttermilch-Shandy«, sagte er. Er nahm das Glas hoch und hielt es ihr hin.

Ein ekliger süß-saurer Geruch stieg ihr in die Nase, und sie drehte den Kopf weg.

Er lachte. »Man muss dran gewöhnt sein.« Er nahm einen tiefen Schluck und stellte das Glas auf den Tisch zurück. Die weiße Flüssigkeit klebte in seinem Schnauzbart. »Kaffee?«, fragte er.

Galya nickte und zog die Decke fester um sich. Er trat zur Arbeitsfläche neben dem Spülbecken und schaltete den Wasserkocher ein. Das Glas löslichen Kaffees, das er aus dem Schrank holte, sah alt und kaum gebraucht aus.

»Ich weiß nicht, wie frisch er ist«, sagte er, als würde er ihre Gedanken lesen. Er schüttelte einen Löffel voll in einen Becher. »Wie trinkst du ihn?«

»Schwarz«, sagte sie.

Die Küche sah aus wie die von Mama zu Hause. Schränke mit alten Schiebetüren, auf dem Boden gesprungene Fliesen, in der Ecke ein altertümlicher Herd. Neben einer Waschmaschine summte der Kühlschrank. Die Tapete hatte ein verblichenes grünes Blumenmuster. In den Ecken hatte sie sich gelöst.

Galya sah ihm beim Hantieren zu. Er war ein kleiner Mann, nicht größer als sie, hatte aber Schultern wie ein Stier und einen feisten Nacken. Unter seinem Hemd wölbten und spannten sich die Muskeln. Er besaß hässliche Stummelfinger mit verdreckten Nägeln. Seine Schuhe waren von guter Qualität, aber stark abgelaufen.

Galya sah genauer hin.

Das waren gar keine Schuhe, sondern viel eher Arbeitsstiefel. Durch die alten Gardinen vor dem Fenster konnte sie auf den von hohen Mauern umgebenen Hof blicken, in dem sein Transporter stand. Unter einer mit einer dünnen Schneeschicht bedeckten Plane erkannte sie die Umrisse einer Mischmaschine. Um eine betonierte, viereckige Bodenplatte verteilt lagen Ziegelhaufen, Säcke mit Sand und Kies, Schaufeln, eine Hacke und andere Werkzeuge, die sie nicht erkannte.

Die Fahrt hierher konnte höchstens fünfzehn Minuten gedauert haben. Er hatte sie angewiesen, sich auf die Bank zu legen, damit sie nicht gesehen wurde. Sie hatte gehorcht, bis sie spürte, dass der Wagen langsamer wurde. Als sie sich aufsetzte, sah sie das Haus, auf das sie zufuhren. Das Nachbargebäude sah verlassen aus, und beide Häuser standen in der ruhigen Straße abseits von allen anderen, am Scheitelpunkt einer Kurve. Gegenüber lag ein mit Unkraut bewachsenes Stück Ödland.

Er fuhr den Transporter hinters Haus. Sie wartete auf dem Beifahrersitz, während er das Doppeltor in den kleinen Hinterhof aufschob. Hinter dem Haus schloss sich eine weitere Brache an, auf der Galya die flachen Umrisse einiger Fabrikgebäude erkennen konnte. Ein seltsamer, verlassener Ort, abgeschieden von der Welt, die ihn umgab. Und doch konnte Galya gar nicht weit weg das Getriebe der Stadt hören.

Als sie drinnen waren, brachte er sie eine Treppe hinauf, holte aus einem Schrank im Flur ein Handtuch und führte sie in ein Badezimmer.

Zehn Minuten später kam sie wieder heraus, frisch abgeschrubbt, aber immer noch in denselben blutbesudelten Kleidern, in denen sie gekommen war. Ein kurzer Schrei entfuhr ihr, als sie bemerkte, dass er immer noch wartend an derselben Stelle stand, wo sie ihn zurückgelassen hatte. Er lächelte. Wie ein Aasgeier, der über einem sterbenden Tier hockt, dachte sie. Dann legte er ihr die Decke über die Schultern, und sie schalt sich dafür, dass sie so undankbar war.

Inzwischen war sie sich da nicht mehr so sicher.

»Sie sagten, dass Sie Priester sind«, sagte sie. Ihre Finger tasteten nach dem Kreuz, das er ihr gegeben hatte.

»Ein Pastor«, verbesserte er und goss kochendes Wasser über das Kaffeegranulat. »Ein Baptist. Pastor Billy Crawford.«

»Wo ist Ihre Kirche?«, fragte sie.

Er stellte ihr den Kaffeebecher hin und setzte sich an den Tisch. »Ich habe keine«, sagte er, die Stimme so sanft wie der Kuss eines Kindes. Er nahm noch einen Schluck von seinem Buttermilch-Shandy. »Vor fünf Jahren habe ich meine Ordination bekommen, aber nie eine Gemeindestelle angetreten. Ich wollte lieber unter den Menschen wirken. Leuten wie dir helfen.«

Galya hob die Tasse an die Lippen. Der Kaffee schmeckte bitter und muffig. Sie versuchte, nicht das Gesicht zu verziehen. Jenseits des Fensters hatte der Schnee wieder eingesetzt, heftiger als zuvor, er legte sich auf die im Hof verstreuten Werkzeuge und Maschinen.

Der Mann folgte ihrem Blick. »Von irgendwas muss ich ja leben«, erklärte er. »Hier und da übernehme ich Arbeiten auf Baustellen. Ich habe immer schon handwerklich gearbeitet.« Er spreizte seine Stummelfinger auf der Tischplatte, dann zeigte er auf eine lange Narbe an seiner Augenbraue. »Da habe ich mir auch die hier geholt. Ein Hohlblock ist von einer Palette gefallen und hat mich über dem Auge erwischt. Ein Dutzend Stiche. Seitdem trage ich immer einen Schutzhelm. Im Moment ist aber nicht viel Arbeit zu kriegen. Ziemlich ruhig. Aber das macht nichts. So habe ich mehr Zeit, Mädchen wie dir zu helfen. Möchtest du, dass ich dir helfe?«

Weil ihr keine Lüge einfiel, antwortete Galya: »Ich weiß nicht.«

»Solltest du aber«, sagte er, und ein Lächeln legte sein breites Gesicht in Falten. »Dazu hat Jesus mich nämlich berufen. Dass ich Mädchen wie dir helfe. Es hat eine Weile gedauert, bis ich herausgefunden hatte, was ich tun sollte, aber am Ende hat Er es mir gezeigt. Ich habe schon vielen Mädchen geholfen.«

»Wie vielen?«, fragte Galya.

»Du wirst die Sechste sein«, erklärte er, und sein Stolz war ihm im Gesicht abzulesen. »Sie waren alle wie du. Sie kamen von weit her und wurden von schlechten Menschen hergebracht, um wie Fleisch verkauft zu werden. Mit Seiner Hilfe habe ich sie gerettet.«

»Wie wollen Sie mir helfen?«, fragte Galya.

»Du sprichst sehr gut Englisch«, entgegnete er. »Wo hast du das gelernt?«

»In der Schule«, sagte sie. »Und aus Filmen. Ich wollte Übersetzerin werden. Oder Lehrerin.«

»Das kannst du immer noch«, sagte Billy. »Wenn du wieder nach Hause kommst, kannst du werden, was immer du willst.«

»Nein«, sagte Galya. Sie stellte den Becher ab. »Auf die Universität gehen kostet zu viel Geld. Ich muss mich um meinen Bruder Maksim kümmern. Er ist ganz allein zu Hause. Er hat kein Geld fürs Essen. Deshalb war ich hergekommen. Um Geld zu verdienen, das ich ihm dann schicken kann.«

»Aber sie haben dich belogen, nicht wahr?«

»Ja.«

»Wie alt bist du?«, fragte er.

»Neunzehn.«

Er lächelte. »So jung. Viel zu jung, um so behandelt und von diesen Strolchen entführt zu werden. Erzähl mir von deinem Zuhause.«

Die Müdigkeit schlich sich in Galyas Kopf, doch sie fuhr sich mit der Hand über die Augen und verscheuchte sie. Gleich würde sie schlafen. Und danach würde sie entscheiden, ob sie die Hilfe dieses Mannes wollte oder nicht.

»Ich komme aus der Nähe von Andriiwka, aus einem Dorf bei Sumy in der Ukraine«, erzählte sie. Jetzt, wo die bedrückende Angst nicht mehr auf ihrer Brust lastete, fiel es ihr leichter, die englischen Wörter zu finden. »Wir sind Russen, mein Bruder und ich. Wir sprechen Russisch, so wie viele Leute, wo wir herkommen. Wir haben zusammen mit Mama und Papa auf ihrem Hof gewohnt. Wir nennen sie Mama und Papa, aber das sind sie eigentlich nicht ... Ich weiß nicht, wie man auf Englisch sagt, sie sind die Mama und der Papa von meiner Mutter.«

»Deine Großeltern«, half der Mann.

»Ja, Großeltern. Mutter und Vater sind gestorben, als wir noch ganz klein waren, deshalb haben sich Mama und Papa um uns gekümmert. Papa starb, als ich zehn war, deshalb muss Mama auf dem Feld arbeiten. Manchmal habe ich geholfen, aber es gibt kein Geld. Also, sie verkauft Felder an andere Bauern, damit sie uns Kleidung kaufen kann. Sie hat viele Schulden. Der Mann, der uns Geld leiht, ist gekommen, hat gesagt, er nimmt uns den Hof weg und wirft uns raus aufs Feld. Er sagt, wir sind nur Russen und haben sein Geld gestohlen. Noch nie hat man uns so behandelt. Russen und Ukrainer sind Freunde, wir streiten uns nicht mit unseren Nachbarn, nicht so wie hier.«

Galya dachte an die Mauerbilder und die Graffiti, die sie gesehen hatte, als man sie von jenseits der Grenze in die Stadt gebracht hatte. An den ganzen Hass, der an die Mauern gesprüht war, wo immer man auch hinschaute.

»Eines Tages kommt mein Cousin mich besuchen. Er ist reich.

Er hat ein Auto und trägt schöne Sachen. Er sagte mir, er kennt einen Mann, der mir eine Arbeit geben kann, wo ich viel Geld verdiene. Er sagt, ich könnte genug verdienen, um den Mann zu bezahlen, der Geld geliehen hat, damit er uns in Ruhe lässt, und noch mehr, um meinen Bruder zu ernähren. Ich muss nur eine Zeitlang wegziehen, bei einer netten russischen Familie in Dublin wohnen und ihren Kindern die englische Sprache beibringen.«

Galya hob den Kaffee an die Lippen und trank, obwohl er ihr auf der Zunge brannte. Immer noch besser, sich die Zunge zu verbrennen, als vor diesem Mann bitterlich zu weinen, dachte sie. Mama hatte sie stets angehalten, immer tapfer und stark zu sein, niemals schwach. Denn es waren immer die Schwachen, die litten.

»Aber so ist es dann nicht gekommen, oder?«, fragte Billy.

»Nein«, sagte Galya. Sie erzählte ihm von Aleksander, aber nichts davon, dass sie für kurze Zeit töricht genug gewesen war, zu glauben, dass sie diesen gutaussehenden jungen Mann liebte. Sie unterdrückte ein Gähnen und nahm noch einen großen Schluck Kaffee.

»Als ich dann nach Irland komme, wartet am Flughafen ein Mann in einem ... wie sagt man? Wie Ihr Lieferwagen, aber mit Sitzen?«

»Ein Kleinbus«, sagte er.

»Ja, ein Kleinbus. Und er hat andere Mädchen eingesammelt und auch ein paar Männer. Er ist mit uns herumgefahren, eine Stunde. Ich frage ihn, ob wir nach Dublin fahren, aber er sagt: Sei still. Wir kamen an einen Ort mit langen Gebäuden ringsherum, aus denen Dampf stieg und ein Geruch nach Tieren, aber es gab keine Tiere. Er ging mit uns zu einem Gebäude und brachte uns hinein. Es gab Betten wie in einem Gefängnis oder bei der Armee. Er sagte, hier schlafen wir. Morgen früh er kommt wieder.«

Der Gedanke an Schlaf löste bei Galya ein weiteres Gähnen aus, und diesmal konnte sie es nicht unterdrücken.

»Ein paar von den anderen sagen, sie wollen weg da, aber er macht die Tür zu und schließt ab. Es gab keine Fenster und nur in einer Ecke eine Toilette und ein Waschbecken. Die Mädchen haben geweint, und ein paar von den Männern auch. Ein paar von den Mädchen erzählten, sie wären hergekommen, um als Putzfrau zu arbeiten, ein paar andere sollten in Bars tanzen. Die Männer erzählten, sie sind hergekommen, um Häuser und Straßen zu bauen. Aber als der Mann wiederkommt, sagt er, wir müssen hier arbeiten, in der ganzen Hitze und dem Gestank, und Pilze pflücken. Wir sagen, wir wollen diese Arbeit nicht machen, aber dieser Mann, der sagt, wir schulden ihm Geld. Er hat unsere Pässe. Wir können erst weg, wenn wir ihm sein Geld bezahlt haben. Deshalb wir müssen arbeiten. Dann haben wir …«

Sie wusste nicht, wie lange sie nur auf die Tischplatte gestarrt und versucht hatte, wieder einen klaren Gedanken zu fassen.

»Bist du müde?«, fragte er.

»Ja«, sagte sie.

»Ist ja auch kein Wunder.«

Er lächelte wieder, und Galya roch die saure Milch.

»Du hast so viel durchgemacht«, sagte er. »Möchtest du schlafen?«

Galya nickte.

»Oben gibt es ein Zimmer«, sagte er. »Es macht nicht viel her, aber da kannst du eine Weile schlafen. Ich muss sowieso noch ein paar Anrufe machen. Wir müssen uns um eine Menge kümmern, wenn wir dich nach Hause schaffen wollen.«

»Wen rufen Sie an?«, fragte Galya.

»Leute«, antwortete er. »Agenturen. Die haben ständig mit Mädchen wie dir zu tun, Mädchen, die ins Land geschleust werden. Die kümmern sich um alles, besorgen dir einen neuen Pass, organisieren die Flüge, all diese Sachen. Leg dich doch ein bisschen hin. Wenn du wieder wach wirst, ist schon alles geregelt, und ich kann dich zu ihnen bringen.«

»In Ordnung«, sagte Galya.

Ob sie in ihrem Herzen Hoffnung empfand oder eher Angst, das wusste sie selbst nicht genau. Sie konzentrierte sich nur noch darauf, den Kopf auf den Schultern und die Augen offen zu halten. Sie schluckte. Etwas Mehliges, Bitteres schnürte ihr die Kehle zu. Zwei kräftige Hände umklammerten sie, und die Welt um sie herum versank.

19

Der Mann, der sich Billy Crawford nannte, nahm ihr nur das Handy und die Schuhe ab, ein Paar ausgetretener Turnschuhe, die ihr viel zu groß waren. Er zuckte zusammen, als er den Zustand ihrer Füße sah, alles voller Blasen und Schrammen. Ihre übrige Kleidung rührte er nicht an, obwohl sie über und über mit dem Blut eines Toten besudelt war. Zwar war es so für sie vielleicht weniger angenehm, aber er wollte den gebotenen Anstand wahren.

Später, wenn sie erst einmal gerettet war, konnte er sie immer noch ansehen.

Und berühren.

Und schmecken.

Aber erst dann. Jetzt zog er ihr vorerst nur eine Decke bis unters Kinn. Das Telefon würde er später verschwinden lassen.

Als sie ihm erzählte, was sie getan hatte, hätte er sie beinahe am Straßenrand stehen lassen. Bestimmt würde die Polizei nach ihr suchen. Aber sie hatte schließlich sein Gesicht gesehen, seinen Transporter, seine Nummernschilder. Deshalb hatte er sie nicht zurücklassen können, ganz egal, wie gefährlich sie war.

Und sie war so schön. Schön wie eine blasse Puppe.

Jetzt war sie in Sicherheit. Friedlich und still, ganz wie ein braves Mädchen.

Er strich ihr das strohblonde Haar aus dem Gesicht. Sein Finger glitt zwischen ihre trockenen Lippen und schob sie zurück.

Gute Zähne.

Er lächelte und ging rückwärts bis zur Tür. Vier oder fünf Stunden würde sie bestimmt weggetreten sein. Und bis dahin hatte er noch eine Menge zu erledigen.

Das Erste war, die Kreatur oben zu füttern.

Er zog die Tür zu und drehte den Schlüssel im Schloss.

20

Lennon holte Connolly vor seinem Haus in der Ulsterville Avenue ab. Nur gemietet, ließ Connolly ihn wissen. Der Immobiliencrash in der Stadt hatte zwar die Häuserpreise rund um die Lisburn Road purzeln lassen, aber nicht so tief, dass ein Streifenpolizist sich eines leisten konnte, selbst wenn man ihm eine Hypothek gewährte. Und dass er zwei sechs Monate alte Babys habe, sei seinen Finanzen auch nicht gerade zuträglich, beklagte sich Connolly weiter, während Lennon das Mietshaus am Rande von Bangor ansteuerte. Der Verkehr kroch gleichbleibend zäh voran, und die Schneedecke wurde immer höher.

Connolly gab sich alle Mühe, sein Gähnen zu verbergen. Er hatte die Uniform abgelegt und sich eine legere Jacke und Jeans angezogen. Im Schoß hielt er seinen Mantel.

»Ich habe auch nicht viel gepennt«, sagte Lennon.

»Ich höchstens eine Stunde«, gab Connolly zurück. »Meine Frau wollte, dass ich ihr heute bei diesem und jenem helfe, auf die Zwillinge aufpasse und so weiter. Sie hat dieses Jahr alle zu Weihnachten eingeladen. Ist das erste Mal überhaupt, dass sie das macht, deshalb kam es nicht besonders gut an, als ich ihr sagte, ich müsste zum Dienst.«

»Kann ich mit vorstellen«, sagte Lennon. »Aber dafür sind Sie heute Abend zu Hause. Da kann sie sich doch nicht beschweren.«

»Vielleicht doch«, meinte Connolly.

Lennon fuhr von der Belfast Road ab und hielt auf die ruhige Sackgasse zu, in der das dreistöckige Mietshaus stand.

Es war ein unscheinbares Gebäude. Sauber, anonym, eintönig. Der perfekte Ort, um Prostituierte anschaffen zu lassen. Von der Innenstadt gut zu erreichen, für jeden einsamen Mann in nur fünfzehn Autominuten, und die Nachbarn achteten vermutlich nicht weiter auf das Kommen und Gehen. Lennon hielt an und warf einen prüfenden Blick auf die anderen geparkten Fahrzeuge. Mindestens die Hälfte waren BMWs oder Audis mit Linkssteuerung und Nummernschildern vom Kontinent: aus Polen, Lettland, Litauen. Gastarbeiter wohnten hier, viele wahrscheinlich mit nur kurzer Aufenthaltsgenehmigung.

Ja, hierher konnte ein notgeiler Geschäftsmann auf jeden Fall kommen, ohne befürchten zu müssen, dass er von irgendwelchen Nachbarn erkannt wurde. Und Lennon wäre wohler gewesen, wenn er das nicht so klar durchschaut hätte.

Über sechs Monate war es jetzt her, dass er selbst zum letzten Mal ein solches Etablissement aufgesucht hatte. Und davor weitere zwei Monate. Insgesamt weniger als ein Dutzend Mal, seit Ellen sich in seiner Obhut befand. Davor hatte er sich immer von seiner Schuld reinwaschen können, nachdem er bei irgendeiner Frau mit leeren Augen gewesen war und hundert Pfund auf ihrem Nachttisch gelassen hatte. Aber seit Ellen in seinem Leben ihren Platz reklamiert hatte, war es ihm nicht mehr gelungen, dieses kribbelnde Gefühl von seiner Haut abzuschrubben. Weniger, weil die Mädchen etwa unsauber gewesen wären und er befürchtete, sich irgendeinen dreckigen Virus eingefangen zu haben. Vielmehr kam es ihm vor, als würde die Schande ihm aus sämtlichen Poren triefen und an allem haften, was er anfasste.

Also hatte er beschlossen, damit aufzuhören. Wenn es allerdings so leicht gewesen wäre, einfach nur eine moralische und logische Entscheidung zu treffen, dann hätte er wohl gar nicht erst damit angefangen, soviel war ihm selbst klar. Nachdem Ellen bei ihm eingezogen war, hatte ihn sechs Wochen lang auch nicht die leiseste Versuchung gepeinigt. Aber dann hatte er sie eines Abends bei Lucy und Susan übernachten lassen und sich dabei ertappt, wie er die Autoschlüssel vom Tisch nahm, mit dem Lift nach unten fuhr, in den Wagen stieg und zu einer Bude in Glengormley fuhr, die er kannte.

Erst als er zwei Stunden später wieder nach Hause kam und seine anständigere Hälfte die Tat in Augenschein nahm, ließ er sein Gewissen sprechen. Als er am nächsten Morgen zu Susans Wohnung hinaufging, um sie abzuholen, wollte Ellen seine Hand halten. Er konnte nicht, vor lauter Angst, dass sich die Sünde von seinen Fingern auf ihre übertragen würde. Einen ganzen Tag lang hatte sie ihn dann mit Schweigen gestraft.

Trotzdem zog Lennon daraus keine Lehre, und nur zwei Wochen später unternahm er eine weitere spätabendliche Fahrt in eine zwielichtige Ecke der Stadt. Und dann noch einmal ein paar Wochen später. Jedes Mal gelobte er sich und dem Teil seines Herzens, der Ellen gehörte, dass er das nie wieder machen würde. Und jedes Mal wusste er doch schon, dass er diesen Schwur brechen würde.

Jack Lennon wusste, dass die menschliche Seele beinahe unendlich viel Scham ertragen konnte, solange diese Scham an dem ihr zugedachten Ort blieb, tief im Innern und vor aller Welt verborgen. Viele schlechte Menschen überlebten auf genau diese Weise. Und in den stillsten Augenblicken der Nacht fragte er sich, ob er wohl auch dazu gehörte.

Draußen vor dem Wohnblock warteten der Verwalter des Vermieters und ein uniformierter Sergeant aus dem Distrikt C. Lennon und Connolly stiegen aus dem Wagen und zeigten ihre Dienstausweise. Der Verwalter machte ein besorgtes Gesicht. Der Sergeant schaute gelangweilt drein.

Der Verwalter stellte sich als Ken Lauler vor. Er ließ sie ins Haus, dann folgten sie ihm bis in die oberste Etage.

»Die Wohnung wurde ursprünglich nicht von uns vermietet«, erklärte Lauler. »Vor uns war ein anderer Verwalter zuständig. Wir haben einfach nur den Mietvertrag übernommen, inklusive Nebenkosten und so weiter.«

»Wie steht es mit der Miete?«, fragte Lennon.

»Wird jeden Monat per Dauerauftrag überwiesen, direkt von einem Bankkonto.«

»Wessen Bankkonto?«

»Es läuft auf den Namen Spencer«, sagte Lauler. »Genau wie der Mietvertrag. Die Miete wird jeden Monat pünktlich überwiesen, Klagen von den Nachbarn kommen auch keine, also hatten wir nie Grund, vorbeizuschauen und irgendwelche Fragen zu stellen.«

»Bis jetzt«, sagte Lennon.

»Stimmt«, räumte Lauler ein. »So, da wären wir.«

Er steckte den Schlüssel ins Schloss und drehte ihn um. Die Tür ging auf.

Lennon trat an ihm vorbei. »Scheint eine Party gegeben zu haben«, sagte er.

Auf einem gläsernen Couchtisch lag verstreut ein halbes Dutzend leerer Bierdosen, daneben eine halbvolle Flasche Buckfast-Likörwein, loser Tabak und Zigarettenpapier. In einer Ecke stand ein lieblos dekorierter Weihnachtsbaum, am künstlichen Kamin hingen ein paar Lamettafäden.

Lauler schnalzte angesichts dieser Unordnung missbilligend mit der Zunge.

»Sie bleiben hier«, befahl Lennon ihm.

Gefolgt von Connolly, betrat er die kleine Küche. Die Herdplatte sah aus, als sei sie noch nie benutzt worden. Nur der Toaster war mit ein paar Krümeln bestäubt, und der Kessel stand in einer Lache verschütteten Wassers. Neben dem Spülbecken lagen ein Bündel schwarzer Plastikmüllbeutel und daneben eine Rolle Klebeband.

»Scheiße«, sagte Lennon.

»Was?«, fragte Connolly. Er musterte die Gegenstände, folgte Lennons Gedankengang und machte: »Ah.«

Lennon zog ein paar Schubladen auf, bis auf eine waren alle leer. Darin fand er einen braunen Umschlag, in dem mehrere hundert Pfund Bargeld und ein Arbeitsvertrag steckten.

Und ein Reisepass.

Er holte ihn aus der Schublade. Auf dem grünen Einband stand LIETUVOS RESPUBLIKA, Republik Lettland. Er hatte solche Pässe schon gesehen. Dieser hier war schon älter, noch ohne den burgunderroten Einband, den die europäische Gesetzgebung inzwischen vorschrieb, und auch noch nicht biometrisch wie alle neuen Reisepässe. Lennon blätterte zu den persönlichen Angaben vor.

Im Jahre 2005 ausgestellt, stand da, an Niele Gimbutiené, geboren 1988.

Er musterte das Bild. Eine hübsche junge Frau, blondes Haar, feine Gesichtszüge. Auf der Suche nach Einreisestempeln blätterte Lennon die restlichen Seiten durch. Es gab keine. Dieser Pass hatte die Europäische Union noch nie verlassen.

»Es könnte das Mädchen sein, das sie hier festgehalten haben«, sagte Lennon. Er hielt Connolly den Pass hin, damit der ihn sich anschauen konnte.

»Eine Prostituierte?«, fragte Lauler von der Tür her.

»Wofür sonst sollten sie so eine Wohnung anmieten?«

»Ich kann Ihnen versichern«, erklärte Lauler, »die Hausverwaltung hat keinerlei Kenntnis über irgendwelche ungesetzlichen ...«

»Also, wo ist sie jetzt?«, fragte Connolly.

Lennon gab keine Antwort. Als nächstes nahm er sich den Arbeitsvertrag vor. Der Firmenschriftzug EUROPEAN PEOPLE MANAGEMENT prangte darauf. Jeder Absatz war in drei Sprachen abgefasst: Englisch, Französisch ... und Litauisch, wie Lennon annahm. Es gab zwei Unterschriften. Eine ähnelte der aus dem Reisepass, den anderen Namen konnte Lennon nicht entziffern. Als Hauptsitz der Firma war eine Adresse in Brüssel angegeben.

Er schob den Vertrag zurück in den Umschlag, steckte den Pass jedoch ein.

»Entschuldigen Sie«, meldete sich Lauler.

Lennon verließ die Küche und warf einen genaueren Blick auf den Laminatboden im Wohnzimmer. Lauler machte Anstalten, von der Tür her näher zu kommen, aber Lennon hielt eine Hand hoch.

»Ich sagte, Sie sollen dableiben.«

»Hören Sie mal, Sie können nicht einfach das Eigentum eines Mieters aus ...«

»Ich brauche das Foto«, sagte Lennon. »Der Pass wird zurückgegeben, genau wie alles andere, was wir mitnehmen.«

»Aber ...«

»Halten Sie den Mund«, befahl Lennon.

Er ließ seinen Blick über den Boden schweifen, bis er gefunden hatte, was er suchte. Da, eine rote Schliere, die von einer der Türen herkam. Lennon zeigte darauf.

»Ich sehe sie«, sagte Connolly.

»Was?«, fragte Lauler.

»Sergeant Connolly«, sagte Lennon, »könnten Sie Mr. Lauler bitte hinausbringen.«

Der Beamte aus dem Distrikt C nahm Lauler am Arm und führte ihn in den Flur.

Immer darauf bedacht, wohin er trat, ging Lennon zur Tür und öffnete sie. Der penetrante metallische Geruch ließ ihn zurückfahren. Er überdeckte noch etwas anderes, noch nicht verwest, aber schon bald würde es anfangen zu stinken.

Connolly hustete. »Ist das …?«

»Ja«, sagte Lennon.

Er betrat das Zimmer. Seine Schuhe klackten auf dem Linoleumboden, er atmete flach. Die dunkle Lache breitete sich vom Bett bis zur jenseitigen Wand aus. Daneben war noch etwas anderes heruntergespritzt, offenbar Erbrochenes. Rote Fußabdrücke wanderten durch den Raum und versammelten sich dann um einen Haufen besudelter Laken. Da hatte jemand seine Schuhe gesäubert. Wie ein geschweifter Pinselstrich verlief eine Spur bis zum Fußende des Bettes.

»Mein Gott«, entfuhr es Connolly. »Dann wurde Tomas Strazdas also hier getötet. Und wer immer es getan hat, hat Sam Mawhinney und diesen Ausländer dann vermutlich auf die andere Seite der Stadt gebracht.«

»Vielleicht«, antwortete Lennon. »Vielleicht haben Sam und der Ausländer aber auch Tomas umgebracht, jemand anderes hat ihnen das übelgenommen und sich gerächt.«

»Auge um Auge, Zahn um Zahn?«, fragte Connolly.

»Genau wie in den guten alten Zeiten.«.

Da blitzte etwas im Sonnenlicht auf. Lennon näherte sich, soweit es ging, ohne dass er ins Blut trat. In der roten Lache lag eine Spiegelscherbe, um ein Ende war ein Fetzen Tuch gewickelt. Ein provisorischer Dolch, perfekt geeignet, einem Mann die Kehle aufzuschlitzen. So ein Ding hatte er vor drei Jahren schon einmal gesehen, als einem Informanten hinter Gittern von einem anderen Insassen das Gesicht in Streifen geschnitten worden war. Das hier war eine Gefängniswaffe. Von einem Gefangenen geführt.

Lennon griff in seine Tasche.

»Glauben Sie, da kommt noch was nach?«, fragte Connolly.

»Hmm?« Lennon ertastete die harten Umrisse des Passes.

»Noch mehr Morde?«, fragte Connolly weiter.

»Hoffentlich nicht. Ich weiß ja nicht, wie es Ihnen geht, aber ich persönlich habe keine Lust, mir über Weihnachten so einen Scheiß ansehen zu müssen. Ein Gutes hat die Sache aber vielleicht doch.«

Connolly trat ins Zimmer. »Nämlich?«

Lennon zog sein Handy aus der Tasche und fing an, DCI Fergusons Nummer einzutippen. »Sam Mawhinney und sein Kumpel wurden im Distrikt D getötet. Tomas haben wir in unserem Bereich gefunden, im Distrikt B, getötet wurde er aber im Distrikt C. Mit ein bisschen Glück wird der Fall dem MIT eines der anderen Distrikte zugewiesen, und wir können nach Hause.«

Doch schon während er das sagte, hegte Lennon wenig Optimismus, dass es so ausgehen würde. Aber hoffen durfte er ja.

21

Herkus fuhr in die Rugby Road in der Nähe des Botanischen Gartens, wo im Obergeschoss eines Reihenhauses Rasas Wohnung lag. Unten wohnte ein berufstätiges Ehepaar. Er hatte gehört, dass man diesen Stadtteil Holylands nannte, wusste aber nicht, warum. Irgendetwas Heiliges konnte er hier jedenfalls nicht entdecken, aber immerhin gab es ein paar gute Restaurants und einen hervorragenden Buchladen. Nicht, dass er viel gelesen hätte, schon gar nicht auf Englisch, aber ihm gefiel das warme, weiche Licht im Laden und der Anblick der Bücher in den Regalen. Das erinnerte ihn an seine Schulzeit.

Rasa sah müde und abgehetzt aus, als sie die Haustür öffnete. Wahrscheinlich war es für sie noch zu früh. Dabei konnte sie von Glück sagen, dass sie überhaupt ein bisschen Schlaf gefunden hatte. Er selbst war seit gestern Morgen ohne Unterlass kreuz und quer in der Stadt unterwegs, und dann zu allem Überfluss auch noch dieser verdammte Schnee.

Herkus nahm nur selten etwas von dem Stoff, den er bei Rasas Kontaktmann für seinen Boss besorgte, aber heute würde er sich vielleicht doch eine Prise genehmigen. Nur so viel, dass er einen Energieschub bekam und es bis über den Morgen schaffte.

Er folgte Rasa die Treppe hinauf in die Wohnung. Es roch nach Zigaretten, vermischt mit dem Weihrauchduft eines Räucherstäbchens, das auf dem Couchtisch brannte.

Auf den Möbeln und dem Boden lagen verstreut Kleidungsstücke und Modemagazine herum. In der Ecke stand eine mit irgendeinem Stoff behangene Ankleidepuppe.

»Musstest du Darius das antun?«, fragte Rasa und setzte sich an das Tischchen am Fenster. Es war übersät mit Garnspulen, Scheren und Nadeln. Auf der Fensterbank stand ein Blumentopf, dessen Bewohner vor lauter Durst schon ganz braun geworden war. Sie griff nach einem Päckchen Zigaretten und einem Feuerzeug.

»Ja, musste ich«, sagte Herkus. »Gib mir auch eine.«

Rasa bekreuzigte sich, zog sich eine Zigarette heraus und reichte ihm das Päckchen. Herkus vermutete, dass zwischen ihr und Darius womöglich etwas gelaufen war. Es war ganz natürlich, dass der Tod des Hünen ihr leid tat, aber tief in ihrem Inneren war sie aus Stein. Sie würde bald darüber hinwegkommen.

Er setzte sich ihr gegenüber an den Tisch und zog eine Zigarette aus dem Päckchen. Rasa zündete ihre an und hielt ihm dann die Flamme hin.

»Was für ein Mist«, sagte sie in den Qualm hinein.

Herkus grummelte etwas Zustimmendes. Er hatte Rasa schon am Telefon über den neuesten Stand informiert und keine Lust, weiter über die Sache zu reden. Trotzdem fing sie wieder davon an.

»Dieser Idiot«, sagte sie. »Sam Mawhinney. Der ist doch an der ganzen Sache schuld. Ich bin froh, dass du ihn erledigt hast. Und sein Bruder ist auch nicht besser.«

Herkus gab keine Antwort. Er zog an seiner Zigarette.

»Dumme Jungs. Und dann dieses kleine Miststück. Schon beim ersten Anblick habe ich gewusst, dass die uns noch Ärger machen würde.«

»Warum hast du dann ausgerechnet die für Belfast ausgesucht?«, fragte Herkus.

»Weil sie gut aussah. Für ein Mädchen, das so aussieht, bezahlen die Männer ordentlich Geld. Sie kann ein richtig gutes

Pferdchen werden, wenn man sich Zeit nimmt und sie vernünftig anlernt. Aber diese zwei Brüder da, diese Vollidioten, wollten ja nicht warten und sie sofort ranlassen. Ich habe ihnen gesagt, sie sollen ihr ein paar Wochen Zeit geben, damit sie sich an die Sache gewöhnt, sie vielleicht auch ein bisschen aufputschen. Aber sie wollten ja nicht hören. Und jetzt schau dir an, was für eine Scheiße sie angerichtet haben.«

Herkus schaute gedankenverloren aus dem Fenster dem herabrieselnden Schnee zu. Rasa hatte sich zum Wohnen ein nettes Fleckchen ausgesucht, gar nicht weit vom Park und allem, was die Botanic Avenue so zu bieten hatte. Nur wenige Studenten konnten es sich leisten, eine Wohnung in dieser Straße zu mieten. Im Vergleich zum hektischen Getriebe der Innenstadt war die friedliche Atmosphäre da draußen eine andere Welt.

»Wann hast du das Mädchen das letzte Mal gesehen?«, fragte er.

»Gestern Nachmittag«, antwortete Rasa. »Ich musste sie mir mal vorknöpfen.«

»Warum?«

»Weil sie einen Freier hat abziehen lassen, ohne ihm was zu bieten. Und dann hatte sie noch die Frechheit zu behaupten, er hätte nur reden wollen.«

Herkus schaute weiter auf die Straße hinab. »Reden?«

»So hat sie es jedenfalls erzählt. Aber ich kenne die Männer. Männer wollen nicht reden. Männer wollen nur ...«

»Wer war er?«

»Seinen Namen weiß ich nicht mehr«, sagte Rasa. »Aber gesehen habe ich ihn schon mal. Ein kleiner, untersetzter Typ.«

»Dick?«

Rasa schüttelte den Kopf. »Dick nicht. Stämmig, breitschultrig, so wie mein Großvater. Ein Fass auf Beinen. Er hat ein Mondgesicht und einen Bart, das schwarze Haar ist zurückgekämmt. Er hat ihr eine Kette gegeben.«

Herkus legte das Kinn in die Hände, ließ seinen Blick ins Leere gleiten und seinen Kopf den losen Faden aufnehmen, den er da in Rasas Worten ausgemacht hatte.

Nachdem er eine Weile geschwiegen hatte, fragte sie: »Was ist los?«

Er wandte ihr wieder seine Aufmerksamkeit zu. »Was für eine Kette?«

»Ein Kreuz«, sagte Rasa.

Herkus drückte seine Zigarette im trockenen Kompost der Topfpflanze aus. Dann stand er auf, schaute sich im Zimmer um und entdeckte auf dem Couchtisch einen Umschlag und einen Kugelschreiber. Er brachte ihr beides.

»Zeichne den Mann«, verlangte er.

Sie starrte ihn fassungslos an.

Herkus drückte Rasa den Kugelschreiber und das Stück Papier in die Hand. »Du kannst doch zeichnen. Hab ich oft genug gesehen. Mal ein Bild von ihm.«

Sie dachte einen Moment nach, dann kritzelte sie etwas auf den Umschlag.

Mit groben Strichen zeichnete sie ein rundes Gesicht, dichtes Haar und genau den Bart, wie sie ihn beschrieben hatte. Herkus hatte keine Ahnung, ob das Bild dem Mann wirklich ähnlich sah, aber grundsätzlich war es keine schlechte Skizze. Bevor Rasa Litauen den Rücken gekehrt hatte, hatte sie in der Modebranche gearbeitet und eigentlich hier auch wieder daran anknüpfen wollen, vielleicht sogar als Designerin. Stattdessen war sie ein Glied in der Nachschubkette für junge Mädchen geworden. Und soweit Herkus es beurteilen konnte, war das noch nicht einmal unbedingt ein Berufswechsel.

Er nahm ihr den Umschlag ab. »Sieht es ihm ähnlich?«

»Soweit ich mich erinnern kann.«

Er zeigte auf die über eine Augenbraue verlaufende Linie und fragte: »Was ist das da?«

»Er hat eine Narbe«, sagte sie. »Ein hässlicher Mann.«

Herkus stopfte den Umschlag in seine Brusttasche. »Und wer ist der Dealer, zu dem du mich schickst?«

»Sein Name ist Jim Pollock«, sagte Rasa. »Ich kaufe nur bei ihm. Er macht mir einen guten Preis.«

»Weiß er, dass ich komme?«

»Ich habe ihn sofort nach unserem Gespräch angerufen. Warum?«

»Nur so«, sagte Herkus.

Er drehte sich um und ging zur Tür.

Sie rief ihm nach: »Und wie geht es Arturas?«

Herkus blieb stehen. »Er ist ein wenig angegriffen«, sagte er.

»Ist er wütend?«, fragte sie.

»Natürlich.«

Rasa stand auf und trat zu ihm. »Ich meine, ist er wütend auf mich? Weil ich sie ausgesucht habe? Gibt er mir die Schuld?«

Herkus studierte die Falten in ihrem Gesicht und ihre Hautfarbe und stellte sich vor, wie wunderschön sie in ihrer Jugend wohl gewesen sein musste. Er spürte ein kurzes Stechen in der Brust. Das musste wohl Traurigkeit sein.

»Arturas ist wütend auf alles«, sagte er. »Er ist wütend auf mich. Er ist wütend auf seinen Bruder. Er ist sogar wütend auf die Luft, die er einatmet.«

Sie nahm einen langen Zug aus ihrer Zigarette, und er registrierte, wie ihre Hand zitterte.

»Hör mal«, sagte er, »vielleicht solltest du lieber eine Weile abhauen. Die Weihnachtstage woanders verbringen. Wenn du dich beeilst, kriegst du vielleicht noch für heute Nachmittag einen Flug. Oder du könntest auch über die Grenze. Ganz egal, Hauptsache, du verschwindest hier ein paar Tage.«

Sie nickte und schenkte ihm ein verhuschtes Lächeln. »Ja. Das ist eine gute Idee. Vielleicht mache ich das.«

Er ging und ließ sie in ihrer unaufgeräumten Wohnung allein. Eine Frau wie sie, dachte er, sollte inzwischen verheiratet sein und schon fast erwachsene Kinder haben. Vielleicht sogar eine junge Großmutter sein. Nicht in irgendeiner Stadt am Ende der Welt wohnen und Frischfleisch an irgendwelchen Abschaum verkaufen, der mit so etwas sein Geld verdiente.

Vor fünf Jahren war Mitleid für Herkus Katilius noch ein unbekanntes Gefühl gewesen. Aber in letzter Zeit spürte er es immer öfter, genau wie die Schmerzen in seinen Knien und im Kreuz.

»Ich werde alt«, sagte er zu sich selbst, als er den Mercedes aufschloss und einstieg.

Herkus fuhr über die Albert Bridge nach Osten, in Richtung Sydenham. Der Verkehr wurde dichter. Im Schneckentempo krochen die Autofahrer über den Schneematsch und das festgefahrene Eis. Er folgte den Anweisungen des Navigationssystems bis zu einer neu erbauten Wohnanlage, die sich um einen kleinen Platz herum gruppierte und eher aussah wie eine Schule oder eine Klinik als ein Ort zum Leben.

Rasas Wohnung in ihrer ruhigen Straße gefiel ihm besser als diese Ansammlung von Quadraten und Dreiecken. Aber egal, er musste ja nicht lange bleiben, nur schnell den Stoff kaufen und wieder gehen.

Die Scheinwerfer des Mercedes blinkten auf, als Herkus den Wagen verschloss. Gegen die Kälte klappte er den Kragen hoch und stopfte die Hände in die Taschen. Mehrere übereinander verlaufende Spuren im Schnee deuteten an, wo der Fußpfad zum Eingang des Gebäudes entlanglief.

Auf einer Metalltafel befand sich eine Reihe symmetrisch angeordneter Klingelknöpfe. Der Frost hatte sie mit einer eisigen Schicht überzogen. Herkus suchte die Klingel für die Wohnungsnummer, die Rasa ihm gegeben hatte, und drückte mit dem Daumen darauf.

Keine Antwort.

Er drückte noch einmal.

Eine blecherne Stimme knisterte: »Was gibt es?«

»Spreche ich mit Pollock?«, fragte Herkus.

»Wer will das wissen?«

»Rasa schickt mich«, sagte Herkus. »Ich will Stoff kaufen.«

Eine Pause. Dann: »Wer hat dich wegen was geschickt?«

»Rasa«, wiederholte Herkus. »Sie hat mir erzählt, sie hat schon öfter bei dir gekauft. Sie sagt, du machst einen guten Preis.«

»Ich kenne keine Rasa«, sagte die Stimme. »Und jetzt verzieh dich.«

Selbst durch den winzigen Lautsprecher erkannte Herkus Angst, wenn er sie hörte. Die Stimme hatte dann etwas Schrilles, die Brüchigkeit unterdrückter Panik.

Aber warum?

Gebremst vom Schlafmangel, drehten sich die Rädchen in seinem Hirn zu langsam, aber schließlich griffen sie doch noch. Die Erkenntnis löste einen Adrenalinschub aus, der ihm in sämtliche Glieder strömte. Sein Instinkt übernahm die Regie. Herkus wirbelte an der Tür herum und ließ sich flach auf den Boden fallen, da sprang ihn der Angreifer auch schon mit vorgerecktem Messer an.

Ohne noch abbremsen zu können, flog der Mann heran. Herkus' Schulter krachte in dessen Magengrube, und der Mann ächzte, als ihm die Luft aus den Lungen gepresst wurde.

Der Schnee federte den Sturz des Mannes ab. Für einen kurzen Moment konnte Herkus in das ihm zugewandte Gesicht blicken, dann trat er mit dem Hacken hinein.

Mark Mawhinney sackte zurück, seine Lippe schwoll bereits an. Die Klinge entglitt seinen Fingern, ein Messer, das aussah, als hätte er es sich in der Küche seiner Mutter besorgt. Er spuckte und hustete, Blut sprühte auf den weißen Schnee.

Als er sich wieder hochzurappeln versuchte, trat Herkus ihm

mitten in die Weichteile. Mawhinney rollte sich auf die Seite, zog die Knie an und winselte wie ein verhungernder Hund.

»Nicht aufstehen«, befahl Herkus auf Englisch. »Dein Bruder war ein dummer Mensch. Jetzt ist er tot. Wenn du klug bist, bleibst du da unten und am Leben.«

Mawhinney krümmte sich im Schnee und keuchte durch die aufgeplatzten Lippen. »Du Scheißkerl«, presste er hervor. Tränen quollen ihm aus den Augen. »Du verdammter Scheißkerl ... Sam hat doch gar nichts gemacht ... kein Grund ... so was zu tun ... Scheißkerl.«

Herkus hockte sich neben ihn und nahm das Messer aus dem Schnee. Er richtete die Klinge auf Mawhinney. »Sam hat zugelassen, dass die Hure Tomas umbringt«, sagte er. »Glaubst du etwa, Arturas vergisst das so einfach? Wenn du von hier verschwindest, dann kann es sein, dass Arturas dich vergisst. Jetzt geh.«

Mawhinney rollte sich auf den Bauch, drückte sich auf die Knie hoch und kroch los. Ein roter Spuckefaden hing von seinem Mund bis zur Erde und zog hinter ihm seine Spur.

Herkus stand auf. Er zog ein Taschentuch aus der Tasche, wischte den Griff ab und warf das Messer auf dem Rückweg zum Mercedes in den Schnee. Als er den Wagen erreichte, meldete sich der Schmerz in seiner Schulter. Er blieb stehen, ließ den Arm kreisen und spürte, wie die Sehnen und Muskeln protestierten.

»Ich werde alt«, sagte er noch einmal.

Mark Mawhinney hatte ihn verletzen, womöglich töten wollen. Und hätte Herkus nicht rechtzeitig reagiert, wäre es ihm vielleicht sogar gelungen.

Diese irischen Brüder hätten die Sache verbockt, hatte Rasa gesagt. Sie hätten zu früh versucht, das Mädchen anschaffen zu lassen. Es war ihre Schuld. Und Arturas würde dasselbe sagen.

Herkus sah über die Schulter.

Mark hatte die Hauswand erreicht. Er klammerte sich an eine Fensterbank und versuchte sich hochzuziehen,

»Scheiße«, sagte Herkus.

Er machte kehrt und marschierte mit griffbereiten Händen auf den anderen zu.

22

Dunkelheit und Licht, Freude und Angst wechselten sich in ihren Träumen ab. Galya war wieder Kind, und ihr Großvater hielt ihre Hand in seiner eigenen. Die Haut des alten Mannes war rau und rissig, er roch nach Tabak. In der Nähe ihres Heimatortes unweit der russischen Grenze liefen sie auf einem Weg in den dunklen Wäldern. Aus den Wipfeln beobachteten sie wilde Kreaturen.

Weiter vorn sah sie etwas, das aussah wie ein kleines Mädchen mit strohblonden Haaren. Sie beschleunigte ihren Schritt und versuchte angestrengt, die Gestalt besser zu erkennen. Nach wenigen Augenblicken bemerkte sie, dass die raue Haut nicht mehr über ihre eigene rieb. Sie blickte zurück auf den Weg. Da lag Papa auf dem Rücken, die schwieligen Hände über der Brust gefaltet, das Gesicht bleich im Dämmerlicht des Waldes.

Aus den Bäumen um ihn herum kam ein Knurren. Aus dem Unterholz tauchte eine Schnauze auf, tief auf der Erde beschnüffelte sie die Fährte des Toten. Dann noch eine und noch eine, einer nach dem anderen kamen Hunde aus dem Wald, um sich am dargebotenen Opfer zu laben.

Galya riss den Mund auf und wollte sie anschreien, aber da neigte sich die Erde und warf sie auf die Steine und verrottenden Blätter nieder. Der Boden schlingerte und drückte sie gegen Papas Körper. Nur dass Papa da gar nicht mehr lag, sie rollte nur im Kies und Schlamm herum.

Die Hunde kamen näher. Da wusste Galya, dass sie nicht gekommen waren, um ihren Großvater zu fressen. Sie war es, was die Hunde wollten. Sie versuchte sich hochzurappeln, ihnen zu entkommen, aber der Morast drückte sie nieder wie eine warme Decke.

Die Mäuler fühlten sich auf ihrem Körper an wie harte Hände, die Zähne wie ungehobelte, hässliche Finger. Während Galya im Schlamm ertrank, beschnüffelten sie ihre Ohren, ihre Rippen, ihre Zehen und Hüften, alles außer die geheimen Orte, die nur jenem Liebhaber gehörten, den sie vielleicht nie mehr kennenlernen würde. Am Ende spreizten sie ihre Lippen und leckten ihr über die Zähne.

Galya roch Schweiß und saure Milch und wusste, dass sie träumte. Durch den Morast schwamm sie nach oben, wollte unbedingt aufwachen, doch die Kräfte verließen sie, zu groß war die Anstrengung. Stattdessen ließ sie sich vom Bauch der Finsternis umfangen, verschlungen von einem so undurchdringlichen Schlaf, dass sie meinte, vielleicht tot zu sein.

Als sie niedersank, ließen die Hände von ihr ab, weggerufen von einer neuen Stimme, dem Geheul eines Tieres in der Ferne.

23

Billy Crawford verließ das Mädchen, um oben nach der Kreatur zu sehen. Ständig rief sie. Ständig wollte sie mehr. Nie ließ sie ihn in Ruhe. Eines Tages würde sie ihm bestimmt noch die Augen aussaugen.

Er stieg die Treppe bis zur Dachkammer hoch, seine Schultern streiften die Wände. Schon wieder rief sie nach ihm, ihre Stimme unerbittlich wie eine Klaue. Reglos und still blieb er vor der Tür stehen und zuckte bei jedem Kreischen zusammen.

»Gott steht mir bei«, flüsterte er. Ein stilles Zwiegespräch zwischen ihm und dem Schöpfer. »O Herr, verleih mir die Kraft, dies zu ertragen.«

Er öffnete die Tür und trat ein. Damit ihr Gestank ihn nicht überwältigte, atmete er so flach wie möglich. Nach sechs Schritten war er in ihrem Blickfeld.

Sie richtete ihre Augen auf ihn und riss den zahnlosen Mund auf. Dann schrie sie und schlug mit den Klauen aus.

»Still«, befahl er.

Die Kreatur richtete sich auf, ihre Stimme überschlug sich, ein heiseres Geheul, das sich in seine Trommelfelle grub wie die Krallen einer Ratte.

»Still«, wiederholte er energischer.

Sie schrie weiter, die hellblauen, tränenden Augen quollen hervor.

Er presste ihr eine Hand auf den Mund und drückte den Kopf zurück. Sie starrte zu ihm hoch. Er konnte fühlen, wie das glitschige Zahnfleisch an seinen Schwielen saugte.

»Still«, befahl er. »Oder ich tue dir weh.«

Da beruhigte sie sich. Das zahnlose Maul hörte auf, an seiner Haut zu knabbern.

Er kniete sich hin. »Bete mit mir«, sagte er.

Er legte die Hände der Kreatur zusammen, senkte den Kopf und schloss die Augen.

»Unser Vater im Himmel«, begann er.

Er betete, der Schöpfer möge gnädig sein und das Leiden dieses Geschöpfs bald beenden. Er betete für den Tag, an dem er eine Nacht würde schlafen können, ohne sein weidwundes Geheul zu hören. Er betete, der Herr möge Erbarmen mit dem haben, was auch immer statt einer Seele in dieser Brust vor sich hin faulte.

Er betete, und die Kreatur heulte.

24

Lennon war auf dem Weg ins Büro, in einer Hand eine Dose Cola, in der anderen den vorläufigen rechtsmedizinischen Bericht über Tomas Strazdas. Ein vorbeikommender Sergeant fragte ihn, ob er schon von dem Mord in Sydenham gehört habe. Das Opfer könne von Interesse sein.

»Wer ist es?«, fragte Lennon.

»Mark Mawhinney.«

Lennon blieb stehen. »Der Bruder von Sam Mawhinney?«

»Soweit ich weiß«, antwortete der Sergeant. »Er ist ziemlich bekannt. Schon der erste Beamte am Tatort hat ihn erkannt. Es heißt, man habe ihm das Genick gebrochen. Die Fußspuren im Schnee deuten auf einen Kampf hin.«

Kraftlos schleppte sich Lennon an seinen Schreibtisch. Er warf den Bericht auf den Aktenstapel, der sich dort bereits aufgetürmt hatte, und hielt sich das kalte Getränk an die Stirn.

Vier Tote in zwölf Stunden.

Er hatte Connolly und den Sergeant vom Distrikt C in der Wohnung in Bangor zurückgelassen. Eigentlich konnten sie nur darauf warten, dass die Spurensicherung kam und übernahm. Das Blut Tomas Strazdas zuzuordnen, war eigentlich nur eine Formsache, aber vor Weihnachten würde es damit wohl nichts mehr werden.

Lennon setzte sich, machte die Dose auf und fluchte, als der

Inhalt über die Unterlagen spritzte. Er zog den Strazdas-Bericht und den Pass aus der Gefahrenzone und wischte die Flüssigkeit mit einem Papiertaschentuch weg.

Der Bericht war eigentlich nur ein erster Entwurf des Kriminaltechnischen Instituts, einer Privatfirma, die viele wissenschaftliche Untersuchungen für die nordirische Polizei durchführte. Sie war in einem ehemaligen Polizeigebäude in Carrickfergus untergebracht, einem Standort, der für die anstehende Arbeit eigentlich völlig ungeeignet war. Ihr altes Labor war Anfang der neunziger Jahre bei einem Bombenanschlag zerstört worden, und seitdem behalf man sich in der Küstenstadt.

Doch trotz der begrenzten Möglichkeiten seines Standorts gehörte das Institut zu den fortschrittlichsten und umfassendsten kriminaltechnischen Einrichtungen in Europa, das seine Methoden durch die jahrzehntelange Untersuchung von größeren und kleineren terroristischen Anschlägen, die praktisch jeden Tag vor seiner Haustür verübt wurden, immer weiter verfeinert hatte.

Soweit Lennon wusste, lag Tomas Strazdas' Leichnam immer noch, mit einem weißen Zelt vor dem Schnee beschirmt, da draußen am Wasser und wartete darauf, dass man ihn abholte und ins neue Leichenschauhaus im Royal Victoria Hospital brachte. Dort würde ein Arzt des Staatlich-Pathologischen Instituts ihm die letzte Ehre erweisen.

An Heiligabend würde es den armen Tropf treffen, der an diesem Feiertag Bereitschaft hatte. Und als hätte es nicht schon gereicht, eine Leiche untersuchen zu müssen, waren es jetzt sogar noch drei mehr. Lennon sprach ein weiteres Stoßgebet, dass nicht er der Beamte war, der zugegen sein musste, wenn die Skalpelle und Sägen ausgepackt wurden.

Er hatte schon im Büro von CI Uprichard angerufen und gefragt, ob diese miteinander in Verbindung stehenden Fälle einem der anderen Distrikte zugewiesen werden würden, aber Uprichard wusste es nicht. An Heiligabend war es schwer, jemanden festzunageln, doch Uprichard würde herumtelefonieren und zusehen, dass er eine Entscheidung bekam.

Lennon machte sich keine großen Hoffnungen. Während er den Bericht durchblätterte, zog er sein Handy aus der Tasche.

Als Susan sich meldete, grinste ihn gerade die Scharte in Strazdas' Kehle an.

»Wie geht es Ellen?«, fragte er.

»Sie fragt die ganze Zeit nach ihrem Daddy«, antwortete Susan. »Bleibst du noch lange weg?«

»Ich weiß es nicht«, sagte Lennon. »Hast du die Nachrichten gesehen?«

»Ich habe sie nebenbei laufen lassen. Einer an den Docks und noch zwei in Newtownabbey. Hinter welchen bist du her?«

»Im Moment hinter allen«, sagte Lennon. »Aber man weiß ja nie. Vielleicht nimmt sie mir noch jemand ab.«

»Ist das wahrscheinlich?«

»Nicht sehr«, sagte er. »Kannst du Ellen noch eine Weile behalten?«

»Das weißt du doch«, sagte sie. »Lucy freut sich. Wie Ellen das finden wird, weiß ich allerdings nicht. Im Moment machen die beiden ihr Mittagsschläfchen.«

»Kann ich mit ihr sprechen?«

»Jack, ich habe sie gerade erst hingelegt.«

»Ich weiß«, sagte er. »Nur einen Moment, mehr nicht.«

»Na gut.« Ihre Stimme hörte sich abgespannt an.

Während er wartete, blätterte er den Bericht mit den Fotos durch. Todesursache sehr wahrscheinlich eine Wunde am Hals, noch zu bestätigen durch Staatlich-Pathologisches Institut. Stoffstück und Elektrodraht zur Untersuchung vom Untersuchungsort entfernt. Fehlendes Blut am Tatort deutet darauf hin, dass der Tod woanders eintrat und die Leiche anschließend zum Fundort verbracht wurde. Reifenspuren vor Ort untermauern diese Vermutung.

Warum verschwendeten forensische und pathologische Berichte eigentlich immer so viel Zeit auf Dinge, die ohnehin offensichtlich waren? Die Details waren es, in denen der Schlüssel lag. Verborgen wie Lichtpunkte am Himmel, die zunächst nur verschwommen waren, wenn man hinaufsah, die man aber in dem Moment erkannte, wo man wieder wegsah. Details wie eine Scherbe von einem Spiegel und der Pass eines Mädchens.

Er hörte leises Atmen an seinem Ohr, aber keine Begrüßung.

»Hey, Schatz«, sagte er.

»Hallo«, antwortete Ellen mit schlaftrunkener Stimme.

»Wie geht es dir?«

»Geht so.«

»Nur geht so?«

»Mm.«

»Hast du mit Lucy gespielt?«

»Mmm.«

»Hast du schön geschlafen?«

»Ging so. Ich hatte einen bösen Traum.«

»Was denn für einen?«, fragte Lennon. Langweilig waren ihre Träume selten.

»Mit einer Frau«, sagte Ellen. »Hinter der waren Hunde her. Sie hatten Finger statt Zähnen.«

»Hört sich gruselig an.«

»Mmm.«

»Aber jetzt ist wieder alles gut, ja?«

»Mmm. Wann kommst du nach Hause?«

»Das dauert noch ein bisschen«, sagte Lennon.

Ellen antwortete nicht.

»Heute Nachmittag«, versprach er. »Vielleicht auch erst heute Abend.«

»Okay«, sagte Ellen.

Das Telefon machte klick, sie hatte aufgelegt.

Lennon sah noch einen Moment sein Handy an, dann steckte er es wieder ein.

Seine Gedanken kehrten zurück zu Tomas Strazdas und den weiteren Leichen, die in seinem Kielwasser zu schwimmen schienen. Soweit Lennon es beurteilen konnte, war Strazdas ein gewöhnlicher Ganove gewesen, genau wie die Mawhinney-Brüder. Keine Mistkerle von der Sorte, wegen der Bandenkriege ausbrachen. Irgendetwas anderes musste also hinter den Morden stecken, irgendein tieferer Grund. Lennon vermutete – nein, er hatte sogar das untrügliche Gefühl, dass das Mädchen, dessen Pass da vor ihm lag, etwas damit zu tun hatte.

Es musste mehr hinter diesem Tomas stecken, als oberflächlich zu erkennen war. Und wenn man unter diese Oberfläche spähen wollte, dann gab es bei der Polizei nur eine Abteilung, mit der es sich zu reden lohnte. Lennon zögerte einen Moment, schließlich nahm er das Telefon vom Schreibtisch und tippte die Durchwahl des Geheimdienstes C3 ein.

»DI Lennon, ich möchte DCI Hewitt sprechen«, sagte er.

Während er sich irgendein Warteschleifen-Gedudel anhörte, schluckte er seinen Widerwillen herunter, dass er ausgerechnet Hewitt um Hilfe bat. Am meisten litt sein früherer Freund an seinem Verrat durch eine Kugel im Bein, die er einem Verrückten namens Gerry Fegan zu verdanken hatte.

Jetzt war Fegan tot und eine Menge anderer Leute auch. Dan Hewitt hatte genauso viel Blut an den Händen wie die, gegen die er ermittelte, und dieses Wissen gab Lennon gegenüber seinem ehemaligen Freund ein Druckmittel in die Hand. Bisher hatte er es erst einmal eingesetzt, bei der Aufklärung der Geschehnisse, die Marie das Leben gekostet hatten. Eines Tages würde er Hewitt zur Rechenschaft ziehen, aber im Moment war er noch zu nützlich, so sehr es Lennon auch anwiderte, sich mit ihm abgeben zu müssen.

Das Gedudel brach ab.

»Was willst du?«, fragte Hewitt.

»Wie geht's, Dan?«

»Leck mich doch«, sagte Hewitt. »Was willst du?«

»Nur eine kleine Orientierungshilfe«, sagte Lennon. »Du bist doch sicher im Bilde über die Morde an Tomas Strazdas, Sam Mawhinney sowie einer weiteren, nicht identifizierten männlichen Person.«

»Ja, wir haben ein Auge auf die Sache.«

»Und jetzt noch ein Mord in Sydenham«, fuhr Lennon fort. »Mark Mawhinney. Du kannst mich ja für verrückt erklären, aber irgendwie habe ich das Gefühl, dass die alle miteinander zusammenhängen.«

»Wir erwägen diese Möglichkeit«, räumte Hewitt ein. »Aber könnte es vielleicht sein, dass du ein bisschen zu weit vorpreschst? Sobald man offiziell von einer Verbindung zwischen diesen Morden ausgeht, wird man ein MIT mit der Sache betrauen. Im Moment ist der einzige Fall, der dich etwas angeht, Tomas Strazdas.«

»Du hast ja wirklich alles im Blick, Dan?«

»Gut informiert zu sein gehört zu meinen Aufgaben«, sagte Hewitt. »Ich weiß zum Beispiel, dass man den Mann, der zusammen mit Sam Mawhinney aufgefunden wurde, als Darius Banys identifizieren wird, einen Mitarbeiter unseres jungen Tomas. Oder besser gesagt, seinen Babysitter.«

»Babysitter?«

»Tomas hat ständig in irgendwelchen Schwierigkeiten gesteckt«, erklärte Hewitt. »Dieser Darius hatte hauptsächlich die Aufgabe, ihn im Auge zu behalten und zu verhindern, dass er sich selbst und anderen zu viel Schaden zufügte.«

»In welcher Beziehung stand Tomas zu den beiden Brüdern?«

Hewitt seufzte. »Warum ermittelst du nicht mal selbst ein bisschen, Jack?«

»Weil du und deine Kumpel im C3 uns anderen immer einen Schritt voraus seid«, erwiderte Lennon. »Und weil du mir was schuldig bist.«

»Ich bin dir gar nichts schuldig.«

»Würdest du das gern mal vor dem Ombudsmann der Polizei ausprobieren?«

»Ach, leck mich doch.«

»Betrachte es einfach als Gefälligkeit für einen alten Freund. Die Leitung ist abhörsicher. Niemand kriegt etwas mit.«

Lennon hörte Hewitt schnaufen und griff nach einem Stift.

»Na schön«, sagte Hewitt. »Die Mawhinney-Brüder haben sich seit ungefähr einem Jahr auf Prostitution verlegt und einer Litauerin namens Rasa Kairyté Mädchen abgekauft. Sie hat geholfen, die Mädchen aus der Republik in den Norden zu schleusen. Meistens hat sie mit Tomas Strazdas zusammengearbeitet.«

»Buchstabier mir mal den Namen«, sagte Lennon.

Hewitt diktierte die Buchstaben, und Lennon kritzelte sie auf seinen Notizblock.

»Was verbirgt sich hinter *European People Management*?«, fragte Lennon.

Hewitt schwieg einen Moment. »Woher weißt du davon?«

»Ich habe einen Arbeitsvertrag gesehen«, sagte Lennon. »Er lag in dieser Wohnung in einer Schublade, zusammen mit einem Pass.«

»Was für einen Pass?«

»Er gehört einer jungen Litauerin«, sagte Lennon. »Ich schätze, sie ist die Prostituierte, die die Mawhinneys dort einquartiert hatten.«

»Vielleicht«, sagte Hewitt.

»Du hast meine Frage nicht beantwortet. Der Arbeitsvertrag

bestand zwischen dem Mädchen und dieser Firma namens *European People Management*. Du weißt etwas darüber. Ich höre es dir an.«

»Vielleicht solltest du besser eine Anfrage über die offiziellen Kanäle stellen«, riet Hewitt. »Ich bin mir sicher, da bekommst du sämtliche Informationen, die du für deinen Fall brauchst.«

»Das dauert doch Wochen. Wozu so eine Zeitverschwendung, wenn ich doch direkt an der Quelle sitze?«

»Na gut«, sagte Hewitt. »Die Firma European People Management gehört der Familie Strazdas.«

»Familie?«

»Tomas war der jüngere Bruder eines gewissen Arturas Strazdas, Besitzer verschiedener Arbeitsagenturen, die angeblich Gastarbeiter an Fabriken, Pilzfarmen, Reinigungsfirmen und so weiter vermitteln. Aber wir haben ihn schon eine ganze Weile im Auge, auf Drängen unserer europäischen Amtskollegen. Wir glauben, er beschafft über diese Agenturen Papiere für Frauen, die in ganz Großbritannien und Irland für die Prostitution eingeschleust werden.«

»Wie funktioniert das?«, fragte Lennon.

»Ein Pass wird benutzt, um zwischen Dublin und Orten wie Wilna oder manchmal auch Brüssel hin und her zu reisen, wo Strazdas seine Zentrale hat. Derselbe Pass könnte auch alle paar Wochen wieder für eine Rückreise verwendet werden, aber oft schauen sich die Einwanderungsbehörden das Foto gar nicht so genau an. Wenn man nicht ganz genau aufpasst, lässt sich das eine schwarzhaarige Mädchen mit osteuropäischem Akzent nur schwer von einem anderen schwarzhaarigen Mädchen mit osteuropäischem Akzent unterscheiden.«

Lennon griff nach dem Pass und schlug die Seite mit den persönlichen Angaben auf. Vielleicht war das blonde Mädchen auf dem Foto ja gar nicht die Prostituierte, die in der Wohnung arbeitete, sondern nur jemand, der ihr sehr ähnlich sah. War sie aus freien Stücken dort gewesen? Ein paar der Frauen fielen ihm wieder ein, die er vor nicht allzu langer Zeit abends aufgesucht hatte. Er schluckte.

»Ich mach dir einen Vorschlag«, sagte er. »Ich konfrontiere dich mal mit einer Theorie. Und du sagst mir, ob sie sich mit dem deckt, was du über die Sache weißt.«

Es entstand eine Pause, dann sagte Hewitt: »Na gut.«

Lennon fing an. Beim Sprechen ordnete er seine Gedanken. »Ich glaube, dass Tomas, dieser Darius und Sam Mawhinney sich in dieser Wohnung in Bangor zu Weihnachten ein paar Drinks genehmigt haben, vielleicht zusammen mit dieser Prostituierten, die sie da einquartiert hatten. Aber dann haben sie sich ein bisschen in die Haare gekriegt, und am Ende hatte Tomas eine durchgeschnittene Kehle. Die anderen beiden haben Tomas in ihren Wagen verfrachtet und sind mit ihm zu den Docks gefahren, um ihn ins Wasser zu werfen, wurden aber von dem Hafenpolizisten gestört. Tomas' Leute waren darüber gar nicht erbaut, und deshalb haben sie Sam und seinen litauischen Freund raus nach Newtownabbey gebracht, ihnen das Hirn weggepustet und den Wagen verbrannt. Stimmt das soweit?«

»Hört sich ganz vernünftig an«, sagte Hewitt. »Aber das erklärt Mark Mawhinney noch nicht.«

»Nein«, räumte Lennon ein. »Gibt es dafür irgendwelche Zeugen?«

»Lässt sich noch nicht sagen. DCI Quinn und seine Mordkommission sind erst seit einer Stunde dort.«

»Na schön«, sagte Lennon. »Aber wenn ich mit jemandem sprechen wollte, der über das Dahinscheiden von Tomas Strazdas betrübt ist, wo würde ich da zuerst hingehen?«

»Du könntest bei dieser Kairyté anfangen. Sie hat eine Wohnung in der Holylands. Oder bei dem Fahrer, Herkus Katilius. Ein

Muskelpaket, harter Bursche, Ex-Soldat. Es gibt allerdings noch eine bessere Option.«

»Nämlich?«, fragte Lennon.

»Arturas Strazdas, den Bruder von Tomas.«

»Du sagtest doch, der sitzt in Brüssel.«

»Tut er auch. Aber er ist gestern Abend am International Airport angekommen. Wir und auch noch eine Reihe anderer Organisationen haben ein Auge auf Mr. Strazdas. Er steigt immer im selben Hotel ab.«

Lennon kritzelte den Namen auf seinen Block. Ein teures Haus mit erlesenem Kundenkreis in der Nähe des Waterfront-Theaters.

»Du bist so ungewöhnlich zuvorkommend, Dan. Was für heimliche Absichten verfolgst du?«

»Gar keine«, sagte Hewitt. »Du wärst ohnehin auf ihn gestoßen. Bei so einem Fall ist es schließlich dein Job, die nächsten Verwandten ausfindig zu machen und sie über den Tod ihres geliebten Angehörigen zu informieren.«

»Ein guter Grund, ihm mal einen Besuch abzustatten.«

»Stimmt. Aber Jack?«

»Was?«

»Halt dich ein bisschen zurück«, warnte Hewitt. »Strazdas ist gefährlich. Nicht, dass ich dir eine Träne nachweinen würde, wenn dir etwas zustieße, nur weil du übermütig geworden bist. Aber du könntest dabei auch diverse laufende Ermittlungen vermasseln. Ich habe dir schon mehr erzählt, als ich sollte, und ich will nicht, dass mir die Sache um die Ohren fliegt.«

»Ich werde ein mustergültiges Vorbild an Diskretion abgeben«, versprach Lennon, obwohl er sich keinen Deut darum scherte, was Hewitt womöglich um die Ohren flog.

»Ich verlasse mich darauf«, sagte Hewitt.

25

Arturas Strazdas lag da und starrte die Decke an, als sein Handy klingelte. Auf dem gesprungenen Display stand: »Unbekannter Teilnehmer.«

Er drückte die Sprechtaste und fragte auf Englisch: »Wer ist da?«

»Sie wissen, wer.«

»Ja«, sagte Strazdas. Er setzte sich im Bett auf.

»Mein Beileid zum Tod Ihres Bruders.«

»Danke. Was wollen Sie?«

»Sie warnen. In Kürze wird ein Polizist bei Ihnen aufkreuzen. Detective Inspector Jack Lennon. Sehen Sie sich bei dem vor.«

»Wieso weiß er, dass ich hier bin?«, fragte Strazdas.

»Weil er ein gescheiter Polizist ist. Er hat viele Quellen. Der könnte ihnen Ärger machen.«

»Könnte er?«

»Sehr wahrscheinlich. Aber ich kann Ihnen helfen. Störfeuer aussenden. Sie informieren, was er vorhat. Allerdings erwarte ich dafür eine entsprechende Gegenleistung.«

»Natürlich«, sagte Strazdas.

»Wir sind uns also einig?«

Es klopfte an der Tür der Hotelsuite.

»Bleiben Sie dran«, sagte Strazdas.

Er ging hinüber ins Wohnzimmer, legte ein Auge auf den Spion und sah die verzerrten Umrisse von Herkus, der im Flur wartete. Strazdas' Nasenflügel prickelten erwartungsvoll. Er machte die Tür auf, und Herkus stürmte herein.

Strazdas hob wieder das Handy ans Ohr.

Stille.

»Hallo?«, rief er.

Nichts. Einen Moment lang starrte er das Display an, erst dann wurde ihm wieder bewusst, dass Herkus hereingekommen war.

»Der verrückte Bruder von diesem Sam hat versucht, mich umzulegen«, fluchte er und lief erregt auf und ab.

»Was?«

»Ich wollte dir bei Rasas Dealer deinen Stoff besorgen, aber da hatte Mark Mawhinney mir aufgelauert. Er hat es vermasselt, und ich habe ihn kaltgemacht. Rasas Dealer muss mir eine Falle gestellt haben.«

»Wo ist mein Koks?«, fragte Strazdas.

Herkus blieb stehen. »Hast du nicht gehört, was ich gerade gesagt habe?«

»Doch, habe ich«, antwortete Strazdas. »Jemand hat versucht, dir was zu tun. Wo ist mein Koks?«

Mit offenem Mund und ausgebreiteten Armen stand Herkus da.

Strazdas warf das Handy nach ihm und brüllte: »Wo ist mein Koks? Ich hab dich nur aus einem Grund losgeschickt, aus einem einzigen.«

Hätte er es nicht schon erlebt, hätte er niemals geglaubt, dass Herkus so behände sein konnte. Strazdas' Beine hoben vom Boden ab, die kräftigen Finger des Hünen umklammerten seinen Hals, und er schlug krachend mit dem Rücken gegen die Wand.

»Jetzt hör mir mal zu«, fauchte Herkus, sein heißer Atem strich über Strazdas' Gesicht. »Einer von den Irren, mit denen du Geschäfte machst, hat mir fast den Bauch aufgeschlitzt, als ich versucht habe, dir dein Koks zu besorgen. Glaubst du etwa, damit hat es sich? Diese zwei Brüder hatten Freunde. Und diese Freunde werden die Sache nicht auf sich beruhen lassen. Früher oder später wird jemand bei den Cops deinen Namen fallen lassen. Die Sache ist aus dem Ruder gelaufen. Wir müssen sofort aus dieser beschissenen Stadt raus. Wenn wir wieder in Brüssel sind, kannst du so viel Koks haben, wie du in die Nase kriegst, aber jetzt müssen wir erst mal hier weg. Hat du mich verstanden?«

Strazdas versuchte, Herkus' Finger von seinem Hals zu lösen, aber sie waren zu stark und hart wie Stein. Er fing an zu krächzen. Herkus lockerte seinen Griff.

»Nimm deine Hände weg«, keuchte Strazdas.

Herkus ließ los und machte einen Schritt zurück.

»Sorry, Boss, aber wir müssen hier weg.«

Hustend taumelte Strazdas zur Couch. »Hast du das Mädchen gefunden?«

»Nein«, sagte Herkus.

»Dann gehen wir nirgendwohin.« Strazdas setzte sich. »Wenn sie tot ist, dann können wir hier weg.«

»Vergiss sie, sie ist ...«

»Ich habe es meiner Mutter versprochen«, unterbrach ihn Strazdas. »Und ich halte mein Versprechen. Und du solltest das auch tun. Du hattest versprochen, mir Koks zu besorgen.«

Herkus schüttelte ungläubig den Kopf. »Meine Güte, hör dich nur mal an. Vier Leute sind tot, und alles, woran du denken kannst, ist dein Koks?«

Strazdas wollte ihn schon anbrüllen, jawohl, ich kann an nichts anderes denken als an das Koks, aber ein Rest Verstand sorgte dafür, dass er es sich verkniff. Stattdessen sagte er: »Das mit den Toten bedaure ich. Ein Grund mehr, das Mädchen zu finden. Es ist ihre Schuld. Sie hat das alles ausgelöst.«

Herkus zog ein Stück Papier aus der Tasche und ließ es Strazdas in den Schoß fallen. Es war ein Umschlag, auf den ein bärtiger Mann gezeichnet war.

»Was ist das?«, fragte Strazdas.

»Das war der Letzte, der mit dem Mädchen gesprochen hat«, sagte Herkus und holte sich einen Wodka aus der Minibar. »Rasa hat mir erzählt, dass er gestern Morgen vorbeigekommen ist, aber das Mädchen hat behauptet, er habe nur reden wollen. Er hat ihr eine Kette mit einem Kreuz gegeben.«

»Glaubst du, er weiß etwas?«

Herkus kippte den Wodka in einem Zug hinunter und holte scharf Luft. »Vielleicht. Vielleicht auch nicht. Aber er ist unsere einzige Spur.«

»Dann finde ihn«, verlangte Strazdas. Er hielt Herkus den Umschlag hin.

Herkus nahm ihn. »Ich tue alles, was du willst, Boss, das weißt du.«

Strazdas antwortete nicht.

»Alles, was du sagst. Aber denk bitte wenigstens darüber nach. Wenn die Cops dich nicht schnappen, dann tun es die Loyalisten. Wenn ich unterwegs bin und nach diesem Mädchen suche, kann ich dich nicht beschützen. Du musst hier verschwinden. Ich kann ja dableiben und sie suchen, aber du solltest zum Flughafen fahren und die erste Maschine nach Brüssel nehmen, die du kriegst.«

»Nein«, sagte Strazdas.

»Denk wenigstens drüber nach.«

»Nein.«

Herkus nickte. »Na schön«, sagte er. Er warf einen Blick auf die Zeichnung. »Wenn dieser Mann in dem Puff in Bangor war, dann war er auch schon in anderen. Ich höre mich mal um. Aber ich muss mich vorsehen. Es gibt da einen Mann, dem ich vertrauen kann. Dem statte ich mal einen Besuch ab.«

Herkus wandte sich um und ging zur Tür.

»Herkus«, rief Strazdas ihm nach.

Herkus blieb stehen und ließ die Schultern sinken. Er schaute zurück. »Ja, Boss?«

Strazdas tippte sich an die Nase.

»Ich werde sehen, was ich tun kann.«

26

Der Schmerz hinter Galyas Augen kam in Wellen. Manchmal fühlte sie sich, als würden schwere Decken sie niederdrücken, dann wieder, als trüge etwas sie in einem warmen Aufwind empor. Seit Tagen, so schien es ihr, schwankte ihr Bewusstsein nun schon so hin und her. Doch irgendein wacher Teil ihres Verstandes sagte ihr, dass es nur ein paar Stunden gewesen sein konnten.

Als sie schließlich die Lider öffnen konnte, drang ein schmerzhafter Strahl fahlen Lichts ein. Galya schloss die Augen, aber zuvor versuchte sie noch, ein wenig von ihrer Umgebung wahrzunehmen.

Ein abgedunkeltes Schlafzimmer, aber nicht das, in dem man sie fast eine Woche gefangen gehalten hatte. Dieses hier war irgendwo anders. Aber wo?

Dann fiel es ihr wieder ein.

Das heiße Blut auf ihren Händen, die Flucht durch die Nacht, der kalte Asphalt, der ihr die Fußsohlen aufgerissen hatte, der weiße Lieferwagen und sein seltsamer, freundlicher Fahrer, der sie damit abgeholt hatte.

Der Kaffee und der süßsaure Geruch des Buttermilch-Shandys. Bei der Erinnerung daran drehte sich Galya der Magen um. Sie rollte sich zum Rand des Bettes, die Decken verfingen sich in ihren Beinen. Sie würgte, brachte aber nur ein paar dunkle, bittere Spritzer heraus.

Der Kaffee, den er ihr gegeben hatte.

War da etwas drin gewesen? Oder war sie einfach nur so müde gewesen, dass sie nicht mehr länger wach bleiben konnte? Mit Ausnahme der Schuhe, die sie gestohlen hatte, war sie immer noch vollständig bekleidet, also hoffte sie, dass er sie nicht angerührt hatte.

Galya setzte sich im Bett auf, aber der Schmerz folgte ihrer Bewegung und kroch hinauf in ihren Kopf. Sie presste ihre Handballen gegen die Schläfen.

Als das pulsierende Klopfen in ihren Ohren abebbte, hielt sie den Atem an und lauschte ins Haus hinein.

Stille. Nicht einmal eine Uhr tickte.

Sie schob die Decken beiseite und setzte die nackten Füße auf den Boden. Die rauen Teppichfasern kratzten auf der gereizten Haut, der stechende Schmerz ließ sie aufkeuchen.

Im Halbdunkel versuchte sie, das Zimmer in sich aufzunehmen. Jahrzehnte alte Tapeten, die an den Ecken schon abblätterten. An der Wand eine billige Kommode. Die Luft roch nach Feuchtigkeit und, fast schon verweht, noch nach etwas anderem.

Galya drückte sich hoch, stand auf und taumelte gegen die Kommode. Sie lehnte sich einen Moment dagegen, bis sie ihr Gleichgewicht wiedergefunden hatte, dann trat sie ans Fenster und zog die dünne Gardine auf.

Ein einzelnes Fenster ohne Griff. Innen war die Scheibe mit schwarzer Farbe bedeckt. Winzige Ritzen in den Fensterecken ließen ein wenig Licht ein. Hier und da war die Farbe abgekratzt worden, augenscheinlich von Fingernägeln. Ohne lange nachzudenken, betastete Galya diese Stellen und probierte mit ihren eigenen Nägeln, wie fest die Farbe saß.

Wer bestrich denn ein Fenster mit Farbe? Warum?

Jemand, der etwas zu verbergen hat, dachte sie.

Die Angst kroch in ihr hoch, zunächst nur als kleine Blase, aber sie schwoll an.

Galya durchquerte das Zimmer und stützte sich dabei an der Wand ab. Noch bevor sie es ausprobierte, wusste sie schon, dass die Tür zugesperrt sein würde. Massiv stand sie in ihrem Rahmen und gab keinen Millimeter nach. Galya fuhr mit der Fingerspitze über die Kante und fühlte Kratzer in der dicken Farbe.

Sie legte ein Ohr an die kalte, glatte Oberfläche und lauschte erneut. Hinter der Tür war alles still und ruhig.

Galya atmete ein und hielt einen Moment unentschlossen die Luft an, dann rief sie: »Hallo?«

Friedhofsstille, nicht einmal Verkehrslärm drang aus der Ferne.

Sie legte eine Hand auf das lackierte Holz, als wolle sie den Herzschlag des Hauses fühlen. Dann holte sie aus und schlug zweimal gegen die Tür.

»Hallo?«, rief sie noch einmal, diesmal energischer.

Da war ein Laut.

Galya trat von der Tür zurück.

Von irgendwo über ihr kam ein Geheul wie von einem verletzten Hund oder irgendeinem Tier, das auf die Schlachtbank geführt werden sollte.

Galya rief nicht noch einmal.

Stattdessen wandte sie sich zum Bett um und setzte sich auf die Kante. Sie kaute am Daumennagel, überlegte und versuchte zu verhindern, dass die Angst aus ihrem Bauch heraus in den Kopf stieg, wo sie sie jeder Vernunft berauben würde.

Dieser Billy Crawford wollte ihr gar nicht helfen, so viel jedenfalls war klar. Was hatte er also vor? Die Kratzer an der Fensterscheibe und der Tür – hier war schon einmal jemand eingesperrt gewesen. Jemand hatte an der Farbe gekratzt und versucht herauszukommen.

Und was war mit diesem Menschen geschehen?

Galya fiel wieder ein, was der Mann ihr am Tisch gesagt hatte, als er ihr den bitteren Kaffee zu trinken gab.

»Ich bin die sechste«, sagte sie laut.

Sie hielt sich noch eine Hand vor den Mund, doch es war schon zu spät, der Gedanke war ihr bereits entfleucht.

Tränen brannten in ihren Augen, die Angst kroch aus ihrer Brust hoch und schnürte ihr die Kehle zu. Fünf waren schon vor ihr dagewesen. Fünf hatten an der Tür und dem Fenster gekratzt. Fünf hatten genau hier gesessen, wo Galya jetzt saß. Hatten sie geweint? Hatten sie geschrien?

Sie würde nicht weinen.

Sie würde nicht schreien.

Was immer dieser Mann mit ihr vorhatte, welche Begierden auch immer dahintersteckten, dass er sie in dieses Zimmer eingesperrt hatte, sie würde sich nicht der Angst ergeben. Sie würde handeln.

Mit dem Handrücken wischte sie sich die Tränen ab, stand auf und trat zur Kommode. Sie öffnete die erste Schublade, auf der Suche nach irgendetwas, irgendeinem Gegenstand, der stabil genug war, um das Glas damit zu zerschmettern. Doch abgesehen von einer alten Zeitung, mit der der Boden ausgelegt war, war die Schublade leer, ebenso die zweite und dritte.

Galya zog die oberste Schublade heraus, so weit es ging, und hörte den dumpfen Schlag, als die Führungsschienen an den Anschlag stießen. Sie winkelte die Lade an, ruckelte noch einmal und befreite sie aus der Kommode.

Es war ein billiges Teil, aber solide und schwer. Galya trat ans Fenster. Sie rupfte an der Gardine, die sofort zu Boden fiel. Galya nahm die Schublade in beide Hände und hob sie in Schulterhöhe. Mit dem ganzen Schwung ihres Körpergewichts rammte sie das Holz gegen die Fensterscheibe.

Das Glas blieb heil.

Galya holte erneut aus und schlug noch einmal gegen die Scheibe. Sie hielt immer noch stand.

Von oben kam wieder das Geheul, eine schmerzverzerrte, leidvolle Stimme.

Immer wieder schlug Galya mit voller Wucht gegen die Scheibe, bis die Schublade splitterte und in ihren Händen auseinanderbrach. Die Scheibe dagegen war unversehrt. Die Stimme über ihr wurde höher und tiefer wie eine Sirene. Galya ließ sich zwischen den Splittern auf die Knie fallen und heulte zurück.

27

Kerzengerade, die Hände auf die Knie gelegt, saß Billy Crawford auf dem verschlissenen Sofa in seinem Wohnzimmer und lauschte dem dumpfen Wehklagen über sich. Über eine Stunde hatte er nun schon im Gebet verbracht, das wusste er auch ohne Uhr. Er hatte immer schon ein untrügliches Zeitgefühl gehabt. Seit seiner Jugend ging er jeden Abend um dieselbe Zeit schlafen und wachte jeden Morgen um dieselbe Zeit wieder auf. In seinem ganzen Leben ist er noch nie zu spät gekommen, erzählten die Leute von Billy Crawford, wenn sie überhaupt je über ihn sprachen.

Oben ging das Heulen und Schreien weiter.

Er machte sich keine Gedanken darüber. Niemand würde etwas hören. Das alte, dreistöckige Doppelhaus stand ein gutes Stück weit weg von allen anderen Gebäuden in der Cavehill Road hier am Rande der Stadt. Dahinter lag unbebautes Land, und das Nachbarhaus war schon seit Jahren verlassen. Im Zuge der gestiegenen und dann wieder gefallenen Immobilienpreise hatte es mehrmals den Besitzer gewechselt, aber bislang war es noch keinem Makler gelungen, wieder Bewohner dafür zu finden. Und angesichts der gegenwärtigen wirtschaftlichen Lage würden wohl noch Jahre vergehen, bis irgendjemand es sich wieder anschaute.

Billy hatte nicht nur sämtliche Fenster durch solche mit gehärteten Doppelglasscheiben ersetzt, sondern auch die rissigen Mauern isoliert. Es drang praktisch kein Lärm ins Haus oder aus ihm hinaus.

Sollte das Mädchen doch schreien, so viel es wollte.

Das hatten sie alle gemacht.

Und alle hatte er mit seinem Gesang zum Lobe des Herrn übertönt.

»Welch ein Freund ist unser Jesus«, sang er, tief tönte aus dem mächtigen Brustkorb seine Stimme, »o wie hoch ist er erhöht.«

Er schloss die Augen und schmeckte die Worte auf seiner Zunge. »Er hat uns mit Gott versöhnet und vertritt uns im Gebet.«

Das Geheul oben wurde lauter, doch seine Stimme schwoll an, erfüllte das Haus und merzte jedes andere Geräusch aus, bis sie der einzige Laut auf der ganzen weiten Welt war.

28

Lennon klopfte an die Tür und wartete. Am Knauf hing ein »Bitte nicht stören«. Ein Zimmermädchen, das einen mit Laken und Handtüchern beladenen Rollwagen vorbeischob, lächelte ihn an.

Ein Stück den Flur hinunter verließ, eine Aktentasche in der Hand, ein elegant gekleideter Mann mittleren Alters den Lift. Er sah auf das Hinweisschild mit dem Etagenplan, offenbar auf der Suche nach einer bestimmten Zimmernummer, dann näherte er sich der Tür, vor der Lennon wartete. Der Mann schlug zweimal mit den Fingerknöcheln gegen die Tür. Sofort ging sie auf, und er trat ein.

»Entschuldigen Sie«, sagte Lennon.

Die Tür wurde ihm vor der Nase zugeschlagen. Wer sie geöffnet hatte, konnte er nicht erkennen, sondern er erhaschte nur einen Blick auf die Suite dahinter, mit Ledersesseln und einem riesigen Flachbildschirm.

Er schlug mit der Faust gegen die Tür.

Der Mann im Anzug machte auf. »Kann ich Ihnen helfen?«

Lennon spähte über die Schulter des anderen. »Ich bin Detective Chief Inspector Jack Lennon, Kriminalpolizei. Ich muss mit Mr. Strazdas sprechen.«

Der Mann versperrte mit seinem Körper den Türrahmen. »Ihren Ausweis.«

Lennon roch förmlich den Anwalt. Er zog seine Brieftasche heraus und zeigte seinen Ausweis.

»Ich bin David Rainey«, sagte der Mann. »Ich vertrete Mr. Strazdas. Vielleicht kann ich Ihnen ja helfen?«

»Es geht um etwas Persönliches.« Lennon lehnte sich vor und versuchte, mehr vom Inneren zu erkennen.

Rainey richtete sich zu seiner vollen Größe auf und versperrte Lennon die Sicht. »Ich genieße Mr. Strazdas' volles Vertrauen.«

»Trotzdem würde ich gern mit Mr. Strazdas persönlich sprechen. Ich fürchte, ich habe eine schlechte Nachricht für ihn.«

»Na schön.« Rainey trat einen Schritt zurück. »Bitte kommen Sie herein.«

Lennon betrat das Wohnzimmer der Suite. Hohe Decken und opulente Polster. Arturas Strazdas saß mit übereinandergeschlagenen Beinen mitten auf einem Sofa, die Arme lagen über der Rückenlehne. Er beobachtete Lennon aus kalten blauen Augen, die unter buschigen Brauen in seinem blassen Gesicht saßen. Auf seiner Stirn lag ein Schweißfilm, und er hatte dunkle Ringe unter den Augen. Seine Nasenflügel waren gerötet.

»Hübsche Suite«, sagte Lennon. »Ich glaube nicht, dass ich so was schon mal betreten habe. In meinem Metier wird man üblicherweise eher in Bruchbuden gerufen.«

»Hier hat Sie niemand gerufen«, entgegnete Strazdas mit starkem Akzent.

»Nein«, bestätigte Lennon. »Darf ich mich setzen?«

Strazdas antwortete nicht. Lennon sah Rainey an, der auf einen Sessel auf der anderen Seite des Couchtischs wies, seinem Mandanten gegenüber.

Im Hinsetzen sagte Lennon: »Ich habe eine sehr schlechte Nachricht für Sie, Mr. Strazdas.«

»Sprechen Sie«, sagte Strazdas.

»Ihr Bruder ist Tomas Strazdas, richtig?« Lennon beobachtete die Augen des anderen.

»Richtig«, sagte Strazdas.

»Es tut mir leid, Ihnen mitteilen zu müssen, dass Tomas gestern Nacht tot in der Dufferin Road aufgefunden wurde, auf dem Hafengelände. Er wurde anhand eines litauischen Führerscheins in seiner Brieftasche identifiziert.«

Strazdas zuckte nicht, er schnappte nicht nach Luft, er reagierte überhaupt nicht.

»Vorbehaltlich einer Leichenschau durch das Staatlich-Pathologische Institut gehen wir zunächst davon aus, dass Tomas ermordet wurde. Höchstwahrscheinlich wurde er woanders getötet, in einer Wohnung am Rande von Bangor, wie wir vermuten. Anschließend wurde seine Leiche dorthin gebracht, wo wir sie gefunden haben. Wir glauben, dass seine Mörder – einer oder mehrere – die Leiche ins Wasser werfen wollten, dabei aber von einem Beamten der Hafenpolizei gestört wurden, den sie tätlich angriffen und dann flohen.«

Strazdas starrte vor sich hin. Kurz kam seine Zunge zum Vorschein, befeuchtete die Lippen und verschwand wieder.

Rainey räusperte sich. »Das ist in der Tat eine traurige Nachricht, Inspector. Mr. Strazdas dankt Ihnen, dass Sie ihn in Kenntnis gesetzt haben. Und nun würden wir uns, falls Sie nichts einzuwenden haben, gern die Zeit nehmen, sie zu verarbeiten.«

Er zog eine Karte aus der Tasche und brachte sie Lennon. »Wenn Sie Mr. Strazdas darüber hinaus zu sprechen wünschen, rufen Sie doch bitte diese Nummer an, und ich versichere Ihnen, dass er Ihre Ermittlungen in vollem Umfang unterstützen wird.«

Lennon nahm die Karte und ließ sie auf den Couchtisch fallen. »Danke. Ein paar Fragen habe ich sofort, wenn es Ihnen recht ist.«

Rainey lehnte sich zu ihm vor und sagte mit gedämpfter Stimme: »Mr. Strazdas braucht ein wenig Ruhe, um diese schreckliche Nachricht zu verdauen. Ich muss Sie jetzt wirklich bitten zu …«

»Mr. Rainey, Sie verstehen sicher, dass bei den Ermittlungen eines solchen Mordes der Zeitfaktor ganz entscheidend ist. Je eher Mr. Strazdas meine Fragen beantwortet, desto früher können wir herausfinden, wer seinen Bruder getötet hat. Sie möchten doch sicher nicht den Eindruck erwecken, als würden Sie oder Ihr Mandant die Ermittlungen behindern, oder?«

Rainey richtete sich auf und sah Strazdas an.

Strazdas nickte so unmerklich, dass Lennon sich nicht einmal sicher war, ob er es wirklich beobachtet hatte.

»Na gut«, sagte Rainey. »Beeilen Sie sich. Und wenn ich sage: Schluss, dann ist Schluss, einverstanden?«

»Okay«, sagte Lennon.

Rainey zog sich in eine Ecke zurück.

Lennon zog seinen Notizblock und einen Stift aus der Tasche. »Mr. Strazdas, was machte Ihr Bruder zum Zeitpunkt seines Todes in Nordirland?«

»Tomas war Bürger der Europäischen Union«, erklärte Strazdas. »Er hatte das Recht, ungehindert innerhalb der EU zu reisen und zu leben. Genau wie ich.«

»Natürlich«, sagte Lennon. »Aber das war nicht meine Frage. Warum war Tomas hier? Beruflich? Zum Vergnügen?«

»Ich interessiere mich dafür, in dieser Stadt zu investieren.« Strazdas machte eine ausladende Handbewegung in Richtung der Fenster, als seien die Gebäude dahinter umsonst zu haben. »Deshalb bin ich gestern Abend hergeflogen. Tomas war schon eine Weile vorher da und schaute sich in meinem Auftrag verschiedene Grundstücke an, einige zur Erschließung und eines als möglichen Standort für mein Kerngeschäft.«

»Ihr Kerngeschäft«, wiederholte Lennon. »Wie ich höre, betreiben Sie eine Arbeitsagentur. Sie vermitteln Gastarbeiter an einheimische Firmen.«

»Das ist richtig.«

»Dann wird Tomas wohl in Kontakt mit Immobilienmaklern und dergleichen gewesen sein. Mit wem könnte er gesprochen haben?«

»Das kann ich bestätigen«, meldete sich Rainey aus seiner Ecke. »Ich habe mir gemeinsam mit ihm mehrere Objekte in der Stadt angesehen. Falls nötig, kann ich Ihnen eine Liste der Makler besorgen.«

Lennon ignorierte ihn. »Kannte Tomas zwei Brüder namens Sam und Mark Mawhinney?«

Strazdas zuckte die Achseln. »Weiß ich nicht.«

»Welche Verbindung hatte Tomas zu paramilitärischen Gruppen der Loyalisten in Belfast?«

»Soweit wir wissen, gar keine«, sagte Rainey. »Inspector, wenn die Vernehmung weiter in diese Richtung läuft, muss ich Sie bitten zu gehen.«

»Tomas wurde mehrmals wegen Störung der öffentlichen Ordnung verhaftet«, fuhr Lennon fort. »Er neigte zu Handgreiflichkeiten.«

»Tomas war ein Heißsporn.« Es schien Strazdas nicht aufzubringen, dass man den Charakter seines Bruders verunglimpfte. »Das hatte er von unserem Vater. Manchmal hat ihm das Ärger eingebrockt.«

»Vielleicht hat er sich ja gestern Abend den Falschen für eine Schlägerei ausgesucht.«

»Vielleicht.«

»Hat Tomas in Ihrem Auftrag Frauen ins hiesige Rotlichtmilieu eingeschleust?«

Einige lange Sekunden lang herrschte Schweigen.

Dann durchquerte Rainey das Zimmer und wies lächelnd zur Tür. »Danke, Inspector, das wäre dann alles.«

Lennon nahm die Karte des Anwalts vom Couchtisch und stand auf. »Ich melde mich wieder.«

»Davon bin ich überzeugt.« Rainey trat einen Schritt zurück, um Lennon vorbeizulassen, dann begleitete er ihn hinaus bis in den Flur.

»Inspector«, rief er ihm nach, als Lennon schon auf dem Weg zum Lift war.

Lennon drehte sich um.

»Ich werde nicht zulassen, dass mein Mandant schikaniert wird.« Er bedachte Lennon mit dem zornigsten Funkeln, dessen er fähig war.

Lennon kehrte zu Rainey zurück und trat ganz nah an ihn heran. »Und ich werde über Weihnachten keinen gottverdammten Bandenkrieg zulassen. Bis jetzt komme ich auf vier Tote in weniger als vierundzwanzig Stunden. Soweit ich es beurteilen kann, waren es allesamt Mistkerle, die sich da gegenseitig an die Gurgel gegangen sind, aber ein junger Polizeibeamter ist bei der Sache im Krankenhaus gelandet. Was auch immer hier los ist, es sollte besser sofort aufhören. Sobald noch eine Leiche auftaucht, ist Ihr Mandant der Erste auf meiner Liste, der verhört wird. Verstanden?«

»Wenn Sie meinen Mandanten noch einmal vernehmen wollen, müssen Sie das vorher ankündigen«, sagte Rainey und verschränkte die Arme vor seiner schmalen Brust.

»Das lässt sich machen«, sagte Lennon.

29

Strazdas saß vollkommen regungslos da und wartete darauf, dass Rainey zurückkehrte. Er schloss die Augen und hörte das Blut in seinen Ohren rauschen, doch es übertönte nicht die Stimme seiner hasserfüllten Mutter in seinem Kopf. Ein Luftzug und das Schlurfen teurer Schuhe auf dem dicken Teppich ließen ihn hochfahren.

»Sie müssen vorsichtig sein«, sagte der Anwalt und schloss die Tür. »Sollte noch etwas passieren, dann sind Sie in der Schusslinie.«

»Alles unter Kontrolle«, sagte Strazdas.

Er konnte Anwälte nicht leiden, aber sie gehörten nun mal zum Geschäft. Besonders in solchen Zeiten.

»Unter Kontrolle?« Rainey schnaubte verächtlich. »Vier Tote, hat er mir gesagt. Sie haben mir nur von Ihrem Bruder und den zweien erzählt, die für ihn dran glauben mussten. Arturas, mein Freund, Sie zahlen zwar gut, aber nicht gut genug für solch einen Druck von den Cops.«

»Dann zahle ich Ihnen eben mehr«, sagte Strazdas.

»Zunächst einmal bin ich kein Strafverteidiger.« Rainey setzte sich in den Sessel gegenüber. »Für so eine Geschichte wäre Patsy Toner der richtige gewesen, aber der ist ja leider tot. Wenn ich Sie wäre, würde ich den ersten Flieger nach Brüssel nehmen, aus dem Rampenlicht verschwinden und mich eine Weile ruhig verhalten.«

»Sie sind heute schon der zweite, der mir das rät«, antwortete Strazdas. »Aber ich bleibe da, bis der Job erledigt ist.«

Rainey lehnte sich in seinem Sessel vor. »Bis welcher Job erledigt ist?«

Bevor Strazdas antworten konnte, hob der Anwalt eine Hand und sagte: »Nein, erzählen Sie es mir lieber nicht.«

Er griff in seine Tasche und zog eine kleine Glasampulle mit einem weißen Puder hervor. Mit einem Kettchen war ein kleines Silberlöffelchen daran befestigt.

»Hätten Sie was dagegen?«, fragte er. »Beruhigt die Nerven.«

Strazdas leckte sich die Lippen und schnupperte. »Nicht im Geringsten«, sagte er.

TEIL 2
HERKUS

30

Herkus holte eintausend Pfund aus dem Safe, der unter der Spüle in seiner Wohnung versteckt war. Dann machte er sich auf den Weg in den Osten der Stadt.

Er wusste sie zwar zu kontrollieren, hatte aber immer noch eine Riesenwut im Bauch. Wut auf Arturas, weil der keine Vernunft annehmen und verschwinden wollte. Wut auf diese Hure, weil sie Tomas die Kehle durchgeschnitten hatte. Und Wut auf diese hirnverbrannten Brüder, weil sie das Ganze zugelassen hatten.

Die Mawhinneys gehörten zur Fußtruppe einer Splittergruppe unter den Loyalisten, die von Rodney Crozier angeführt wurde. Crozier war zwar immer noch in schlechtem Zustand, nachdem er vor über einem Jahr von einem Rivalen niedergestochen worden war, aber trotzdem schaffte er es, seine Leute fest im Zaum zu halten. Herkus bezweifelte jedoch, dass der Mordversuch an ihm von Crozier oder einem derer, die seinen Laden am Laufen hielten, während er aus dem Verkehr gezogen war, gebilligt worden war. Männer wie Crozier kannten den Unterschied zwischen Geschäft und einem persönlichen Rachefeldzug. Wenn der Auftrag von ihm gekommen wäre, hätte er jemanden geschickt, der sein Handwerk verstand.

Und Herkus wäre jetzt tot.

Bei der Vorstellung wurde Herkus der Mund trocken. Vor zwanzig, zehn oder gar noch fünf Jahren hatte der Gedanke an den Tod ihm kein Kopfzerbrechen bereitet. Da war er noch jung, stark und mutig gewesen. Vielleicht sogar tollkühn. Wenn das Leben vorbei sein sollte, dann würde auch das eben nur wieder ein Abenteuer sein, so als träte man über den Rand der Welt.

Aber dann bemerkte er allmählich die Falten in seinem Gesicht und dass sein muskulöser Körper langsam immer weicher und schlaffer wurde. Dass ihm manchmal beim Treppensteigen die Knie wehtaten und es ihm auf die Puste ging.

Eines Nachts träumte er dann von Agne, seiner Frau, die er in Litauen zurückgelassen hatte. Und als er aufwachte, war seine Kehle rau und heiser vor lauter Schreien. Sie beide hatten nicht lange nach seiner Entlassung aus der Armee geheiratet und eine Wohnung in Wilna gemietet. Von morgens bis abends sprach sie nur von Kindern, immer ging es um Babys, wie sie sie nennen würde, und ob es wohl Jungen oder Mädchen sein würden, bis er ihn gar nicht mehr richtig hochbrachte. Jedes Mal, wenn er sie bestieg, jedes Mal, wenn er merkte, dass er gleich kommen würde, sah er in ihren Augen diesen abwesenden Blick, weil sie nur an das Kind dachte, das er ihr schenken würde. Dann machte er einen Rückzieher, kläglich zusammengeschrumpft, und sie weinte, als sei das Kind totgeboren.

Am Tag, bevor er die Maschine nach Brüssel bestieg, redeten sie über ihr neues gemeinsames Leben, weit weg von der Trostlosigkeit ihres eigenen Landes. Er versprach ihr, dass er ihr, sobald er genügend Geld verdient hatte, ein Ticket schicken würde. Ein alter Freund hatte ihm erzählt, der Geschäftsmann Strazdas könne ihnen einen Neuanfang in Belgien ermöglichen.

Um zu feiern, füllten sie einen Korb mit Wein, Bier und leckerem Essen, fuhren aus der Stadt hinaus und in die Wälder am Fluss Neris. Eine Woche vorher hatte er am dunklen Ufer zwischen den Bäumen ein Loch ausgehoben. Sie starb in stiller Ergebenheit und schrie nicht einmal auf, als er zum ersten Mal zuschlug. Vermutlich hatte sie von Anfang an gewusst, dass es einmal so enden würde.

Anfangs hatte Belfast ihm gefallen, aber inzwischen ging die Stadt ihm auf die Nerven. Der Regen, die Engstirnigkeit und die gottverdammte, aufgeblasene Selbstgefälligkeit seiner Bewohner, die ihren belanglosen kleinen Krieg für wichtiger hielten als jeden anderen. Aus dem Auto heraus verfluchte er die Einwohner dieser Stadt, die da auf den Bürgersteigen vorbeiströmten und in ihre Wettbüros, Pubs und heruntergekommenen Elektro- und Klamottenläden einfielen. Von den großen Einzelhandelsketten, die das Zentrum der Stadt bevölkerten, hatte sich in diese Gegend keine gewagt, bei all den Fahnen, Graffiti und den beschmierten Pflastersteinen.

Die Geschäftsräume von Maxie's Taxis befanden sich zwischen einem indischen und einem chinesischen Imbiss in der Holywood Road. Offiziell gehörte der Laden Brian Maxwell, doch in Wahrheit führte aus einem Büro im ersten Stock sein Bruder Gordie den Laden. Von seinem winzigen Arbeitsplatz aus dirigierte er auch noch andere Geschäfte, von denen allerdings keines irgendwelchen Papierkram erforderte.

Gordie Maxwell stand nicht auf, als Herkus eintrat. Mit hochgelegten Füßen und nach hinten gekipptem Stuhl lümmelte er sich hinter seinem Holzschreibtisch. Sein Hemd spannte über dem Bauch, zwischen den Knöpfen quoll er hervor. Herkus sah Büschel angegrauten Haares und roch ranzige Körperausdünstungen.

»Das wäre nicht nötig gewesen, Sam Mawhinney zu erledigen«, begrüßte ihn Maxwell. »Na schön, der und sein Bruder waren zwar Schwachköpfe, kleine Jungs, die mit den Großen spielen wollten, aber so was hatte Sam trotzdem nicht verdient.«

Herkus setzte sich. »Er hat zugelassen, dass eine Hure den Bruder von meinem Boss killt.«

»Der Bruder von deinem Boss war ein beschissenes Großmaul«, sagte Maxwell. »Einen meiner Fahrer hat er ohne jeden Grund krankenhausreif geprügelt. Es gibt nicht viele, die traurig darüber sind, dass er den Abgang gemacht hat.«

»Wenn Arturas dich solche Sachen sagen hört, wird er sehr böse.«

»Sein Problem«, sagte Maxwell. »Und jetzt höre ich, dass Mark Mawhinney heute Morgen auch einen kleinen Unfall hatte.«

Herkus antwortete nicht.

Maxwell schüttelte den Kopf. »Ein paar Leute haben herumgefragt, wollten wissen, wo du steckst. Freunde der Mawhinneys. Ich hätte ihnen erzählt, dass du herkommst, wenn ich diese Scheißkerle nicht noch weniger leiden könnte als dich und deinen Scheißboss.«

»Sehr freundlich von dir«, sagte Herkus. Sarkasmus war die einzige Form von Humor, die er sich gelegentlich gestattete. »Hast du das, was ich wollte?«

Maxwell stocherte in seinen Zähnen und begutachtete alles, was er herauspulte. »Ja«, sagte er. Er zog eine Schublade heraus und kippte den Inhalt auf eine Zeitung. Ein Dutzend Neun-Millimeter-Patronen rollte auf das bekleckerte Papier. Dazwischen landete ein Plastikbeutel mit weißem Pulver.

»Kommt nicht oft vor, dass ich jemandem hier Stoff gebe«, sagte Maxwell. »Dafür sind eigentlich die Taxis zuständig. Und schnell hab ich ihn auch noch besorgt. Du verstehst ja sicher, warum ich da so viel verlangen musste.«

»Ja«, sagte Herkus. Mit einer behandschuhten Hand holte er ein Bündel Banknoten aus der Tasche und warf es über den Tisch. Maxwell fing es auf und begann zu zählen.

Herkus zog die Glock 17 aus dem Hosenbund.

Maxwell hörte auf zu zählen.

»Ist das eine Polizeiwaffe?«, fragte er.

»Ja«, sagte Herkus.

»Wenn ich gewusst hätte, dass sie für eine Bullenknarre gedacht sind, hätte ich dir die Patronen nicht besorgt. Wo hast du sie her?«

Herkus holte das Magazin aus der Waffe und ersetzte die zwei Patronen, die er am Morgen verschossen hatte.

»Verstehe schon, geht mich nichts an«, sagte Maxwell.

Herkus klaubte die lose Munition auf und ließ sie zusammen mit dem Kokain in seine Tasche fallen. Die Pistole ließ er auf dem Schreibtisch liegen, die Mündung auf Maxwell gerichtet.

»Ich suche einen Mann«, sagte Herkus.

»Ach ja?«

»Er geht zu Huren.«

»Ich kenne eine Menge Männer, die zu Huren gehen«, sagte Maxwell.

Herkus kramte den Umschlag mit der Zeichnung hervor und reichte ihn herüber. »Diesen Mann hier«, sagte er.

Maxwell hielt den Umschlag auf Armeslänge von sich weg. Er leckte sich die Lippen. »Wer ist das?«

»Nur irgendein Mann«, sagte Herkus. »Aber ich zahle was für ihn.«

Maxwell warf ihm einen schnellen Blick zu und leckte sich noch einmal die Lippen.

»Hinter Nutten her, sagst du?«

»Ja«, sagte Herkus.

»Glaubst du, der hat was mit diesem Mädchen zu tun, das euren Tomas umgelegt hat?«

»Ja.«

Maxwell stand auf und ging zum Fotokopierer. »Was dagegen?«

Herkus zuckte nur die Achseln.

Maxwell legte den Umschlag auf die Scheibe des Geräts und machte eine Kopie. »Ich reiche mal ein paar Kopien bei meinen Fahrern herum. Vielleicht fällt ja jemandem was dazu ein. In Ordnung?«

Herkus nickte.

»Und sei du bloß vorsichtig mit der Waffe da«, sagte Maxwell. »Wenn sie dich mit den Patronen oder dem Koks erwischen, hast du das Zeug nicht von mir, klar?«

»Klar«, sagte Herkus.

Er stand auf, ging zur Tür und öffnete sie. Er war schon fast draußen, als Maxwell ihm nachrief: »Falls ich diesen Burschen auftreibe, was springt dabei dann für mich raus?«

Herkus blieb stehen und wandte sich noch einmal zum Büro um. »Gutes Geld«, sagte er. »Dann kannst du dir endlich mal ein Hemd kaufen, das passt.«

31

Mindestens eine Stunde lang hatte Galya sich seine Singerei angehört, bevor sie wieder einschlief. Die Wörter »Jesus«, »Erlöser« und »Allmächtiger« waren durch den Dielenboden gedrungen. Manchmal hatte ihn auch eine zweite, schräge Stimme begleitet, das Tiergeheul von oben.

Galya war wieder ins Bett gekrochen, hatte sich in die Decken gewickelt und Mama angefleht. Und während sie noch die Silben ins Kissen hauchte, hatte der Schlaf sie übermannt.

Ein Geräusch weckte sie, das Zuschlagen einer Tür. Sie setzte sich auf und lauschte. Jetzt das metallische Klicken eines Schlosses. Galya kniff die Augen zu und lauschte angestrengt. Da, vielleicht das Knattern eines anspringenden Motors, das sich anschließend in der Stille ringsum verlor.

Das Geräusch war so schwach gewesen, dass sie sich nicht sicher sein konnte, ob sie überhaupt irgendetwas gehört hatte, seit die Tür verschlossen worden war. Vielleicht hatte sie sich in ihrem Halbschlaf auch nur etwas eingebildet. Das zugepinselte Fenster ließ nur winzige Lichtstrahlen ein, aber an den weitergewanderten Flecken konnte Galya erkennen, dass einige Zeit vergangen war. Ihre Schläfen pochten, und die trockene Zunge rieb über den Gaumen. Sie schob die Decken zurück, feuchtkalte Luft kroch über sie. Sie roch das verfaulende Blut auf ihren Kleidern, ein Geruch nach Metall und reifem Obst.

Das Geheul über ihr hatte aufgehört. Eine tiefe Stille lastete auf dem Zimmer und der ganzen Welt. War sie allein im Haus? Hatte dieser Billy Crawford, falls das überhaupt sein richtiger Name war, sie hier zurückgelassen?

Sie stieg aus dem Bett und stocherte in den Resten der Schublade herum, die sie zertrümmert hatte. Noch einmal legte sie das Ohr an die Tür und lauschte.

Dann presste sie die Stirn auf den glatten Lack und zwang sich nachzudenken. Ohne in Panik zu verfallen wie eben, ohne aus lauter Angst zu weinen. Nur nachdenken, bis sie einen Ausweg gefunden hatte.

Sie trat von der Tür weg und schaute sich im Zimmer um. Das Bett, die Kommode, in der hintersten Ecke ein Wandschrank, ein billiger Teppich. Sonst nichts. Galya ging an den Wänden entlang und klopfte jede mit den Fingerknöcheln ab. Alle waren massiv.

Zu ihren Füßen lagen die Trümmer der Schublade. Galya ging auf die Knie und spähte unter das Bett. Staub geriet ihr in den Hals und in die Nase. Sie griff nach der Schubladenblende, an der sich noch der Griff befand. Er lag fest in ihrer Hand. Galya stand wieder auf und ließ die Blende auf das Bett fallen.

Der Schrank besaß nur eine einzige lackierte Tür. Galya machte sie auf. Leer, bis auf die Spinnen und ihre Netze. Der Schrank war ungefähr sechzig Zentimeter breit und ebenso tief, am Boden lagen rohe Dielenbretter. Galya stieg hinein und spürte das raue Holz unter den Füßen.

Hier drinnen gab es einen anderen Geruch. Irgendwie sauberer.

Nein, nicht sauberer. Neuer. Galya roch Farbe, nicht mehr ganz frisch, aber trotzdem erst vor kurzer Zeit verstrichen.

Sie fuhr mit den Fingerspitzen über die Seiten- und Rückwände, spürte die kaum merklichen Wellen, die der Pinsel hinterlassen hatte. Warum lackierte man das Innere eines Schranks, wenn der übrige Raum so alt und verwohnt war?

Galya erkundete den Schrank weiter mit den Händen, tastete an den Wänden entlang und in die Dunkelheit hinauf. Bis an die Decke kam sie nicht, aber ihre Finger ertasteten etwas Hartes, Kaltes.

Einen Haken.

Sie reckte sich hoch, bis sie die Kette gefunden hatte, an der er hing, zog daran und stellte fest, dass sie an der Schrankdecke befestigt war. Stabil genug, um Galyas Gewicht auszuhalten. Ihre Zehen glitten über die Dielenbretter, dann schlugen ihre Knie mit einem hohlen Klang gegen die Rückwand.

Hohl?

Galya ließ den Haken los und sprang wieder hinunter. Sie klopfte mit dem Finger gegen die linke Wand.

Massiv.

Die rechte Wand.

Auch massiv.

Die Rückwand.

Hohl.

Galya klopfte weiter, untersuchte die gesamte Oberfläche und hörte dabei genau hin. Von links nach rechts arbeitete sie sich Zentimeter für Zentimeter vor. Bis zur Mitte hin klang jedes Klopfen hohl. Dann kam ein vielleicht vier Zentimeter breiter massiver Streifen, danach klang es wieder hohl.

Galya stieg aus dem Schrank und hob die Schubladenblende vom Boden auf. Die Ecken waren von den Schlägen gegen die Scheibe schon stumpf, aber etwas anderes hatte sie nicht. Sie stieg wieder in den Schrank und hob das Schubladenteil in Schulterhöhe. Mit aller Kraft rammte sie es gegen die hölzerne Rückwand.

Von irgendwo über ihr meldete sich wieder das Tiergeheul. Galya schloss die Augen und rief noch einmal Mamas Seele an.

Sie schlug ein zweites Mal auf die Wand ein. Staub rieselte herab, und die Stimme schrie erneut.

Noch ein Schlag mit voller Wucht, und ein Brocken vom Putz fiel herunter. Dahinter kamen schmale Holzlatten zum Vorschein.

»Danke, Mama«, flüsterte Galya.

32

Lennon fand Roscoe Patterson beim Billardspielen in einem Nachbarschaftsklub in der Sandy Row. Roscoe sah nicht auf, als Lennon eintrat. Er machte seinen Stoß, lochte die braune Halbe ein und nahm die nächste Kugel ins Visier.

»Nur auf ein Wort«, sagte Lennon und klopfte sich den Schnee von den Schuhen.

»Verpiss dich«, knurrte Roscoe. Er versenkte die gelbe Halbe.

Sein Gegner funkelte ihn an. Aus den düsteren Ecken der Bar beobachtete sie ein halbes Dutzend Zecher.

»Das ist aber nicht nett«, sagte Lennon im freundlichsten Tonfall, den er in dieser Umgebung zuwege brachte. »Komm schon, nur ganz kurz. Ich brauche nicht länger als eine Minute, danach kannst du weiter deinen Freund da fertigmachen.«

Roscoe sah zu seinem Kumpel hoch, würdigte Lennon aber keines Blickes. Er legte das Queue auf den Tisch und marschierte mit vorgerecktem Kinn und abgewandtem Blick an Lennon vorbei zur Tür. Am Eingang nahm er einen Mantel vom Haken.

Lennon folgte ihm über ein Stück Brachland, das als Parkplatz diente.

»Du solltest eigentlich schlau genug sein, dich hier nicht blicken zu lassen«, knurrte Roscoe und fischte eine Packung Zigaretten aus seiner Manteltasche. »Wie kommst du auf die Idee, ich hätte dir irgendwas zu sagen? Du hast Glück, dass ich dir nicht das

Hirn habe wegpusten lassen, als du das letzte Mal aufgekreuzt bist und Fragen gestellt hast.«

»Wenn man verzweifelt ist, greift man nach jedem Strohhalm«, antwortete Lennon. Er zeigte auf Roscoes Zigaretten. »Hast du eine übrig?«

»Nicht für dich«, sagte Roscoe. Er mache eine hohle Hand um das Feuerzeug, bis die Zigarette brannte.

Lennon zog sie ihm aus dem Mund und steckte sie sich selbst zwischen die Lippen. Er inhalierte den heißen Rauch.

»Du dreister Scheißkerl«, fluchte Roscoe und griff eine neue Zigarette aus dem Päckchen.

»Reizend wie immer«, sagte Lennon. »Es wird nicht lange dauern. Wenn du mir hilfst, verziehe ich mich. Wenn nicht, komme ich zum Weihnachtsessen bei dir vorbei.«

Roscoe zündete sich die Zigarette an und steckte das Päckchen ein. Schnee legte sich auf seinen kahlgeschorenen Kopf. Er zog seine Kapuze über.

»Ach, du Scheiße, das schlag dir mal lieber aus dem Kopf. Meine Alte kann einen Truthahn nicht von einem Hundehaufen unterscheiden.« Er nahm kurz die Zigarette aus dem Mund und spuckte in den Schnee. »Also, was willst du?«

»Sam und Mark Mawhinney.«

Roscoe grinste. »Ach, die beiden. Das war doch mit Ansage. Zwei Mistkerle. Früher haben sie mal hier und da für mich gearbeitet, aber dann haben sie einmal zu oft lange Finger gemacht. Ich habe ihnen eine Abreibung verpasst und ihnen gesagt, sie sollen sich verpissen. Danach haben sie sich mit Rodney Croziers Leuten zusammengetan, da haben sie ja auch hingepasst.«

»Als Zuhälter?«

Roscoe grinste noch verächtlicher. »Das solltest du doch am besten wissen.«

Lennon spürte, wie ihm trotz der eiskalten Brise eine heiße

Röte ins Gesicht stieg. »Pass auf, was du sagst«, warnte er. Er konnte Roscoes Blick nicht standhalten. »Solche Sachen mache ich nicht mehr.«

Früher hatten Lennon und Roscoe ein Arrangement gehabt. Lennon ließ sich in einigen der Wohnungen blicken, in denen Roscoe seine Mädchen anschaffen ließ, nahm deren Dienste kostenfrei in Anspruch, und als Gegenleistung gab es nie eine Razzia. Alle waren zufrieden. Roscoes Laden war sauber, jedenfalls so sauber, wie es in so einem Geschäft überhaupt ging, und er hatte immer die Lauscher aufgestellt. Alles Wissenswerte hatte er auf dem Schirm.

Dieses Arrangement hatte vor über einem Jahr sein Ende gefunden, als Roscoe Dan Hewitt verraten hatte, dass sich Marie und Ellen in einer seiner Wohnungen versteckten. Der Verrat hatte Roscoe eine Tracht Prügel eingebracht. Wäre er für Lennon nicht so nützlich gewesen, hätte es noch schlimmer kommen können.

»Ein Tiger wird seine Flecken nicht los«, sagte Roscoe.

»Du meinst, ein Leopard.«

»Von mir aus. Jedenfalls stimmt es, die Mawhinneys hatten mit Nutten angefangen.«

»Mit was für welchen?«, fragte Lennon. »Eingeschleusten?«

»Ja. Diese Schweine. Mit so einem Scheiß will ich nichts zu tun haben. Ein dreckiges Geschäft mit lauter Dreckschweinen. Wie gesagt, das war mit Ansage.«

»Und diese Dreckschweine«, fragte Lennon nach, »sind das eventuell Litauer?«

»Genau.«

»Einer davon war Tomas Strazdas«, sagte Lennon. »Bist du dem schon mal begegnet?«

»Ein paar Male. Ein großmäuliger Mistkerl und immer schnell mit den Fäusten zugange. Aber damit ist ja jetzt Schluss.«

»Ja, damit ist Schluss«, bestätigte Lennon. »Sam Mawhinney

hat ihm die Kehle durchgeschnitten, und dafür hat ihm jemand das Hirn weggepustet.«

»Nein, hat er nicht«, sagte Roscoe.

»Was?«

»Sam Mawhinney hat dem Typen nicht die Kehle durchgeschnitten. Das war irgendein Mädchen.«

»Ein Mädchen?« Lennon lehnte sich näher heran. »Eine Prostituierte?«

»Ja, irgendeine Hure«, sagte Roscoe. »Sie hat dem Kerl die Kehle durchgeschnitten und ist dann abgehauen. Die Litauer haben Sam die Schuld gegeben, deshalb haben sie ihn umgelegt. Dann hat Mark Mawhinney versucht, den Litauern die Sache mit seinem Bruder heimzuzahlen. Hab gehört, dabei hat er sich das Genick gebrochen.« Roscoe unterbrach sich und fing an zu lachen. »Meine Güte, du hast ja wirklich keinen blassen Dunst, wie?«

»Nein«, sagte Lennon, ohne sich von Roscoes Heiterkeit anstecken zu lassen. »Hilf mir mal auf die Sprünge.«

»Mark hat überall herumposaunt, er würde sich rächen. Sein Kumpel Jim Pollock hat ihm dann gesteckt, dass so ein Koloss vorbeikommen und Stoff kaufen wollte. Aber Mark war der Sache nicht gewachsen, der Koloss hat ihn erledigt und ist abgehauen.«

»Koloss?«

»Herkel, Herkules oder so. Ein richtiger Hüne, sieht aus, als könnte er einen ungespitzt in den Boden rammen. Er arbeitet für den Bruder dieses toten Kerls.«

»Herkus«, sagte Lennon. Der Name war im Gespräch mit Dan Hewitt gefallen.

»Ja, kann sein. Der jedenfalls versucht wie verrückt, das Mädchen zu finden. Hat die Sache über Gordie Maxwell verbreiten lassen und Geld und was nicht noch geboten.«

»Irgendwelche Gerüchte, wo die Kleine steckt?«

»Sie glauben, dass sie bei irgendeinem Typen ist, der regelmäßig zu Huren geht.« Roscoe grinste. »Vielleicht bist du das ja.«

Lennon ignorierte die Stichelei und warf die Zigarette in den Schnee, wo sie zischend verlosch. »Ich würde es als einen persönlichen Gefallen betrachten, wenn du mir einen Wink geben würdest, sobald du was Neues hörst.«

»Vielleicht«, sagte Roscoe. »Was ist dabei für mich drin?«

»Ich verrate deiner Alten nicht, was du über ihre Kochkünste gesagt hast.«

Roscoe grinste. »Arschloch.«

»Wir bleiben in Kontakt«, verabschiedete sich Lennon, dann stapfte er durch den Schnee zurück zu seinem Wagen.

»Du kannst mich mal«, rief Roscoe ihm nach.

Lennon schloss den Audi auf und stieg ein. Er steckte den Schlüssel ins Schloss, ließ die Zündung an und schaltete die Scheibenwischer ein, um den Schnee loszuwerden, der sich auf der Windschutzscheibe gesammelt hatte.

Die Uhr auf dem Armaturenbrett zeigte kurz vor eins an. Eigentlich hatte er vorgehabt, zum Mittagessen bei Susan vorbeizufahren, damit er Ellen sehen konnte. Aber Gordie Maxwells Büro lag ganz am anderen Ende der Stadt.

Ein Mädchen, hatte Roscoe gesagt. Die ganze Sache war also von einer Prostituierten ausgelöst worden, die ihren Kidnappern entkommen war. Lennon zog den Pass aus der Tasche und schaute sich das Foto an, obwohl er wusste, dass es sich höchstwahrscheinlich nicht um dasselbe Mädchen handelte. Ob sie noch in der Stadt war? Wie dicht war dieser Herkus ihr auf den Fersen?

Lennon rief die Zentrale seines Reviers an. Moffat meldete sich.

»Sie müssen für mich eine Meldung durchgeben. Sagen Sie allen, sie sollen Ausschau halten nach einem Herkus Katilius. Das Nummernschild seines Wagens können Sie rauskriegen.«

»Was soll ich denen sagen, worum es geht?«, fragte Moffat.

»Fürs Erste gar nichts. Sagen sie nur, wenn sie ihn entdecken, sollen sie ihn unter irgendeinem Vorwand festhalten. Falls jemand ihn verhaftet, soll er mich anrufen, dann fahre ich hin. Und warnen sie alle, dass er gefährlich ist.«

»Wird gemacht«, sagte Moffat. »Übrigens, ich habe da von weiter oben was läuten hören. Es gibt noch keine Presseerklärung oder irgendwas Offizielles, aber sie gehen bei allen vier Morden von ein und demselben Fall aus.«

»Das ist keine Überraschung«, sagte Lennon.

»Da wäre noch etwas«, fuhr Moffat fort. »Scheint, als würde er DCI Thompsons MIT übertragen werden.«

Lennon fluchte. »Mit anderen Worten, er wird mir übertragen«, knurrte er.

»Frohe Weihnachten«, sagte Moffat.

Lennon legte auf und ließ den Motor an.

33

Billy Crawford marschierte geradewegs in die Abteilung des Baumarkts, wo die Baustoffe lagen. Hätte er damit gerechnet, dass das Mädchen sich so rasch melden würde, wäre er besser vorbereitet gewesen. Normalerweise mussten sie erst von ihren Entführern eine Woche lang misshandelt werden, bevor sie so verzweifelt waren, dass sie es irgendwie schafften, ihn anzurufen.

Wenn er das gewusst hätte, hätte er nicht noch so kurz vor Weihnachten den Kontakt zu ihr aufgenommen. Glücklicherweise hatte er daran gedacht, noch einmal genau seine Werkzeuge zu überprüfen, bevor es zu spät war. Dabei war ihm aufgefallen, dass er Blätter für seine Zwölf-Zoll-Eisensäge, einen neuen Meißel für den kleinen Pressluftbohrer und Schotter zum Betonmischen brauchte.

Der Keller seines Hauses besaß einen Linoleumboden, auf dem die Werkzeugkiste und ein paar Möbelstücke standen. Hätte jemand diese Gegenstände beiseite geräumt und das Linoleum weggerollt, dann wäre er auf einen Betonestrich gestoßen. Und hätte er genau hingesehen, dann hätte er fünf Stellen entdeckt, jede ungefähr einen Quadratmeter groß, die ausgehoben und wieder aufgefüllt worden waren.

Es gab noch freie Fläche für ungefähr fünf weitere solcher Löcher. Und wenn die einmal voll waren, hatte er immer noch den Hinterhof. Genug Platz also.

Der Kellerbeton war nicht einmal zehn Zentimeter dick und

lag auf gestampfter Erde. Als er das erste Mal ein viereckiges Stück des Belags hatte entfernen müssen, hatte er noch eine Betonsäge benutzt, aber auf dem engen Raum war es schwierig gewesen, damit zu hantieren, außerdem war es viel schweres Gerät für eine Arbeit, die sich dann doch als ziemlich einfach herausstellte. Beim zweiten Mal nahm er einfach seinen Presslufthammer und einen guten Meißel, um das Loch auszustemmen, und machte sich dann daran, den Beton wegzuhacken. Beim dritten Mal dauerte es weniger als eine Stunde, das Erdloch freizulegen, und nach zwei weiteren Stunden Graben war er fertig. Jetzt musste er nur noch den Beton mischen und das Loch mitsamt seinem Inhalt wieder auffüllen.

Selbst wenn man das ganze Ausstemmen mit einrechnete, konnte er morgens um neun Uhr anfangen und war am frühen Nachmittag fertig. Zugegeben, es erforderte viel Kraft, aber auch nicht mehr als ein Tag Arbeit auf einer Baustelle.

Er schob einen flachen Einkaufswagen in die Einzelhandelsabteilung des Baumarkts in der Boucher Road. Aus der Lautsprecheranlage dudelte Weihnachtsmusik, unterbrochen von als Weihnachtsbotschaften kaschierten Werbedurchsagen. Außer ihm wanderten nur noch ein paar andere Käufer durch die Gänge, Männer mittleren Alters, die in den nächsten paar Tagen nichts Besseres zu tun hatten, als irgendeine Bastelei zu Ende zu bringen.

So wie er.

Es gab kleinere und freundlichere Läden, die viel näher an seinem Haus lagen, aber selbst wenn sie über Weihnachten offen gewesen wären, wäre er trotzdem hierhergekommen. Die Anonymität war ihm lieber. Hier gab es Selbstbedienungskassen, wo man seine Waren eigenhändig einscannen und bezahlen konnte, ohne mit jemandem sprechen zu müssen.

Er verließ die Abteilung für Baustoffe mit dem Zwanzig-Kilo-Sack einer Mischung aus Schotter und Sand, die er mit Zement und Wasser zu Beton mischen würde.

Als Nächstes ging er in die Werkzeugabteilung und suchte sich eine Packung starker Blätter für die Eisensäge. Anfangs hatte er sich gefragt, ob er für seine Arbeit wohl eine Knochensäge benötigte, aber solche Sägen und die Blätter waren unglaublich teuer, deshalb hatte er es mit einer normalen, stabilen Eisensäge versucht und festgestellt, dass sie den Zweck vollkommen erfüllte. Er warf das Päckchen Blätter neben die Betonmischung auf den Einkaufswagen und machte sich auf die Suche nach dem Meißel.

Dutzende Meißel suchte er durch, eine ganze Wand war mit ihnen vollgehängt. War seiner etwa ausverkauft? So kurz vor Weihnachten konnte es Tage dauern, bis sie wieder lieferbar waren. Was sollte er die ganze Zeit über mit dem Mädchen anstellen? Er konnte sie doch nicht drei oder vier Tage im Haus behalten. Selbst wenn er sie heute Abend noch verschonte, wie er sich vorgenommen hatte, würde bis zum zweiten Weihnachtstag der Geruch schon penetrant sein. Beim ersten Mal war ihm das passiert, bevor er sich seine nächsten Schritte überlegt hatte. Vier Tage hatte die Leiche herumgelegen, erst dann war er daraufgekommen, was er damit machen sollte.

Nur ruhig Blut, redete er sich zu.

Wenn sie hier ausverkauft waren, gab es immer noch die andere Filiale im Norden der Stadt. Da konnte er einfach hinfahren. Die Wahrscheinlichkeit war gering, dass sie in beiden Läden ausverkauft sein würden.

Als er seinen Puls wieder unter Kontrolle hatte, entdeckte er das Metallteil in einer Kiste mit unverpackten Meißeln, die unter der Präsentationswand auf der Erde stand. Er kniete sich hin, zog seinen Meißel aus der Kiste und prüfte durch die dünne Latexhaut der OP-Handschuhe, die er trug, das Gewicht des soliden Schafts und die Schärfe der Spitze. Mit einem satten Scheppern ließ er den Meißel in den Wagen fallen.

An der Kasse scannte Billy Crawford seine Einkäufe ein, mit

gesenktem Kopf und ohne jemanden anzuschauen. Er schob ein paar Geldscheine in den Automaten, wartete auf seine Quittung und rollte den Einkaufswagen zum Ausgang.

Als er an seinem Transporter war, rief jemand: »Sir? Sir!«

Er erstarrte, tat aber so, als habe er nichts gehört. Er schloss die Schiebetür auf und hievte den Schotter in den Wagen.

Wieder rief die Stimme, es war die einer jungen Frau, schrill und hartnäckig.

Er warf die Sägeblätter und den Meißel in den Transporter.

Schritte kamen auf ihn zu, und die durchdringende Stimme rief ihn erneut.

Er schob den Einkaufswagen zum Sammelpunkt und hoffte inständig, die junge Frau würde ihn in Ruhe lassen.

Doch den Gefallen tat sie ihm nicht.

»Sir, Sie haben Ihr Wechselgeld vergessen«, rief sie, als sie fast bei ihm war.

Er tat erschrocken. »Wirklich?«

»Hier«, sagte sie lächelnd und reichte es ihm. Sie trug einen grellen orangefarbenen Latzanzug, der farblich zu ihrer ungleichmäßig aufgetragenen Bräunungscreme passte. Lametta wand sich wie eine Schlange um ihren Hals. Auf dem Kopf trug sie eine Weihnachtsmütze.

»Danke«, sagte er und griff nach dem Geld.

Da bemerkte sie die Latexhandschuhe.

»Ekzeme«, erklärte er.

Beinahe erstarb ihr Lächeln, doch dann erinnerte sie sich wieder des freundlichen Auftretens, das ihr Arbeitgeber ihr eingetrichtert hatte. Ohne ihn anzufassen, ließ sie ihm die Münzen in die Hand klimpern.

»Danke schön«, sagte er und machte einen Schritt zurück. »Frohe Weihnachten.«

»Ihnen auch.«

Er sah ihr nach, wie sie in den Laden zurückging, erst dann stieg er in den Transporter und ließ den Motor an. Während er in die Boucher Road einbog, überlegte er hin und her, wie ernst er diesen Zwischenfall nehmen musste.

Ja, er hatte sie nervös gemacht.

Ja, sie würde sich an ihn erinnern, an die Teile, die er gekauft hatte, an die OP-Handschuhe an seinen Händen.

Vielleicht hatte sie sich ja sogar das Nummernschild seines Transporters notiert.

Um all das musste man sich Sorgen machen, sollte die Polizei sie je vernehmen.

Aber welchen Grund sollte die Polizei haben, sie zu vernehmen? Welches Verbrechen sollte sie an ihre Tür führen? Welche Meldung in den Nachrichten sollte dazu führen, dass sie sich an den seltsamen Mann auf dem Parkplatz erinnerte und zum Telefon griff?

Es würde ja gar kein Verbrechen geben.

Genau deshalb suchte er sich die Mädchen ja auch so aus. Gestohlene Seelen, Verlorene, Prostituierte ohne Pass. Diejenigen, die diese jungen Frauen geraubt hatten, würden wohl kaum zur Polizei gehen, wenn man sie ihnen ihrerseits wieder geraubt hatte.

»Ich raube die Geraubten«, sagte er.

Als ihm klar wurde, dass er laut gesprochen hatte, hüstelte er und wurde rot. So was kam in letzter Zeit immer öfter vor. In den abwegigsten Momenten fiel ihm plötzlich ein Gedanke aus dem Kopf direkt auf die Zunge, noch bevor er ihn auffangen konnte.

Manchmal folgte er solchen Gedanken, beantwortete sie, begann ein Zwiegespräch mit sich selbst. Er nannte sich nun schon so lange Billy, dass ihm sein altes Ich vorkam wie ein vollkommen fremder Mensch. Dieses andere Ich und Billy konnten Meinungen und Ideen austauschen und über das Gute und Schlechte in der Welt diskutieren.

Manchmal – nicht oft, aber doch oft genug, dass man sich Gedanken machen musste – wurden solche Diskussionen sogar hitzig. Seit er seine Arbeit begonnen hatte, kam das immer öfter vor. Einmal, zwischen dem Ausheben des zweiten und des dritten Loches, hatte er sich sogar selbst verletzt.

Dieser Unsinn musste aufhören. Er konnte es sich nicht leisten, dass auf seinen Kopf kein Verlass war. Seine Arbeit erforderte Sorgfalt und eine ruhige Hand. Übereilte Handlungen würden ihn nur ins Unglück stürzen.

Schluss damit, befahl er sich stumm.

Zeit, ans Hier und Jetzt zu denken, an Konkretes und nicht an irgendwelche Eventualitäten. Es war schon Nachmittag, und er hatte noch einen langen Tag vor sich. Ein junges Mädchen wartete auf ihn, mit weichem, strohblondem Haar und zwei Reihen wunderschöner weißer Zähne im Mund.

Er konnte sie beinahe schon auf der Zunge schmecken.

34

Herkus mühte sich zurück zum Hotel und fluchte dabei lauthals auf den Verkehr. Lauter Weihnachtseinkäufer überschwemmten die Stadt, weil sie zu blöde gewesen waren, ihre Geschenke rechtzeitig zu besorgen.

Vielleicht hätte er sich die letzte Prise Kokain, die er von Maxwell bekommen hatte, besser doch nicht genehmigt. Zwei Lines hätten vollkommen ausgereicht, um ihm den dichten Nebel aus dem Hirn zu blasen, und trotzdem hatte er noch eine dritte geschnupft.

Er zwang sich zur Ruhe. Im Schneckentempo bog er von der Chichester Street auf die Victoria Street ab. Das Hotel lag nur einige hundert Meter hinter einem der größten Einkaufszentren der Stadt. In einem Hupkonzert versuchten Autos, in das unterirdische Parkhaus hinein- oder wieder hinauszukommen. Zwei Cops taten ihr Möglichstes, den Verkehr zu regeln, wurden aber von den Fahrern überwiegend ignoriert.

Herkus steckte fest und konnte kaum etwas dagegen machen. Er stellte die Heizung höher und brüllte weiter. Das half.

Sein Telefon klingelte.

»Was ist?«, fragte er.

»Ich bin's«, meldete sich Arturas. »Wo steckst du?«

»Ganz in der Nähe, nur ein Stück die Straße runter, aber es geht hier nicht voran.«

»Wie lange noch?«

»Keine Ahnung«, sagte Herkus. »In den letzten zehn Minuten bin ich keine drei Meter vorangekommen. Diese verfluchten Einkäufer.«

Einen Moment herrschte Stille. Dann fragte Arturas: »Hast du was für mich?«

»Ja, ich habe was.«

»Steig aus und geh zu Fuß.«

»Was?«

»Fahr links ran und stell den Wagen ab«, sagte Arturas. »Wenn du schon so nah bist, kannst du auch laufen.«

Herkus lachte entgeistert auf. »Nein, kann ich nicht. Hier ist nirgendwo Platz, um ranzufahren. Und selbst wenn, käme ich nicht durch den Verkehr. Es ist zu ...«

»Ist mir egal. Komm endlich.«

»Hör mal. Boss, ich ...«

Beinahe hätte Herkus das Telefon fallen lassen, als es am Seitenfenster klopfte.

»Bleib dran«, sagte er zu Arturas.

Der Verkehrspolizist beugte sich hinunter und sah ihn durch die Scheibe an. Seine Pausbacken waren rot und nass vom Schnee. Er klopfte noch einmal und machte mit der behandschuhten Hand eine Kurbelbewegung.

Herkus bedachte ihn mit einem freundlichen Lächeln und drückte auf den Fensterheber.

»Guten Tag, Sir«, sagte der Cop.

Herkus nickte.

»Können Sie sich vorstellen, warum ich gekommen bin und an Ihre Scheibe geklopft habe?«, fragte der Cop mit matter Stimme.

Herkus schüttelte den Kopf.

»Ich bin gekommen und habe gegen Ihre Scheibe geklopft, weil ich gesehen habe, wie Sie telefoniert haben«, erklärte der Cop.

»Ihnen ist ja wohl bekannt, dass es eine Ordnungswidrigkeit ist, beim Führen eines Kraftfahrzeugs zu telefonieren.«

»Wirklich?«, fragte Herkus. Ohne auf Arturas' blecherne Stimme zu achten, trennte er die Leitung und steckte das Handy ein. Dann sah er den Polizisten an und legte beide Hände gut sichtbar aufs Lenkrad. Seine schwitzenden Handflächen glitten über das Leder.

»Jawohl«, sagte der Cop. »Wegen des Verkehrs werde ich Sie nicht bitten, auszusteigen, aber wenn Sie nichts dagegen haben, möchte ich gern einen Blick auf Ihre Fahrzeugpapiere werfen.«

»Fahrpapier?«, fragte Herkus.

»Führerschein und Versicherungsschein«, sagte der Cop, dessen freundliches Auftreten zunehmend gezwungen wirkte.

»Ich Englisch nicht gut«, sagte Herkus.

»Führerschein und Versicherung«, verlangte der Cop. »Sofort.«

Herkus schüttelte den Kopf. »Nicht Englisch.«

Der Polizist öffnete die Tür, griff hinein und zog den Schlüssel aus dem Zündschloss. Der Motor erstarb. »Raus«, befahl er. Ruckartig wies er mit dem Daumen nach draußen, eine Geste, die in keiner Sprache misszuverstehen war.

Herkus ließ seine Rechte zwischen die Beine fallen, seine Fingerspitzen berührten fast den Boden. Die Glock und die Munition waren in einem Fach verstaut, das ins Bodenblech des Wagens geschnitten war. Er musste nur nach unten greifen, die Matte hochziehen und sich die Pistole schnappen.

»Raus«, wiederholte der Cop.

»Nicht Englisch«, wiederholte Herkus.

Alle möglichen Gedanken schossen ihm durch den Kopf, aber er wusste, dass sie vom Kokain befeuert wurden. Das Päckchen war neben der Glock versteckt. Herkus atmete tief ein und spürte, wie die Winterluft an seinen Nasenflügeln prickelte.

Bleib ruhig, befahl er sich. Reiß dich zusammen. Sie können dir nichts anhaben. Er hob seine Hand zwischen den Beinen hervor und stieg aus dem Wagen.

»Das war doch gar nicht so schwer«, sagte der Cop.

Herkus zuckte die Achseln. Der andere Polizist war an seinem Platz geblieben und regelte weiter den Verkehr, behielt aber, während er den Verkehrsteilnehmern winkend Zeichen machte, seinen Partner im Auge.

»Fahrzeugpapiere«, sagte der Cop zu Herkus. »Führerschein, Versicherung.«

»Okay«, sagte Herkus.

Er beugte sich in den Wagen, klappte die Sonnenblende herunter, kramte seinen litauischen Führerschein und die firmeneigene Fahrzeugversicherung heraus und reichte beides weiter.

Er wartete, während der Polizist die Plastikkarte und die Bescheinigung studierte. »European People Management?«, fragte der Mann.

»Mein Boss«, sagte Herkus. »Er zahlen Versicherung.«

»Ihr Englisch ist schon besser geworden«, stellte der Cop fest. »Wollen mal sehen, ob Sie das hier verstehen: Wir schaffen Ihren Wagen an den Straßenrand, damit wir uns mal in Ruhe unterhalten können. Okay?«

»Okay«, sagte Herkus.

Der Cop pfiff seinem Partner, einem größeren und dünneren Mann, und winkte ihn herbei. Die beiden steckten die Köpfe zusammen, besprachen sich und trafen eine Entscheidung. Darauf stieg der dicke Polizist in den Mercedes. Während er den Motor anließ, machte der andere sich daran, den Verkehr vor und hinter dem Wagen umzuleiten.

»Kommen Sie doch bitte auf den Bürgersteig, Sir«, bat er.

Herkus gehorchte, ließ sich aber Zeit. Er schlenderte auf den Gehweg, als täte er es aus freien Stücken. Der Polizist kümmerte sich weiter um den Verkehr und sprach gleichzeitig in das Mikro an seinem Revers. Der Mercedes rollte an den Straßenrand.

Das Telefon in Herkus' Tasche klingelte. Er holte es heraus und schaute aufs Display. Arturas. Herkus fluchte und drückte auf die Beenden-Taste.

Soll er doch warten, dachte er. Und sonst kann er ja selbst herkommen und mit den Cops reden.

Dass er beim Fahren telefoniert hatte, interessierte die doch gar nicht. Das war nur ein Vorwand gewesen, um ihn anzuhalten. Irgendetwas stimmte hier nicht. Was wollten sie wirklich?

Wir werden es erleben, dachte Herkus.

35

Lennon fuhr von der Sandy Row aus quer durch die Stadt, über die Lisburn Road, dann vorbei an der Queen's University und weiter auf der Botanic Avenue. Vor dem Haus auf der Rugby Road, dessen Adresse ihm Dan Hewitt gegeben hatte, hielt er an. In der Wohnung im ersten Stock brannte Licht.

Er schloss den Wagen ab, ging zur Tür und läutete. Dann trat er wieder zurück und sah zum Fenster hoch. Das Licht ging aus. Er läutete noch einmal.

»Komme«, rief irgendwo im Innern eine Stimme.

Er hörte Schritte auf der Treppe und dann Stöckelschuhe über den gefliesten Boden klackern.

Die Tür ging auf, und vor ihm stand eine Frau mit einer Reisetasche. Sie starrte ihn einen Moment lang an, schaute über seine Schulter auf seinen Wagen und dann wieder auf ihn.

»Taxi?«, fragte sie.

»Nein«, sagte Lennon. »Polizei.«

Sie machte den Mund auf und hob die Augenbrauen, dann verhärteten sich ihre Gesichtszüge.

Er hielt ihr seinen Dienstausweis so hin, dass sie ihn lesen konnte. Sie schaute ihn sich nicht an.

»Entschuldige«, sagte sie. »Nicht Englisch.«

»Rasa Kairyté?«, fragte Lennon.

Sie schüttelte den Kopf. »Nicht Englisch.«

»Können wir drinnen reden?«

»Nein«, wehrte sie ab.

»Dann eben hier.«

Sie machte einen Schritt zurück und versuchte die Tür zu schließen, aber Lennon stellte seinen Fuß dazwischen.

»Tomas Strazdas«, sagte er. »Sam Mawhinney, Mark Mawhinney, Darius Banys.«

In ihren Augen standen Tränen. »Nicht Englisch«, wiederholte sie rau.

»Sie könnten die Nächste sein«, fuhr Lennon fort.

»Nein«, widersprach sie. »Ich nicht. Ich nichts gemacht.«

»Ich kann Ihnen helfen«, sagte Lennon. »Reden Sie mit mir, dann kann ich Sie beschützen.«

Sie lachte auf. »Beschützen? Von Polizei? Polizei gehört Arturas.«

»Arturas Strazdas?«

Ein Wagen hielt an, von den Reifen spritzte grauer Schneematsch hoch. Der Fahrer hupte.

»Ich jetzt gehen«, sagte sie. Sie trat aus der Tür und schloss sie hinter sich.

»Was meinen Sie damit, die Polizei gehört Arturas?«, fragte Lennon, als sie sich an ihm vorbeidrückte.

»Ich gehen«, wiederholte sie. Schneeflocken legten sich auf ihr Haar.

Der Taxifahrer stieg aus und öffnete den Kofferraum. Er nahm Rasa die Tasche ab und warf sie hinein. Als Lennon der Frau folgte, beobachtete ihn der Fahrer aus zusammengekniffenen Augen.

»Wohin?«, fragte Lennon.

»Weg von hier.«

»Stimmt was nicht, Herzchen?«, fragte der Fahrer.

»Alles in Ordnung«, sagte sie, öffnete die hintere Beifahrertür und duckte sich hinein.

Lennon packte den Griff und hinderte sie daran, die Tür zu schließen.

Der Fahrer versuchte sich zwischen Lennon und die Frau zu zwängen. »Hören Sie mal, Kumpel, Sie können nicht …«

»Zisch ab«, sagte Lennon und schob ihn weg. Er zeigte dem Fahrer seinen Ausweis und sprach dann weiter auf Rasa ein. »Wen hat Arturas bei der Polizei?«

»Sie mich jetzt verhaften?«, fragte sie.

»Nein«, sagte Lennon.

»Dann ich gehen.«

Sie riss ihm die Tür aus der Hand, zog sie zu und wandte den Blick ab.

Der Fahrer eilte auf seine Seite, stieg ein und legte den Gang ein. Die Räder fanden zunächst keine Bodenhaftung und drehten durch, dann raste der Wagen davon.

Fluchend kehrte Lennon zu seinem Audi zurück. Noch bevor er ihn erreichte, klingelte sein Handy.

»Wir haben Ihren Mann gefunden«, sagte der Diensthabende.

36

Putz und Holz fielen herab, dann war das erste Loch groß genug für Galyas Schultern. Dahinter kam eine etwa vier Zentimeter breite Lücke zum Vorschein, dann wieder Holzlatten und dahinter Putz. Nach ein paar weiteren Minuten hatte sie auch dort ein faustgroßes Loch hineingestemmt. Sie ließ die Schubladenblende auf den Schrankboden fallen und wischte sich den Schweiß von der Stirn.

Die Stimme über ihr brandete gellend auf. Galya achtete nicht darauf. In ihren Schultern und Ellbogen pochte und pulsierte es, als würde sie immer noch auf die Wand einschlagen.

Sie griff durch das Loch. Kühle Luft strich über ihre Finger. Wenn sie sie nach oben ausstreckte, fühlte sie eine harte, glatte Oberfläche, nach unten groben Stoff. Handtücher, dachte sie. Ein Schrank, so wie dieser hier.

Wohin öffnete er sich?

Galya reckte sich, und ihr Ärmel verfing sich in den zersplitterten Latten. Ihre Fingerspitzen stießen auf Holz. Sie drückte dagegen. Eine Tür gab nach, und eine Brise streifte ihre Finger. Sie zog den Arm zurück und spähte durch das Loch. Schwaches, aber beständiges Tageslicht erhellte das Innere des Schranks. Dahinter ein Flur, ein Treppengeländer.

Galya nahm wieder die Schubladenblende zur Hand. Sie drehte sie so lange in den Händen, bis die am wenigsten abgenutzte Kante auf das Loch zeigte. Jetzt, wo sie die Holzlatten nach außen hin von den Querbalken wegschlug, auf die sie genagelt waren, gaben sie leichter nach. Bei jedem Schlag ächzte sie, und bei jedem Stück Holz und Brocken Putz, die auf der anderen Seite der Wand in den Schrank fielen, überkam sie eine tiefe, heiße Genugtuung.

Die Stimme oben reagierte auf jeden neuen Schlag mit einem weidwunden Schrei. In ihrer fiebrigen Anstrengung schien es Galya beinahe, als schreie das Haus selbst und beklage die Verletzungen, die man ihm zufügte. Galya schrie zurück, das Loch wurde größer und größer, bis ihr aus dem gegenüberliegenden Flur Licht aufs Gesicht fiel.

Galya ließ die Blende fallen. Sie hustete, weil Putz und Staub ihre Kehle und Lunge angriffen und ihr den Gaumen verklebten. Sie sammelte Speichel, spülte damit den Mund aus und spuckte auf den Boden. Mama hätte sie für ein solch undamenhaftes Benehmen bestimmt gescholten. Wie ein Tier auf der Weide, hätte sie gesagt.

Galya lachte auf und hielt sich rasch eine Hand vor den Mund. Sie schmeckte Blut und sah, dass ihre Hände voller Blasen und Schnitte waren. Ihr Herz raste.

»Beruhige dich«, befahl sie sich.

Sie schniefte, spuckte noch einmal aus, dann zwängte sie beide Arme durch das Loch, anschließend den Kopf und danach die Schultern, die immer noch aufgeschürft waren, seit sie sie durch das Absperrgatter einer Baustelle gezwängt hatte. Die abgebrochenen Enden der Holzlatten verfingen sich in ihrer Kleidung. Galya schob Stapel von Handtüchern aus dem Weg und umklammerte mit beiden Händen die Vorderkante des Regalbretts, auf dem sie gelegen hatten. Dann zog sie sich nach vorn.

Höchstens zwanzig Zentimeter hoben ihre Füße vom Boden ab. Galya zog noch fester. Spitze Holzsplitter stachen in ihr Oberteil und die Brust. Die dünne Kette um ihren Hals spannte sich und riss. Galya merkte, wie ihr das Kreuz von der Brust fiel. Sie trat Luftlöcher und versuchte, nach vorne zu ruckeln. Ihre Ferse stieß gegen den Türrahmen des Schranks, und da wusste Galya, wie es ging. Sie verkeilte die Füße zu beiden Seiten der Tür und drückte die Beine durch.

Das Holz zerriss ihr Oberteil, schartige Splitter hinterließen brennende Risse auf Bauch und Rippen. Sie zog so lange mit den Armen und schob mit den Beinen, bis ihr eigenes Gewicht sie über das Regalbrett und durch das Loch hievte. Umgeben von herabregnenden Handtüchern, fiel sie auf der anderen Seite zu Boden. Der dicke Teppich federte den Aufprall von Nacken und Schultern ab.

Keuchend rollte sie sich auf den Rücken, um sie herum wirbelte Staub hoch. Sie hustete. In ihren Nacken- und Schultermuskeln loderte der Schmerz auf. Zum Schreien fehlte ihr der Atem, also zog sie nur die Knie an und biss die Zähne zusammen. Sie sah Sterne, schwarze Punkte brannten in ihren Augen.

Vorsichtig atmete sie ein und aus, bis ihr Blickfeld wieder klar wurde. Ohne die Schulter zu viel zu belasten, rollte sie sich auf die Seite und stemmte sich auf die Knie hoch. Überall auf dem Teppich mit seinem im Lauf der Jahre nachgedunkelten Blumenmuster lagen Handtücher verstreut.

Das Treppengeländer war in trübem Braungelb gestrichen, der Farbton der Tapete war ähnlich. Es sah aus, als habe jemand vor dreißig Jahren die Tür dieses Hauses hinter sich zugemacht und sei nie mehr zurückgekehrt. Selbst in der Luft schien ein Hauch von Verfall zu liegen.

Galya rappelte sich hoch, streckte einen Arm aus und prüfte, wie sehr ihre Schulter schmerzte. Die Bewegung schien dem Gelenk gutzutun. Sie hielt die Luft an und lauschte. Immer noch wogte von oben die Stimme auf und ab, aber inzwischen schien sie schwächer zu werden. Zuerst hatte Galya einen Hund vermutet, aber jetzt wusste sie, dass das ein Mensch war. Ein Mensch, der Schmerzen litt.

Jenseits des Zimmers, aus dem Galya gerade entkommen war, befand sich eine schmale Stiege. Galya konnte nur die ersten Stufen sehen, danach verschwand sie in der Dunkelheit. Die Schreie kamen von dort oben. Galya schaute auf die Treppe, die nach unten führte, hinaus aus diesem Haus mit seinen verschrobenen Männern und verschlossenen Türen.

Ob der Mensch, der da schrie, vielleicht Hilfe brauchte? Natürlich. Aber Galya musste hier heraus, bevor der Mann wiederkam. Was, wenn die Stimme einem Mädchen wie ihr gehörte? Hielt er etwa noch jemanden in diesem Haus gefangen?

Lange Sekunden blieb Galya unschlüssig stehen, hin- und hergerissen zwischen dem dringenden Wunsch zu fliehen und dem Bedürfnis, dem Menschen zu helfen, der da so schrie. Wenn sie es nun wäre, die dort oben eingeschlossen wäre und schreien würde wie ein Tier?

»Ich werde helfen«, beschloss Galya.

Sie näherte sich der Treppe und starrte in die Finsternis hinauf. Ein kalter Luftzug umwehte sie und stieg nach oben, als folge er ihrem Blick.

»Hallo?«, rief sie auf Englisch.

Augenblicklich verstummte die Stimme.

»Hallo?«, rief Galya noch einmal. »Wer ist da?«

Die Stimme erhob sich wieder, noch lauter, noch heiserer und schriller als zuvor.

Galya schaute wieder zurück zur Treppe, die nach unten führte, und machte einen Schritt darauf zu. Dann blieb sie stehen, einen Fuß noch in der Luft.

Ein Gedanke bedrängte sie, hart und unerbittlich: Mama hätte geholfen.

Galya wusste, dass es so war. Sie machte kehrt und betrat die Stiege. Ein Knarren.

Die Stimme verstummte kurz, um dann erneut zu einem Kreischen anzuschwellen, das aus der Finsternis heruntergellte. Galya stützte sich an beiden Seitenwänden ab.

»Hilfe«, flehte sie.

Langsam, vorsichtig stieg sie nach oben und unterdrückte den unwiderstehlichen Impuls, Reißaus zu nehmen. Die Wände unter ihren Handflächen fühlten sich feucht an. Jede Stufe knarzte, wenn sie darauftrat. Die Luft wurde kühler, und ein widerlicher, stechender Gestank überwältigte sie, so wie von den Tieren auf Mamas Hof, wenn sie krank waren und starben.

Als sie oben ankam, lichtete sich die Finsternis ein wenig. Galya erkannte zwei Türen, eine geschlossen, die andere offen. Schwaches Licht fiel auf den beengten, kaum mehr als einen Quadratmeter großen Treppenabsatz.

Mit den Fingerspitzen drückte Galya die schmale Tür auf. Mehr Licht drang nach draußen. Unter einem Dachfenster stand ein schmales Bett, das eher aussah wie die Koje einer Gefängniszelle. Sonst gab es bis auf einen einfachen Stuhl und eine Kleiderstange mit Männersachen keine Möbel.

Galya wandte sich der geschlossen Tür zu. Unter dem Türknopf steckte ein Schlüssel. Galya drehte ihn und hörte es metallisch knirschen. Die Tür bewegte sich ein wenig. Galya drehte den Knauf.

Als Erstes schlug ihr der Gestank entgegen. Urin und Kot, vermischt mit Erbrochenem und Chlor. Mit einer Hand hielt sie sich Mund und Nase zu. Das Geheul hörte auf und wich rasselndem Atmen.

Das Bett stand ganz hinten im Zimmer, das Kopfende zur Wand. Dahinter erhob sich wie ein Kirchturm das Dachgesims. Unter den Decken lag eine zitternde Gestalt.

Galya trat über die Schwelle. Unter ihren Füßen fühlte sie die Bodendielen. Langsam näherte sie sich und behielt dabei unverwandt das Bett im Auge. Die Gestalt schrie auf. Eine dürre

Hand hob sich in den Lichtstrahl, der die stinkende Luft durchschnitt.

Eine Frauenhand, vom Alter gezeichnet, mit langen Fingernägeln und rissiger gelber Haut. Alte Narben und gerade erst verschorften Wunden.

»Hallo?«, wisperte Galya auf Englisch.

Die Stimme antwortete, ein Aufschrei, der in einem Pfeifen und Rasseln erstarb, als der Frau die Luft ausging. »Brauchen Sie Hilfe?«, fragte Galya.

Ein Kopf hob sich vom Kissen, ein eingefallenes, rotfleckiges Gesicht. Weiße Haarfäden wie Spinnweben sprossen aus der hellroten Kopfhaut. Die schwarzen Augen der Frau waren starr, der zahnlose Mund ging auf und zu. Die Sehnen in ihrem Hals zitterten von der Anstrengung, den Kopf hochzuhalten. Mit einem Stöhnen sank er auf das Kissen zurück.

Galya stellte sich neben das Bett. Die Frau starrte zu ihr hoch. Aus einem verzerrten Mundwinkel rann Speichel, der Gaumen hinter den schmalen Lippen glänzte rosafarben.

»Aaaahhhh«, machte sie, den Mund weit aufgerissen.

»Ich verstehe nicht«, sagte Galya. »Brauchen Sie Hilfe? Soll ich jemanden holen? Einen Arzt?«

»Mwaa«, machte sie Frau. Sie reckte die Arme hoch, die Hände wie Klauen, doch ihre spindeldürren Beine unter der Decke rührten sich nicht.

»Was wollen Sie?«, fragte Galya.

Die Alte zischelte durch den zahnlosen Mund und packte Galya am Arm. Galya versuchte sich loszureißen, aber die vernarbten Finger der Frau wanden sich um ihr Handgelenk wie feste Schlingpflanzen. Die andere Hand tastete auf der Ablage des Kopfendes herum. Das Holz war rau und splittrig, eingetrocknetes Blut befleckte den Lack. Die Alte fuhr mit den Fingern auf der Oberfläche hin und her, bis sich eine neue Wunde öffnete.

»Nicht«, sagte Galya. »Sie verletzen sich ja. Das tut weh.«

Je mehr Galya sich loszureißen versuchte, desto fester packte die Alte zu. Sie legte ihren blutenden Zeigefinger auf die Laken über ihrem Bauch und strich damit hin und her.

»Bitte aufhören«, bat Galya. »Ich hole Hilfe.«

Die Alte zeigte auf die blutigen Flecken, die sie auf die Laken geschmiert hatte. Galya starrte sie an und spürte, wie die runzelige Hand sie losließ. Sie musterte die wirren roten Linien auf dem blutbefleckten Stoff, und ganz allmählich ergaben sie einen Sinn.

Drei Buchstaben.

Ein Wort.

WEG.

37

Lennon brauchte fast zwanzig Minuten, um von einer Seitenstraße an der Queen's University ins Stadtzentrum zu marschieren. Der Verkehr war zum Erliegen gekommen, also hatte er beschlossen, den Wagen abzustellen und die restliche Strecke durch den Schnee zu stapfen, Als er am Einkaufszentrum an der Victoria Street um die Ecke bog, hatten seine angeblich wasserdichten Schuhe bereits den Dienst aufgegeben. Die Socken waren nass, und die Zehen begannen taub zu werden.

In dem Moment, als er die zwei Verkehrspolizisten und den Mann entdeckte, den sie festhielten, klingelte sein Handy. Lennon drückte sich an die Außenmauer des Einkaufszentrums, in der Hoffnung, dort ein wenig geschützt zu stehen. Er meldete sich.

»Das Kind ist den ganzen Tag allein gewesen«, sagte Bernie McKenna.

»Sie ist nicht allein gewesen«, wehrte Lennon ab. »Sie war bei Susan und Lucie.«

»Sie sollte bei ihrer Verwandtschaft sein und nicht bei irgendwelchen Nachbarn, die zu nachgiebig sind, auch mal nein zu sagen.«

»Das sind nicht irgendwelche Nachbarn. Lucy ist ihre beste Freundin.«

»Mag ja sein«, sagte Bernie, »trotzdem gibt es keinen Grund, warum die Kleine zu Weihnachten allein sein soll. Ich kann sie abholen und bin noch vor dem Fünf-Uhr-Tee wieder zu Hause. Dann kann sie Weihnachten mit Leuten verbringen, die sie lieb haben. Und Sie müssen sich keine Sorgen mehr um sie machen.«

»Ich bin heute Abend zu Hause«, sagte Lennon. »Sie wird Weihnachten mit mir feiern.«

Es kostete ihn einige Anstrengung, diese Worte so überzeugend vorzutragen, als würde er sie wirklich glauben. Aber Familie hin oder her, er würde Ellen immer noch lieber in Susans Wohnung wecken als in Bernie McKennas Haus.

»Diese Susan hat mir erzählt, dass Sie zum Dienst angefordert wurden«, erklärte Bernie, und Lennon hörte in ihrem Vorwurf beinahe die Schadenfreude mitschwingen. »Wegen irgendwelcher Morde. Sie hat gesagt, sie weiß nicht, wann Sie zurückkommen.«

»Heute Abend bin ich wieder da«, sagte Lennon. »Sie sehen Ellen dann am 2. Weihnachtstag, das hatte ich Ihnen ja schon gesagt. Rufen Sie mich nicht noch mal an.«

Er legte auf. Fast im selben Moment klingelte das Handy erneut, aber er unterdrückte den Anruf und steckte es weg.

Weiter vorne stand mit finsterem Blick ein großer, breitschultriger Mann in einem Lederjackett am Straßenrand. Neben ihm war halb auf dem Bürgersteig ein schwarzer Mercedes abgestellt. Einer der Polizisten leitete den Verkehr um ihn herum.

Lennon ging hin und zeigte den Beamten seinen Ausweis. Der Hüne zeigte keine Reaktion, er starrte nur weiter ins Leere, als gäbe es weit wichtigere Dinge als die Polizisten um ihn herum.

»Herkus Katilius?«, sprach Lennon ihn an.

Herkus zuckte die Achseln.

»Ich bin Detective Inspector Jack Lennon. Ich ermittle im Mordfall Tomas Strazdas, einem Ihrer Kollegen.«

Herkus gönnte Lennon einen Blick.

»Dem Bruder von Arturas Strazdas, Ihrem Arbeitgeber.«

»Englisch nicht gut«, sagte Herkus.

»Das höre ich heute schon zum zweiten Mal«, sagte Lennon. »Beim ersten Mal habe ich es auch schon nicht geglaubt.«

Einer der Verkehrspolizisten kam hinzu. »Sein Englisch ist tadellos.«

Herkus funkelte den Cop an.

Lennons Handy klingelte. Er zog es aus der Tasche, sah, dass es Bernie McKenna war, und drückte den Anruf erneut weg. Dann schaltete er das Handy auf Vibrieren und steckte es wieder ein.

»Gibt es etwas, was Sie mir über den Mord an Tomas erzählen wollen?«, fragte er Herkus.

Herkus schüttelte den Kopf. Dann klingelte sein eigenes Telefon, und er zuckte zusammen.

»Erwarten Sie einen Anruf?«, fragte Lennon.

Herkus grinste ihn verschlagen an. »Sie denn?«

»Nicht von jemandem, mit dem ich sprechen wollte.«

»Ich auch nicht«, sagte Herkus.

Zum zehnten Mal fragte sich Lennon, ob er Herkus nicht lieber aufs Revier hätte bringen lassen sollen. Zum zehnten Mal entschied er sich dagegen. Jeden durchschnittlichen Mann hätte die unerbittliche Atmosphäre eines Verhörraums vielleicht weichgeklopft, aber ein einziger Blick auf Herkus verriet Lennon, dass der schon in zu vielen Zellen gesessen hatte, um sich davon beeindrucken zu lassen. Ein Mann wie er wusste bestimmt, wie man bei einem offiziellen Verhör die Schotten dicht machte und auf den Anwalt wartete. Womöglich sogar auf diesen Scheißkerl Rainey, der in Strazdas' Hotelzimmer gewesen war. Der würde dann hereinstürzen und verlangen, dass man Herkus freiließ oder auf seine Rechte hinwies. Und außer ein paar Gerüchten hatte Lennon gegen den Litauer nichts in der Hand. Also erledigte er die Sache lieber hier und nutzte die Gerüchte zu seinem Vorteil.

»Ich weiß von dem Mädchen«, sagte er.

Herkus' Grinsen war wie weggeblasen. Doch dann schlich es

sich wieder in sein Gesicht zurück, und er fragte: »Welches Mädchen?«

Lennon zog den Pass aus der Tasche, schlug ihn auf und hielt Herkus das Foto vor die Nase.

»Das Mädchen, das mit diesem Pass eingereist ist«, sagte er. »Es sieht der Frau auf diesem Bild sehr, sehr ähnlich.«

»Ich weiß von keinem Mädchen«, erklärte Herkus.

»Ich schon«, erwiderte Lennon. »Ich weiß alles über dieses Mädchen. Ich weiß, dass sie den Bruder Ihres Chefs umgebracht hat. Ich weiß, dass aus Rache Darius Banys und Sam Mawhinney getötet wurden. Ich weiß auch, dass man Mark Mawhinney heute Morgen das Genick gebrochen hat. Früher oder später werde ich auf den Gedanken kommen, dass Sie etwas damit zu tun haben. Dann muss ich Sie festnehmen und offiziell verhören.«

Herkus' Blick wurde wieder undurchdringlich. »Englisch nicht gut«, sagte er.

»Ich frage Sie noch einmal«, wiederholte Lennon, ohne dass seine Stimme seinen Ärger verriet. »Gibt es irgendetwas, was Sie mir über den Tod von Tomas Strazdas sagen können? Oder über das Mädchen, das ihn verursacht hat?«

»Wie ich sage, ich nicht kenne Mädchen«, sagte Herkus.

»Sie sehen müde aus«, sagte Lennon und steckte den Pass wieder ein.

»Sie auch«, sagte Herkus.

»Nun ja, ich hatte eben eine lange Nacht. Ich wette, Sie auch.«

»Ja«, sagte Herkus. »Lange Nacht.«

»Wahrscheinlich umsonst gesucht«, sagte Lennon.

»Was?«

»Vergessen Sie's«. sagte Lennon. Er lehnte sich dicht an den anderen heran und senkte die Stimme. »Hören Sie, ich habe da so ein Gerücht gehört. Vielleicht können Sie mir ja sagen, ob es stimmt oder nicht.«

»Vielleicht.«

»Dem Gerücht zufolge hat irgendein Typ, ein Freier, mit der Kleinen gesprochen, bevor sie den armen Tomas gekillt hat. Angeblich könnte dieser Freier eine Ahnung haben, wo das Mädchen hin ist. Haben Sie auch so ein Gerücht gehört?«

Herkus grinste. »Ich höre viele Gerüchte.«

»Außerdem habe ich gehört, dass eine Zeichnung von diesem Mann bei bestimmten Leuten herumgereicht und eine Belohnung ausgesetzt wurde, falls jemand weiß, wo er steckt. Was ist damit? Haben Sie auch so ein Gerücht gehört?«

Wie eine Eidechse, die in ihr Versteck huscht, ließ Herkus seinen Blick entfleuchen. »Wie gesagt, ich höre viele Gerüchte.«

»Sie haben nicht zufällig ein Exemplar dieser Zeichnung dabei?«

Auf Herkus' Haare rieselte Schnee. »Was ist Zeichnung?«

»Ein Bild«, sagte Lennon. Die Kälte kroch unter seinen Mantel, gefolgt von einer tiefen Müdigkeit. »Es befindet sich auf der Rückseite eines Briefumschlags. Gerade werden Fotokopien davon an alle möglichen Taxifahrer verteilt.«

»Sie hören so ein Gerücht?«, fragte Herkus.

Lennon merkte, wie ihm der Geduldsfaden riss. »Schluss jetzt mit diesem Unsinn, Mr. Katilius. Ich weiß, dass Gordie Maxwell die Kopien an seine Fahrer verteilt. Ich weiß, dass Sie das Original haben. Geben Sie es her, damit wir endlich aus dieser Kälte rauskommen.«

Herkus schüttelte den Kopf. »Ich habe kein Bild.«

»Leeren Sie ihre Taschen aus«, verlangte Lennon.

»Nein«, sagte Herkus.

»Das war keine Bitte.«

»Sie haben kein Recht.« Herkus tippte sich an den Nasenflügel und zwinkerte Lennon zu. »Ich weiß so was.«

»Einen Scheißdreck wissen Sie«, erklärte Lennon. »Personenkontrolle mit Tatverdacht. Sie haben Spuren von weißem Puder an der Nase, und ihre Pupillen sind geweitet. Das reicht als Grund für eine Durchsuchung. Leeren Sie Ihre Taschen!«

Herkus rührte sich nicht. Sein Gesicht war ausdruckslos.

»Sollen wir Sie festnehmen? Dann können wir auch gleich noch den Wagen durchsuchen.«

Herkus' Zunge schnellte hervor und leckte über die Lippen. Dann fluchte er auf Litauisch und zog ein Bündel Banknoten in Pfund Sterling und Euro hervor, anschließend einen Schlüsselbund und eine Brieftasche.

»Das Jackett auch«, befahl Lennon.

Herkus fluchte noch einmal und legte ein paar zusammengefaltete Zettel, ein Päckchen Zigaretten und ein Feuerzeug aufs Dach.

Einen nach dem anderen sah Lennon sich die Zettel an: Hotelrechnungen, ein ausgedruckter Flugplan für Verbindungen nach Brüssel, der Kontoauszug einer hiesigen Bank mit einem Guthaben von über fünfzehntausend Pfund.

Nur keine Zeichnung.

Herkus ließ seine mächtigen Pranken hängen.

Lennon reckte sich hoch und hob den Jackenaufschlag des anderen, um an die Innentasche zu gelangen. »Haben Sie irgendwelche spitzen Gegenstände dabei?«

»Sehe ich aus wie ein Junkie?«

Lennon wischte mit dem Daumen unter der Nase des Mannes entlang und zeigte ihm das weiße Puder. »Ja«, sagte er, »das tun Sie. Wenn ich mich stur stelle, kriegen Sie mächtig Ärger. Verstanden?«

Herkus gähnte. Lennon griff in die erste Tasche. Leer. Dann in die zweite. Er fühlte ein Stück Papier.

»Was ist das?«, fragte er.

»Weiß nicht.«

Lennon zog das Papier aus Herkus' Tasche. Ein aufgerissener Fensterumschlag, ohne Inhalt. Auf der Rückseite befand sich die grobe Zeichnung eines Mannes mit rundem Gesicht, dichtem schwarzen Haar und einem Bart. Lennon hielt sie Herkus unter die Nase.

»Gehört mir nicht.«

»Ist der Ihnen einfach so in die Tasche gefallen?«

»Weiß nicht.«

»Und wahrscheinlich haben Sie auch keine Ahnung, wer das auf dem Bild ist?«

»Weiß nicht.«

»Dann macht es Ihnen sicher nichts aus, wenn ich das hier behalte.«

Herkus streckte die Hand aus. »Jetzt gehört mir. Sie kein Recht zu nehmen.«

Damit hatte dieser Mistkerl vollkommen recht. Lennon hatte keinen Grund, ihm den Umschlag abzunehmen. Selbst bei einer Durchsuchung unter Tatverdacht gab es kein Gesetz, das verbot, ein Bild in der Tasche zu haben. Lennon holte sein Handy aus der Tasche und hielt den Umschlag davor. Mit einem synthetischen Surren und Klicken nahm der Apparat ein Foto von der Zeichnung auf. Zusammen mit seiner Karte reichte Lennon den Umschlag zurück.

»Sollten Sie zufällig feststellen, dass Sie doch etwas im Zusammenhang mit dem Tod Ihres Kollegen wissen, melden Sie sich.«

Herkus verstaute den Umschlag und die Karte und machte sich daran, seine restlichen Sachen vom Dach des Mercedes zu klauben. »Ich jetzt gehen?«, fragte er.

»Na schön«, sagte Lennon. »Aber vergessen Sie nicht, dass wir Sie und Ihren Boss im Auge behalten. Wir sehen uns bestimmt bald wieder.«

Herkus ging zur Fahrerseite des Wagens.

»Frohe Weihnachten«, sagte er und grinste.

Lennon gab keine Antwort.

38

Die Polizisten winkten Herkus in den Verkehr hinein. Bei diesem Detective witterte er Ärger. Einem Polizisten wie dem war Herkus schon einmal in Wilna begegnet. Der lag jetzt im Wald beerdigt, gar nicht weit weg von Herkus' Frau.

Er wählte Arturas' Nummer. »Ich bin auf dem Weg«, sagte er.

»Wurde auch Zeit.«

»Die Cops haben mich angehalten«, sagte Herkus. »Sie haben mich so lange festgehalten, bis ein Detective auftauchte. Sein Name war Lennon.«

»Breitschultrig, blondes Haar?«

»Ja«, bestätigte Herkus.

»Der war heute Morgen hier.«

»Er weiß Bescheid über die Hure«, sagte Herkus. »Er weiß, dass sie Tomas getötet hat, und er weiß, dass wir sie suchen.«

»Überhaupt nichts weiß der«, sagte Arturas. »Der streckt nur seine Fühler aus.«

»Er weiß genug«, widersprach Herkus. »Er hat den Pass, mit dem sie hergekommen ist. Es gibt heute noch zwei Flüge nach Brüssel. Einen von Belfast und einen von Dublin. Einen davon solltest du nehmen und von hier verschwinden, bis Gras über die Sache gewachsen ist.«

»Ich habe es meiner Mutter versprochen«, erklärte Arturas.

»Ich habe ihr versprochen, dass ich diese Hure finde. Willst du ihr etwa erzählen, dass wir weggelaufen sind?«

Einen Moment lang versuchte Herkus, sich das vorzustellen. Er war Laima Strazdiené erst einmal begegnet. Da war er nicht einmal ein Jahr in Belgien gewesen. In Brüssel mühte er sich mit dem Französischen ab, und kaum setzte er dann einen Fuß aus der Stadt heraus, brachte er es mit Flämisch durcheinander.

Damals hatte er in einem Bordell in der Nähe des Gare Bruxelles-Central gearbeitet, dessen Kunden Geschäftsreisende und Diplomaten waren, die über diesen Bahnhof pendelten. Sein Aufgabenfeld war einfach: an der Tür stehen, jeden abweisen, der nach Ärger aussah, und jeden zusammenschlagen, der drinnen Zoff machte.

An jenem Abend war zwar einiges los gewesen, aber nichts Außergewöhnliches, bis ein englischer Freier – ein Politiker namens Edward Hargreaves, wenn Herkus sich richtig erinnerte – Rabatz machte, weil eines der Mädchen ihm Geld aus der Brieftasche genommen hatte. Herkus ging auf ihr Zimmer und stellte sich zwischen die Hure und den Freier. Das Mädchen stritt alles ab. Hargreaves' Gesicht war zornesrot.

»Sie sagen, sie nix nehmen«, erklärte Herkus auf Englisch.

»Und ob sie das hat«, widersprach der Freier und zog sich die Hosen hoch. »Als ich hier reinkam, hatte ich siebenhundert Euro dabei. Als ich dann das Geld rausholen und sie bezahlen wollte, waren es nur noch dreihundert. Das heißt, vierhundert Euro fehlen.«

Herkus wandte sich zu dem Mädchen um. Wie ein Wasserfall zeterte sie auf Französisch los. Das einzige Wort, das er verstehen konnte, war *enculer*, was nichts Gutes war, soviel wusste er. Nach seiner Reaktion zu urteilen kannte Hargreaves es auch.

Ein schroffes Räuspern von der Tür her brachte Hargreaves zum Schweigen. Als Herkus sich umdrehte, sah er Laima Strazdiené ins Zimmer kommen. Sie reichte ihm nur bis zur Schulter und hatte eine schmale, elfengleiche Figur. Trotzdem wusste er, dass mit ihr nicht zu spaßen war.

Es war nicht die Art, wie sie ihren Hosenanzug und die für ihre Finger viel zu großen Ringe trug, wie sie beim Durchqueren des Raumes die Schultern durchdrückte oder ihre Lippen zusammenpresste. Es war die dunkle Kälte in ihren Augen, die wie Kohlen in den Höhlen lagen.

»Wo liegt das Problem?«, fragte sie in perfektem Englisch.

So gut er konnte, berichtete Herkus unter den beständigen Protesten und Zwischenrufen des Freiers ebenso wie der Hure.

Laima nickte einmal kurz und lächelte höflich. »Einen Moment«, sagte sie.

Herkus, das Mädchen und Hargreaves sahen ihr nach, wie sie das Zimmer verließ.

»Wo ist sie hin?«, fragte Hargreaves.

Noch bevor Herkus antworten konnte, kehrte Laima mit einem Bündel Hundert-Euro-Scheinen in der Hand zurück. Sie zählte vier Scheine ab und reichte sie dem Freier.

»Ihr heutiger Besuch wird natürlich nicht berechnet«, erklärte sie.

»Danke«, sagte Hargreaves.

Jetzt, wo er sich nicht mehr auf seine Empörung stützen konnte, war der Mann ganz auf das schäbige Geschäft reduziert, wegen dem er hergekommen war. Rasch zog er sich an und dankte Laima noch einmal.

»Bitte führ den Herrn hinaus«, wies sie Herkus an.

Er gehorchte und brachte Hargreaves aus dem Zimmer. Laima schloss hinter ihnen die Tür. Auf dem Weg zum Ausgang sprachen er und der Engländer keinen Ton miteinander. Sie wechselten auch dann noch keinen Blick, als die ersten Schreie aus dem Raum drangen, den sie gerade verlassen hatten.

Nachdem der Freier weg war, blieb Herkus draußen vor der Tür stehen. Er hatte keine Lust, das Geschrei noch deutlicher zu hören. Die anderen Mädchen versammelten sich im Flur und warfen einander ängstliche Blicke zu, manche zuckten bei jedem neuen Schrei zusammen.

Bald schon wurde aus dem Geschrei ein Gejammer. Dann herrschte Stille, nur noch durchbrochen von angestrengtem Ächzen. Mit Tränen in den Augen huschten die Mädchen auf ihre Zimmer zurück, weil sie das, was sie gehört hatten, nicht länger ertragen konnten.

Irgendwann tauchte Laima wieder auf. Keuchend wischte sie sich mit einem Taschentuch die Stirn ab. Der spitzenbesetzte Stoff hinterließ eine rote Schliere auf ihrer Stirn. Herkus wollte es ihr eigentlich sagen und anbieten, ihr ein sauberes Papiertaschentuch zu holen, aber dann bemerkte er die Ringe. Einzelne Haarsträhnen hingen von ihnen herab wie Zuckerwatte. An den Diamanten klebten Hautfetzen.

»Diese junge Dame arbeitet nicht mehr für uns«, erklärte Laima. »Bitte entferne sie aus meinem Haus.«

Von dort, wo Herkus das Mädchen zurückließ, konnte es allein zum Ambulanzeingang des Krankenhauses kriechen. In dieser Nacht brauchte er fast eine ganze Flasche Wodka, um einschlafen zu können.

»Nein«, sagte er, »das will ich ihr lieber nicht erzählen.«

»Also, dann bleiben wir da«, sagte Arturas. »Und außerdem, wenn dieser Detective wirklich etwas in der Hand hätte, hätte er einen von uns inzwischen schon längst vorgeladen. Such weiter.«

»In Ordnung«, sagte Herkus. »Aber es ist gefährlich.«

»Keine Sorge. Ich werde diesmal zu Weihnachten großzügig zu dir sein.«

»Wie großzügig?«

Eine Pause entstand. Dann sagte Arturas: »Sehr großzügig.«

»Okay.«

»Aber zuerst bringst du mir, was ich haben wollte.«

Das Hotel kam in Sichtweite. »Gleich«, sagte Herkus.

39

Eigentlich hatte Galya schon vorher gewusst, dass die Türen abgeschlossen sein würden, doch vor lauter Hoffnung und Angst probierte sie es trotzdem. Zunächst ging sie zur Vordertür, stellte aber fest, dass sie nicht nur fest verschlossen, sondern auch noch mit einem schweren Vorlegeschloss gesichert war. Obwohl ihr klar war, dass es keinen Zweck hatte, versuchte sie, die Tür nach innen aufzuziehen, aber sie war aus massivem, mit einer dicken Lackschicht bedecktem Holz und ohne Scheibe.

Als Galya in die Küche ging, erinnerte ihr Magen sie knurrend daran, dass sie schon seit Ewigkeiten nichts mehr gegessen hatte. Keine Zeit, daran jetzt einen Gedanken zu verschwenden. Stattdessen konzentrierte sie sich auf die Tür zum Hinterhof. Sie ruckelte am Knauf. Wieder tat sich nichts. In ihrer Brust wallte Panik auf. Um sie einzudämmen, legte sie sich eine Hand aufs Herz.

Das Fenster über dem Spülbecken.

Galya packte die Gardine davor und riss. Die Gardine flatterte zu Boden wie ein sterbender Engel. Dann nahm sie einen der Holzstühle, die um den kleinen Tisch standen, und warf ihn gegen die Scheibe. Der Stuhl polterte zu Boden, doch das Fenster blieb heil, nur eine Tasse fiel vom Abtropfständer und zerschellte auf den Fliesen. Als Galya auf die Splitter hinabschaute, sah sie rote Spritzer auf einem gelben Fußballshirt vor sich. Sie kniff die Augen zusammen, bis das Bild wieder verschwunden war.

Gehärtetes Doppelglas, genau wie in dem Raum, in dem sie eingesperrt gewesen war. Galya wusste, dass sie nur die ihr verbliebene Kraft vergeuden würde, wenn sie es zu zertrümmern versuchte. Aber was sonst? Sie konnte doch nicht einfach nur hier herumstehen und abwarten, bis er zurückkehrte.

Galya ging zurück zur Tür, griff unter das Vorlegeschloss und drehte es so weit auf, wie der Riegel zuließ.

Zu jedem Schloss gibt es einen Schlüssel.

Such ihn.

Sie durchwühlte jede Schublade in der Küche, fand aber nichts als stumpfe Messer und nutzlosen Krimskrams: alte Batterien, Plastikbeschläge für Selbstbaumöbel, ein paar Rollen Klebeband. Lauter Sachen, die Leute normalerweise wegwarfen, wenn sie sie nicht mehr gebrauchen konnten. Dieser Mann allerdings nicht.

In der allerletzten Schublade entdeckte sie ein altes Handy. Das Gehäuse war hellrosa, auf der Rückseite war eine glänzende Blume aufgeklebt. Einen Moment lang fragte sie sich, warum er wohl ein Telefon gekauft hatte, das aussah wie für ein Mädchen, doch dann verscheuchte sie diesen Gedanken, bevor er zu weit führte und dafür sorgte, dass die Angst in ihrem Herzen sie überwältigte. Sie drückte lange auf den Einschaltknopf.

Das Display blieb grau und leer, und Galya warf das Telefon zurück in die Schublade.

Nachdem sie alle Schränke durchsucht hatte, verließ Galya die Küche. Von der Diele gingen noch zwei weitere Zimmer ab. Sie öffnete die erste, die aber schon nach wenigen Zentimetern gegen ein Hindernis stieß. Galya konnte kaum den Kopf durch die Lücke zwängen und ins dunkle Innere spähen.

Fast bis zur Decke stapelten sich Kisten. Einige enthielten irgendwelche Unterlagen, andere abgenutztes Werkzeug oder Haushaltsgegenstände. Dazwischen standen Säcke mit alten Kleidern, Decken und Laken. Einer der Stapel war umgekippt, und irgendwelches Gerümpel war vor der Tür gelandet. Ein starker Geruch nach Feuchtigkeit und Staub lag in der Luft. Galya vermutete, dass die Tür seit Monaten, vielleicht seit Jahren nicht mehr geöffnet worden war. Sie zog sie zu und überließ das Gerümpel der Dunkelheit.

Die zweite Tür führte in ein Wohnzimmer. In der Mitte stand ein einzelnes Sofa und davor ein niedriger Tisch, auf dem eine große Bibel lag. Die tickende Uhr auf dem Kaminsims war der einzige andere Gegenstand, den Galya entdecken konnte. Wieder dämpfte eine Gardine das Licht von draußen.

Galya trat an den Tisch und schaute auf das Buch hinab. Ein verblasstes und vergilbtes Lesezeichen lag darauf, das Bild eines knienden Jesus, dessen blaue Augen ein Kind anschauten. Darunter stand in verschnörkelter Schrift ein Vers. Galya las das Wort »leiden« und suchte im Kopf nach der russischen Übersetzung. Als sie ihr wieder einfiel, wandte sie den Blick ab.

Jetzt bemerkte sie noch ein weiteres Möbelstück im Zimmer, es stand hinter der Tür, durch die sie gekommen war. Es war ein antiker Sekretär, dessen Rollladen offen stand. Um eine größere Schublade herum gruppierte sich noch mindestens ein Dutzend kleinerer, sie ragten über dem lederbezogenen Schreibpult auf wie die Mauern eines Schlosses. Das perfekte Versteck für einen Schlüssel.

Eine nach der anderen zog Galya die Schubladen auf, doch abgesehen von ein paar Zetteln waren alle leer. Schließlich zog sie an der größten Schublade. Sie rührte sich nicht.

So lächerlich es auch sein mochte, plötzlich beschlich Galya ein untrügliches Gefühl: Der Schlüssel, den sie suchte, war dort drinnen. Sie zog zu beiden Seiten die kleineren Schubladen heraus, insgesamt vier. Nun waren die Lücken groß genug für ihre Hände. Das Holz unter ihren Fingern fühlte sich kühl und trocken an, als sie hineingriff und an den Seiten der Schublade entlangfuhr. Sie drehte die Hände und zwängte ihre Fingerspitzen durch den schmalen Spalt über der Lade, in der Hoffnung, so deren Inhalt ertasten zu können.

Da war etwas, weich wie ein samtenes Tuch. Galya zwängte ihre Finger noch weiter hinein, bis sich das Holz in ihr Fleisch grub und die Knöchel in dem schmalen Spalt stecken blieben. Es tat weh, aber sie ignorierte den Schmerz und konzentrierte sich ganz auf ihren Tastsinn. Da war etwas Hartes ... nein, gleich mehrere Teile, unter dem Samt waren sie kaum zu fühlen.

Galya zog die Hände wieder heraus. An ihren Knöcheln war die Haut aufgerissen, und in den kleinen Schürfwunden, die das Holz hinterlassen hatte, perlten rote Tröpfchen. Galya leckte sie ab, es schmeckte nach Salz und Metall. Der Litauer fiel ihr wieder ein, seine weit aufgerissenen Augen, während es aus seiner Kehle geblubbert hatte.

Die Übelkeit kam wie eine warme Welle. Galya rang sie nieder und dachte nach.

Die Küche. Such etwas, womit du die Schublade aufstemmen kannst.

So schnell ihre schmerzenden Fußsohlen es zuließen, rannte sie los und suchte sich ein Messer. Edelstahl mit einem Elfenbeingriff. Mit so einem Messer hatte Mama früher immer die harte Butter geschnitten, sie hatte es von ihrer eigenen Großmutter geerbt.

Galya kehrte zum Sekretär zurück und schob das Messer in den Spalt über der Schublade, ganz in der Nähe des Schlosses. Sie hebelte damit auf und ab, aber der Sekretär ruckelte gegen die Wand, und die meiste Krafteinwirkung ging verloren. Galya stemmte sich mit der Hüfte dagegen und versuchte es erneut.

Diesmal übertrug sich die ganze Hebelkraft auf die dünne Holzblende. Sie bog sich, brach aber nicht. Galya hockte sich hin, stemmte sich gegen den Sekretär und drückte das Messer mit den Füßen hoch.

Das Holz knackte. Galya entfuhr ein Kichern. Ihre Schläfen pochten.

Noch einmal trat sie mit aller Kraft zu, und das Holz gab nach. Die Schubladenblende zerbrach in zwei Teile, das Schloss hing nur noch an ein paar zersplitterten Trümmern. Galya hechelte, ihre Wangen waren rot. Sie riss das Holz weg und griff hinein.

Der Samtbeutel blieb an den Holzsplittern hängen. Galya schob ihre Finger in die rote Öffnung und befühlte die harten Teile darin. Dass das ganz bestimmt keine Schlüssel waren, merkte sie sofort, noch bevor sie den Inhalt auf das rissige Leder schüttete.

Konsterniert musterte sie die Gegenstände und versuchte darin irgendetwas wiederzuerkennen, was sie kannte. Schmuck, dachte sie, milchig-weiße Perlen mit gezackten Enden, so wie die Wurzeln von Pflanzen.

Wurzeln.

Das war kein Schmuck.

Ihr drehte sich der Magen um. Ruckartig zog sie die Hand zurück, und die kleinen, harten Gegenstände kullerten auf das Leder. In einem lockeren Kreis lagen sie da, als wollten sie sich für Galya hübsch präsentieren, ein Ballett aus Schmelz und Blut.

Es war ein Kreis aus Zähnen, der da zu ihr hoch grinste.

Vielleicht hätte der Schwindelanfall sie zu Boden gestreckt, wenn nicht von draußen ein schwaches Motorengeräusch zu hören gewesen wäre.

40

Billy Crawford zog die Handbremse an und den Schlüssel aus dem Zündschloss. Der alte Toyota Hiace zitterte scheppernd, als der Motor erstarb. Billy blieb schweigend sitzen und dachte an den Tag, der noch vor ihm lag.

Wenn er alles schaffte, was zu erledigen war, fand er ja vielleicht noch die Zeit, am späten Weihnachtsgottesdienst seiner Kirche teilzunehmen. Den genoss er jedes Jahr, genau wie den Morgengottesdienst. Er wäre enttäuscht gewesen, einen von beiden zu versäumen. Aber das Mädchen war ihm unerwartet zugefallen, und wer war er, den Willen des Herrn zu hinterfragen? Wenn er nicht in die Kirche konnte, musste es wohl so sein. Gott würde ihm seine Abwesenheit schon verzeihen.

Er stieg aus dem Fahrerhaus des Transporters und ging zum Hintertor. Seine Stiefel knirschten im Schnee. Mit einem müden Ächzen schwang das Tor zu, und er hängte das Vorhängeschloss wieder davor. Dann kehrte er zum Wagen zurück, öffnete die seitliche Schiebetür und holte den Meißelaufsatz und die Sägeblätter heraus, die er gekauft hatte. Um den Sack mit dem Schotter und Sand würde er sich später kümmern.

Er stapfte zur Hintertür und suchte nach dem passenden Schlüssel. Sein Atem dampfte, als er »Stille Nacht« vor sich hin summte. Ihm fiel wieder ein, wie er als kleiner Junge immer geschäumt hatte vor Wut, wenn die anderen Kinder sich bei der Morgenandacht über das geistliche Lied lustig gemacht hatten. An der Stelle »Lieb' aus deinem göttlichen Mund« keuchten sie beim letzten Wort immer lüstern und kicherten einander zu. Er stellte sich vor, wie Jesus dort droben ob ihrer Respektlosigkeit weinte, und konnte sich nur mit Mühe zurückhalten zu schreien: *Schluss damit! Verlacht nicht unseren Heiland!*

Einmal hatte er sich so fest auf die Lippe gebissen, dass sie blutete, und musste zur Schulschwester gehen. Dann saß er in ihrem Zimmer, in eine Wolke von Desinfektionsmittel und Schweiß gehüllt, und drückte sich einen Bausch auf den Mund, während die Wut in seinen Eingeweiden brodelte.

»Fehlt dir was?«, fragte sie.

Er antwortete nicht.

»Du atmest ja so schwer.«

Er spuckte ihr Blut auf die Uniform. Erschrocken riss sie den Mund auf und fuhr zurück. Dann beugte sie sich vor und gab ihm eine schallende Ohrfeige. Als er nach Hause lief, war in seiner Hose etwas Steifes und eine wallende Hitze an einer Stelle, wo er sie noch nie gefühlt hatte.

Dreißig Jahre war das jetzt her, und noch immer spürte er das Brennen ihrer Handfläche, wenn er sich des Nachts befühlte.

Während er den Schlüssel in das Bolzenschloss steckte, schaute er durchs Küchenfenster.

Er erstarrte. Das Herz schlug ihm bis zum Hals.

Hier stimmte etwas ganz und gar nicht.

Auf der anderen Seite der Scheibe hing keine Gardine mehr. Die Küche war vollkommen einsehbar.

»Nein«, rief er. Halt, dachte er, jetzt bloß keine Panik.

Mit Mühe brachte er seine Hände unter Kontrolle. Er entriegelte beide Schlösser und drückte die Tür auf. Von der Schwelle aus sah er den umgekippten Stuhl, die zerbrochene Tasse und die Gardine, die in einem Haufen auf dem Boden lag.

Langsam trat er ein und legte die Werkzeuge auf den Boden. Geräuschlos schloss er die Tür vor der Kälte, verriegelte sie und steckte die Schlüssel ein. Er lauschte.

Stille. Nicht einmal die Kreatur oben gab einen Mucks von sich.

Er schaute sich in der Küche um, bemerkte die offenen Schubladen, in denen das Besteck und irgendwelcher Krimskrams schimmerten.

Er nahm die Gerüche der stehenden Luft wahr. Schimmel und Feuchtigkeit, vermischt mit dem Duft eines Mädchens. Er ging weiter bis in die Diele. An der muffigen Luft, die dort hing, erkannte er, dass die Esszimmertür geöffnet worden war. Die Wohnzimmertür stand ebenfalls offen, und er überlegte, ob sie auch schon offengewesen war, als er das Haus verlassen hatte. Er betrat das Zimmer. Seine Bibel lag an ihrem angestammten Platz. Das Sofa war unberührt.

Er wandte sich zum Sekretär um, sah die offenen Schubladen, das zersplitterte Holz.

Seine Schätze, wie Unrat auf der Schreibunterlage verstreut.

Er stieg die Treppe bis zum Absatz hoch. Die Schranktür stand offen. Er sah verstreut herumliegende Handtücher, zerborstenes Holz, Staub vom Putz, und er begriff.

Zorn kochte in ihm hoch, und er brüllte.

41

Galya zuckte zusammen, als sie das Brüllen hörte. Sie machte sich in der Dunkelheit ganz klein und lauschte. Hart polterten seine langsamen Schritte auf den nackten Treppenstufen, dann hörte sie ein Schlurfen auf dem Flurboden, über ihrem Kopf.

Die feuchtkalte Kellerluft kroch ihr unter die Haut, rann in ihre Muskeln und erinnerte sie daran, wie erschöpft sie war.

»Ich weiß, dass du noch im Haus bist«, rief er. Gedämpft drang seine Stimme durch die geschlossene Kellertür oben an der Treppe. »Ich kann dich riechen. Ich weiß, dass du mich hören kannst.«

Galya drückte sich noch weiter in die Ecke, hinter eine alte, leise und beständig summende Gefriertruhe.

»Du brauchst keine Angst zu haben«, rief er. Der Flurboden knarrte unter seinen Schritten. »Ich will dir doch nur helfen. Mehr nicht.«

Galya tastete den Linoleumboden ab, auf der Suche nach etwas Schwerem oder Spitzem, irgendeinem Gegenstand, den sie als Waffe benutzen konnte. Alles, was sie fühlen konnte, waren Wellen und Rinnen auf der Oberfläche, so als sei der Beton darunter aufgebrochen und wieder aufgefüllt worden.

»Ich weiß, dass du ein paar … Sachen gefunden hast.« Die Schritte machten an der Tür über ihr Halt. »Ich weiß, das muss komisch aussehen. Dass man so etwas aufhebt. Aber ich möchte nicht, dass du dir Gedanken machst. Alles wird gut.«

Langsam schob sich Galya an der Wand entlang, weg von der Kühltruhe. Ein schweres hölzernes Holzmöbel versperrte ihr den Weg. Ein Schrank. Die Türen waren unverschlossen und ließen sich öffnen.

»Diese Leute, von denen ich dir erzählt habe«, kam seine Stimme von oben an der Treppe. Nur noch eine Tür befand sich zwischen ihm und ihr. »Mit denen habe ich gesprochen, als ich unterwegs war. Ich habe sie aufgesucht, deshalb war ich weg. Sie kommen dich abholen.«

Galya untersuchte das Innenleben des Schranks, tastete die Ecken und die Decke ab, fühlte unter ihren Fingern aber nur Staub und Farbklekse.

»Aber nicht heute. Es ist Heiligabend. Sie haben keine Leute zur Verfügung. Erst übermorgen wieder. Aber sie kommen. Dann kannst du nach Hause. Ich verspreche es.«

Ein dünner Lichtstrahl fiel auf den Boden, als oben die Tür geöffnet wurde.

»Ich verspreche es«, sagte er.

42

Sobald er wieder im Wagen saß, schickte Lennon das Bild auf Connollys Handy und schrieb dazu, was damit zu geschehen hatte.

Während er wartete, überlegte er, was er als Nächstes machen sollte. Vernünftig wäre es gewesen, sofort zu Maxie's Taxis zu fahren und zu schauen, was er dort herausbekam. Aber er musste die ganze Zeit an Ellen denken. Jetzt, wo der Verkehr aus der Innenstadt abebbte, konnte er in weniger als zehn Minuten in Susans Wohnung sein. Danach konnte er den Fluss überqueren und in die Holywood Road fahren.

Sein Handy vibrierte. »Unbekannter Teilnehmer«, stand auf dem Display, so wie es aus dem Revier zu erwarten war.

Lennon drückte die Taste und fragte: »Hast du das Bild gekriegt?«

»Wie geht's, Jack?«

Lennon stockte der Atem.

»Bist du da, Jack?«

Diese Stimme. Der starke südirische Akzent mit seiner höhnischen Süßlichkeit.

»Ich bin dran«, sagte Lennon.

»Hast du meine Karte bekommen?«

Noch immer fühlten sich Lennons Finger schmutzig an, nur weil er sie angerührt hatte. »Ja.«

»Und was hast du dabei empfunden? Hast du sie aufgehängt?«

»Nein«, antwortete Lennon. »Ich habe sie zerrissen und weggeschmissen.«

»Das ist aber nicht nett, Jack. Da bin ich so aufmerksam, und du wirfst sie einfach weg. So hat dich deine Mutter aber bestimmt nicht erzogen.«

»Ich will nichts ...«

»Erziehst du so etwa dein kleines Mädchen?«

»Halt die Klappe.«

»So ein süßes kleines Ding. Zu schade, dass ihre Mutter nicht rausgekommen ist, so wie du und ich.«

»Halt dich von meiner Tochter fern.«

»Oder?«

»Oder ich bringe dich um.«

»Du hast mich doch schon umgebracht, Jack. Schon vergessen? In dem großen Haus in der Nähe von Drogheda. Du hast mir eine Kugel verpasst und mich den Flammen überlassen. Eine zweite Chance bekommst du nicht. Nicht bei mir.«

»Halt dich von ...«

»Wenn du mich das nächste Mal triffst, ist es schon zu spät, Jack. Dann kannst du nur noch beten, dass ich es dir leichter mache, als du und deine Kleine es mir gemacht habt.«

»Du Drecks...«

»Oder vielleicht verbrenne ich das Mädchen ja auch, damit es genauso vernarbt und entstellt ist wie ich. Danach lasse ich dich noch ein oder zwei Jahre zusehen, wie sie leidet, bevor ich euch von eurem Elend erlöse. Wie findest du das, Jack?«

»Ich bringe dich um.«

»Das sagtest du schon. Frohe Weihnachten, Jack.«

Die Leitung war tot.

Lennon warf das Handy auf den Beifahrersitz, wischte sich den Schweiß aus den Augenbrauen und ließ den Motor an. Ohne auf das Hupkonzert zu achten, fädelte er sich rasch in den Verkehr ein.

Aus seinen tränenden Augen sah er das Bild einer brennenden Ellen vor sich.

43

Oben an der Treppe tastete Billy Crawford nach dem Lichtschalter. Der Keller blieb dunkel.

Nicht dumm, die Kleine, dachte er.

Lag draußen im Wagen eine Taschenlampe? Er war sich beinahe sicher, dass er eine für Notfälle unter dem Fahrersitz deponiert hatte, allerdings würden die Batterien leer sein. Eine andere war da unten in der Dunkelheit, sie stand gleich neben der Werkzeugkiste. Er konnte also hinuntergehen und sie holen. Andererseits konnte er sich dann auch gleich in der Dunkelheit um das Mädchen kümmern.

Er hielt die Luft an und lauschte, hörte aber nur seinen eigenen Herzschlag in der Brust wummern, so wie abends, wenn er sich schlafen legte und ganz allein auf der Welt war. Nicht einmal Gott konnte ihn sehen, wenn er den Bestien ausgeliefert war, die in seinem Kopf lauerten.

»Hast du Hunger?«, fragte er in die Finsternis hinab.

Keine Antwort. Er ging zwei Schritte hinein.

»Ich kann dir was zu essen machen«, sagte er. »Ich habe Brot und Suppe. Oder vielleicht lieber eine gebackene Kartoffel. Und Kaffee. Was meinst du?«

Die Treppe knarrte, als er sie hinabstieg, bis er unter seinen Füßen den harten Boden spürte. Er blieb reglos stehen und wartete, dass seine Augen sich an die Dunkelheit gewöhnten. Im Licht von oben kamen aus dem Schatten vage Umrisse zum Vorschein. Als er einen Schritt in Richtung Werkbank machte, knirschte Glas unter seinen Stiefeln. Die Glühbirne.

Er ließ seine Hände über die glatte Holzoberfläche gleiten, fühlte aber nur Staub und Späne von früheren Arbeiten, die er hier erledigt hatte. Rechts von ihm stand der Schrank. Im Dämmerlicht konnte er erkennen, dass die Türen geschlossen waren, obwohl er sich sicher war, sie offen gelassen zu haben.

Er ließ seine Zunge im Mund rollen und dachte nach. Doch, er hatte die Tür offen gelassen. Er ging hinüber und packte beide Griffe.

»Ich will dir doch nur helfen«, sagte er.

Er riss die Türen auf. Kein Mädchengeruch wehte von innen hoch. Weil er sich nicht auf seine Augen verlassen konnte, griff er tastend hinein. Leer.

»Lässt du mich dir helfen?«, fragte er und drehte sich in der Dunkelheit um. »Lass mich dir doch bitt…«

Eine Sonne explodierte vor seinen Augen, dann verlosch sie wieder, und zurückblieben nur helle grüne Schlieren. Er hob die Hände und versuchte, die gleißenden Punkte wegzuschlagen.

Wieder blitzte ein Licht auf, aber diesmal nicht vor seinen Augen. Einen Moment hatte er noch, um sich zu fragen, wo es herkam, dann ließ der nächste Schlag seinen Kopf zur Seite kippen, und er krachte mit der Schulter auf den Boden.

44

Immer noch die Taschenlampe in der Hand, erreichte Galya die Treppe. Die Wucht des Schlages brannte in ihrem Ellbogen und Handgelenk. Scherben von der Glühbirne gruben sich in ihre Fußsohlen. Zwei Stufen auf einmal nehmend, lief sie zur offenen Tür hoch, aus der das Licht fiel. Die Schlüssel!

Mit erhobenem Fuß blieb sie stehen, die Tür schon in Reichweite. Bestimmt hatte er die Schlüssel bei sich. Hatte sie sie klimpern hören, als der Mann auf die Erde geschlagen war? Sie glaubte es jedenfalls.

Wenn sie die Haustür öffnen wollte, würde sie sehr wahrscheinlich feststellen, dass sie abgeschlossen war, und ihm gleichzeitig Zeit geben, sich zu erholen. Besser, sie kehrte zurück und holte die Schlüssel, solange er noch nicht ganz bei Sinnen war.

Galya schickte ein kurzes, stummes Gebet zu Mama und drehte sich um. Langsam ging sie die Treppe hinunter, die linke Hand am Geländer, in der rechten die Taschenlampe. Erst als sie unten angekommen war und spürte, wie sich noch mehr winzige Scherben in ihre ohnehin schon zerschundene Haut bohrten, kam sie auf die Idee, sie anzuschalten.

Sie drehte die Lampe in der Hand, bis sie den Schalter gefunden hatte. Ein schwacher Lichtkegel fiel auf das Linoleum, fand aber nur weiß glänzende Glasscherben und einen einzelnen roten Tropfen.

Ein Geruch von saurer Milch, ein warmer Hauch in ihrem Nacken.

Galya wirbelte herum und holte mit der Taschenlampe aus, aber da packte sie auch schon eine harte Hand am Handgelenk.

Sein Mondgesicht kam ganz nahe heran, im fahlen Licht von oben sah sie seine gebleckten Zähne.

Galya versuche, ihren Arm loszureißen, aber ebensogut hätte er an der Wand festgenagelt gewesen sein können. Wut flammte in ihr auf, Wut auf sich selbst, dass sie es ihm so leicht gemacht hatte, sie wieder zu überwältigen. Mit aller Kraft versuchte sie erneut, sich loszureißen.

Er packte noch fester zu. Ein roter Blutfaden rann von seiner Schläfe auf die Wange und verschwand im dichten Gestrüpp seines Bartes.

»Lass mich dir doch helfen«, sagte er.

Jetzt richtete Galya ihre Wut gegen ihn. Heulend schlug sie mit der freien Hand nach seiner nackten Haut und hinterließ unter dem rechten Auge eine rote Schramme, ein Spiegelbild der Narbe, die darüber verlief. Kleine Blutstropfen traten daraus hervor.

Er stieß sie zurück, und Galya fiel zu Boden. Sie schlug hart auf, ein Schmerz durchzuckte ihre Wirbelsäule. Klackernd fiel die Taschenlampe auf den Beton. Noch bevor sie aufschreien konnte, beugte er sich schon vor, packte mit einer Hand ein Büschel ihres Haars und hob mit der anderen die Lampe auf.

»Ich will dir doch nur helfen«, wiederholte er. »Dich retten.«

»Lassen Sie mich los.«

»Sei still«, befahl er und riss ihren Kopf zurück. »Wehr dich nicht. Mach nicht, dass ich etwas … Schlimmes tue.«

»Ich will nach Hause«, sagte Galya mehr zu sich selbst als zu ihm. »Bitte lassen Sie mich nach Hause. Ich werde auch niemandem von Ihnen erzählen oder von diesem Haus. Bitte, ich …«

»Sei still«, herrschte er sie an, und sein Gesicht kam ganz nah an ihres heran. Sein nach saurer Milch stinkender Atem strich heiß über ihre Wange. »Ich verstehe überhaupt nicht, was du sagst.«

Da erst begriff sie, dass sie Russisch gesprochen hatte. Fieberhaft versuchte sie die richtigen englischen Wörter zu finden, aber sie fielen ihr nicht ein.

Er ließ ihre Haare los, und Galya sackte auf den Boden. Die Taschenlampe ging an, sie beschirmte ihre Augen vor dem blendenden Licht.

»Du kannst hier unten bleiben«, sagte er und machte kehrt. »Im Dunkeln.«

Jetzt war er schon an der Treppe. »Denk über alles nach. Beruhige dich. Versuch zu begreifen, dass ich dir nichts Böses will.«

Während er emporstieg, richtete er die Lampe auf sie und behielt sie über die Schulter im Auge. Als er die letzte Stufe erreicht hatte, drehte er sich um und starrte auf sie herab.

Galya kroch aus dem fahlen Lichtkegel in den Schatten.

»Nur zu«, sagte er. »Versteck dich ruhig. Jetzt dauert es nicht mehr lange. Wirst schon sehen. Ich muss nur noch ein paar Dinge erledigen, ein paar Sachen vorbereiten, und dann fangen wir an. Ich habe versprochen, dich zu retten, und das tue ich auch. Warte nur. Es wird wunderbar. Du wirst Gott noch danken, dass ich dich gefunden habe. Alle haben sie Gott gedankt, dass ich sie gefunden hatte. Alle. Letzten Endes.«

Die Tür schloss sich, und alles wurde von der Dunkelheit verschluckt. Galya suchte sich eine Ecke und weinte.

45

Lennon verließ den Lift und schlug mit den Fingerknöcheln fest an Susans Tür. Es war erst ein paar Stunden her, seit er ihre Wohnung verlassen hatte, aber ihm kam es vor wie Tage. Gerade hatte er die Hand gehoben, um noch einmal zu klopfen, da machte sie auf.

»Du liebe Güte, jetzt tritt nicht gleich meine Tür ein«, schimpfte sie. »Was ist denn los?«

Lennon schaute an ihr vorbei in die Wohnung. Er hörte die Stimmen der Mädchen, die offenbar irgendeinen Streit hatten.

»Nichts«, sagte er.

»Du lügst«, sagte sie und trat zurück. »Aber komm trotzdem rein. Vielleicht fällt dir dann wieder ein, dass du eine Tochter hast.«

Lennon schloss hinter sich die Tür. »Ich weiß, tut mir leid. Es war ein übler Tag.«

»Nach den Nachrichten zu urteilen, war er für diverse Leute noch übler. Bist du denn ein Stück vorangekommen?«

»Ein bisschen«, sagte er.

Susan wandte sich zum Wohnzimmer, aber Lennon hielt sie am Ellbogen fest.

»Was ist?«, fragte sie und runzelte besorgt die Stirn. »Was ist los?«

»Nichts, nur …«

Sie riss sich von ihm los. »Himmel, jetzt lass mich nicht so zappeln. Ich bin keine von den Schlampen, nach denen du früher die Bars abgefischt hast. Erzähl mir, was los ist.«

»Na gut«, sagte er und legte ihr die Hände auf die Oberarme. »Ist heute irgendjemand hier gewesen? Hat irgendjemand nach mir gefragt? Nach mir gesucht? Oder hast du jemand Ungewöhnlichen gesehen? Einen, den du normalerweise in so einer Wohngegend nicht erwarten würdest?«

»Nein«, sagte sie und schüttelte den Kopf. »Niemanden. Warum?«

»Irgendwelche Anrufe?«

»Nur ungefähr fünf Mal Ellens Tante.« Susan verschränkte die Arme vor der Brust. »Verrat mir mal, warum du so beunruhigt wegen irgendwelcher Besucher und Anrufe bist.«

»Wahrscheinlich ist gar nichts«, wich Lennon aus.

»Aber es könnte etwas sein.«

»Ich weiß nicht«, sagte er. »Vielleicht.«

Susan trat einen Schritt zurück, ihre Gesichtszüge verhärteten sich. »Hör mal, Jack, ich tue eine ganze Menge für dich. Ich habe mich noch nicht einmal beklagt, und ich habe nur nein gesagt, wenn es gar nicht anders ging. Seit über einem Jahr helfe ich dir nun schon dabei, die Kleine großzuziehen, und das Einzige, was ich zum Dank je bekommen habe, war ein Kuss und ein bisschen Gefummel. Ich habe es gemacht, weil ich dich gern habe. Und weil ich Ellen gern habe.«

Lennon wollte wieder nach ihren Armen greifen, aber sie schlug ihm die Hände weg.

»Jetzt hörst du mir mal zu, Jack. Wenn es auch nur den Hauch einer Möglichkeit gibt, dass du mir Ärger ins Haus gebracht hast, dann sagst du mir das jetzt gefälligst. Wenn ich irgendeinen Grund habe, mir um die Sicherheit meiner Tochter Sorgen zu machen, dann will ich das sofort wissen, sonst kannst du dich verpissen.«

Lennon steckte die Hände in die Hosentaschen, lehnte sich an die Wand und schnaufte wütend.

»Es könnte da draußen jemanden geben, der sauer auf mich ist.«

»Wen?«

»Seinen Namen kenne ich nicht. Ich weiß überhaupt nichts über ihn. Es ist derjenige, der damals Ellen und ihre Mutter entführt hat.«

»Um Gottes willen«, entfuhr es ihr. Aller Zorn war verpufft.

»Ich war fest überzeugt, dass er tot ist. Ich dachte, das Feuer hätte ihn erwischt. Aber dann habe ich heute Morgen eine Karte bekommen, mit nur einem Buchstaben darauf, einem N. Ich habe sie zerrissen und weggeworfen.«

»Wo kam sie her?«

»Abgestempelt war sie in Finglas, aber vermutlich hat er sie von jemand anderem abschicken lassen. Er könnte überall sein, höchstwahrscheinlich im Ausland. Aber er muss Kontaktpersonen haben, Leute, die seine Nachrichten weiterleiten.«

»Dann ist er also vielleicht nicht einmal in Irland«, sagte Susan.

Lennon betrachtete das geschmackvolle Muster des Teppichs. »Vor ein paar Minuten habe ich einen Anruf von ihm gekriegt. Er hat mir ein bisschen gedroht. Nichts Genaues, aber er hat Ellen erwähnt.«

Susan kaute auf ihrem Fingernagel. »Glaubst du, er will sie entführen?«

»Nein, vorerst nicht«, sagte Lennon. »Glaube ich jedenfalls nicht. Wenn er etwas unternehmen wollte, würde er es einfach tun. Da würde er mich nicht vorher warnen. Er will nur, dass ich schlottere. Er will mir Angst einjagen.«

»Und hat er es geschafft?«

Lennon sah durch den Türspalt, wie Ellen im Begriff war, Lucy einen Buntstift wegzunehmen.

»Ja.«

Susans Finger streichelten über seine Wange. Lennon zitterte.

»Angst zu haben ist keine Schande«, sagte sie. »In den Augen des ganzen Abschaums, den du hinter Schloss und Riegel bringst, magst du ja vielleicht der große böse Jack sein. Aber ich kenne dich besser, als du denkst.«

Sie folgte seinem Blick ins Wohnzimmer. »Erst wenn man etwas ganz besonders Wertvolles besitzt, weiß man, wie sich Angst wirklich anfühlt. Sie sind so verletzlich. Ständig trage ich insgeheim diese Angst in mir, ich könnte meine Lucy verlieren. Ich glaube nicht, dass die je aufhören wird.«

Sie legte ihre Hand flach auf seine Brust, dort, wo sein Herz schlug. »Willkommen im Menschsein«, sagte sie. »Und jetzt geh doch mal und sag deiner Tochter hallo.«

Lennon gehorchte.

Ellen sah von ihrer Zeichnung auf, wollte zuerst etwas sagen, überlegte es sich dann aber anders. Sie konzentrierte sich wieder auf das Blatt Papier auf dem Couchtisch. Lucy, offenbar beleidigt, weil sie ihren Buntstift eingebüßt hatte, war davonstolziert und ganz damit beschäftigt, Spielsachen aus der Kiste, zutage zu fördern, in die sie geräumt worden waren.

»Hallo, Schatz«, sagte Lennon.

»Mmm«, machte sie.

»Was machst du da?«, fragte er und setzte sich ihr gegenüber auf das Sofa.

»Malen«, sagte sie. »Wo warst du?«

»Bei der Arbeit.«

»Du hattest gesagt, heute hättest du frei«, sagte Ellen, ohne aufzusehen.

»Ich weiß. Tut mir leid. Aber heute ist fürchterlich viel passiert.«

»Gehst du gleich wieder zur Arbeit?«

Lennon kratzte sich am Kinn und stellte fest, dass er sich rasieren musste.

»Ja«, sagte er.

Ellen gab keine Antwort.

»Aber heute Abend komme ich wieder«, versprach er. »Vielleicht kann ich dich ja noch ins Bett bringen. Und wenn nicht, dann bin ich jedenfalls da, wenn du morgen früh aufwachst. Dann siehst du, was das Christkind dir gebracht hat.«

»Tante Bernie hat ganz oft angerufen«, sagte Ellen.

Lennon legte die linke Hand um die rechte Faust. »Ich weiß«, sagte er.

»Sie will, dass ich Weihnachten zu ihr nach Hause komme.«

Er schluckte. »Möchtest du denn gern zu Tante Bernie? Oder willst du lieber hier bei mir und Susan und Lucy bleiben?«

Ellen dachte ein paar Sekunden nach. »Bist du denn da, wenn das Christkind kommt?«

»Ja«, sagte Lennon.

»Versprochen?«

»Ehrenwort.« Lennon legte die Hand aufs Herz.

»Sag den Rest.«

»So wahr mir Gott helfe.«

»Na gut«, sagte Ellen. »Ich bleibe hier.«

»Danke«, sagte Lennon.

Er rutschte vom Sofa auf den Boden und kroch um den Tisch herum zu Ellen hin.

»Was malst du denn da?«, fragte er.

»Meine Träume.«

Lennon zeigte auf das Bild eines Mädchens mit gelben Haaren. »Bist du das?«

Ellen schüttelte den Kopf.

Er fuhr mit dem Finger an einer Linie rötlich-brauner Fußspuren entlang, quer über das ganze Blatt. »Ist sie durch den Matsch gelaufen?«

»Nein«, sagte Ellen.

Das Mädchen in dem Bild stand auf einer Seite des Blattes. Auf der anderen Seite befand sich allem Anschein nach eine ältere Frau und streckte die Arme aus, als wolle sie das Kind herbeiwinken. Zwischen den beiden stand eine dunkle Gestalt, die in wilden Kringeln und Zickzacklinien dahingekritzelt war.

»Wer ist der da?«, fragte Lennon.

»Weiß ich nicht«, sagte Ellen. »Er riecht nach Milch.«

Lennon musterte das Bild des Mädchens noch einmal. Aus irgendeinem Grund, den er selbst nicht recht verstand, musste er an den Pass in seiner Tasche denken und an das Bild einer jungen Frau, die ein wenig wie jene aussah, die er suchte.

Noch bevor er Ellen weiter befragen konnte, klingelte sein Handy. Er sah auf und merkte, dass Susan ihn aus der kleinen Küche heraus beobachtete. »Unbekannter Teilnehmer«, stand auf dem Display. Er drückte die grüne Taste, hielt sich das Handy ans Ohr und schwieg.

Nach einer Weile fragte eine verwirrte Stimme: »Hallo?«

»Connolly?«, fragte Lennon zurück.

»Sir?«

»Tut mir leid, ich dachte, Sie seien womöglich ... jemand anderes. Haben Sie was für mich?«

»Könnte sein«, sagte Connolly. »Ich habe das ViSOR-Register durchforstet, wie Sie es wollten.«

»Okay«, sagte Lennon. Die ViSOR-Datenbank erfasste alle Sexualstraftäter, die zu einer Haftstrafe zwischen fünf Jahren und lebenslänglich verurteilt worden waren, und auch einige andere, bei denen man nur ein Risiko vermutete.

»Einen von hier habe ich nicht gefunden«, berichtete Connolly. »Niemanden, der der Skizze, die Sie geschickt haben, auch nur im Entferntesten ähnlich sah, und keine Delikte, die Prostituierte betrafen. Aber ein Typ ist mir trotzdem aufgefallen.«

Lennon streichelte Ellen übers Haar, beugte sich hinab und küsste sie auf den Kopf, dann ging er außer Hörweite.

»Ein Bursche namens Edwin Paynter, P-A-Y-N-T-E-R, aus Salford im Großraum Manchester. Er wurde vor sieben Jahren wegen Körperverletzung und Freiheitsberaubung an einem Straßenmädchen verurteilt und hat ungefähr anderthalb Jahre gesessen. Offenbar wurde er bei einer Routine-Verkehrskontrolle erwischt, er hatte das Mädchen gefesselt hinten in seinem Transporter liegen. Weiß der Himmel, was er mit ihr vorhatte.«

»Meine Güte«, sagte Lennon.

»Der Datenbank zufolge ist er jedenfalls in Salford gemeldet, und zwei Jahre lang hat ihn die örtliche Polizei dort im Auge behalten. Dann beschloss er, nach Belfast zu ziehen und bei einer Tante zu wohnen. Vermutlich, um neu anzufangen.«

Susan reichte Lennon einen Becher mit dampfendem Kaffee. Er nickte dankbar und nahm einen Schluck.

»Also hat er sich hier gemeldet«, fuhr Connolly fort. »Aber nach ungefähr einem Jahr ist er dann von der Bildfläche verschwunden. Seit zwei Jahren hat keiner mehr etwas von ihm gehört.«

»Haben Sie ein Foto von ihm? Und die Adresse der Tante?«, fragte Lennon.

»Ja, aber ...«

»Mailen Sie mir alle Informationen. Ich kann sie dann auf meinem Handy lesen.«

»Aber ich glaube nicht, dass wir irgendwelche Daten außerhalb des ViSOR-Netzwerks weiterleiten dürfen.«

»Machen Sie es einfach«, sagte Lennon. »Ich übernehme die Verantwortung.«

Als er auflegte, fragte Susan. »Hat sich etwas ergeben?«

»Vielleicht«, sagte Lennon. »Wir werden sehen.«

»Hast du noch Zeit, etwas zu essen? Ein Sandwich?«

»In Ordnung«, sagte er und setzte sich aufs Sofa. »Danke.«

Sie machte sich daran, die Zutaten zusammenzusuchen, und belegte dann Brotscheiben mit frischem Kochschinken und Salatblättern. Schon vom Zuschauen knurrte ihm der Magen. Um sich abzulenken, zog er den Umschlag aus der Tasche und betrachtete die Zeichnung und studierte den Strich der Linien. Kreuz und quer war der Stift über den Umschlag gefahren, bis daraus das Abbild eines runden Gesichts wurde. Sein Blick wanderte zurück zu dem wirren Gekritzel mitten auf Ellens Zeichnung.

Ein Gedanke beschlich ihn, doch bevor er sich festsetzen konnte, schob er ihn beiseite.

Susan brachte einen Teller zum Couchtisch und stellte ihn neben den Kaffeebecher.

Als Lennon den ersten Bissen seines Sandwichs nahm, klingelte sein Handy erneut.

46

Aus schweren Augenlidern sah Herkus in der Hotelsuite zu, wie sein Boss von der Glasplatte des Schreibtischs eine weitere Line zog.

»Willst du auch was?«, fragte Arturas.

Herkus ließ sich in seinem Sessel zurücksinken, die Lider fielen ihm zu. »Nein, ich hatte schon welches. Lass mich mal ein paar Minuten meine Augen ausruhen.«

Arturas trat ihm gegen den Fuß, und er fuhr hoch.

»Schlafen kannst du, sobald du diese Hure ausfindig gemacht hast.« Rastlos lief Arturas im Zimmer auf und ab. »Ich habe auch nicht geschlafen. Und beklage ich mich etwa?«

Herkus richtete sich im Sessel auf. »Natürlich hast du nicht geschlafen. Mit dem Zeug, was du da geschnupft hast, könnte man eine ganze Armee wach halten. Du weißt, dass du …«

»Du solltest lieber nicht vergessen, wer dich bezahlt«, unterbrach ihn Arturas und hob drohend den Zeigefinger.

Herkus überlegte, ob er widersprechen sollte, aber in seinem benebelten Hirn schien es ihm zu viel der Mühe. Stattdessen hob er beschwichtigend die Hände.

»Gib mir doch was«, sagte er und stand auf.

Arturas schob eine Line zusammen, und Herkus beugte sich über den Schreibtisch. Mit einem Schlag fegte der Stoff ihm den Nebel aus dem Hirn. Er hinterließ ein kaltes Gefühl in seiner Kehle. Herkus hustete.

Er kannte die Anzeichen von Abhängigkeit: wenn man andere ermunterte, bei den eigenen Lastern mitzumachen. Er hätte sich nicht darauf einlassen sollen, aber den ganzen Tag zermürbte ihn nun schon diese Müdigkeit.

Arturas lächelte.

Herkus wusste selbst nicht, warum, aber trotzdem richtete er sich auf und lächelte zurück.

»Ich vermisse Tomas nicht«, sagte Arturas.

Herkus wusste nicht, was er darauf antworten sollte. »Ach nein?«, fragte er.

»Ich glaube …«

»Was glaubst du?«

»Ich glaube, ich bin froh, dass er weg ist«, sagte Arturas. Seine Augen schossen hin und her wie Insekten, die in einem Glas gefangen waren.

»Das meinst du nicht ernst«, sagte Herkus.

»Ich glaube doch. Tomas war … ein Problem.«

Herkus trat einen Schritt zurück. »Na ja, langweilig war es mit ihm jedenfalls nie.«

Arturas schnaubte verächtlich. »Er lag wie eine Kette um meinen Hals, er hat mich regelrecht erdrosselt.«

»Geht es dir gut, Boss?«, fragte Herkus.

»Nein«, sagte Arturas. »Mein Bruder ist tot. Was glaubst du wohl, wie es mir geht?«

»Du hast doch gesagt …«

»Halt den Mund!« Arturas presste die Handballen gegen die Schläfen. »Ich war nicht bei Sinnen. Vergiss, was ich gesagt habe.«

Herkus zuckte die Achseln. »Von mir aus.«

»Gut. Und jetzt verschwinde hier und tu, was ich von dir verlangt habe. Komm mir nicht unter die Augen, solange du nicht diese Hure gefunden hast.«

»Na schön«, sagte Herkus. »Aber lass die Finger von dem Zeug da. Ruh dich mal aus.«

»Verschwinde einfach«, sagte Arturas.

Herkus streckte sich, ging zur Tür und verließ das Zimmer, ohne sich von Arturas zu verabschieden. Auf dem Weg zum Lift rieb er sich die Augen.

Lange Zeit war Arturas ein guter Chef und Herkus dankbar für die Arbeit gewesen. Aber in letzter Zeit, seit ungefähr einem Jahr, wurden die Risse immer sichtbarer. Hatte sich der Zustand seines Bosses seit dem Moment verschlechtert, wo er seine Geschäfte nach Belfast ausgedehnt hatte? Herkus kam es so vor. Irgendetwas an diesem Ort, das Graue, Regnerische, der Hass, ging einem derart unter die Haut, dass man sogar die Luft hasste, die man atmete.

Am Lift drückte er den Abwärtspfeil und wartete.

Was konnte er jetzt tun? Eigentlich nur darauf warten, dass Gordie Maxwell anrief und ein paar Informationen hatte. Bis dahin würde er runter zum Wagen gehen und schlafen. Er betrat den Lift und drückte den Knopf fürs Erdgeschoss. Die Türen glitten zu. Herkus lehnte sich an den Spiegel und ließ seine Gedanken schweifen.

Gerade als ihm die Augen zufielen, klingelte sein Telefon.

47

Strazdas starrte auf die geschlossene Tür. Er hörte sein Blut in den Ohren rauschen.

Herkus hatte recht, das wusste er. Lieber wäre er gestorben, als es offen zuzugeben, trotzdem war ihm, dass dieser Fleischberg die Wahrheit sagte.

»Bauerntrampel«, sagte er laut, obwohl er allein war. »Alles habe ich ihm gegeben. Wenn ich nicht gewesen wäre, würde der sich immer noch in Wilna herumtreiben und für einen Hungerlohn jeden armen Scheißer windelweich prügeln, der bei den Kredithaien einen Tag im Rückstand war.«

Strazdas hörte selbst, wie hohl seine Stimme klang, stumpf wie ein rostiges Messer. Um sich zum Schweigen zu bringen, biss er sich in die Hand. Als der Schmerz ihm den Wahnsinn aus dem Kopf gespült hatte, ging er wieder rastlos auf und ab.

Konnte er sich darauf verlassen, dass Herkus alles Notwendige unternahm?

Bis gestern hätte Strazdas gedacht, dass er das konnte, vollkommen. Aber dann war alles den Bach runtergegangen und Tomas gestorben. Alles konnte Herkus mit seinen Fäusten auch nicht erreichen. Aber es gab noch einen anderen, der ihm helfen konnte.

Strazdas nahm das Telefon vom Schreibtisch, blies das weiße Pulver weg, das sich darauf gesammelt hatte, und wählte.

»Wer ist da?«, fragte seine Kontaktperson.

»Ich«, sagte Strazdas auf Englisch. »Arturas.«

»Warum rufen Sie mich an? Nicht Sie rufen mich an. Ich rufe Sie an. Verstanden?«

»Haben Sie die Hure gefunden, die ich suche?«, fragte Strazdas.

»Nein«, antwortete der Kontaktmann. »Ich habe was Besseres zu tun. Aber Jack Lennon weiß etwas über sie, und der sitzt an dem Fall. Wenn er etwas rausbekommt, erfahre ich es, so viel kann ich Ihnen schon mal sagen.«

»Bezahle ich Sie gut?«

»Was?«

»Ob ich Sie gut bezahle?«

»Ja, aber ich leiste ja auch gute Dienste.«

»Leisten Sie bessere Dienste«, forderte Strazdas. »Finden Sie das Mädchen, sonst sind Sie nicht mehr mein Freund.«

»Ich war noch nie Ihr Freund«, antwortete der Kontaktmann. »Wenn ich etwas höre, gebe ich es weiter. Mehr kann ich nicht für Sie tun. Und jetzt verpissen Sie sich, und rufen Sie mich nie wieder an.«

Die Leitung war tot. Strazdas warf das Telefon wieder auf den Schreibtisch, wo es polternd herumhüpfte und das Pulver durcheinanderwirbelte. Er zeigte mit dem Finger darauf.

»Du bist nicht mehr mein Freund«, sagte er.

48

Die Kreatur da oben heulte schon seit mindestens einer Stunde, als Billy Crawford endlich die Stiege erklomm, um sie zur Ruhe zu bringen. Seine Vorbereitungen waren abgeschlossen, eigentlich konnte es losgehen. Aber das unablässige Geschrei von dort oben konnte er nicht dulden, wenn er sich an die Arbeit machte. Ganz und gar nicht. Also stieg er zum Zimmer der Kreatur hoch und machte die Tür auf.

Sie hob ihr blasses, hutzeliges Gesicht und glotzte ihn vom Bett aus an.

»Jetzt aber Ruhe«, sagte er im Näherkommen.

Sie heulte weiter.

»Wenn du nicht still bist, dann sorge ich dafür, dass du es bist«, warnte er.

Es nutzte nichts, mit Vernunft war ihr nicht zu kommen. Also holte er die Spritze aus der Tasche. Die Kreatur schüttelte den Kopf und versuchte, sich seinem Griff zu entwinden, schaffte es aber nicht. Er packte ihre Haare und drückte ihr die Spritze ohne Nadel zwischen die Lippen. Da keine Zähne im Weg waren, glitt die Plastikspitze einfach zwischen den Kiefern hindurch. Er schob weiter, spürte, wie die Kreatur sich mit der Zunge zu wehren versuchte, und stieß die Spritze mit mehr Gewalt hinein. Als sie im Rachen ankam, würgte die Kreatur.

Er drückte den Kolben und hörte, wie die Flüssigkeit gluckernd durch ihre Kehle rann. Als die Spritze leer war, ließ er sie aufs Kissen fallen und legte der Kreatur eine Hand auf den Mund. Ihr Körper bäumte sich auf, ihre Krallen zerkratzten seine Schultern, aber dann wurde sie kraftloser. Die Pupillen weiteten sich, die Lider flatterten, und der Körper wurde weich und willenlos.

Er legte den Kopf zurück aufs Kissen und wischte sich an der Decke den Speichel auf seinen Händen ab. Wie ein Umhang legte sich die Stille um ihn, und er genoss sie einen Moment lang, bevor er die Kreatur ihrem Schlummer überließ.

Er wusste, eines Tages würde sie nicht wieder erwachen, würde ihr Körper mit dem Beruhigungsmittel nicht mehr fertig werden, aber das machte ihm nichts aus. Manchmal fragte er sich, warum er sie überhaupt noch am Leben hielt. Vielleicht war sie für ihn ja auf irgendeine verrückte Weise wie ein Haustier, das keiner in der Familie mehr wollte. Wie ein Hamster oder Fisch, an dem die Kinder schon lange den Spaß verloren haben, den die Eltern aber immer noch füttern und dabei insgeheim hoffen, dass er bald eingeht.

Er kehrte in die Küche zurück und begann mit den Vorbereitungen für seine Arbeit. Eine große Schüssel für heißes Wasser, einen Wasserkessel, Waschlappen, Seife, eine Zahnbürste, eine Tüte Natron, mehrere Kabelbinder, seine Taschenlampe und eine weitere randvoll mit Beruhigungsmittel gefüllte Spritze.

Diese aber besaß eine Nadel.

Vor fast drei Jahren war er in eine Tierklinik eingebrochen und hatte sich einen ordentlichen Vorrat an Barbituraten verschafft. Die Klinik hatte sich irgendwo auf dem Lande zwischen Lisburn und Moira befunden und nach Desinfektionsmittel und Hundekacke gestunken. Er hatte die Flure und Räume durchquert und hatte das Zeug zusammengesucht, das er brauchte. Schließlich war er in einen Raum geraten, in dem lauter Käfige standen, einer neben dem anderen.

Drei Hunde starrten ihn aus ihren Käfigen an, hechelnd und

mit heraushängender Zunge. Er legte seine Finger an einen der Käfige und ließ das Tier seinen Handschuh lecken. Es war ein komisches Gefühl, weil das ganze Geschlabber ja von einer dünnen Gummimembran ferngehalten wurde. Ein Bild tauchte plötzlich vor seinem geistigen Auge auf, sprang empor wie ein Hai aus dunkler Tiefe. Er schrak zurück und schloss die Augen, bevor es vollends Gestalt annehmen konnte.

Manche Dinge verbarg man besser vor dem Licht des Tages. In seinen Träumen verfolgten sie ihn, daran konnte er nichts ändern, aber in seiner gegenwärtigen Situation hielt er es für besser, sein altes und sein neues Ich voneinander abzuschotten.

Er ließ die Hunde in ihren dunklen Käfigen zurück, drehte eine Runde durch das Gebäude, achtete darauf, dass er auch keine Spuren hinterlassen hatte, und machte sich davon.

Nachdem das Verschwinden der Medikamente entdeckt worden war, hatte die Polizei sich an die Bevölkerung gewandt und darauf hingewiesen, in den falschen Händen könnten sie gefährlich sein. Aber seine Hände waren dafür genau die richtigen, kein Grund zur Sorge also. Er hatte die Medikamente bei seiner Arbeit schon gut gebrauchen können, und so würde es auch heute Abend wieder sein.

So Gott will, dachte er.

Er trug einen Stuhl – denselben, der eben bei seiner Rückkehr umgekippt gewesen war – in den Hausflur und stellte ihn an der Kellertür ab. Dann kehrte er in die Küche zurück und holte die restlichen Sachen. Als alles an seinem Platz war, steckte er die Spritze ein, die Nadel war mit einer Plastikkappe geschützt. Er nahm die Taschenlampe in die rechte Hand und legte die linke auf den Türknauf.

Die Tür schwang auf, und ihm war, als griffe die Dunkelheit nach ihm. Er knipste die Taschenlampe an und richtete den Lichtstrahl auf die Treppe, damit er sah, wo er hintrat. Beim Hinuntergehen lauschte er und hörte irgendwo unten ihr panisches Keuchen.

Sie wusste offenbar, dass es so weit war. Er musste darauf gefasst sein, dass sie irgendetwas versuchen würde. Aber sie war klein und schmächtig, er dagegen kräftig und schwer. Noch einmal würde sie ihn nicht übertölpeln.

Auf der Mitte der Treppe blieb er stehen und ließ den Lichtstrahl über den Keller schweifen, jede Ecke und jeden Spalt leuchtete er ab. Zu seiner Überraschung entdeckte er sie hingekauert neben dem Schrank. Sie hatte nicht versucht, sich zu verstecken. Vielleicht, weil sie selbst erkannt hatte, wie sinnlos das war. Stattdessen hatte sie sich auf den Versuch konzentriert, die Werkzeugkiste zu öffnen. Sie hatte die Kiste auf die Seite gekippt und fummelte mit den Fingern am Schloss herum.

»Vergiss es«, sagte er.

Das Mädchen sah hoch und fletschte die Zähne wie ein Tier, das man beim Abnagen eines Kadavers ertappt hatte. Dabei hatte sie so schöne Zähne, und sofort bereute er sein Gedankenspiel.

»Steh auf«, sagte er und machte noch zwei Schritte auf sie zu.

Sie zerrte an der Klappe des Werkzeugkastens und knurrte dabei so wild, dass ihre Halsmuskeln hervortraten. Dann drehte sie den Kasten auf den Kopf, umklammerte ihn mit beiden Händen und versuchte ihn hochzuheben. Die Werkzeuge schepperten. Sie ließ den Kasten auf den Linoleumboden fallen, offenbar hatte sie versucht, die Klappe aufzubrechen.

»Das hat doch keinen Zweck«, sagte er, schon auf der untersten Stufe. »Die Kiste da taugt was. Die kriegst du nicht kaputt.«

Als er den Linoleumboden betrat, hievte sie die Kiste erneut hoch und versuchte, sie ihm entgegenzuschleudern. Die Kiste flog nur ein paar Zentimeter, dann krachte sie scheppernd auf den Boden.

Sie hockte sich auf ihren zerschundenen Füßen hin, machte

sich ganz klein und hielt sich die Hände über den Kopf. Sie murmelte etwas in ihrer fremden Sprache, und er fragte sich, ob es wohl ein Gebet war. Das einzige Wort, das er erkannte, war »Mama«, sie flüsterte es immer und immer wieder.

»Bitte steh auf«, bat er sie.

Sie blieb hocken und wippte auf den Füßen vor und zurück. Den Kopf hatte sie in den Händen verborgen, ihr Mund zitterte auf den Knien.

Er trat hinter sie, nahm die Taschenlampe in die linke Hand und holte mit der anderen die Spritze heraus. Mit den Zähnen zog er die Plastikkappe von der Nadel und spuckte sie auf den Boden. »Bitte«, sagte er. »Zum letzten Mal. Steh auf. Mach es uns nicht noch schwerer.«

Sie vergrub ihren Kopf noch tiefer in den Armen.

Er bückte sich und legte die Lampe auf den Betonboden, ganz leise, um kein Geräusch zu machen. Dann richtete er sich wieder auf. Die Lampe rollte ein paar Zentimeter, der Lichtkegel huschte über die Wände. Er beugte sich wieder hinab, packte sie an den Haaren und riss sie hoch.

Sie schrie auf, als die Nadel in ihre Pobacke drang. Bevor sie sich seinem Griff entwinden konnte, drückte er den Kolben herunter, dann stieß er sie durch den Keller. Sie prallte an die gegenüberliegende Wand und fiel weinend zu Boden.

»Still«, befahl er. »Das hat doch nicht etwa wehgetan, oder?«

Das Mädchen sprach nur mit sich selbst, brabbelte wieder in ihrem Kauderwelsch ihr Gebet.

»Du hättest dabei eine Tasse Kaffee trinken und einen kleinen Happen essen können, wenn du eben auf mich gehört hättest. Jetzt sieh dich nur an.«

Ihr Gemurmel wurde schleppender, ihr Kopf sackte nach unten.

»Aber so wirkt es schneller«, sagte er und trat einen Schritt näher heran. »Im Nu bist du weggetreten. Du kannst ruhig schlafen, ich kümmere mich schon um alles. Keine Sorge, alles wird gut. Bald bist du zu Hause.«

Noch bevor er zu Ende gesprochen hatte, lag sie still und reglos da. Also machte sich der Mann, der sich Billy Crawford nannte, an die Arbeit. Mit Störungen rechnete er nicht. Schließlich war Heiligabend.

49

Lennon parkte vor dem roten Backsteinhaus. Drei Stockwerke, ein kleiner, ungepflegter Garten. Die Sorte Haus, die sich noch vor drei Jahren bestimmt irgendein Bauinvestor unter den Nagel gerissen und in Mietwohnungen aufgeteilt oder in ein luxuriöses Einfamilienhaus verwandelt hätte. Den meisten Häusern in der Gegend war es so ergangen. Diesem aber nicht.

Er holte sein Handy aus der Tasche und öffnete die E-Mails. Connolly hatte die Informationen kopiert und in die Mail eingefügt und auch ein Bild aus der ViSOR-Datenbank angehängt. Jetzt verstand Lennon, warum die Akte bei Connolly alle Alarmglocken hatte schrillen lassen. Wenn man sich abwechselnd das Foto und die Skizze ansah, war die Ähnlichkeit unbestreitbar. Das gleiche runde Gesicht, die gleiche breite Nase. Kein Bart, aber das besagte nichts. Es war die Narbe über der Augenbraue, die den Ausschlag gab. Auf der Skizze befand sich diese Narbe über dem falschen Auge, auf dem Foto war sie über dem linken. Aber da hatte der Künstlerin zweifellos nur die Erinnerung einen Streich gespielt. Keine Frage, das war der Mann, nach dem die Litauer suchten.

Lennon las den Rest der Mail durch, aber gegenüber dem, was Connolly ihm schon am Telefon erzählt hatte, gab es wenig Neues. Die Prostituierte war samstags gegen zehn Uhr in der Sackville Street im Zentrum von Manchester aufgegabelt und am nächsten

Morgen um sieben Uhr gefesselt im Laderaum von Paynters Transporter entdeckt worden, bei einer routinemäßigen Alkoholkontrolle der Verkehrspolizei irgendwo im Stadtbezirk Salford.

Paynter hatte keine Erklärung liefern können, warum die junge Frau gefangen gehalten wurde. Sie hatte im Verlauf ihres Martyriums nur geringfügige Verletzungen davongetragen und bei der Vernehmung ausgesagt, ihr Kidnapper habe ihr betend die Füße gewaschen und sein Handeln mit Jesus verglichen. Danach habe er versucht, sie zu vergewaltigen, aber keine ausreichende sexuelle Erregung zustande gebracht, um den Missbrauch auch tatsächlich zu vollziehen.

Eine weitere eigentümliche Randnotiz war, dass Paynter erhebliche Zeit darauf verwendet hatte, ihr die Zähne zu reinigen.

Als es zum Prozess kam, hatte Paynter auf schuldig plädiert und daher nicht vor Gericht aussagen müssen. Das Verfahren war nach anderthalb Tagen abgeschlossen.

Nach seiner Freilassung war Paynter ins Haus seiner Mutter in der Eccles Road zurückgekehrt und als Sexualstraftäter registriert worden. Bis seine Mutter zwei Jahre später starb, war er nie mehr auffällig geworden. Nur wenige Tage nach ihrer Beerdigung teilte er der Polizeibehörde von Manchester mit, er beabsichtige, nach Nordirland zu ziehen und bei seiner Tante in Belfast zu wohnen. Da er von Beruf Bauarbeiter war, hatte ihm der vom Frieden entfachte Immobilienboom sicherlich ausreichend Arbeit beschert.

Als Sexualstraftäter meldete er sich pflichtschuldig bei der nordirischen Polizei und wurde auch wie gefordert ein Jahr später wieder vorstellig

Und dann verschwand er.

Die ermittelnden Beamten hatten alles unternommen, was sie konnten. Sie hatten jeden befragt, der ihn kannte, und das waren nicht viele, aber herausgefunden hatten sie nichts. Seit seiner Entlassung hatte er sich nichts zuschulden kommen lassen, und da die

Personaldecke dünn war, wurde nach ein paar Wochen seinem Verschwinden keine große Beachtung mehr geschenkt.

Seine Tante hatte Stein und Bein geschworen, sie habe keine Ahnung, wo er hin sei. Der Finanzbeamte, der seine Steuererklärung bearbeitet hatte, war an einem Herzinfarkt gestorben. Und der Bauunternehmer, bei dem er am häufigsten beschäftigt gewesen war, hatte, kaum dass der Immobilienmarkt zusammengebrochen war, seine Zelte abgebrochen und sich nach Spanien abgesetzt.

Damit war Lennon nun also wieder an den Anfang der Spur zurückgeworfen, dem Haus von Paynters Tante Sissy Reid, bei der er gewohnt hatte, als er nach Belfast gekommen war.

Er steckte sein Handy weg und öffnete die Autotür. Ein kalter Windstoß ließ ihn zittern, und er fluchte. Er stieg aus und schloss den Wagen ab. Seine Schuhe knirschten im Schnee, der sich noch nicht in den üblichen graubraunen Matsch verwandelt hatte.

Keinerlei Fußspuren verschandelten die weiße Decke auf dem Gartenweg. Seit es am Morgen so richtig zu schneien begonnen hatte, war er der Erste, der hier einen Besuch abstattete, und wie es aussah, war seitdem auch niemand aus der Haustür gekommen. Im Fenster brannte kein Licht.

War überhaupt jemand zu Hause? In den Akten hatte gestanden, die Tante habe sonst keine Familie, aber vielleicht verbrachte sie Weihnachten ja bei einer Freundin.

»Das werden wir gleich herausfinden«, sagte Lennon laut. Seine einsame Stimme klang in der Winterluft hart und trocken.

Er öffnete das Gatter und stapfte zur Tür.

Keine Türglocke.

Er klopfte und wartete.

50

Als Herkus den Fahrer traf, stand der gerade in einer Imbissbude in der Antrim Road an einem Spielautomaten. Die Fahrt hierher hatte nicht lange gedauert, die Weihnachtseinkäufer waren inzwischen schon auf dem Weg aus der Stadt und in ihr warmes Zuhause. Trotzdem hing Herkus' Geduld nur noch an einem seidenen Faden. Der pochende Schmerz hinter seinen Augen tat sein Übriges.

Gordie Maxwell hatte gesagt, der Name des Fahrers sei Mackenzie und er werde ihn an seiner plumpen Tätowierung der Ulster Volunteer Force auf dem Handrücken erkennen.

Als Mackenzie merkte, dass er beobachtet wurde, drehte er sich zu Herkus um, hob die Augenbrauen und sagte: »Gordy hat gesagt, du wärst ein echter Koloss. Mann, da hat er nicht gelogen.«

Herkus zog den Umschlag aus der Tasche und zeigte ihn Mackenzie. »Der Mann da. Wer ist das?«

Mackenzie wandte sich wieder seinem Spiel zu. »Gordie hat gesagt, für mich sprängen ein paar Scheine raus.«

»Kommt darauf an, was du mir erzählst.«

Mackenzie grinste. »Und was ich dir erzähle, hängt davon ab, ob die Kohle stimmt. Weihnachten ist heutzutage richtig teuer, harte Zeiten und so.«

Herkus dröhnte der Kopf. Er räusperte sich. »Ich frage nur noch einmal nach. Wer ist das?«

Mackenzie sah ihn an. »Jetzt hör mal zu, du polnischer Scheißer, ich bin nicht irgend so ein Ganove, den du herumschubsen kannst. Du kannst hier jeden nach mir fragen, die werden dir erzählen …«

Herkus schlug ihm in die Eier.

Mackenzie klappte zusammen, rang nach Luft und lief rot an.

Das Mädchen hinter der Theke schrie auf. Herkus richtete knurrend seinen wulstigen Finger auf sie, worauf sie keinen Mucks mehr von sich gab.

Er hockte sich über Mackenzie, der dalag wie ein Embryo und sich die Weichteile hielt.

»Ich bin kein Pole«, knurrte er. »Und jetzt sag mir, wo der Mann ist.«

Mackenzie wollte aufbegehren, aber Herkus packte mit seiner riesigen Pranke das Gesicht des anderen.

»Ich habe schlechte Laune«, sagte er. »Ganz müde. Fang nicht an Streit mit mir, oder ich dir tue sehr weh. Verstanden?«

Mackenzie nickte.

Herkus ließ sein Gesicht los. »Also. Erzähl.«

»Na gut. Ich bin mir nicht sicher, ob er es wirklich ist oder nicht, aber ein paar Male habe ich so einen Typen bei ein paar von Roscoe Pattersons Buden abgeholt. Weißt schon, wo der seine Mädchen anschaffen lässt. Er hat nie was gesprochen, war immer still. Eines der Mädchen hat mir erzählt, dass er nie etwas mit ihnen machen wollte. Er wollte nur mit ihnen reden, über Religion und so. Weißt schon, wollte versuchen, sie zu bekehren. Ich habe mir nie viel dabei gedacht. Es gibt eben auch Spinner. Komisch war nur, dass ich ihn jedes Mal woanders absetzen sollte. Immer irgendwo in der Nähe der Cavehill Road, aber nie an derselben Stelle. Als wollte er nicht, dass ich weiß, wo er wohnt.«

Herkus hielt Mackenzie den Umschlag mit der Zeichnung vors Gesicht. »Der Mann hier. Ist er es?«

»Ich glaube schon«, sagte Mackenzie. »Jedenfalls sieht er so aus, mit der Narbe und so. Aber einmal, da habe ich ihn irgendwo draußen nicht weit von Newtownards abgeholt und in die Cavehill Road zurückgebracht. Die Fahrt hat gut und gerne zwölf Pfund gekostet. Er hat mir das Geld gegeben und ist ausgestiegen. Aber nachdem ich abgefahren war, sehe ich verdammt noch mal, dass er mir nur einen Fünfer und zwei Einer gegeben hat.«

Mackenzie setzte sich auf, öffnete aber die Knie, um seine schmerzende Lende nicht noch weiter zu reizen.

»Ich drehe also um und versuche, den dreisten Saukerl wiederzufinden«, erzählte er weiter. »Da sehe ich, wie er durch eine Passage in die Parallelstraße läuft, eine von denen, die da an diesem unbebauten Gelände liegen. Gerade, als er in sein Haus gehen wollte, hab ich ihn eingeholt. So wie der mich angeguckt hat, als ich ihm hinterher rief, hab ich echt geglaubt, der greift mich an. Ganz ehrlich, ich dachte, der Typ hat sie nicht alle.«

Herkus richtete sich auf und zerrte Mackenzie hoch.

»Wo ist dieses Haus?«, fragte er.

51

»Das habe ich Ihren Leuten doch schon gesagt. Ich weiß nicht, wo er ist.«

»Wo ist dieses Haus?«, fragte er.

Sissy Reid spähte Lennon durch einen zehn Zentimeter breiten Spalt an, öffnete aber nicht die Tür. Hinter ihren Beinen stand ein Zwergspitz und bellte ihn an. Sie stieß ihn mit der Ferse weg.

»Ich habe es schon vor zwei Jahren nicht gewusst, und heute weiß ich es immer noch nicht«, erklärte sie und wollte die Tür wieder schließen.

Lennon hielt sie mit der Hand auf. »Trotzdem würde ich gern kurz mit Ihnen über Edwin sprechen. Drinnen wäre es vielleicht besser.«

Sie schaute ihn mürrisch an. »An Heiligabend? Haben Sie nichts Besseres zu tun?«

»Doch, habe ich«, sagte Lennon. »Aber stattdessen tue ich nun das hier. Je eher Sie mich reinlassen, desto eher lasse ich Sie wieder in Ruhe.« Seufzend trat sie einen Schritt zurück.

Er folgte ihr durch die Diele in ein Wohnzimmer. Sie setzte sich in einen Sessel vor den Fernseher, in dem ein alter Film mit Doris Day lief. An einem Weihnachtsbäumchen im Kamin blinkten bunte Lämpchen, daneben stand eine offene Dose mit *Quality Street*-Bonbons. Auf dem Kaminsims reihte sich ein halbes Dutzend Weihnachtskarten aneinander.

Obwohl sie ihm keinen Platz anbot, nahm Lennon ihr gegenüber auf der Couch Platz. Als er sich auf das Polsterkissen setzte, entwich ihm ein schaler Uringestank. Derweil kläffte ihn der Hund weiter an und rannte wie wild im Kreis herum.

»Still, Dixie«, blaffte sie.

Winselnd hockte sich der Hund auf ihre Pantoffeln. Von dort funkelte er Lennon leise knurrend an.

Sissy griff nach der Fernbedienung und stellte den Ton ab, behielt aber weiter Doris Days Techtelmechtel mit Rock Hudson im Auge.

»Also, schießen Sie los«, sagte sie.

»Wann haben Sie ihn das letzte Mal gesehen?«, fragte Lennon.

»Genau kann ich Ihnen das gar nicht sagen, aber auf jeden Fall vor über zwei Jahren.«

»Wie war das Wetter?«

»Was hat das denn damit zu tun?«

»War es warm und sonnig? Oder kalt und regnerisch?«

Sie zuckte die Achseln. »Es war ein bisschen kühl.«

»War es draußen hell oder dunkel?«

»Es war kurz vor der Dämmerung«, sagte sie. »Damals habe ich noch gearbeitet. Ich war gerade nach Hause gekommen, als er aufbrach.«

»Sie waren gerade nach Hause gekommen. Das wird also so um sechs gewesen sein, richtig?«

»Nein, an dem Abend war es eher sieben, glaube ich.«

»Was haben Sie gearbeitet?«, fragte er.

»Ich war Haushaltshilfe. Sie wissen schon, Leuten, die das selbst nicht mehr schaffen, den Tee zubereiten, den Kamin anzünden, den Müll rausbringen, solche Sachen.«

»Und es wurde schon dunkel. Also vielleicht irgendwann im Oktober?«

»Vielleicht«, sagte sie.

»Hatte er irgendwelche Freunde?«

»Nein, nicht Edwin«, sagte sie. »Keine richtigen jedenfalls. Er kannte ein paar Leute, das schon, aber wirklichen Umgang hatte er eigentlich mit niemandem. Er war ein Eigenbrötler. In sich gekehrt, obwohl er auch gesprächig sein konnte, wenn er wollte. Manchmal konnte er richtig liebenswürdig sein, aber manchmal war er auch ganz verschroben. Das hat er von seiner Mutter. Meiner Schwester. Die hatte auch immer schon eine kleine Schraube locker. Ich habe immer geahnt, dass es mit ihr mal so enden würde.«

»Wie enden würde?«, fragte Lennon.

»In der Irrenanstalt. Da hat sie die Wände angebrüllt. Manchmal glaube ich, dass Edwin gar nicht anders konnte als zu werden, wie er geworden ist. Wenn man bei so jemandem aufwächst ...«

»Wurde er hier geboren?«, fragte Lennon.

»Nein, drüben. Cora war ein richtiger Wildfang. Immer hinter den Jungs her. Dachte immer, die würden sie mehr mögen, wenn sie alles mit sich machen ließ. Ohne Sinn und Verstand. Als dann die Soldaten kamen, wurde es noch schlimmer. Denen hat sie sich regelrecht an den Hals geworfen. Und ein hübsches Ding war sie ja schon, deshalb gab es eine Menge Soldaten, die mit ihr ausgehen wollten. Natürlich war sie nicht gescheit genug, die Beine zusammenzuhalten, also kriegten sie, was sie wollten, und damit hatte es sich dann, bis sie wieder hinter einem anderen her war. Unserer armen Mutter hat es schier das Herz gebrochen. Mehr als einmal musste sie was aus der Welt schaffen lassen, und nicht etwa von einem Arzt, wenn Sie wissen, was ich meine.«

Bei der Vorstellung verzog Sissy angewidert den Mund.

»Irgendwann gab es dann einen Soldaten, der schon kurz vor seiner Entlassung aus der Army stand, als er was mit ihr anfing. Der kann auch nicht besonders helle gewesen sein, denn ehe wir uns versahen, gingen die beiden zusammen. Als festes Pärchen, meine ich. Und als sein Militärdienst herum war, haben sie geheiratet.«

Sissys Augen schauten beim Erzählen ins Leere. Das flackernde Licht des Fernsehers spiegelte sich in ihrem Glanz, und dahinter liefen Sissys Erinnerungen ab.

»Ich kann mich noch gut daran erinnern. Nur standesamtlich, nicht mal in der Kirche. Damals konnte man es schon sehen. Unsere Ma hat uns zwei mit in die Stadt genommen, um für die Feier neue Kleider zu kaufen, und sie ist beinahe gestorben, als sie in der Umkleidekabine Coras Bauch gesehen hat. Mitten im Laden hat sie ihr ein paar Ohrfeigen verpasst. Mein Gott, bis heute höre ich sie schreien.

Damals war es noch eine Schande, wenn man schon bei der Hochzeit schwanger war. Heutzutage kriegen die jungen Dinger ja ein Kind nach dem anderen, ganz egal, ob sie einen Daddy dafür haben oder nicht.

Meine Ma sagte jedenfalls, Gott sei Dank, dass du heiratest, und damit fertig. Richtig gefeiert wurde nicht, wir fünf sind nur in einen Pub, und es gab einen Teller mit Sandwiches. Cora und ihr Typ, irgendein Kumpel von ihm und ich und unsere Ma. Cora und die zwei Jungs haben sich bis obenhin volllaufen lassen. Damals haben sich die Mädels noch keine Gedanken übers Trinken gemacht, wenn sie schwanger waren. Ich und meine Ma tranken jede ein halbes Guinness und haben sie dann allein weitermachen lassen.«

Sissy unterbrach sich und sah Lennon an. »Haben Sie Nachwuchs?«

»Eine kleine Tochter«, sagte Lennon.

Sissy schnalzte kopfschüttelnd mit der Zunge. »Kleine Mädchen sind die schlimmsten. Die brechen einem das Herz.«

Da Lennon darauf nichts sagte, seufzte sie und fuhr fort.

»Also sind die zwei nach England. Nach Salford, um genau zu sein, das gehört zu Manchester.«

»Ich weiß«, sagte Lennon.

»Na, ich wusste es jedenfalls nicht. Erst, als ich irgendwann mal zu Ostern rübergefahren bin und sie besucht habe. In einem fürchterlichen alten Loch haben sie gehaust. Dachgeschoss, ein Schlafzimmer, das Waschbecken in einer Wohnzimmerecke, und die Toilette mussten sie sich mit irgendwelchen Farbigen teilen, die unter ihnen wohnten. Drei Tage war ich da, und den Ehemann habe ich kein einziges Mal zu Gesicht bekommen. Der war die ganze Zeit auf Sauftour oder hinter anderen Weibern her, jede Schlechtigkeit, die ihm nur in den Sinn kam. Mit Cora ging es damals schon begab. Sie gab sich alle Mühe, so zu tun, als sei alles in Ordnung, aber man merkte, dass sie aus den Fugen geriet. Kennen Sie das, wenn man unerwartet bei jemandem reinschneit und der dann panikartig anfängt aufzuräumen? Zeitschriften hinter das Sofa zu schieben, das schmutzige Geschirr in die Spüle zu werfen und solche Sachen? So war sie. Nicht im Haushalt, meine ich, sondern innerlich. Als hätte sie ihren ganzen Irrsinn zusammengeklaubt und weggepackt. Aber man konnte ihn trotzdem noch sehen, in ihrem Blick.

Und dann der kleine Edwin. Der war damals vielleicht fünf oder sechs Jahre alt. Hatte kaum was am Leib, das ihm passte. Ich habe ihm ein Osterei gekauft, und wie er sich darüber hergemacht hat, hätte man meinen können, es wäre das letzte Stückchen Schokolade auf der Welt. Aber Edwin habe ich an diesem Wochenende auch kaum zu Gesicht bekommen. Die meiste Zeit schloss Cora ihn mit einer Bibel im Schlafzimmer ein. Stunden um Stunden hat er da drinnen gehockt.

Tja, nachdem sie weggegangen war, ist sie fromm geworden. Sozusagen. Das ganze Wochenende lang hat sie versucht, mich zu bekehren. Hör mal, hab ich ihr gesagt, ich gehe jeden Sonntagmorgen mit unserer Ma in die katholische Kirche, das langt. Mich von einer wie ihr vollpredigen zu lassen, das hatte ich nun wirklich nicht nötig. Aber sie hat trotzdem ununterbrochen weitergemacht.

Am Ende ist mir der Geduldsfaden gerissen, und ich habe ihr ein paar Sachen gesagt, die mal gesagt werden mussten. Das hat ihr nicht gepasst, und sie hat mich rausgeworfen. Ich weiß noch, wie ich im Regen auf ein Taxi gewartet habe und der kleine Edwin mich vom Schlafzimmerfenster aus beobachtete. Hatte sein rundes Gesicht an die Scheibe gedrückt. Ich habe einmal zu ihm hochgewinkt, aber zurückgewinkt hat er nicht. Hat nur weiter runtergeglotzt.

Danach haben wir ein Jahr lang keinen Pieps von ihr gehört, bis meine Ma schließlich einen Brief kriegte, in dem stand, dass der Mann gestorben war. Ist sturzbesoffen in den Kanal gefallen und ertrunken. Unsere Ma hat Cora zurückgeschrieben, sie könne zu uns zurückkommen, wenn sie wolle. Aber danach haben wir nichts mehr gehört. Erst wieder, als sie vollends den Verstand verloren hatte und eingeliefert wurde.

Edwin war damals zwölf oder dreizehn. Als wir ihn gefunden haben, war er schon über eine Woche im Schlafzimmer eingesperrt, und nur seiner Bibel ist es wohl zu verdanken, dass er nicht selbst verrückt wurde. Zum Glück hatte er eine Waschschüssel im Schlafzimmer, sonst wäre er da drinnen gestorben.

Wir wollten, dass er nach Belfast kam und bei mir und meiner Ma blieb. Es war ihr einziges Enkelkind, und sie hatte ihn noch nie zu Gesicht bekommen. Aber die Großmutter väterlicherseits war dagegen. Angeblich wollte sie nicht, dass er hier wohnte, wo es so viel Mord und Totschlag gab. Kann ich ihr nicht mal verübeln. Sie sehen aus, als wären Sie alt genug, um zu wissen, wie es hier in den Achtzigern zuging.«

»Ich erinnere mich noch«, sagte Lennon.

Ja, wir hatten es alle nicht leicht. Jedenfalls, als Edwin dann achtzehn war, hat er Cora in Pflege genommen, soweit ich weiß. Danach habe ich von den beiden nichts mehr gehört, bis sie starb. Zur Beerdigung bin ich gar nicht gefahren, die war irgendwo da drüben.

Aber nicht lange danach rief er mich an und fragte, ob er bei mir wohnen könnte. Ich war ein bisschen skeptisch, das will ich zugeben. Ich kannte ihn ja eigentlich gar nicht. Aber ein Jahr zuvor war unsere Ma gestorben, und so ganz allein fühlte ich mich doch ziemlich einsam, also dachte ich, was soll denn schon passieren?«

Sie zeigte drohend mit dem Zeigefinger auf Lennon.

»Eins kann ich Ihnen allerdings sagen: Wenn ich etwas von dieser anderen Geschichte gewusst hätte, von wegen Gefängnis und Sexualstraftäter, dann hätte ich ihn nie und nimmer in meine Nähe gelassen. Aber als ich das dann erfuhr, war es ja schon zu spät.«

Als Sissy mit ihrer Geschichte fertig war, wirkte sie so leer, als hätten ihre Worte ihr alle Luft ausgesaugt. Lennon überlegte, ob er die Vernehmung beenden sollte, aber er wusste, dass sie die einzige Verbindung zu dem Mann war, den er suchte.

»Wie steht es mit Frauen?«, fragte er. »Hatte er hier irgendwelche Freundinnen? Hat er einmal eine mitgebracht? Oder besucht?«

»Du lieber Himmel, nein!«, rief sie. »Außer, man zählt die kleine Mrs. Crawford mit.«

»Mrs. Crawford?«

»Ach, Gott erbarme sich ihrer. Sie wohnte in diesem großen Haus in der Cavehill Road. Ein schrecklich baufälliger Schuppen, stand auf der Ecke, und rings herum nichts als Unkraut. Ich bin ihr ein bisschen zur Hand gegangen, und dann hat Edwin für sie ein paar Sachen am Haus erledigt. Er hat sich ein bisschen mit ihr angefreundet. Das arme Wesen hatte doch einen Schlaganfall gehabt.«

»Gab es sonst noch jemanden, für den er regelmäßig gearbeitet hat?«

»Nein, nur für diesen alten Dreckskerl, der nach Spanien abgehauen ist.«

»Lebt Mrs. Crawford noch?«, fragte Lennon.

»Das kann ich Ihnen wirklich nicht sagen«, antwortete sie. »Sie hatte dann noch einen zweiten Schlaganfall. Kurz bevor Edwin verschwunden ist, wurde sie ins Krankenhaus eingewiesen. Sie hat mich nie wieder kommen lassen, deshalb nahm ich an, sie ist in ein Pflegeheim gekommen.«

»Wo war dieses Haus gleich?«, fragte Lennon.

TEIL 3
EDWIN

52

In ihrer trüben Zwischenwelt zwischen Wachen und Träumen spürte Galya, dass sie in einer festen Umklammerung gefangen war. Arme wie Stein hatten sich um sie gelegt. Durch einen dichten Nebel taumelte sie dem Erwachen entgegen. Vor ihr ein Licht, das zuerst freundlich und einladend aussah, aber umso härter und schmerzhafter wurde, je näher es ihr kam.

Der erste feste Schlag auf ihre Wange verwirrte sie nur. Der zweite machte sie wütend, sie versuchte, die Arme zu heben und sich zu verteidigen, merkte aber, dass ihre Handgelenke hinter dem Rücken gefesselt waren.

Mühsam öffnete sie die Augen und versuchte, in der Flut von Sinneseindrücken, die ihr Hirn zu überschwemmen drohten, einen klaren Gedanken zu fassen. Wie ein schmerzhafter Stachel bohrte sich das Licht mitten in ihren Kopf. Sie blinzelte und versuchte erneut, eine Hand zu heben, um sich zu schützen. Wieder gelang es nicht.

Von irgendwoher kam eine Stimme.

»Was? Wo bin ich?«, fragte sie auf Russisch.

Die Stimme sprach wieder, aber sie verstand die Worte nicht. Dann erkannte sie, dass das Englisch war, und ließ die Worte noch einmal in ihrem Kopf ablaufen, um ihre Bedeutung zu verstehen.

»Dir fehlt nichts«, sagte die Stimme. »Jetzt bleib still sitzen.«

Der, dem die Stimme gehörte, kam in ihr Blickfeld, sein Mondgesicht tauchte über ihr auf, beschienen von einer einsamen Glühbirne. Ihr fiel wieder ein, dass sie eine Glühbirne zertrümmert hatte, die winzigen Scherben waren herabgerieselt wie brüchiger Schnee. Dann war sie allein im Dunkeln gewesen und hatte gewartet. Gewartet, dass der, dem die Stimme gehörte, wiederkam.

Um was zu tun?

Um mir wehzutun, dachte sie.

Ein wenig lichtete sich der schwarze Nebel, sie roch etwas Warmes, Feuchtes. Das war Dampf von heißem Wasser. Sie verdrehte den Kopf, so weit es ging, und sah ihn eine große Plastikschüssel von der Werkbank heben. Er trug sie zu ihr her und stellte sie zu ihren Füßen auf den Boden.

Jetzt erinnerte sie sich wieder an ihn. An den Geruch nach saurer Milch, an die beruhigenden Worte, seinen vielsagenden Blick. Aus dem Nebel heraus fiel die Angst sie an. Kaum hatte sie begriffen, bäumte sich ihr ganzer Körper auf, aber sie konnte ihre Gliedmaßen nicht bewegen. Sie wand sich hin und her, versuchte zu erkennen, was ihre Handgelenke am Stuhl festhielt, und sah aus dem Augenwinkel einen Plastikstreifen. Kabelbinder. Als sie versuchte, die Hand wegzuziehen, schnitt er ihr ins Fleisch.

»Nicht«, rief er. »Du tust dir doch weh.«

Sie begann etwas auf Russisch zu sagen, dann verbesserte sie sich. »Was machen Sie?«, fragte sie.

Als er hinter sie trat, folgten ihre Augen ihm, bis ihr der Nacken wehtat. Er holte ein Fläschchen und einen Schwamm von der Werkbank.

»Bitte«, flehte sie. »Was ist das?«

Jetzt lächelte er wieder und ging vor ihr in die Knie. Das Linoleum war weggerollt, darunter war der Beton zum Vorschein gekommen. Galya entdeckte einige rechteckige Stellen, wo man etwas ausgehoben und wieder aufgefüllt hatte. Und sie wusste auch, wofür.

»Hast du bei dir zu Hause die Bibel gelesen?«, fragte er.

Sie verstand zwar seine Worte, aber nicht die Frage. »Bibel?«

»Die Bibel«, wiederholte er. »Über Jesus.«

»Ja«, sagte sie. »Ich gehe in die Kirche.«

»Dann kennst du also auch Maria Magdalena?«

»Ja.«

Er holte eine Drahtschere aus der Tasche, und sie schrak zurück.

»Alles gut«, sagte er mit sanfter, leiser Stimme.

Sie spürte, wie etwas gegen ihr Fußgelenk drückte, hörte ein Schnippen, dann war ihr Fuß für einen Moment frei, bis seine kräftige Hand ihn wieder packte. Galya spannte die Beinmuskeln an.

»Nicht wehren«, sagte er. »Ganz ruhig.«

Sie entspannte ihr Bein und wehrte sich nicht, als er ihren Fuß nahm und in seinen Schoß hob. Er untersuchte die Sohle, blies auf die zerschundene Haut und zuckte gemeinsam mit ihr zusammen, als er sie mit den Fingerspitzen berührte.

»Und weißt du auch, wie Maria Magdalena Ihm die Füße gesalbt hat?« Während er weitersprach, zog er ihr Splitter der Glühbirne aus der Haut. *»Und siehe, eine Frau war in der Stadt, die war eine Sünderin. Als sie vernahm, dass er zu Tisch saß im Haus des Pharisäers, brachte sie ein Glas mit Salböl.«*

Mit der freien Hand goss er eine goldfarbene, zähe Flüssigkeit auf den Schwamm, dann tauchte er ihn in das dampfende Wasser. Er knetete den Schwamm mit den Fingern, bis es schäumte.

»Und trat von hinten zu seinen Füßen«, fuhr er fort, *»weinte und fing an, seine Füße mit Tränen zu benetzen und mit den Haaren ihres Hauptes zu trocknen, und küsste seine Füße und salbte sie mit Salböl.«*

Er tupfte ihr den Schwamm auf die Fußsohlen. Der Schaum brannte, und ihr Bein zuckte. Er schnalzte mitfühlend mit der Zunge und zitierte weiter: *»Als aber das der Pharisäer sah, der ihn* *eingeladen hatte, sprach er bei sich selbst und sagte: ›Wenn dieser ein Prophet wäre, so wüsste er, wer und was für eine Frau das ist, die ihn anrührt; denn sie ist eine Sünderin.‹«*

Er drückte den Schwamm fester gegen ihr Fleisch, und sie schrie so laut auf, dass ihre Stimme im Keller widerhallte.

»Jesus war demütig, verstehst du? Obwohl sie eine Hure und Sünderin war, ließ Er sich von ihr die Füße salben. Und dann, beim letzten Abendmahl, wusch er seinen Jüngern die Füße. Und Petrus rief: Nein Herr, ich lasse dich nicht meine Füße waschen. Aber Jesus tat es trotzdem. Obwohl es unter Seiner Würde war, tat er es dennoch. Deshalb werde ich, obwohl du eine Hure und Sünderin bist, *dir* die Füße waschen.«

Er setzte ihren Fuß ins Wasser. Sie biss die Zähne zusammen, und die brühende Hitze löschte den Schmerz unter ihrer zerfetzten Haut aus. Dann nahm er die Drahtschere und befreite den anderen Fuß.

»Und so wirst du errettet werden«, sagte er. »Ich werde dich Ihm gewaschen und gesalbt darbieten.«

Er hob den Arm und legte ihr seine Finger unter das Kinn und den Daumen auf die Lippen. Sie schmeckte Seife und heißes Wasser. Der Daumen schob sich zwischen die Lippen und rieb hin und her, bis er den Widerstand der Zähne spürte.

»Ganz rein«, sagte er. »Ich mache dich ganz rein.«

53

Herkus machte einen Schritt zurück auf die Straße und schaute zum Haus hoch. Das Nachbarhaus sah im orangefarbenen Schein der Straßenlaterne verlassen aus, aber dieses hier war gut in Schuss. Allerdings sahen die Fenster seltsam aus. In einem alten Haus wie diesem hätte man Schiebefenster mit Holzrahmen erwartet, doch dieses besaß stattdessen moderne mit PVC-Rahmen und Doppelverglasung.

Er schaute sich um.

Komische Gegend. Die beiden aneinandergebauten Häuser standen abseits von allen anderen, am Scheitelpunkt einer Kehre. Weder vor noch hinter ihnen befanden sich irgendwelche Gebäude. Wahrscheinlich kamen nur sehr wenige Leute hier vorbei.

Ein Frösteln durchfuhr ihn, als würde es mit dem eisigen Wind wetteifern, der ihm die Schneeflocken ins Gesicht blies. Herkus wusste viele Dinge, die man besser nicht wusste. Dinge, die man nicht vergessen konnte, wie sehr man es sich auch wünschen mochte.

Deshalb wusste er auch, dass dies ein Mordhaus war.

Also vorsichtig sein. Er kehrte zum Mercedes zurück und holte die Glock 17. Das Gewicht in seiner Jackentasche flößte ihm Zuversicht ein.

An einer Seite des Hauses entlang verlief eine Durchfahrt, die zur Rückseite führte. Herkus folgte ihr und bemerkte die bereits wieder mit Schnee bedeckten Reifenspuren. Er erreichte einen von einer Mauer umgebenen Hinterhof.

Die Spuren endeten in einem Dreieck, wo der Wagen durch das inzwischen wieder geschlossene Holztor zurückgesetzt und gewendet hatte. Bestimmt war das Tor verriegelt, aber Herkus versuchte trotzdem sein Glück.

Er hockte sich hin und legte ein Auge an den Spalt, durch den das Vorhängeschloss und die Kette zu sehen waren. Wie schon von vorne sah man auch von hier kein Lebenszeichen im Haus. Im Hof allerdings stand ein Transporter. Der Besitzer war also irgendwo dort drinnen, da war Herkus sich sicher.

Wenn er sich ganz langmachte, konnte er gerade noch über das Tor greifen. Seine Finger fanden Halt. Seine Fußspitze passte kaum durch den Torspalt, aber immerhin so weit, dass er Tritt fand. Mühsam hievte er seinen massigen Körper hoch.

Oben blieb er einen Moment liegen, verschnaufte und suchte den gesamten Hof ab. In der Dunkelheit konnte er unter der Schneedecke nur die vagen Umrisse verschiedener Gegenstände erkennen. Eine Schubkarre, etwas, das aussah wie eine Mischmaschine, und noch andere, weiß bepuderte Schemen.

Er zog das zweite Bein über das Tor und ließ seinen Körper hinabgleiten. Herkus war kein Mann eleganter Bewegungen. Er schlug schwer auf, ein Schmerz durchfuhr seine Fußgelenke und Knie. Kurz suchte er Halt am Tor, dann näherte er sich über den Hof dem Wagen.

Er legte eine Hand auf die Kühlerhaube. Kalt. Er sah auf die Erde. Fußspuren führten zum Tor, wieder zurück und anschließend zum Haus. Alle waren sie mit Neuschnee bedeckt. Frische Spuren gab es außer seinen eigenen nicht.

Herkus ging weiter bis zur Hintertür. Er versuchte den Knauf zu drehen, doch die Tür war fest verschlossen. Er trat ans Fenster.

Mit beiden Händen beschirmte er seine Augen und konnte

hinter der Scheibe eine Küche entdecken und weiter hinten einen fahlen Lichtschein. Er suchte den Hof ab, bis er unter dem Schnee einen säuberlich aufgeschichteten Stapel Ziegelsteine gefunden hatte. Prüfend hob er einen hoch, dann kehrte er damit zum Fenster zurück.

Mit aller Kraft warf er den Ziegel mitten auf das Fenster und musste sich rasch wegducken, um nicht getroffen zu werden, als er zurückprallte. Auf der Scheibe hatte der Wurf nur einen Kratzer hinterlassen.

Gehärtet, dachte er. Wer auch immer hier wohnte, wollte, dass alle, die draußen waren, auch dort blieben und die drinnen vielleicht ebenso. Aber Herkus wusste, wie man gehärtetes Glas zertrümmerte. Natürlich konnte er es auch mit der Glock machen, aber dann würde der Schuss durch die Straßen hallen und Aufmerksamkeit erregen.

Alles, was er brauchte, war ein stabiler Schraubenzieher, den er mit der Spitze in eine Fensterecke setzen würde, und etwas Robustes zum Draufschlagen. Dafür reichte der Ziegelstein aus, und einen Schraubenzieher hatte er im Wagen.

»Bin gleich wieder da«, sagte er zu der Scheibe.

54

Billy Crawford stand reglos da und lauschte.

Was hatte er da gerade gehört?

Es war so laut gewesen, dass es sogar die erstickten Schreie des Mädchens übertönt hatte. Eine ganze Weile war er nun schon mit der Zahnbürste und dem Natron zugange. Er hatte ihr den Kopf in den Nacken gedrückt und mit Gewalt den Mund aufgesperrt.

Am liebsten wäre es ihm gewesen, die Zähne über ein oder zwei Tage hinweg mehrmals zu putzen, aber die Umstände waren nun einmal nicht ideal. Hätte er mehr Zeit gehabt, hätte er ihre Zähne sogar noch richtig bleichen können. Aber diese hier waren ja auch so schon außergewöhnlich schön, er brauchte also nicht allzu enttäuscht zu sein.

Anfangs hatte sie sich gegen ihn gewehrt. Damit war zu rechnen gewesen. Sie wehrten sich immer, bis sie dann merkten, dass das Pulver harmlos war. Sie hatte die Lippen zusammengepresst, die Zähne zusammengebissen und die Zahnbürste erst hineingelassen, als er sie an den Haaren gezogen hatte. Da hatte sie den Mund aufgerissen und vor Schmerzen geschrien, und die Bürste war hineingehuscht wie eine Katze durch eine versehentlich offengelassene Tür.

Sie hatte sich gewunden, aber er hatte ihr weiter an den Haaren gerissen, hatte ihr in den Mund geschaut und erst ihre Backenzähne hinten und anschließend die Schneidezähne mit der Bürste bearbeitet. Wenn sie einmal hustete, hinterließ ihre Spucke kühle Tröpfchen auf seiner Haut.

Dann plötzlich dieser Lärm. Von irgendwo oben ein dröhnendes, hohles Rums.

Er erstarrte, den Kopf zur Seite gelegt. Das Mädchen hatte immer noch die Zahnbürste im Mund und würgte.

»Still«, befahl er und zog die Bürste heraus.

Sie hustete heftig und ruckte an ihrem Stuhl.

Er bückte sich und hob das Handtuch hoch, das neben der Schüssel auf dem Boden lag. Sie versuchte ihm in die Finger zu beißen, als er es ihr mit Gewalt zwischen die Kiefer drückte, aber der Stoff hinderte sie daran. Ihr ersticktes Schreien ging weiter.

»Still«, befahl er noch einmal.

Sie wollte nicht gehorchen.

Wut kochte in ihm hoch. Er holte mit der Hand aus, um sie zu schlagen. Sie schrak zurück, plötzlich still, die Augen fest zugekniffen.

»Gut«, sagte er. »Und jetzt so bleiben.«

Sie atmete schnaufend durch die Nase, ihre Schultern hoben und senkten sich. Er ging zur Treppe und schaute hinauf.

War der Lärm von hinter dem Haus gekommen? Es hatte sich angehört, als sei etwas gegen das Fenster geprallt. An Halloween hatten sich Kinder aus einem Heim in der Nähe hergewagt und Sachen gegen sein Haus geworfen. Er hatte aus dem Dachgeschoss beobachtet, wie die kleinen Teufel sich durch die kleine Gasse geschlichen und wohl offenbar für unsichtbar gehalten hatten. Aber er hatte sie gesehen und sich vorgestellt, wie er sie bestrafen könnte, wenn er nicht befürchtet hätte, die Aufmerksamkeit auf sich zu ziehen.

Er ging zum Fuß der Treppe und versuchte angestrengt, über das Wimmern des Mädchens und sein eigenes, wild pochendes Herz hinweg etwas wahrzunehmen. Der Kreatur oben hatte er noch eine zweite Dosis Beruhigungsmittel verabreicht, bis morgen würde sie sich nicht rühren und Ruhe geben. Er überlegte, ob er dem Mädchen noch einmal befehlen sollte, still zu sein, aber es half alles nichts, er musste nach oben und nachsehen, was das für ein Krach gewesen war. Er stieg hinauf.

Das Haus war genauso düster wie vorher. Diesen Ort umgab eine Stille, die ihm schon immer gefallen hatte, seit er vor drei Jahren das erste Mal einen Fuß über die Schwelle gesetzt hatte. Damals war die Kreatur da oben noch ein Mensch gewesen. Dann hatte sie sich verwandelt. Und ihm hatte der Herr dieses Refugium geschenkt.

Langsam und vorsichtig schlich er in die Küche, setzte einen Fuß vor den anderen wie ein Seiltänzer. Draußen in der Finsternis übergoss die Laterne, die die Gasse nach hinten beleuchtete, den Schnee mit ihrem orangefarbenen Licht. Er trat ans Fenster und hielt den Atem an.

Fußspuren im Schnee.

Ein Kratzer mitten auf der Scheibe.

Ihm wurde schwindelig. Er atmete langsam aus. Jemand war hier gewesen. Jemand hatte versucht, sein Fenster einzuschlagen. Jemand wollte hinein. Vielleicht ein Teenager aus dem Heim, ein Halbstarker auf der Suche nach Wertsachen, die er stehlen konnte.

Das gehärtete Glas war zwar teuer gewesen, aber es hatte demjenigen das Leben gerettet, der hier hatte einbrechen wollen. Hätte der Eindringling es geschafft, die Scheibe zu zertrümmern, dann …

Er atmete ein und hielt wieder die Luft an.

Oben auf dem Tor tauchte im Licht der Laterne die Silhouette einer Gestalt auf. Ein Hüne, der seinen massigen Körper hinüberschwang und auf der anderen Seite hinuntersprang. Das war kein Teenager, kein Halbstarker, der auf einen leichten Bruch aus war. Dieser Mann trug gute Kleidung. Dieser Mann hatte breite Schultern und mächtige Pranken.

Warum war er hergekommen?

Der Mann, der sich Billy Crawford nannte, geriet nicht in Panik. Stattdessen verschmolz er mit der Dunkelheit seines eigenen Hauses und beobachtete. Und wartete.

55

Herkus bückte sich, hob mit der rechten Hand den Ziegelstein auf und kehrte zum Fenster zurück. Mit der Linken setzte er den Schraubenzieher in der unteren Ecke der Scheibe an.

Er spähte noch einmal durchs Fenster und ließ seinen Blick über das Grau in Grau dahinter schweifen. War dort hinten ein neuer Schatten, der vorher nicht dagewesen war? Wahrscheinlich spielte ihm nur sein übermüdetes Hirn einen Streich. Und jetzt war es ohnehin zu spät. Er hatte sich entschieden, so vorzugehen, und dabei würde er jetzt auch bleiben.

Beim ersten Versuch hielt das Fenster stand. Fluchend holte Herkus ein zweites Mal aus. Diesmal schlug er noch fester auf den Griff des Schraubenziehers, und im nächsten Moment verwandelte sich die massive Glasscheibe in Tausende winziger Kristalle, die zu Boden regneten. Es klang wie ein Wasserfall.

Mit der Spitze des Schraubenziehers kratzte Herkus die letzten Splitter heraus und setzte ihn dann an der inneren Scheibe an. Schon dem ersten Schlag hielt das Glas nicht stand. Herkus stand in einem Meer glitzernder Scherben und fühlte einen Schwall warmer Luft, der aus dem Haus drang.

Als das Prasseln der Splitter aufgehört hatte, blieb er lautlos stehen und lauschte. Überraschen konnte er jetzt niemanden mehr. Wer auch immer hier wohnte, hatte bestimmt gehört, wie die Scheibe zertrümmert wurde. Herkus glaubte nicht, dass er die Polizei rufen würde. Der Mann, dem dieses Haus gehörte, hatte großen Aufwand betrieben, es zu sichern. Ganz offensichtlich gab es hier Dinge, von denen er nicht wollte, dass andere sie sahen.

Er stellte einen Fuß auf das Fensterbrett, hielt sich am Rahmen fest und zog sich hoch. Glas knirschte unter seinen Schuhen, als er auf der anderen Seite auf das Abtropfbrett trat und sich auf den Boden kauerte. Ächzend streckte er seinen Rücken. Ein Mann seiner Größe war nicht dafür gebaut, über Tore oder durch Fenster zu steigen. Ein Schauer überlief ihn. Sein Körper war in Schweiß geraten, der ihn jetzt frösteln ließ.

Im Dunkel erkannte er eine Tür, die in einen Flur führte. Er näherte sich ihr mit so leisen Schritten, wie sein mächtiger Körper es zuließ, und atmete langsam und flach. Angestrengt lauschten seine Ohren auf jede Bewegung um ihn herum.

Als er die Küche verließ, erhaschte er einen schmalen Lichtstrahl, ein helles Viereck in der Dunkelheit. Er schlich darauf zu und fuhr mit den Fingern tastend darüber, bis er einen Türknauf gefunden hatte. Knarrend ging die Tür auf, und er sah eine Holztreppe. Von unten hörte er eine gedämpfte Stimme.

Die Stimme eines Mädchens.

56

Der widerliche salzige Geschmack schnürte Galya die Kehle zu. Sie hustete, schaffte es jedoch nicht, das Handtuch im Mund loszuwerden. Ein paar Sekunden lang befürchtete sie schon, sich übergeben zu müssen, und die Vorstellung, hier in diesem Keller zu ersticken, versetzte sie beinahe in noch größere Panik als alles, was sie in den letzten vierundzwanzig Stunden durchgemacht hatte.

Um die Panik einzudämmen und wieder klar denken zu können, zwang sie sich, tief durch die Nase einzuatmen und ihr Gehirn mit Sauerstoff zu versorgen. Es kam ihr vor, als habe sie schon alle Angst ertragen, die sie nur ertragen konnte, und mehr, als sie je für möglich gehalten hätte. Vielleicht wäre es einfacher gewesen, wenn sie den Verstand verloren hätte, aber ihr Verstand wollte nicht aufgeben.

Dann jedoch hatte dieser Irre sie verlassen, und ein Funken Hoffnung war zurückgekehrt. Im ersten Moment verfluchte Galya sie und hätte sie am liebsten aus ihrem Kopf verbannt, aber sie kam immer wieder.

Noch einmal betete Galya zur heimgekehrten Seele ihrer Großmutter. Sie kniff die Augen zusammen und flehte Mama um ein Wunder an, irgendeinen Ausweg, egal welchen. Bis jetzt waren ihre Gebete auf taube Ohren gestoßen, trotzdem betete sie weiter.

Als sie die Augen wieder aufmachte, verschleierten Tränen ihren Blick. Sie zwinkerte heftig und fühlte, wie sie ihr heiß über die Wange rannen. Dann lichtete sich der Schleier, doch nur für einen Augenblick, denn bei dem, was sie sah, füllten neue Tränen ihre Augen.

Ein Mann, groß und breitschultrig, kam die Stufen hinunter, die riesigen Hände ausgestreckt, um sie zu befreien.

Galya Petrowa weinte vor Freude, sie dankte der Seele ihrer Mama und flehte sie noch ein letztes Mal an.

Bitte, Mama, mach, dass er wirklich ist.

57

Der Mann, der einmal Edwin Paynter gewesen war, schaute wachsam die Treppe hinunter. Als dieser Hüne das Fenster zertrümmert hatte und eingestiegen war, hatte er sich an die Küchenwand gedrückt und war eins geworden mit der Dunkelheit. Unentdeckt hatte er dort ausgeharrt, bis der Mann den Raum verließ.

Früher, als er noch Edwin Paynter gewesen war, hatte er sich viel Mühe gegeben, nicht gesehen zu werden. Oft hatte er sich einen Spaß daraus gemacht, Leute zu verfolgen und aus nur ein paar Metern Abstand zu beobachten, ohne dass sie sein Interesse an ihnen ahnten. Besonders Frauen. Es hatte ihm ungeheures Vergnügen bereitet, sich an junge Mütter heranzupirschen, während sie die Gänge von Supermärkten durchstreiften, ohne zu wissen, dass er ihnen auf Schritt und Tritt folgte. Gelegentlich blieb eine Frau stehen und strich sich mit der Hand über den Nacken, als wolle sie einen Störenfried verscheuchen, dann musste er jedes Mal ein Kichern unterdrücken.

Einmal war er einer Frau in einem Kostüm vom ersten Gang aus durch den ganzen Laden gefolgt, bis zur Kasse und dann noch hinaus zu ihrem Wagen. Es war einer von diesen neuen Volkswagen-Käfern gewesen. Alle möglichen Dinge waren ihm durch den Kopf geschossen, als er begriffen hatte, dass sie und er in dieser Ecke des Parkhauses ganz allein waren. Ein Dutzend Impulse wollten aus ihm hervorbrechen, während er zusah, wie sie ihre Einkäufe verstaute, und keiner war stärker als das Verlangen, sie zu erretten und zum Herrn zu führen. Doch der höher entwickelte Teil seines Bewusstseins, jener, der für den Selbsterhaltungstrieb zuständig war, warnte ihn, dass alles verloren war, wenn er so unbesonnen handelte.

Die Frau ahnte gar nicht, welch schmaler Grat sich zwischen ihr und der Bestie befand, die er in seinem Herzen gefangen hielt. Wäre er nicht so stark gewesen, hätte sie den Segen seines Zorns zu spüren bekommen.

Diese Menschen, dachte er später an jenem Abend, diese ziellosen Tiere, sie wissen gar nicht, was sie aus den dunklen Winkeln der Welt heraus beobachtet. Sie bleiben nur am Leben, weil der Herr, dem ich diene, es zulässt.

Zu diesem Zeitpunkt hatte er sich schon drei geholt, aber es war jedes Mal ein schlecht geplantes und riskantes Unterfangen gewesen. Beim zweiten Mal war es schon besser gelaufen als beim ersten Mal, und beim dritten sogar noch besser, aber die Zeit im Gefängnis hatte ihn gelehrt, sich zurückzuhalten, bis er sein Werk mit der gebotenen Sorgfalt ausführen konnte. Dann hatte der Herr ihn in diese Stadt geführt und in dieses Haus, und er hatte gewusst, dass er seine Reise beginnen konnte.

Aber das war jetzt alles vorbei.

Der Hüne da war kein Einbrecher. Er hatte sich dieses Haus nicht zufällig ausgesucht. Und wenn der Hüne diesen Ort gefunden hatte, dann würden auch noch andere kommen.

In der Zeit, die es dauerte, ein Fenster zu zertrümmern, hörte Billy Crawford auf zu existieren. Edwin Paynter wurde wiedergeboren. Und Edwin Paynter hatte sich schon auf einen solchen Moment vorbereitet. Den Zeitpunkt, wo er fliehen musste.

Aber zuerst war da noch der Hüne.

Und das Mädchen.

Er wechselte den Schraubenzieher von der linken in die rechte Hand und hob die Hand zum Lichtschalter.

58

Herkus versuchte zu begreifen, was er sah. Das da war auf jeden Fall die Hure, genau wie Darius sie beschrieben hatte und der Frau aus dem Pass sehr ähnlich, den dieser Cop ihm gezeigt hatte. Aber sie war übersät mit blauen Flecken und Wunden, so als ob man sie mit Fußtritten aus der Ukraine hierher und wieder zurück befördert hätte. Ihre Kleider waren blutverkrustet. Man hatte ihr ein Handtuch in den Mund gestopft, und ihre Füße standen in einer Schüssel mit blutigem Wasser. Ihre Hände waren mit Kabelbindern an den Stuhl gefesselt, und neben der Schüssel lagen eine Zahnbürste und eine Drahtschere auf dem Boden.

Und trotzdem hatte er noch nie ein Mädchen gesehen, das sich so freute. Die Ärmste. Dachte sie etwa, dass er gekommen war, um sie zu retten? Beinahe hätte er laut aufgelacht, presste aber die Lippen zusammen, damit nicht sonst jemand etwas hörte.

Wer hatte ihr das angetan? Der Mann, den Rasa gezeichnet hatte? Wenn ja, dann war er eindeutig krank im Hirn.

Und vermutlich immer noch im Haus.

Herkus überlegte, wie er jetzt am besten vorgehen sollte. Die Prioritäten lagen auf der Hand. Arturas wollte, dass die Hure starb, und er würde auch einen Beweis dafür fordern. Die einfachste Variante war, ihr mit der Glock eine Kugel in den Kopf zu jagen und dann mit seinem Handy ein Foto zu machen, das er seinem Boss zeigen konnte.

Je einfacher, desto besser. Herkus hielt nichts davon, Sachen unnötig zu komplizieren. Er zog die Glock aus dem Hosenbund, lud durch und drückte ihr die Mündung an die Stirn.

Eine Sekunde lang konnte er in den Augen der Hure noch die Hoffnung und Freude sehen, dann ging das Licht aus. Dunkelheit hüllte ihn ein.

59

Lennon erkannte den Mercedes, als er dahinter anhielt. Er stieg aus seinem Audi und umrundete den Benz. Von der Fahrertür liefen Fußspuren weg und wieder zurück, die Spur führte um das Haus herum.

»Mist«, fluchte er und stieß dabei eine Nebelwolke aus.

Es hatte aufgehört zu schneien, dafür war die Kälte jetzt so schneidend wie den ganzen Tag über noch nicht. Lennon drehte sich einmal im Kreis. Wie konnte ein Haus mitten in der Stadt so abgeschieden wirken? Was verbarg sich dort drinnen? Was wollte Strazdas' Schläger hier?

Lennon hatte nicht vor, dieses Haus allein zu betreten. Er zog sein Handy aus der Tasche und rief den Diensthabenden im Revier an.

»Haben Sie einen Wagen in der Nähe der Cavehill Road?«, fragte er. »Ich habe hier einen Verdacht auf Einbruch, aber ich habe keine Lust, die Sache allein anzugehen.«

»Die meisten Streifenwagen sind gerade im Zentrum«, antwortete der Diensthabende. »Behalten die Trinker im Auge. Im Augenblick dürfte allerdings noch nicht so viel los sein. Soll ich Ihnen einen rüberschicken?«

»Ja.« Lennon gab ihm die Adresse. »Ich unternehme nichts, bis ...«

Ein Schuss aus dem Haus durchbrach die eisige Stille. Das Echo wurde vom Schnee gedämpft, der alles verhüllte. In den Nachbarstraßen bellten aufgeschreckte Hunde.

»Es ist ein Schuss gefallen«, rief Lennon. »Schaffen Sie sofort den Wagen her! Ich stecke in der Klemme.«

60

Herkus schlug hart auf dem Boden auf und rang nach Luft. Er hatte noch versucht, sich wegzurollen, aber etwas Schweres schnürte ihm die Brust zu und raubte ihm den Atem. Fast wäre ihm die Glock entglitten, er hielt sie jedoch noch fest, hob sie und drückte blindlings ab.

Die Mündung blitzte auf, und für den Bruchteil einer Sekunde sah er ein Mondgesicht mit gefletschten Zähnen und weit aufgerissenen Augen. Dann war das Gewicht weg, und er bekam wieder Luft.

Er kroch zurück, bis er an eine Wand stieß. Ein hohes, sirrendes Geräusch und ein Druck auf den Ohren irritierten ihn. Aus dem wenigen, was er registriert hatte, als er hereingekommen war und die Hure entdeckt hatte, versuchte er, seine Umgebung zu rekonstruieren. Das Hörvermögen dieses Irren war gerade mit Sicherheit genauso beeinträchtigt wie sein eigenes, aber er kannte sich in diesem Keller besser aus.

Herkus empfand etwas, das einer Panik so nahekam, wie er es noch nie erlebt hatte. Sollte er sich bewegen? Still liegen bleiben? Er schluckte mühsam, um den Druck auf seinen Ohren zu mindern.

Er war sich sicher, dass dieser Geisteskranke nur die Hure wollte. Er würde sie sich holen und verschwinden, ihm selbst musste gar nichts passieren. Aber wie ließ sich mit so einem Irren vernünftig reden?

Über das Sirren hinweg hörte er das Würgen der Hure. Es hörte sich an, als käme es vom Boden. War sie umgestürzt?

Herkus zwang sich, nachzudenken, irgendeinen klaren Gedanken zu fassen. Gut, der Irre hatte den Vorteil, dass er seinen eigenen dunklen Keller kannte, aber Herkus war bewaffnet. Wenn dieser Irre ihm an den Kragen wollte, musste er angreifen.

Herkus kroch auf das Würgen zu und tastete dabei den rauen Boden ab, bis er auf die weiche Haut der Hure stieß. Mit den Fingerspitzen fand er ihre Wange, die Nase, den Lappen, den man ihr in den Mund gesteckt hatte. Mit der freien Hand packte er sie an der Kehle, während er ihr mit der anderen die Mündung der Pistole an die Schläfe drückte.

»Du willst die Hure?«, rief er in die Dunkelheit hinein. »Du willst mich? Dann komm.«

Er packte die Rückenlehne und zerrte sie aus der Mitte des Raumes weg. Die Hure trat wimmernd um sich, als er sie über den Boden zog. Als er an seinem Rücken wieder die kalte Wand spürte, blieb er stehen.

»Komm doch«, rief er.

»Nein«, antwortete eine leise Stimme.

Ruckartig wirbelte Herkus nach rechts herum und zielte mit der Glock in die Richtung, aus der das Wort gekommen war.

»Wie haben Sie mich gefunden?«, fragte die Stimme, jetzt kam sie von links. Herkus zielte erneut und drückte ab. Das Mündungsfeuer erhellte den Verrückten, der ihn aus der gegenüberliegenden Ecke beobachtete.

Herkus riss die Glock in diese Richtung und feuerte noch einmal in die Dunkelheit, doch als es aufblitzte, war da nichts als Luft.

Die Hure schrie auf, der Lappen in ihrem Mund dämpfte das Geschrei. Herkus schüttelte ruckartig den Kopf, schluckte und versuchte, das Sirren loszuwerden.

»Diese Pistole ist sehr laut«, sagte der Irre. Der Akzent kam

Herkus seltsam vor, er sprach nicht so wie andere Leute aus dieser Stadt. »Das schmerzt in meinen Ohren. Schießen Sie nicht noch einmal, sonst tue ich Ihnen weh. Wie haben Sie mich gefunden?«

»Ich bin nur wegen der Hure da«, sagte Herkus.

»Sie gehört mir«, erklärte der Irre.

»Nein«, sagte Herkus. »Du hast sie gestohlen.«

»Der Herr hat sie mir gegeben.«

Herkus lachte. »Mein Boss hat sie gekauft. Aleksander soll sie besorgen. Sie gehört nicht dir. Gehört uns.«

»Zweifelst du an meinen Worten?«

Plötzlich war die Stimme ganz nah. Herkus schlug mit der Glock aus und war sich sicher, dass sie den Kopf des Irren treffen würde. Aber sie schlug ins Leere.

Er blinzelte. Allmählich machten seine Augen in der Dunkelheit Umrisse aus, aber keiner davon hatte eine menschliche Form. Er legte seine freie Hand wieder um die Kehle der Hure und drückte zu, bis sie röchelte.

»Ich töte sie«, sagte er.

»Das wäre eine Schande«, sagte der Irre. »Aber wenn du unbedingt musst. Es gibt noch andere. Es gibt immer andere. Leute wie ihr bringt sie her, um sie zu verkaufen. Keiner weiß, wer sie sind. Man kann ihre Spur nicht verfolgen. Wenn eine von ihnen verschwindet, wer würde sie als vermisst melden? Deshalb übergibt der Herr sie mir.«

»Du bist verrückt«, sagte Herkus.

»Es mag so scheinen. Aber du irrst dich.«

»Du bist nicht verrückt? Dann hör mir zu. Diese Hure gehört einem grausamen Mann. Sie hat seinen Bruder getötet. Jetzt will er, dass sie tot ist. Wenn ich sie mitnehme, ist alles vorbei. Wenn nicht, jagt dich der grausame Mann. Verstanden?«

Der Irre lachte. »Du kannst mir keine Angst machen. Verstehst du denn nicht? Ich habe den Herrn Jesus Christus auf meiner Seite.

Wenn ein Feind kommt, um mir Böses anzutun, wird Er ihn niederstrecken.«

»Nein«, sagte Herkus. »Jesus wird dir nicht helfen. Schlägt nicht nieder meinen Boss.«

»Doch, das wird er«, sagte der Irre. »Genau so.«

Etwas traf Herkus, fuhr unterhalb der Rippen in den Leib, dann fiel etwas Schweres auf ihn. Er versuchte die Glock herumzureißen und auf das zu feuern, was ihn niederdrückte, aber die Pistole war plötzlich so schwer, dass seine Hand sie nicht mehr halten konnte. Scheppernd fiel sie auf den Beton.

Er roch saure Milch und fühlte, wie sich auf seinem Unterleib etwas Warmes ausbreitete.

»Genau so«, zischte der Irre.

Der heiß glühende Dorn wurde ihm aus dem Leib gezogen und hinterließ einen noch tieferen Schmerz, und schon drang er an einer anderen Stelle wieder in ihn ein.

Und wieder.

Und wieder.

Herkus griff danach, fühlte etwas Langes, Dünnes, Hartes, Glitschiges.

Dann berührten weiche Lippen sein Ohr, dahinter fühlte er die harten Zähne. »Genau so«, zischten sie.

61

Gerade als er seine Füße vom Spülbecken auf den gefliesten Boden schwang, hörte Lennon den zweiten Schuss.

»Du bist ein kompletter Idiot«, schalt er sich noch einmal.

Ein Idiot, weil er hier eingedrungen war, nachdem er den ersten Schuss gehört hatte. Ein Idiot, weil er nicht wieder kehrtmachte und verschwand, als er die nächsten zwei hörte. Schon mehrmals in den letzten zwei Minuten hatte er sich selbst für verrückt erklärt, dennoch schien sein Verstand offenbar unwillig oder nicht in der Lage zu sein, auf den Rat seines Bauchgefühls zu hören.

Jack Lennon war schon ein Idiot gewesen, dass er überhaupt in die Polizei eingetreten war. Er war ein Idiot gewesen, als er sich geweigert hatte, eine Belobigung dafür anzunehmen, dass er unter Beschuss einem Kollegen das Leben gerettet hatte. Er war ein Idiot gewesen, als er seine Tochter schon im Stich gelassen hatte, als sie noch im Mutterleib gewesen war. Er war ein Idiot gewesen, als er einen Killer namens Gerry Fegan über die Grenze gefahren hatte, damit der dort eine alte Rechnung begleichen konnte.

Sein ganzes Leben lang war er ein Idiot gewesen, das wusste Lennon, aber aufgehalten hatte es ihn noch nie. Er zog seine Pistole und tastete sich weiter ins Haus vor.

62

Der Mann, der jetzt wieder Edwin Paynter war, drückte den Schraubenzieher nach oben, damit der sich durch die Eingeweide des Ausländers grub. Der Ausländer schrie auf.

Paynter verminderte den Druck auf den Griff wieder und wartete, bis der Ausländer aufhörte, sich zu winden.

»Wie hast du mich gefunden?«, fragte er.

»Taxifirma«, presste der Ausländer hervor.

»Welche Taxifirma?«

»Maxis Taxis«, keuchte der Ausländer. »Rasa hat ein Bild gemalt. Ich habe es dem Boss von der Taxifirma gezeigt. Er hat dich für mich gefunden.«

»Was für ein Bild?«

»Hat Rasa gemalt.«

»Wer ist Rasa? Wer hat es gemalt?«

»Rasa arbeitet für meinen Boss. Kümmert sich um Mädchen. Sie sieht dich mit Hure, malt Bild.«

Paynters Gedanken überschlugen sich, suchten nach irgendwelchen Möglichkeiten, Antworten, Auswegen. Aber es war alles verloren. Ein Bild von ihm machte die Runde. Jetzt blieb nur noch die Flucht.

Nein, eines gab es noch zu erledigen. Und sie lag neben ihm und erstickte fast an dem Handtuch, das er ihr in den Mund gestopft hatte.

Ein glühender, heiliger Zorn brach aus ihm hervor.

Sie war an all dem schuld. *Sie* hatte den Eindringling hergeführt mit ihrem Mädchenduft, hatte ihn angelockt wie eine Hündin über Kilometer hinweg die Rüden.

»Du Schlampe«, fauchte er. »Du dreckige Schlampe!«

Er presste ihr eine nasse Hand auf den Mund. Hatte er das gerade wirklich gesagt? Hatte er je solche Worte gesprochen.

Sie hatte ihn das sagen lassen. *Sie* hatte ihn diese hasserfüllten Worte sprechen lassen. Eine Teufelin war sie. Und bevor er fliehen konnte, musste er sie noch mit den anderen von ihrer Sorte unter den Kellerboden verbannen.

Er tastete nach dem Schraubenzieher, um ihn ihr in die Schläfe zu rammen, aber als er ihn dem Ausländer aus dem Bauch zog, stöhnte der auf.

Edwin Paynter atmete einmal tief durch und versuchte, die Wut über die offenbarte Wahrheit zu ersticken. Bleib ruhig, ermahnte er sich. Er wusste, was er zu tun hatte.

Eins nach dem anderen, dachte er.

Er drückte den Kopf des Ausländers zurück und tastete nach der entblößten Kehle. Dann drehte er den Schraubenzieher in der Hand und holte weit aus.

»Es gibt da einen Cop«, keuchte der Ausländer.

63

Herkus röchelte. Er verlor Blut.

»Der Cop … Er weiß Bescheid über dich«, sagte er.

Ein letzter Appell an die Vernunft, ein letztes Fünkchen Hoffnung. Hauptsache, er hielt den Irren auf und gewann etwas Zeit. Es funktionierte. Die Klinge, oder was auch immer es war, drang nicht erneut in seinen Körper ein.

»Was für ein Cop?«, fragte der Irre.

Trotz seiner Benommenheit und der Schmerzen versuchte Herkus sich an den Namen zu erinnern. »Lennon«, stöhnte er. »Lennon. Er kennt dein Gesicht.« Eine heiße Mischung aus Galle und Blut schwappte ihm die Kehle hoch. Er hustete und schrie auf, weil das Feuer in seinen Eingeweiden brannte.

»Woher?«, fragte der Irre. Herkus trat um sich und versuchte wegzukriechen. Der Irre drückte ihm ein Knie in den Magen. Noch einmal brüllte Herkus auf.

»Sag mir, woher er mein Gesicht kennt.«

»Das Bild«, stieß Herkus keuchend hervor.

»Dasselbe Bild? Was redest du da?«

Herkus wollte antworten, hoffte, mit seinem Wissen sein Leben zu retten, aber der Schmerz betäubte seine Sinne und raubte ihm die Sprache.

»Sag es mir«, wiederholte der Irre. Sein heißer Atem strich Herkus über das Gesicht.

Die Dunkelheit nahm zu. Mit aller Kraft versuchte Herkus, seine Zunge zu bewegen, seine Stimmbänder mit Luft zu versorgen, aber da war nur noch das Feuer, das von seinen Eingeweiden aus seinen ganzen Körper verschlang.

Und die Gesichter.

So viele Gesichter, und alle warteten sie auf ihn.

O Gott, flehte er. Die Worte blitzten in seinem Kopf auf wie Sterne am Himmel.

O Gott, vergib mir.

Im nächsten Moment durchbohrte etwas noch Grelleres seine Kehle, und da wusste er, es gab keine Vergebung. Nur Feuer.

64

Galya lag auf der Seite. Unter sich fühlte sie eine Hitze sich ausbreiten und roch den gleichen metallischen Geruch, der sie erst vor einem Tag überwältigt hatte. Sie wand sich, versuchte verzweifelt, von dem Blut wegzukriechen, aber der Stuhl hielt sie fest. Sie schob den Unterkiefer hin und her und drückte die Zunge heraus, bis ihr der Lappen aus dem Mund fiel.

Hinter sich hörte sie ein Geräusch, als würde sich etwas Spitzes in Fleisch bohren. Der eine Mann ächzte bei jedem Stoß, der andere keuchte gurgelnd, bis schließlich nur noch ein Winseln wie von einem Tier zu hören war.

Galya versuchte, sich nach vorn zu werfen. Wenn es ihr gelang, sich auf den Bauch zu drehen und dann auf die Knie zu kommen, konnte sie vielleicht wegkriechen. Der Stuhl wippte vor und wieder zurück. Noch einmal warf sie sich vor und versuchte gleichzeitig, mit den Schultern den Stuhl zu drehen. Wieder wippte er zurück.

Vor lauter Anstrengung kreischte sie auf. Diesmal gehorchte der Stuhl, und sie schlug mit den Knien auf den Beton. Sie unterdrückte einen Aufschrei und ruckelte weiter vor.

Etwas riss den Stuhl zurück.

»Du hast das gemacht«, fauchte er.

Er drehte den Stuhl um und verrenkte Galya dabei die Arme. Ihr Kopf schlug auf den Boden, sie sah Sterne. Sie hörte ihn weggehen und wiederkommen. Er keuchte rasselnd.

Plötzlich blitzte vor ihren Augen ein Licht auf. Sie drehte den Kopf weg.

»Sieh mich an«, knurrte er.

Wie fest sie auch die Augen zukniff, der Strahl der Lampe suchte sich seinen Weg unter ihre Lider.

Die glitschige Hand des Mannes schlug ihr auf die Wange. »Sieh mich an!«

Galya öffnete einen Spaltbreit die Augen und erkannte im blendenden Licht die verschwommenen Umrisse seines Mondgesichts.

»Du bist daran schuld. Du hast ihn hergeführt. Wegen dir musste ich ihn töten. Wegen dir ist alles zunichte. Wegen dir muss ich fliehen.«

Galya fielen nur wenige Wörter ein, und alle waren auf Russisch.

»Auf Englisch«, schnauzte er.

Sie wiederholte die Worte, die einzigen Laute, die für sie einen Sinn ergaben.

»Ich verstehe nicht, was du sagst.« Er schüttelte den Kopf. »Ist ja auch egal.«

Er richtete die blutige Spitze des Schraubenziehers auf sie.

»Der Herr hat dich in meine Hände gegeben. Und so werde ich Sein Werk vollenden. Ich habe es Ihm gelobt. Du aber wirst leiden für das, was du getan hast. Bitte um Vergebung für deine Seele, denn ich werde dir die Hölle nicht ersparen, die dich erwartet. Aber nicht hier. Hier bin ich nicht mehr sicher, und nur wegen dir.«

Sie hörte den Schraubenzieher auf den Boden fallen und spürte, wie die Drahtschere den Kabelbinder durchtrennte, der ihr linkes Handgelenk an den Stuhl fesselte.

Wieder sprach Galya. Und wieder sprach sie die einzigen Worte, die sie herausbrachte.

»Bitte, Mama«, flehte sie, »bring mich nach Hause.«

65

Seine Glock 17 im Anschlag tastete Lennon sich durch die düstere Küche vor. Glassplitter knirschten unter seinen Schuhen. Sein Atem dampfte, weil die Hauswärme durch den leeren Fensterrahmen entwichen war.

Als er die Diele betrat, bewegte sich vor ihm ein dünner Lichtstrahl. Lennon erstarrte, stützte mit der linken Hand die rechte ab und spannte den Finger am Abzug.

Hinter einer Tür sah er eine Holztreppe, die in den Keller führte. Schatten tanzten in der Öffnung wie Dämonen, die um Seelen rangen. Lennon erreichte die oberste Stufe und sah, dass in dem dunklen Loch der Strahl einer Taschenlampe hin und her glitt.

Eine tiefe, heisere Stimme drang an sein Ohr. Lennon verstand von dem Gebrummel nur ein paar Worte: »… dein Fehler … wirst leiden … alles zunichte … fliehen.«

Neben dieser einen Stimme hörte er noch eine zweite, leisere, die eines Mädchens, die immer und immer wieder dasselbe wiederholte. Wörter, die Lennon nicht verstand.

Er spähte in die Dunkelheit hinab und sah, dass der Strahl der Lampe eine junge Frau erfasst hatte, blutbefleckt und kaum bei Bewusstsein. Den Mann, der die Lampe hielt, konnte man in ihrem Lichtkegel nur erahnen. Hier oben, wo Lennon stand, war das Licht erheblich schwächer, aber es reichte, um den Schalter zu finden. Lennon stieß ihn mit dem Ellbogen an und zielte.

»Polizei«, rief er. Mit aufgerissenen Augen starrte der Mann hoch, der offene Mund sah in seinem runden, flächigen Gesicht aus wie ein Loch.

In einer Sekunde hatte Lennon die ganze Situation wahrgenommen. Die Leiche des Litauers, den er erst vor kurzem verhört hatte, die Blutlache auf dem Fußboden, die verstreuten Werkzeuge, das daliegende Mädchen, jämmerlich an einen umgekippten Stuhl gefesselt. Er streckte die Glock vor.

»Edwin Paynter«, rief er, »treten Sie von dem Mädchen weg.«

Als er seinen eigenen Namen hörte, riss Paynter die Augen noch weiter auf. Er machte einen Schritt zurück und zog den Stuhl und das Mädchen nach.

»Bleiben Sie, wo Sie sind«, schrie er. Etwas Rotes lief über die Kehle des Mädchens.

Im ersten Moment glaubte Lennon, Paynter trage einen glänzenden Handschuh. Erst als der Handschuh auf das Mädchen zu tropfen schien, erkannte er, dass das gar kein Handschuh war, sondern dass das Blut des Toten von Paynters Hand und dem Schraubenzieher troff, den er umklammert hielt.

Er versuchte, die Glock auf Paynters Stirn zu richten, aber weder seine Hand noch der Wahnsinnige wollten still halten.

»Lassen Sie das Mädchen los«, rief Lennon und machte einen Schritt nach unten.

»Kommen Sie nicht runter«, warnte Paynter.

»Doch, ich komme runter, Edwin«, entgegnete Lennon. »Ich komme runter und hole das Mädchen. Lassen Sie sie los, dann geschieht Ihnen nichts.«

Der letzte Rest von Vernunft, den er noch im Hirn hatte, schrie Lennon an, hier zu verschwinden. Aber die Augen des Mädchens hatten ihn schon fixiert, und er wusste, dass er keine Wahl mehr hatte.

»Haben Sie mich verstanden, Edwin? Treten Sie von ihr weg, dann verspreche ich, dass Ihnen nichts passiert.«

Paynter lachte und tastete nach etwas neben der Leiche des Litauers.

Lennons Reflexe begriffen die Situation früher als sein Verstand. Gerade noch rechtzeitig duckte er sich weg, da erschütterte auch schon ein Schuss den ganzen Keller. Dicht neben seinem Kopf zerbarst die Wand, roter Staub und Ziegelbrocken prasselten herab.

Lennon verlor das Gleichgewicht und stürzte kopfüber die Treppe hinunter. Seine Schultern, seine Ellbogen, seine Knie krachten im Fallen auf die Holzstufen, dann schlug er mit dem Kinn auf dem Betonboden auf. Er schmeckte Blut, und ihm wurde schwarz vor Augen.

Für den Bruchteil eine Sekunde setzte die Welt aus, dann lag er auf dem Rücken und starrte auf eine nackte Glühbirne, beide Hände leer und von sich gestreckt. Eine breite Gestalt schob sich in sein Gesichtsfeld und ließ das schmerzhaft grelle Licht der Birne verschwinden. Ein Mondgesicht grinste auf ihn hinab.

»Wann werdet ihr es endlich lernen?«, fragte Paynter.

Lennon blinzelte zu ihm hoch. Sein eigenes Blut rann ihm in die Kehle, und er musste husten.

Paynter hockte sich hin und drückte ihm die Mündung der Pistole auf die Stirn.

»Du kannst mich nicht besiegen«, sagte er. »Denn ich habe den Herrn auf meiner Seite.«

66

Edwin Paynter hatte noch nie eine Waffe in der Hand gehabt. Als er sie vom Fußboden hochriss, wusste er gar nicht, ob man einfach nur abdrücken musste oder ob es da irgendeinen Trick gab, den er nicht kannte. Es konnte ihm glatt passieren, dass er den Polizisten am Ende noch mit dem Ding bewerfen musste.

Aber dann musste man tatsächlich einfach nur abdrücken. Der Rückstoß hatte ihm den Ellbogen und die Schulter gestaucht, und sein Arm zitterte. Dann kam das Pfeifen in den Ohren. Und außerdem wurde es in seiner Lende ganz heiß und ganz hart.

Jetzt war ihm der Polizist ausgeliefert. Stupide blinzelte er ihn an, genau wie der Hund, den er als Teenager besessen hatte. Dieser Hund hatte ihn auch dann noch mit seiner dämlichen Ergebenheit angeglotzt, als er ihn seelenruhig so lange getreten hatte, bis die Augen sich trübten und ihm die blutrot sabbernde Zunge aus dem Maul hing.

Die Waffe gefiel Paynter. Sie machte zwar Krach und tat seinem Arm weh, aber sie abzufeuern war ein gutes Gefühl. Er musterte die Pistole des Polizisten, die ein paar Meter weit weggeschlittert war, und fragte sich, ob da wohl auch solche Patronen drin waren. Äußerlich sah sie jedenfalls genauso aus wie die, die er dem Polizisten gerade an die Stirn drückte.

»Hast du schon mal einen erschossen?«, fragte er.

Der Polizist zögerte. »Nein.«

»Glaube ich dir nicht. Bist du schon mal angeschossen worden?«

»Ja«, sagte der Polizist.

»Hat es wehgetan?«

»Ja.«

»Hattest du Angst?«

»Ja.«

»Hast du jetzt auch Angst?«

»Ja.«

»Gut«, sagte Paynter. »Ich bin ein Werkzeug des Herrn, und Angst ist darauf die einzig richtige Reaktion. Hat mich Jahre gekostet, das zu begreifen. Wenn Leute mich komisch angeguckt haben, wenn Mädchen nicht mit mir sprechen wollten, dann habe ich immer geglaubt, mit mir stimmt was nicht. Aber so war es gar nicht. Sie haben sich so verhalten, wie sie sich verhalten *mussten*. Sie hatten Angst.«

Er stand auf, hielt aber die Pistole weiter auf den Kopf des Polizisten gerichtet.

»Was hat er noch mal gesagt, wie dein Name ist? Lennon, glaube ich. Also, Mr. Lennon, Zeit für mich zu gehen.«

Der Atem des Polizisten ging schneller, sein Brustkorb hob und senkte sich. Paynter erhöhte den Fingerdruck auf den Abzug, er spürte den Widerstand, eine Haaresbreite zwischen Schrecken und ewiger Ruhe. Der Polizist kniff die Augen zusammen und hob die Hände in dem sinnlosen Versuch, sich zu schützen.

Genug, dachte Paynter, bringen wir es ...

Der Fußboden schoss auf ihn zu, die Pistole ging los, die Kugel schlug in den Beton. Einen Moment lang konnte er sich noch fragen, was ihm den Schlag versetzt und ihn niedergestreckt hatte, dann traf ihn etwas Hartes auf den Hinterkopf.

67

Lennon fühlte eher, als dass er sah, wie das Mädchen auf Paynter eindrosch. Er hatte sie kommen sehen und die Unterarme vor sein Gesicht gehalten, um den Schlägen zu entgehen.

Das Mädchen stieß einen animalischen Schrei aus und ging mit dem Stuhl, an den es immer noch mit einem Handgelenk gefesselt war, auf seinen Peiniger los. Lennon kroch mühsam zurück, da holte sie auch schon aus und ließ den Stuhl auf Paynters Kopf krachen. Lennon strampelte mit den Beinen, die sich in denen des anderen verhakt hatten, und rollte auf die Seite, um sich seine Glock zurückzuholen.

Ächzend versuchte Paynter, die Schläge mit den Händen abzuwehren, aber der Entschlossenheit des Mädchens hatte er nichts entgegenzusetzen. Ein paar Sekunden lang sah es so aus, als hätte er aufgegeben, dann jedoch trat er mit seinem Stiefel aus. Er traf den Stuhl und brachte das Mädchen aus dem Gleichgewicht.

Lennon sprang auf und riss die Glock hoch. »Keine Bewegung«, rief er. »Sonst verpasse ich Ihnen eine Kugel, das schwöre ich bei Gott.«

Paynter starrte eine Sekunde lang ungläubig zu ihm hoch, dann lachte er schallend los.

Das Mädchen holte mit dem Stuhl aus und wollte noch einmal zuschlagen, aber Lennon stellte sich zwischen sie und Paynter.

»Was ist daran so witzig?«, fragte er.

»Du schwörst bei Gott? Glaubst du denn etwa, den Herrn Jesus Christus schert es, welche Versprechungen du machst?«

Lennon suchte nach einer passenden Antwort. Als ihm keine einfiel, tat er das Einzige, was ihm in den Sinn kam: Er trat Paynter fest in den Unterleib.

Paynter krümmte sich und rollte auf die Seite. Sein Gesicht wurde erst rosa und dann puterrot.

Das Mädchen lag zusammengekauert an der Wand und murmelte irgendetwas. Irgendwo draußen in der kalten Nacht war das Geheul der Sirenen zu hören. Lennon hockte sich neben sie. »Alles in Ordnung«, sagte er. »Gleich kommt Hilfe.«

Paynter wand sich stöhnend.

»Eine einzige Bewegung, dann schieße ich«, warnte ihn Lennon. »Verstanden?«

Paynter antwortete nicht. Er würgte nur und spuckte auf den Boden.

Lennon behielt ihn im Auge und hörte dem Mädchen zu. Die Worte sprudelten nur so aus ihr heraus, in irgendeiner Sprache mit starkem slawischem Akzent, die er nicht einmal erkannte, geschweige denn verstand. Litauisch? Lettisch? Polnisch?

Was auch immer sie sagte, sie wiederholte es wieder und wieder, bis es sich anhörte wie ein Mantra, ein irres Gebet zu einem tauben Gott.

Lennon sah sie kurz an. »Sprechen Sie Englisch?«

Die Sirenen kamen immer näher, man hörte schon die aufheulenden Motoren.

»Wie heißen Sie?«, fragte Lennon.

Sie sagte weiter Sätze auf, haspelte sie ohne Unterlass herunter, bis er nicht einmal mehr erkannte, wo ein Gebet aufhörte und das nächste begann. Die Stimme wurde immer schriller, unterbrochen nur von verzweifelten Schluchzern.

Lennon packte sie am Handgelenk. »Was sagen Sie denn da?«

Keuchend starrte sie hoch, als sei sie gerade aus einem Albtraum erwacht. Im ersten Moment kam es ihm vor, als würde er Ellen sehen, wie sie aus ihren nächtlichen Schreckensträumen hochschrak.

Das Mädchen blinzelte ihn an und sagte: »Bitte, Sir, ich will nach Hause.«

68

Strazdas saß nun schon so lange zusammengesunken auf dem Fußboden, den Rücken an das Sofa gelehnt, dass er jedes Zeitgefühl verloren hatte. Als das Telefon klingelte, ruckte sein Kopf hoch. Er beschloss, es erst einmal zu ignorieren. Stattdessen konzentrierte er sich auf den großen Flachbildschirm in seiner Suite, der in dem abgedunkelten Raum so unnatürlich hell flimmerte, dass die grellen Farben ihm in die Netzhäute stachen.

Offenbar handelte es sich um irgendeine alte Komödie mit zwei Männern, beide verlottert. Der eine war ein alter Winzling, der andere im mittleren Alter, machte aber auf jünger. Sie stritten sich in einem verwahrlosten Haus über die Weihnachtsdekoration.

Was fanden die Leute hier daran eigentlich lustig? An bemitleidenswerten Männern, die ein noch jämmerlicheres Leben führten? Fühlten sie sich wohler in ihrer Haut, wenn sie über solche armen Tröpfe lachen konnten, die noch unglücklicher waren als sie selbst?

Der Ältere auf der Mattscheibe keifte herum, der Jüngere schaute mürrisch drein und nannte den anderen grummelnd einen dreckigen alten Sack.

Strazdas lachte, wusste aber selbst nicht, warum.

Das Telefon hörte auf zu klingeln. Erst jetzt, wo der Lärm aufhörte, bemerkte Strazdas den Schmerz, der sich in seinem Kopf eingenistet hatte.

Was hatte er eigentlich die ganze Zeit gemacht, seit er hier saß?

Ach ja. Getrunken.

Vor einer Stunde hatte er sich aus der Minibar eine Flasche Wein geholt. Je mehr diese verdammte Stadt in der Dunkelheit versank und sich draußen eine schwere Stille auf die immer leerer werdende Straße legte, desto mehr flatterten ihm die Nerven. Plötzlich war es so still, dass er beinahe meinte, sein eigenes Blut durch die Adern rauschen zu hören. Ein weniger normaler Mann als er hätte womöglich geglaubt, dass die Kälte und die Dunkelheit über die Luft heimlich ins Hotel eindrangen, die Treppe hinaufkrochen und sich in die Flure pirschten.

Aber er war schließlich zurechnungsfähig und glaubte nicht an solche Sachen.

Jedenfalls nicht wirklich.

Noch mehr Kokain hatte ihm auch nicht geholfen, und allmählich vermutete er sogar, dass es vielleicht sogar der Grund für seine Rastlosigkeit war. Daher hatte er den eingebauten Kühlschrank geöffnet und sich eine Flasche Wein ausgesucht. Er hatte versucht, das Etikett zu lesen, aber die Aufschrift verschwamm ihm nur vor den Augen. Also drehte er den Schraubverschluss auf, setzte die Flasche an und trank.

Arturas Strazdas trank nicht oft Alkohol, deshalb empfand er den Geschmack – oder besser gesagt das Gefühl, das die Flüssigkeit in seiner Kehle auslöste – nicht als besonders angenehm. Trotzdem machte er weiter.

Dem Pochen hinter seiner Stirn nach zu urteilen, hatte er sich offenbar besoffen. Aber eine oder zwei Lines würden den Nebel schon lichten.

Bei diesem Gedanken blieb ihm kurz das Herz stehen. Egal, unter den gegebenen Umständen war Koks die einzige vernünftige Medizin.

Er stemmte sich auf den Ellbogen vom Sofa hoch. Im ersten

Moment kam es ihm vor, als stünde der Raum in einem schiefen Winkel. Er streckte beide Arme aus, um das Gleichgewicht wiederzufinden.

Auf der Glasplatte lag immer noch ein Rest weißes Puder, die bestäubte Schlüsselkarte seines Hotelzimmers und ein schon aufgerollter Fünfzig-Euro-Schein. Für eine Line reicht das locker, dachte er. Besser, er nahm nicht zu viel. Eine kleine Reserve hatte er noch im Tütchen, genug, um damit über den morgigen Tag zu kommen, wenn er sich zusammenriss. Morgen früh konnte Herkus ihm dann ja neuen Stoff besorgen.

Herkus.

War der es gewesen, der ihn da eben angerufen hatte? Hatte er die Hure gefunden?

Zuerst die Line.

Strazdas nahm die Karte zwischen Daumen und Zeigefinger. Dann schob er sie auf dem Glas von hinten nach vorne, von links nach rechts und trieb das Pulver zusammen wie ein Hund eine Schafherde, bis er einen dünnen weißen Streifen beisammen hatte.

Nicht viel. Aber für den Augenblick genug.

Er nahm den Fünfzig-Euro-Schein, steckte ihn ins rechte Nasenlock, hielt sich das linke mit einem Finger zu und inhalierte die Line. Im nächsten Moment war da nur noch ewige, wundersame Schönheit, bis ans Ende aller Tage und noch darüber hinaus.

Dann hustete er, weil der eiskalte Rotz ihm in die Kehle lief. Sein Magen knurrte und zog sich zusammen, weil er seit gestern nichts gegessen hatte.

Vielleicht sollte er den Zimmerservice anrufen und sich …

Der Anruf.

Die Erinnerung holte ihn ein. Er griff nach seinem Handy, um nachzuschauen, wer ihn angerufen hatte. »Unbekannter Teilnehmer«, stand auf dem Display.

Warum rief sein Kontaktmann ihn ausgerechnet am Heiligabend an, um diese Zeit? Falls überhaupt noch Heiligabend war und sich die Zeiger des Weckers nicht schon über Mitternacht und in den nächsten Tag gequält hatten.

Wie zur Antwort klingelte das Handy. Noch mehr als der Lärm ließ ihn das Vibrieren in seiner Hand hochfahren. Er hob das Handy ans Ohr.

»Ja?«

»Ihr Fahrer ist tot«, sagte die Stimme.

Strazdas starrte aus dem Fenster auf die Straße hinab. Sein Kopf versuchte zu entwirren, was er da gerade gehört hatte.

»Was?«

»Ihr Fahrer. Der Mann, der durch ganz Belfast gestürmt ist und das Mädchen gesucht hat, das Sie unbedingt finden wollen.«

»Ja?«

»Der ist tot. Ist im Westen der Stadt in einem Keller umgebracht worden. Von irgendeinem Verrückten ausgeweidet, wie ich gehört habe.«

»Herkus?«

»Aber wir haben das Mädchen.«

Strazdas taumelte zum Sofa und setzte sich hin. »Das Mädchen«, wiederholte er.

»Die Kleine, die Sie gesucht haben. Man hat sie in die Notaufnahme gebracht. Aber zu gegebener Zeit wird sie in unseren Händen sein.«

»In Ihren Händen«, wiederholte Strazdas.

»Sagen Sie mal, geht es Ihnen gut? Verstehen Sie überhaupt, was ich Ihnen sage?«

Strazdas schob sich einen Fingerknöchel zwischen die Kiefer und biss hart zu. Der Schmerz stemmte sich der Verwirrung in seinem Kopf entgegen, schaffte es aber nicht, sie wegzuschieben. Er biss noch fester zu und spürte etwas Sehniges zwischen den Zähnen. Der Nebel lichtete sich. Strazdas atmete tief durch die Nase ein und ließ seinen Knöchel los. Tiefrote Bissspuren auf der Haut. Er wischte sich die Hand an der Hüfte ab.

»Und Sie sind sich sicher, dass sie auch wirklich in Ihren Händen sein wird?«, fragte er.

»In Bälde«, antwortete die Stimme. »Im Augenblick wird sie noch behandelt, aber bald wird sie aus dem Krankenhaus entlassen. Irgendwo muss sie ja hin, und sämtliche Anlaufstellen, die sich um Leute wie sie kümmern, sind über die Feiertage geschlossen. Außerdem ist sie in mindestens einem Mordfall Zeugin und in einem anderen möglicherweise verdächtig. Sie landet nirgendwo anders als in meiner Dienststelle. Ich kümmere mich schon darum, was wir mit ihr anstellen. Keine Sorge.«

»Danke«, sagte Strazdas. »Im Namen meiner Mutter.«

»Eine Sache noch«, fuhr die Stimme fort. »Die Verbindung zwischen Ihnen und Ihrem Fahrer ist bekannt. Stellen Sie sich darauf ein, dass es Fragen geben wird. Es sei denn, Sie verlassen das Land.«

»Das Land verlassen?«

»Kehren Sie nach Brüssel zurück«, sagte die Stimme. »Einen Flug kriegen sie erst wieder am zweiten Weihnachtstag, aber wenn Sie über die Grenze kommen, kann Ihnen bis dahin nichts passieren.«

»Ich will dableiben«, erwiderte Strazdas. »Bis diese Hure erledigt ist. Vorher kann ich nicht nach Brüssel.«

»Warum nicht?«

Strazdas stellte sich die unbarmherzigen Augen und Hände seiner Mutter vor. »Ich kann nun mal nicht.«

»Na schön«, sagte die Stimme. »Ich werde mich so bald wie möglich um das Mädchen kümmern. Aber packen Sie schon mal Ihre Sachen, suchen Sie den Pass heraus, den sie am Flughafen benutzen wollen, und halten Sie sich abmarschbereit. Weihnachten verschafft Ihnen vielleicht noch einen Aufschub, aber danach werden Sie verhört, daran besteht kein Zweifel.«

»In Ordnung«, sagte Strazdas.

»Gut. Und nun zur Vergütung.«

»Zur was?«

»Der Bezahlung. Diese Sache hier geht weit über das hinaus, was von unserer Vereinbarung abgedeckt wird. Ich erwarte, angemessen entlohnt zu werden.«

»Keine Sorge«, sagte Strazdas, »das werden Sie. Aber eins müssen Sie mir noch verraten.«

»Was?«

»Wer ist dieser Verrückte?«, fragte Strazdas. »Der Mann, der Herkus umgebracht hat?«

69

Edwin Paynter hatte nicht den geringsten Zweifel, dass er entkommen würde. Von dem Moment an, wo die ersten Beamten mit gezückten Waffen die Kellertreppe hinabgestolpert waren, bis zu dem Moment, wo er auf einer Liege in einem Krankenhausflur lag, wusste er, dass sie ihn keine Sekunde länger festhalten konnten, als er festgehalten werden wollte.

Die Frage war einfach nur, den richtigen Zeitpunkt abzupassen und bis dahin keinen Widerstand zu leisten, sondern sich ruhig und willfährig zu verhalten. Früher oder später würden die zwei Polizisten, die ihn bewachten, einen Fehler begehen, und dann war Edwin Paynter weg, noch bevor sie seinen Namen wussten.

Sie hatten keine andere Wahl gehabt, als ihn ins Krankenhaus zu bringen. Das Mädchen hatte ihm mit dem Stuhl eine Platzwunde am Kopf verpasst, aber Paynter wusste, dass Kopfwunden immer heftig bluteten. Mit anderen Worten, ohne eingehende Untersuchung war es nicht möglich festzustellen, ob die Verletzung nicht doch ernster war.

Mit der freien Hand drückte er sich einen Gazebausch an die Schläfe und presste ihn fest auf die Wunde, um die Blutung zu stillen. Die andere Hand war mit Handschellen an die Liege gekettet. Wenn er gewollt hätte, hätte er einfach die Beine herunterschwingen, wegmarschieren und die Rolltrage hinter sich herziehen können.

Aber das wollte er gar nicht. Sein Abgang würde besser geplant sein.

Die Notaufnahme des Krankenhauses war unterbesetzt und übervoll. Es erstaunte Paynter immer wieder, dass die meisten Leute den Tag des Herrn damit begingen, die Arbeit zu scheuen und zu viel zu trinken. Da war es doch kein Wunder, dass so viele Belfaster Säufer in der Notaufnahme landeten und nicht genügend Ärzte und Schwestern da waren, die sie behandelten.

Deshalb also fand sich Edwin Paynter nun an eine Trage gefesselt im Flur wieder und hörte sich das Gestöhne des Abschaums der Stadt an, während das wenige ärztliche Personal, das Dienst tat, sich die Hacken ablief bei dem Bemühen, sich um alle zu kümmern.

Krankenhäuser waren ihm immer schon fremd und furchteinflößend vorgekommen, ganz besonders die Notaufnahme mit ihren Geräuschen und Gerüchen. Den Dingen, die sich hinter zugezogenen Vorhängen abspielten, dem Geraschel und Getrappel, das nichts mit einem selbst zu tun hatte. Den versammelten Familien, die fürchteten, ihrer Liebsten beraubt zu werden. Den Greisen, die einen vom anderen Ende der Station aus mit leeren Blicken anstarrten.

Hier war es nicht anders. Betrunkene krakeelten und beschimpften, sobald sie allmählich wieder nüchtern wurden, die Polizisten. Kleine Kinder schrien, ihre Eltern sorgten sich. Andere schauten auf die Uhr und schimpften wütend über ihre Krankenkassenbeiträge, weil sie so lange darauf warten mussten, dass man ihre kleinen Wehwehchen behandelte. Lauter bedeutungsloses Getriebe und Gelärme.

Das meiste konnte er, gefesselt an seine schmale Pritsche, nur erahnen. Sollen sie doch leiden, dachte er.

Am Fuß der Liege tauchte eine Schwester auf, dicht gefolgt von einem Pfleger.

»Mr. Paynter?«, sprach sie ihn an.

»Ich heiße Crawford«, sagte er. »Billy Crawford.«

Verwirrt sah sie die Polizisten an.

Derjenige, der ihr am nächsten stand, zuckte die Achseln. »Mir haben sie gesagt, er heißt Edwin Paynter. Ist mir egal, wie Sie ihn anreden. Hauptsache, ich komme bald nach Hause.«

Die Schwester richtete ihr unsicheres Lächeln wieder auf Paynter.

»Mr. ...«

»Crawford«, sagte Paynter.

»Mr. Crawford, wir haben leider noch keine Behandlungsnische frei, aber wir besorgen Ihnen so bald wie möglich eine. Wir werden Sie jetzt aber aus dem Flur rollen. In der Orthopädie ist Platz. In Ordnung?«

Paynter gab keine Antwort.

Er legte den Kopf auf das mit einem dünnen Papier bedeckte Kissen zurück, und im nächsten Moment zog schon die Decke über ihm vorbei. Rollen und Schuhsohlen quietschten auf dem Vinylfußboden, und er wurde durch eine breite Tür in einen Raum gefahren, mit Betten und Vorhängen, einem Leuchtkasten an der Wand und einer Reihe von Schubladenschränken, auf denen Schachteln mit Verbandsmaterial lagen.

»Hier sind Sie fürs Erste gut aufgehoben«, sagte die Schwester, während der Pfleger die Liege an einen freien Platz schob. »Was macht die Blutung?«

Sie nahm Paynters Hand weg und begutachtete seine Schläfe. »Sie werden es überleben«, sagte sie. »Also, bleiben Sie schön hier liegen. Es dauert nicht mehr lange.«

Die Schwester huschte aus dem Zimmer, der Pfleger trottete hinter ihr her und ließ die zwei Polizisten an der Liege stehen.

Einer der beiden setzte sich auf die Kante des nächstbesten Bettes, der andere wanderte auf und ab, wobei er immer wieder aus

Paynters Blickfeld verschwand. Paynter registrierte, dass ihre Waffen sowohl der sehr ähnlich sahen, die er dem Ausländer abgenommen hatte, als auch der, mit der dieser Polizist Lennon am frühen Abend auf ihn gezielt hatte.

Der Cop, der auf dem Bett saß, sah auf seine Armbanduhr und hob die Augenbrauen. »Scheiße. Na dann frohe Weihnachten«, sagte er.

70

Lennon saß auf der Bettkante, während die Schwester ihm zwei Steristrips auf die Platzwunde am Kinn klebte und dann einen Verband darüberlegte. CI Uprichard kam im Hinausgehen in seiner Behandlungsnische vorbei. Über einem ausgeleierten Pullover und Cordhosen trug er einen Anorak. Lennon überlegte, ob er Uprichard schon jemals in Zivilkleidung gesehen hatte, und stellte fest, dass dem nicht so war. Man sah dem Polizisten darin jedes seiner sechzig Jahre an.

»Da haben Sie sich ja wieder mal einen schönen Zeitpunkt ausgesucht«, sagte Uprichard. »Sch…öne Weihnachten auch.«

Lennon musste lächeln. Uprichard brachte einfach keinen Fluch über die Lippen. »Danke, dass Sie hergekommen sind«, sagte er. »Wäre nicht nötig gewesen.«

»Nein, aber mir ist es lieber, heute Abend schon so viel wie möglich zu klären, dann habe ich nach den Feiertagen weniger Stress.« Er hob Lennons Jacke hoch. »Los, kommen Sie mit. Die brauchen die Nische bestimmt schon für den nächsten Clown.«

Lennon folgte Uprichard durch die Station in den dahinter liegenden Flur.

»Was wissen wir bislang?«, fragte er.

Vor einem Behandlungszimmer suchte Uprichard sich einen Platz auf einer Sitzreihe. »Wir sind uns sicher, dass es dieser Edwin Paynter ist, den Connolly in der ViSOR-Datenbank ausfindig gemacht hat. Bei einer flüchtigen Durchsuchung des Hauses haben wir zwar keine Pässe gefunden, aber trotzdem besteht kein Zweifel. Nach den Feiertagen wird das Haus eingehend durchsucht.«

»Was ist mit der Frau unterm Dach?«, fragte Lennon und setzte sich neben Uprichard. Man hatte sie gefunden, nachdem einer der Beamten, die im zweiten Wagen angekommen waren, von oben ein Stöhnen gehört hatte.

»Sie kann nicht reden, aber wir vermuten, dass sie die Besitzerin des Hauses ist. Anscheinend hat Paynter sie dort wie eine Gefangene gehalten. Wahrscheinlich die ganzen zwei Jahre, seit er vermisst war.«

»Mein Gott«, entfuhr es Lennon.

»Eines, was man bei der ersten Durchsuchung gefunden hat, ist allerdings ... nun ja, besorgniserregend.«

»Was?«

»Ein Beutel mit Zähnen«, sagte Uprichard. »Er wurde vorläufig am Tatort belassen, aber wie ich höre, handelt es sich um menschliche Zähne. Backenzähne, Schneidezähne, alle in einem roten Samtbeutelchen.«

»Der Kellerboden«, sagte Lennon.

»Was ist damit?«

»Es gab ein paar wellige Stellen, deren Oberfläche anders aussah, so als hätte jemand dort etwas ausgehoben und später wieder zugeschüttet.«

Uprichard kaute auf seiner Lippe und dachte nach. »Der Bursche ist wegen der Entführung einer Prostituierten vorbestraft.«

»Solche Mädchen konnte er in Belfast ganz leicht finden«, sagte Lennon. »Von Schleppern eingeschleust, ohne eine Spur zu hinterlassen, wenn sie verschwinden, und ohne dass jemand ihretwegen die Polizei ruft.«

»Für Belfast wäre das eine Premiere«, sagte Uprichard. »Einen Serienmörder hatten wir noch nie.«

»Nein, bis vor kurzem hatte ja auch jeder mit einer Neigung, Leute nur so zum Spaß umzubringen, genügend andere Gelegenheiten. Wie geht es dem Mädchen?«

»Sie ist immer noch auf Station«, sagte Uprichard. »Gerade spricht eine Dame von der nordirischen CARE mit ihr.«

CARE war eine christliche Wohltätigkeitsorganisation, die unter anderem Zwangsprostituierte in den Tagen nach ihrer Befreiung betreute. Oft hatten diese Frauen vor den Behörden eine Heidenangst, deshalb halfen ihnen Berater dieser Vereinigung beim Kontakt mit den Polizeibeamten, Sozialarbeitern und den Bürokraten von der Einwanderungsbehörde.

»Sie ist in keiner guten Verfassung«, fuhr Uprichard fort. »Aber die Kleine ist hart im Nehmen. Muss sie auch sein. Das hier ist nicht nur einfach ein Fall von Zwangsprostitution. Sie wird sich dafür verantworten müssen, dass sie einen Mann getötet hat.«

»Wir haben keine handfesten Beweise, dass sie jemanden getötet hat«, wandte Lennon ein. »Das habe ich nur von Roscoe Patterson gehört, und was der sagt, ist ja wohl kaum das Evangelium.«

»Sobald die Forensiker auftauchen, werden sie jede Menge Beweise finden«, sagte Uprichard. »Wir können aber für mildernde Umstände plädieren, falls sie beweisen kann, dass sie es in Notwehr getan hat.«

»Und wo kommt sie jetzt hin?«, fragte Lennon. »In ein Frauenhaus der Opferhilfe oder in eine Zelle?«

»Es ist Weihnachten«, erinnerte ihn Uprichard. »Bei der Opferhilfe gibt es niemanden, der sich um sie kümmern kann. Wir müssen sie wohl in eine Zelle stecken.«

»Nein«, sagte Lennon. »Nach all dem, was sie durchgemacht hat, können wir sie nicht auch noch in eine Zelle stecken.«

»Wenn sie Verdächtige in einem Mordfall ist, bleibt uns wahrscheinlich gar keine andere Wahl.«

Lennon stand auf. »Werden Sie sie verhaften?«

»Nein, jetzt noch nicht, aber …«

»Werden Sie sie unter Tatverdacht verhören?«

»Es ist nicht meine Entscheidung, das zu …«

»Dann gibt es keinerlei Grund, dass dieses Mädchen auch nur eine Minute früher in eine Zelle gesteckt wird, als sie muss.«

»Und was schlagen Sie stattdessen vor?«, fragte Uprichard.

Lennon dachte nach und rieb sich seine übermüdeten und trockenen Augen. Es gab nur eine Antwort, bei der er ruhig würde schlafen können.

»Ich bin ein kompletter Idiot«, sagte er.

71

Galya studierte die Lippenbewegungen der netten Frau und hörte die Worte, die sie formten, aber in ihrem Kopf kam nur wenig davon an. Die Frau redete über Agenturen, über die Polizei, die Einwanderungsbehörde, die Frauenrechte, manchmal nahm sie dabei auch Galyas Hand.

Derweil schlich sich der Schlaf an sie heran, und sie musste ihn mit Gewalt abschütteln.

Die Frau war sehr freundlich und beteuerte immer wieder, sie sei da, um ihr zu helfen.

Aber das Bett war so bequem, und obwohl jede Faser in ihrem Körper mehr oder weniger schmerzte oder brannte, bedrängte der Schlaf sie weiter.

Ihr waren schon die Lider zugefallen, da ließ ein Husten sie wieder hochfahren. Sie öffnete die Augen und sah, wie der Polizist seinen Kopf durch den zugezogenen Plastikvorhang steckte, der das Bett umgab. Er sagte der freundlichen Frau etwas, sie entschuldigte sich und ging mit ihm weg.

Jetzt, wo sie allein war, verschwamm das ganze Gelärme des Krankenhauses zu einem einlullenden Gemurmel, so wie das Plätschern eines Baches im Sommer. Galya dachte an Mama und Papa und an das Häuschen, in dem sie aufgewachsen war, an den Geruch von Brot im Backofen, Mamas raue Hände und die Straße, die zu ihrer Tür führte. Als sie noch tiefer im wärmenden Schlummer versank, sah sie den Mann mit dem Mondgesicht, die Zähne in seiner Hand, er zeigte sie ihr, zählte sie einen nach dem anderen ab und sortierte die heraus, die aus ihrem eigenen Mund stammten. Als sie mit dem Finger darin herumstocherte, entdeckte sie die Lücken, wo sie gesessen hatten. Und dann wollte er ihr noch etwas zeigen, etwas ganz Glänzendes, etwas Scharfes, etwas ...

Ein unterdrückter Schrei entfuhr ihr, als die Hand der netten Frau sie wieder aufweckte.

»Alles in Ordnung, Kleines«, sagte die nette Frau. »Du bist in Sicherheit. Niemand tut dir etwas.«

Galya schob sich einen Finger zwischen die Lippen und fuhr damit über ihren Oberkiefer. Als sie merkte, dass kein Zahn fehlte, sprach sie ein stilles Dankgebet zu Mama.

Sie schaute von der netten Frau auf den Polizisten, der dahinter stand. Er sah erschöpft aus, ein Verband lag über der Platzwunde an seinem Kinn.

»Das ist Detective Inspector Jack Lennon von der nordirischen Polizei«, sagte die freundliche Frau. »Er war es, der Sie gefunden hat.«

Galya war sich nicht sicher, ob man von ihr erwartete, dass sie jetzt irgendetwas sagte, also nickte sie nur.

»Er hat versucht, eine Bleibe für Sie zu finden, sobald Sie hier entlassen werden. Die Polizei hat spezielle Unterkünfte, wo Opfer von Verbrechen untergebracht werden können. Sie sind auch komfortabel, aber jetzt ist Weihnachten und niemand da, der sich dort um Sie kümmern kann. Ansonsten kann die Polizei Sie nur noch in einer Zelle auf dem Revier unterbringen. Da können Sie bis nach den Feiertagen bleiben. Sie sind dort sicher, aber besonders gemütlich ist es nicht.«

»Zelle?«, fragte Galya. »Wie im Gefängnis?«

»Sonst gäbe es da noch eine andere Möglichkeit«, sagte die freundliche Frau. »Dieser Polizeibeamte hat eine Freundin, eine sehr nette Dame, und bei der können Sie bleiben. Sie macht Ihnen etwas zu essen, Sie können sich dort waschen und ausschlafen. Was halten Sie davon?«

Galya musste daran denken, dass sie kürzlich erst das Hilfsangebot eines Mannes angenommen und welche Schrecken das nach sich gezogen hatte. Aber dann kam ihr ein sehnsüchtiger Wunsch in den Sinn und überwog alle Angst.

»Ein Bad?«, fragte sie und stellte sich im Geiste schon das warme Wasser auf ihrem Körper vor.

»Ob Sie mit diesen Verbänden an den Füßen ein Bad nehmen können, weiß ich nicht«, sagte die freundliche Frau.

»Doch, ein Bad«, sagte der Polizist. »Ihre Verbände halten wir schon irgendwie trocken.«

Galya dachte nicht mehr lange nach.

»Da will ich hin«, sagte sie.

72

Edwin Paynter blieb reglos liegen, während sie ihn von einem Zimmer ins nächste schoben, Scans und Untersuchungen machten und die Schwestern ihm das Blut wegwischten und die Ärzte Aufnahmen von seinem Schädel studierten. Die Polizisten maulten, dass sie hierbleiben mussten und nicht nach Hause zu ihren Familien konnten. Man erinnerte sie daran, dass bei einer Kopfverletzung der Patient beobachtet werden und sie eben abwarten müssten, bis andere Beamte kamen und sie ablösten.

All das hörte Paynter sich an und starrte dabei unverwandt an die Decke. Er vertrieb sich die Zeit damit, im Geiste noch einmal die Schritte durchzugehen, die er sich für solch eine Situation zurechtgelegt hatte. Ein paar Minuten der Verwirrung und Orientierungslosigkeit, dann würde er die Augen verdrehen und die Zunge heraushängen lassen, die Bewegungen seiner Bauchmuskeln verstärken, den Kopf zur Seite sacken lassen und mit den Beinen strampeln.

Schon einmal hatte er diese Technik angewandt, als ihn in einem Einkaufszentrum eine junge Frau zur Rede gestellt und beschuldigt hatte, er verfolge sie. Es hatte wunderbar funktioniert, im Nu hatte sich ihre Wut in Angst und Besorgnis verwandelt.

Wenn es soweit war, würde er einen Anfall heraufbeschwören, alle in Panik versetzen und in diesem Chaos sein Heil suchen.

Aber jetzt noch nicht.

Die beiden Polizisten, die ihn bewachten, standen stramm, als Detective Lennon den Raum betrat. Sie ließen ihn vorbei, der Detective kam her und setzte sich neben ihm aufs Bett. Er hatte dunkle Ringe unter den Augen.

»Edwin Paynter«, sagte Lennon.

Paynter hielt den Mund und starrte wieder die Decke an.

»Dem Mädchen geht es gut«, fuhr Lennon fort. »Sie wird gerade entlassen. Der Frau, die Sie unter dem Dach eingesperrt hatten, wird es auch bald besser gehen. Sie freuen sich doch sicher, das zu hören.«

Wenn Paynter sich darauf konzentrierte, konnte er auf den Deckenfliesen Formen erkennen. Köpfe, Arme, Beine, menschliche Gestalten und Tierfiguren, die auf der weißgrau melierten Fläche herumtollten.

»Sie werden sich in einer ganzen Reihe von Anklagepunkten verantworten müssen«, sagte Lennon. »Wahrscheinlich Entführung, zumindest aber Freiheitsberaubung. Und Körperverletzung. Dann haben wir da diesen Mann mit ein paar Löchern im Bauch, dafür müssen Sie auch geradestehen. Vielleicht können Sie sich ja auf Selbstverteidigung berufen und behaupten, er sei ein Eindringling gewesen, aber damit kommen Sie nicht weit.«

Paynter hielt den Atem an und konzentrierte sich auf ein ganz bestimmtes Gesicht an der Decke. Ein freundliches, liebevolles Gesicht, das auf ihn hinabblickte. Er lächelte zurück.

»Aber da ist eine Sache, die mich besonders neugierig macht«, fuhr Lennon fort. »Diese Zähne, die wir gefunden haben. Wo stammen die her?«

Paynter wandte seine Aufmerksamkeit wieder dem Detective zu.

»Und was ist unter dem Betonboden im Keller?«

Das Gesicht an der Decke flüsterte ihm etwas zu, ein Stichwort. Paynter wiederholte es.

»Der Herr wird mein Richter sein«, sagte er.

Lennon lächelte, und der Verband an seinem Kinn zog sich in die Länge. »Ganz am Schluss«, sagte er. »Vorher müssen Sie aber noch die weltlichen Gerichte über sich ergehen lassen.«

Eine Schwester schob einen Servierwagen mit Tee am Zimmer vorbei. Sein Geklapper und Gerassel verwandelte sich in Botschaften. Paynter sprach sie Wort für Wort nach.

»Ich werde nie einen Gerichtssaal von innen sehen«, sagte er. »Der Herr wird es nicht zulassen.«

»Der Herr hat in dieser Angelegenheit nichts zu melden.«

Paynter schnaubte verächtlich. Der Schmerz an seiner Schläfe pulsierte im Rhythmus seines Lachens. Überall um ihn herum, im ganzen Krankenhaus, war ein Raunen, jeder Lufthauch wehte ihm Gottes Wort zu.

»Der Engel des Herrn wird mich befreien«, erklärte er. »So wie Petrus aus seinem Verlies befreit wurde, so werde auch ich befreit werden.«

»Glauben Sie nicht, dass der Engel des Herrn an Weihnachten Besseres zu tun hat?«, fragte Lennon.

Paynter merkte, wie das Lächeln auf seinen Lippen erstarb. »Nur der Narr spottet den Herrn«, sagte er. »Oder seinen Boten.«

»Der sind Sie also?«, fragte Lennon. »Sein Bote?«

Paynter schaute wieder an die Decke. »Es gibt keinen Namen für das, was ich bin«, sagte er.

73

Frischer Schnee legte sich auf die Windschutzscheibe des Audis, als Lennon vor dem Apartmenthaus in Stranmillis parkte. Das Mädchen Galya hatte unterwegs wenig gesprochen. Sie hatte nur seinen Mantel fest um sich gezogen und ausdruckslos aus dem Fenster gestarrt.

»Da sind wir«, sagte er.

Galya antwortete nicht.

Lennon stieg aus und lief nach hinten zum Kofferraum. Er machte den Deckel auf und hob einen zusammenklappbaren Rollstuhl heraus, den das Krankenhaus leihweise zur Verfügung gestellt hatte. Es dauerte nur ein paar Sekunden, den Rahmen auseinanderzuklappen und zu arretieren und anschließend die Fußhalterungen herunterzuklappen Als er ihn zur Beifahrertür rollte, hinterließen die kleinen Räder ihre Spuren im Schnee.

Lennon machte die Tür auf. Galya sah ein paar Sekunden lang zu ihm hoch, als sei sie unsicher, wo sie war. Sie nahm die Hand, die er ihr reichte, und zuckte beim Auftreten zusammen. Er half ihr in den Stuhl und beim Hinsetzen. Sie wog praktisch nichts.

Auf der Fahrt hatte er über die Frauen nachgedacht, für deren Gesellschaft er bezahlt hatte. Wie oft wohl in den letzten paar Jahren? Bestimmt zigmal, auch wenn er in den letzten sechs Monaten der Versuchung widerstanden hatte. Er hatte dabei und auch danach immer Schuldgefühle gehabt, aber abgehalten hatte es ihn trotzdem nie. Schließlich nahmen sie ja bereitwillig das Geld, sagte er sich, niemand hatte sie gezwungen. Sie wurden bezahlt, und er wurde seinen Samenstau los. Keiner wurde verletzt. Keiner litt.

Soweit Lennon wusste, war keines dieser Mädchen in die Zwangsprostitution verkauft worden. Ein paar waren natürlich Ausländerinnen, grazil und mit slawischem Akzent. Aber seiner Überzeugung nach waren das alles mündige Frauen. Niemals hätte er etwas mit einer anfangen können, die dazu gezwungen worden war.

Aber wie sicher konnte er sich da eigentlich sein?

Er zwang sich, den Gedanken nicht weiterzuspinnen, und schob Galya durch die Haustür und zum Lift. Immer noch schweigend, fuhren sie hinauf. In den polierten Liftwänden betrachtete er ihr Spiegelbild. Ihr Blick war auf etwas gerichtet, das in weiter Ferne lag.

Lennon hatte mit genügend tätlicher Gewalt zu tun gehabt, um zu wissen, dass die Opfer danach nicht mehr sie selbst waren. Ihr Leben war in zwei Hälften geteilt, in den Menschen davor und den danach. Nichts von dem, was dem Menschen davor wichtig gewesen war, bedeutete ihm danach noch etwas.

Er fragte sich, wie Galya wohl vorher gewesen war. Und er fragte sich, ob die Galya danach je wieder diese Leere in ihrem Blick würde füllen können.

Als sie Susans Etage erreichten, gab der Lift ein Pling von sich, und die Türen glitten auf. Susan erwartete sie im Türeingang. Sie lächelte Galya an, nicht aber Lennon.

»Danke dir«, sagte er, als er Galya über die Schwelle rollte.

Susan antwortete nicht. Sie ging voraus bis ins Wohnzimmer, wo unter dem Weihnachtsbaum eingepackte Geschenke lagen und sich die blinkenden Kerzen im Silberpapier spiegelten.

Eine kurze Panik erfasste Lennon. »Hast du etwa …?«

»Ja«, sagte Susan. »Als sie im Bett waren, bin ich in deine Wohnung geschlichen. Ich habe sie auch für dich eingepackt.«

»Danke«, sagte er.

»Für dich habe ich es nicht gemacht«, erklärte sie. »Ich habe es für Ellen gemacht.«

»Trotzdem vielen Dank.«

»Jack«, sagte sie und sah ihn scharf an. »Halt den Mund.«

Sie hockte sich neben Galya. »Also, Herzchen, was möchtest du gern haben? Was Heißes zu trinken? Tee? Kaffee? Wie wäre es mit einem Toast?«

»Ja«, piepste Galya wie ein Vögelchen.

»In Ordnung«, sagte Susan. Sie streichelte Galya über die Hand und stand auf.

Lennon tat so, als habe er nicht bemerkt, dass Susan ihm nichts angeboten hatte. Er rollte Galya zur Sitzgarnitur. Nachdem sie sich von ihm aufs Sofa hatte helfen lassen, wusste er nicht recht, was er als Nächstes tun sollte. Letztlich ergab er sich seiner eigenen Müdigkeit und sank in einen Sessel. Er ließ den Kopf auf die Kissen sinken und schloss die Augen.

Es schien nur einen Augenblick später, als ein Klappern ihn hochschrecken ließ. Eine Tasse und ein Teller wurden auf den Couchtisch gestellt. Er hob den Kopf und sah, wie Galya nach einer dampfenden Tasse Tee griff. Eine zweite stellte Susan ihm hin.

»Nicht, dass du ihn verdienst hättest«, sagte sie.

Lennons Lächeln erwiderte sie nicht.

Er nahm den Becher vom Tisch, trank einen Schluck von dem heißen, süßen Tee und spürte die Wärme durch seine Kehle bis in die Brust rinnen. Susan verschwand für ein paar Minuten, dann kehrte sie mit einem Bündel Kleidungsstücken zurück. Sie legte es neben Galya auf die Couch.

»Die werden dir sicher ein bisschen zu groß sein«, sagte sie, »aber sie sind warm. Auf jeden Fall besser als diese Krankenhausklamotten.«

Galya stellte ihren Becher ab und legte eine Hand auf den Kleiderstapel. Lennon roch den angenehmen Duft von Weichspüler, und plötzlich kam eine Erinnerung hoch, wie er sich früher als Junge im Haus seiner Mutter an kalten Tagen die Socken immer direkt vom Bügeleisen geschnappt hatte. Lächelnd wackelte er mit den Zehen und spürte beinahe wieder, wie sich das angefühlt hatte.

Dann brach Galya vor seinen Augen zusammen, und sein Lächeln war wie weggeblasen.

Eben noch hatte sie mit der Hand auf den Kleidern dagesessen, und im nächsten Moment war es, als würde sie zerbrechen. Ihre Schultern zuckten, sie weinte. Ein leises Wehklagen, das tief aus ihrem Inneren aufzusteigen schien, entfuhr ihr als unterdrücktes Schluchzen. Dicke Tränen tropften ihr von den Wangen in den Schoß. Sie hielt die Hände auf, als wolle sie sie nicht an den Bademantel verlieren, den sie trug.

Lennon stand auf, obwohl er keine Ahnung hatte, was er jetzt machen sollte.

Susan nahm ihm die Entscheidung ab. Sie schob den Couchtisch beiseite, kniete sich vor das Mädchen und breitete die Arme aus. Galya ließ sich hineinfallen und vergrub ihr Gesicht an Susans Hals.

»Ist ja gut, mein Schatz«, tröstete Susan sie. Ihr Atem verwehte gegen die feinen blonden Haare auf Galyas Kopf. »Hier bist du sicher. Niemand tut dir mehr etwas.«

Lennons und Susans Blicke begegneten sich. Ihre Augen waren voller Tränen und voll tiefem Verständnis, und er fragte sich, woher sie diese Art von Schmerz wohl kannte. Er wollte etwas sagen, danke, irgendetwas, sie vielleicht berühren, aber dann stand er doch nur mit hängenden Armen da und brachte nichts über die Lippen.

Eine Bewegung vorne im Zimmer errettete ihn aus seiner Hilflosigkeit. Er wandte den Kopf und sah Ellen und Lucy aus dem Schlafzimmerflur hereinspähen.

»Frohe Weihnachten«, sagte er.

Die Mädchen huschten herein und schauten unsicher drein, als sie den fremden Gast bemerkten.

»Du bist ja wiedergekommen«, sagte Ellen.

»Natürlich«, sagte Lennon, obwohl er wusste, dass es alles andere als sicher gewesen war, dass er sein Versprechen würde halten können.

Ellen antwortete nicht, kam aber angelaufen und umarmte seinen Oberschenkel.

»War das Christkind schon da?«, fragte Lucy.

Lennon räusperte sich und zeigte auf den Weihnachtsbaum. »Schaut doch mal selbst«, schlug er vor.

Er folgte den Mädchen zum Baum und strich unterwegs Susan mit den Fingerspitzen über den Hals. Sie griff mit ihrer Hand nach seiner und schenkte ihm ein erschöpftes Lächeln.

Die Mädchen hatten bereits angefangen, die Geschenke zu begutachten, als er sich zwischen ihnen auf den Boden kauerte. Ellen kuschelte sich in seinen Schoß und machte sich daran, die Geschenke auszupacken, die sie entdeckt hatte. Sie und Lucy kicherten und kreischten und verglichen ihre Geschenke, zeigten einander die farbenfrohen Schachteln und bestaunten jauchzend deren Inhalt.

Beide entdeckten sie eine Barbie-Puppe, jede mit einem anderen Outfit, und machten sich daran, die Plastikfiguren aus ihren Verpackungen zu befreien.

Als Ellen die Arme ihrer Puppe in eine Stellung brachte, die ihr gefiel, erinnerte Lennon sich wieder an die Puppe, die Ellen vor über einem Jahr besessen hatte, als sie mit ihrer Mutter wieder aus Birmingham zurückgekehrt war. Sie war nackt gewesen und ihr Haar wirr, aber trotzdem hatte Ellen sie geliebt. Er fragte sich, was wohl damit passiert war.

Ellen schmiegte sich an seine Brust und flüsterte: »Wer ist das?«

»Das ist jemand, dem Daddy helfen muss«, sagte Lennon.

»Sie hat eine schwere Zeit durchgemacht, deshalb kümmern wir uns heute mal um sie.«

»Ich habe von ihr geträumt«, sagte Ellen.

»Wirklich?«

»Da war ein böser Mann«, erzählte Ellen. »Er wollte ihr weh tun.«

Früher hätte es Lennon schockiert, dass Ellen Kenntnis von Dingen besaß, mit denen sie eigentlich gar nichts zu tun hatte. Aber im Verlauf des letzten Jahres hatte er begriffen, dass sie aus irgendeinem Grund Dinge wusste, die sie besser nicht gewusst hätte.

»Er kommt ins Gefängnis«, sagte Lennon. »Er kann niemandem mehr weh tun.«

Zufrieden mit dieser Antwort, stand Ellen auf und ging hinüber zu Susan, die gerade Galyas Wangen mit einem Papiertaschentuch abtupfte. Ellen nahm Galya bei der Hand.

»Komm mit«, sagte sie.

Widerstandslos stand Galya auf und ließ sich von Ellen zum Weihnachtsbaum führen. Wegen ihrer kaputten Füße machte sie winzige, schlurfende Schritte. Sie setzte sich zwischen die beiden Mädchen. Lennon sah ihr zu.

Ellen drückte Galya die Puppe in der Hand. »Guck mal«, sagte sie, »man kann sie umziehen.«

Sie suchte ein Kleid aus und zeigte es der Besucherin.

Lächelnd sagte Galya: »Es ist sehr schön.«

Ellen wählte einen Hosenanzug aus. »Und der hier?«

»Auch sehr schön«, sagte Galya.

»Aber welches ist schöner?«, fragte Ellen.

»Das Kleid.«

Ellen reichte ihr das Kostüm, und Galya fing an, die Haken aufzumachen. Mit der Konzentration eines Kindes kaute sie dabei auf der Zunge.

Lennon ließ die beiden spielen.

74

Arturas Strazdas wählte die Nummer noch einmal.

Immer noch ging keiner dran.

»Mistkerl«, fluchte er nach dem Piepton. »Ruf mich zurück, du verdammter Mistkerl.«

Er warf das Telefon aufs Bett. Das Zimmer kam ihm viel kleiner vor als gestern. Er hatte vielleicht eine Stunde geschlafen und dabei von Tomas geträumt, wie er nackt auf einem Seziertisch lag. Und nur Herkus war dagewesen, um ihn zu begraben. Herkus allerdings konnte nichts mehr für Tomas tun, denn er war selbst tot.

Strazdas war mit einem Gefühl aufgewacht, als läge etwas Schweres auf seiner Brust. Mehrere Minuten lang hatte er dagelegen, ohne schreien zu können. Als er sich endlich bewegen konnte, hastete er zum Schreibtisch im Wohnzimmer, drückte seine Nase auf die Platte und inhalierte sämtliches Pulver, das sich noch irgendwo darauf befand.

Seitdem versuchte er, seinen Kontaktmann zu erreichen, diesen Dreckskerl, der nicht dranging. Zwei Stunden waren schon vergangen, und die Sonne warf ein milchiges Licht durch die Wolken, die über der Stadt hingen.

Strazdas öffnete das Fenster und biss in der eisigen Luft, die seinem nackten Körper durch Mark und Bein ging, die Zähne zusammen. Stocksteif und kerzengerade blieb er mit seiner Gänsehaut so lange stehen, bis er sich vor Kälte schüttelte.

Das Telefon klingelte. Er griff danach.

»Wo waren Sie? Warum sind Sie nicht drangegangen, Sie verdammter …?«

»Arturas?«, sagte sie.

Er setzte sich auf die Bettkante. Beim Klang ihrer Stimme hatte er sofort weiche Knie bekommen. »Mutter.«

»Hast du mich vergessen?«

»Nein«, sagte er.

»Hast du vergessen, was du mir versprochen hast?«

»Nein«, sagte er.

»Dann rede mit mir.«

Er suchte nach Worten, fand aber keine.

»Sprich mit mir«, wiederholte sie. Die Unbarmherzigkeit ihrer Stimme beschwor eine Erinnerung herauf, die er lieber weiter begraben hätte, statt dass sie in seinem Kopf herumspukte und die Gewissheiten umstürzte, die er zu haben glaubte. Er presste die Knie zusammen und bedeckte mit der freien Hand seine Genitalien.

»Mein Fahrer ist tot«, sagte er. »Irgendein Verrückter hat ihn umgebracht.«

»Dein Fahrer interessiert mich nicht. Mich interessiert nur die Hure, die meinen Sohn getötet hat.«

Strazdas merkte, dass seine Blase drückte. »Die hat die Polizei«, sagte er.

Ein paar Sekunden hörte er nur Schweigen, dann sagte sie: »Du musst sie denen wegnehmen.«

»Mein Kontaktmann kümmert sich schon darum.«

»Ist mir egal, wer es erledigt. Hauptsache, du weißt, dass du mir nicht wieder unter die Augen trittst, bevor du getan hast, was ich von dir verlangt habe. Hast du mich verstanden?«

Eine dunkle, stechende Hitze rumorte in seinen Eingeweiden. Seine Blase verlange dringend nach Erleichterung. »Habe ich.«

»Gut«, sagte sie und legte auf.

Er ließ das Telefon fallen und rannte ins Bad. Die ersten Tropfen entkamen schon, noch bevor er die Toilettenschüssel erreicht hatte. Ein Frösteln schüttelte ihn, er schloss die Augen und lauschte dem Plätschern des Wassers.

Als seine Blase leer war, duschte er und stellte dabei den Hahn so heiß, wie er es nur aushalten konnte. Dann kehrte er ins Schlafzimmer zurück und nahm wieder das Telefon zur Hand. In der Zwischenzeit hatte sich draußen das Tageslicht durchgesetzt. Er wählte noch einmal die Nummer seines Kontaktmannes und wartete auf den Anrufbeantworter.

»Hundertausend für die Hure«, sagte er.

Nicht einmal eine Minute später rief der Kontaktmann zurück.

»Heute wird es schwierig«, sagte er.

»Mein Angebot gilt bis morgen Mittag«, gab Strazdas zurück. »Danach ist es nur noch die Hälfte. Und übermorgen noch mal die Hälfte.«

»Überlassen Sie das mir«, sagte der Kontaktmann.

75

Galya erwachte aus einem tiefen, traumlosen Schlaf und fragte sich ein paar Sekunden lang, wo sie war. Zuerst kam die Erinnerung daran wieder, wo sie *gewesen* war, und schnürte ihr die Luft ab. Erst dann begriff sie, dass sie in Sicherheit war.

Sie blieb noch eine Zeitlang reglos liegen und versuchte, an nichts zu denken als an das lange Bad, das sie genommen hatte, bevor sie hier zu Bett gegangen war. Fast eine Stunde lang hatte sie im Wasser gelegen, die verbundenen Füße in Plastikbeutel gewickelt und auf den Rand gelegt. Lieder waren ihr eingefallen, Lieder, die sie in ihrer Kindheit mit ihren Freundinnen gesungen hatte. Die hatte sie nun wieder vor sich hin gesummt und ihrer eigenen Stimme gelauscht, die von den Fliesen widerhallte.

Wie lange sie wohl geschlafen hatte? Es kam ihr vor, als habe sie erst eben die Augen zugemacht und sich in Susans warmes Bett gekuschelt. Aber als sie sie wieder aufgemacht hatte, war das Licht anders gewesen. Sie horchte auf das Getriebe vor der Schlafzimmertür. Die beiden Mädchen lachten, Teller und Töpfe schepperten. Die Frau, Susan, kochte. Sie schien ein guter Mensch zu sein, aber abgespannt, so als quäle sie ein innerer Schmerz. Galya vermutete, dass das teilweise an Lennon lag, dem Polizisten, der sie hergebracht hatte.

Er war ein seltsamer Mann. Ein anständiger Mann, glaubte Galya. Sie fragte sich, warum er sie wohl in die Wohnung dieser

Frau gebracht hatte, anstatt sie in eine Zelle zu sperren. Als wolle er sich irgendwie seine eigene Ehrenhaftigkeit beweisen. Manchmal lächelte er und lachte und sprach sogar, aber dann war er mit den Gedanken wieder ganz woanders und sein Blick leer.

Vertraute sie ihm? Sie war sich noch nicht sicher. Aber Susan vertraute ihm ganz offensichtlich, das musste vorerst reichen.

Sie schob die Steppdecke beiseite, richtete sich auf und setzte, so vorsichtig es ging, die Füße auf den Boden. Sofort brannten ihre Sohlen, trotz der Verbände. Der Schmerz kroch ihr durch die Gelenke und bis hinauf in die Waden. Überall an ihrem Körper stach und schmerzte sie etwas.

Die sauberen Kleidungsstücke lagen auf einem Häuflein neben ihrem Bett. Ihre eigenen hatte die Polizei mitgenommen. Indizien, hatte es geheißen.

Die freundliche Frau, die im Krankenhaus mit Galya gesprochen hatte, hatte ihr versprochen, von der Polizei habe sie nichts zu befürchten. Ganz eindeutig habe sie ja in Notwehr getötet, das würden die schon verstehen. Der Mann, der gestorben war, sei ein Verbrecher gewesen, dem die Polizei keine Träne nachweinte.

Abe trotzdem würde es ein Verfahren geben und Fragen, die sie beantworten musste. Einen Gerichtssaal und Anwälte. Monate, die sie in dieser Stadt verbringen musste, ohne die Aussicht, nach Hause zu gelangen.

Galya merkte, wie ihr wieder die Tränen kamen, aber sie unterdrückte sie. Schluss damit. Nicht jetzt. In den nächsten Tagen und Wochen würde sie noch genug Gelegenheit haben zu weinen.

Sie zog sich die Jeans und das T-Shirt an, beides zu groß für ihre schmalen Schultern und Hüften. Dann lehnte sie sich an die Wand und streifte vorsichtig die Pantoffeln über. Die polsterten ihre Füße ein wenig, als sie zur Tür schlurfte und sie aufmachte.

Ein paar Sekunden lang blieb Galya stehen und schaute hinaus. Von hier aus konnte sie durch den kleinen Flur bis ins Wohnzimmer sehen, wo die Mädchen wieder unter dem Baum spielten. Der Polizist sprach auf seinem Handy, und Susan deckte einen Tisch mit Tellern und Besteck.

Der Geruch warmen Essens ließ Galya das Wasser im Mund zusammenlaufen. Ihr Magen knurrte. Gebratenes Fleisch, heißes Öl, gekochtes Gemüse. Und vor allem war da der süße Duft von Zucker. Galya sah im Geiste schon Schokolade und Karamell vor sich und musste sich die Hand vor den Mund halten, damit sie nicht vor Freude aufjauchzte. Ein plötzliches Schwindelgefühl überkam sie, und sie musste sich am Türrahmen festhalten.

Susan sah von ihren Vorbereitungen hoch und lächelte sie an. »Komm ruhig«, sagte sie. »Nur keine Schüchternheit.«

Langsam humpelte Galya zum Tisch und stützte sich unterwegs ab, wo immer es ging. Schon wieder grummelte ihr Magen, und diesmal so laut, dass Susan die Augenbrauen hob.

»Setz dich doch«, sagte die. »Wir geben dir einen kleinen Vorsprung vor den anderen.«

Galya sank auf einen der Stühle, vor ihr stand ein leerer Teller. Susan griff in eine Dose und holte eine Handvoll in buntes Papier gewickelter Bonbons heraus. Über dem Teller machte sie die Hand auf, und die Bonbons rieselten heraus wie ein Piratenschatz. Galya wickelte einen grünen Edelstein aus und biss hinein. Sie schloss die Augen und ließ die Schokolade auf der Zunge zergehen. Dann atmete sie genüsslich durch die Nase aus, und ihre Mundwinkel hoben sich.

Als sie erneut den Mund aufmachte, setzte sich der Polizist ihr gegenüber hin.

»Die wollen Sie heute Abend auf dem Revier haben, damit sie Sie morgen früh verhören können«, sagte er.

Das flüchtige Lächeln auf ihren Lippen erstarb.

»Wir können vorher noch essen«, sagte er, »aber danach muss ich Sie hinbringen. Ich habe die gefragt, ob das nicht noch Zeit hätte bis morgen, aber der Leiter meines Dezernats, mein Chef, will Sie dort haben. Er war nicht begeistert, dass ich Sie nicht gleich vom Krankenhaus aus hingebracht habe.«

»Und komme ich danach wieder hierher zurück?«, fragte Galya.

Der Polizist schüttelte den Kopf. »Nein. Die wollen Sie in Untersuchungshaft nehmen.«

Sie spürte, wie ihr die Augen brannten.

»Keine Sorge«, sagte Lennon. »Morgen müsste die Opferhilfe ein Zimmer für Sie haben. Sie bleiben nur eine Nacht in der Zelle. Das verspreche ich.«

Galya lächelte, obwohl sie das Gefühl hatte, dass Lennon – so wie die meisten Männer – seine Versprechungen selten hielt.

76

Sie aßen beinahe schweigend, nur Ellen und Lucy sorgten mit ihrem gelegentlichen Flüstern für ein Gespräch. Lennon sah Galya zu, die mehr Essen verdrückte, als er bei ihr jemals für möglich gehalten hätte. Sie aß ihren Teller leer und hielt ihn Susan dann einfach wieder hin, die ihn auch pflichtschuldig wieder mit Truthahn, Schinken und Röstkartoffeln belud. Als der Nachtisch kam, Trifle und Eis, aß sie eine ganze Schüssel, einen gehäuften Löffel nach dem andern. Als sie satt war, rülpste sie, und die Mädchen lachten.

»Bitte um Entschuldigung«, sagte sie.

»Keine Sorge«, sagte Susan und machte sich daran, die Teller abzuräumen. »Leg dich doch einfach wieder hin und schlaf noch ein bisschen.«

»Danke«, sagte Galya. Sie stand auf und sah nacheinander jeden an. »Euch allen.«

Lennon nickte lächelnd. »Ich glaube, ich gönne mir auch ein kleines Nickerchen«, sagte er.

»Nein, tust du nicht«, widersprach Susan. »Du hilfst mir gefälligst beim Aufräumen.«

Lennon wusste, dass Proteste nichts helfen würden, also seufzte er nur und sammelte das Besteck und die schmutzigen Servietten ein.

Als er gemeinsam mit Susan die Teller ins Waschbecken stellte, fragte sie: »Was geschieht jetzt mit ihr?«

»Man wird sich schon um sie kümmern«, sagte Lennon. »Selbst wenn die Staatsanwaltschaft sie wegen des Mordes anklagt, wird sie wohl kaum einsitzen müssen. Höchstwahrscheinlich wird die nordirische CARE sie während des Verfahrens irgendwo unterbringen, und wenn alles vorüber ist, kann sie nach Hause.«

»Und dann?«, fragte Susan. »Was sie durchgemacht hat, das ganze Trauma? Wie soll sie damit klarkommen?«

»Damit haben wir nichts zu tun«, sagte er und wusste noch im selben Moment, wie gefühllos sich das anhörte.

»Herrgott«, empörte sich Susan. »Das ist ja, als wäre sie für euch Typen nur irgendein Müll, den ihr wegwerft, wenn ihr mit ihr durch seid.«

»So ist das nicht«, sagte Lennon, obwohl er wusste, dass es haargenau so war. »Man wird sich um sie kümmern, so gut es eben geht. Wenn sie EU-Bürgerin wäre, Polin oder Lettin, dann könnte sie hierbleiben und sich behandeln lassen. Psychologische Beratung, medizinische Versorgung, was auch immer. Aber sie ist Ukrainerin. Und damit muss sie, sobald die Behörden mit ihr fertig sind, das Land verlassen. Mehr können wir nicht für sie tun.«

»Es ist beschissen, einen Menschen so zu behandeln«, sagte Susan. »Wenigstens weiß ich, dass du dein Bestes für sie tun wirst.«

Susan legte ihm einen Arm um die Hüfte. Er legte ihr seinen um die Schulter und zog sie zu sich heran.

»Das Geschirr kann auch bis morgen warten«, sagte er. »Lust auf ein kleines Schläfchen?«

Verstohlen schaute Lennon hinüber zu den Kindern, die inzwischen vor dem Fernseher lagen und einen Harry-Potter-Film anschauten.

»Um die brauchen wir uns keine Gedanken zu machen«, sagte Susan.

Lennon sah seine Tochter an. Sie hatte das Kinn auf die Hände gestützt und wedelte mit den Beinen in der Luft. Er musste an die ganzen Mädchen wie Galya denken, denen er schon begegnet war, und daran, dass sie alle einmal klein und voller Staunen gewesen waren.

»Hoffen wir es«, sagte er.

77

»Alles unter Kontrolle«, sagte der Kontaktmann. »Gleich fährt Lennon mit dem Mädchen aufs Revier. Die beiden werden nicht dort ankommen.«

»Gut«, sagte Strazdas.

Er setzte sich nackt am Fußende des Bettes auf den Boden und legte das Kinn auf die Knie. Ein eiskalter Luftzug tastete nach seinem Körper. Schon hundertmal hatte er heute das Fenster aufgerissen und wieder zugemacht. Entweder er kochte oder fror sich tot, ein Dazwischen gab es nicht.

»Anschließend will ich, dass Sie sich in ein Flugzeug setzen und von hier verschwinden«, sagte der Kontaktmann. »Morgen früh um elf geht ein Flug nach Brüssel. Ich bestelle Ihnen ein Taxi.«

»In Ordnung«, sagte Strazdas.

»Und ich will mein Geld«, sagte der Kontaktmann.

»Tun sie einfach nur, was ich von Ihnen verlange«, sagte Strazdas. »Dann kriegen Sie Ihr Geld schon.«

»Es wird alles erledigt«, sagte der Kontaktmann.

Strazdas zitterte. »Eine Sache noch«, sagte er.

»Was?«

»Ich brauche etwas.«

»Und was genau?«

»Normalerweise hätte Herkus es mir besorgt, aber der ist tot.«

»Was brauchen Sie?«

»Koks«, sagte Strazdas.

Ein paar Sekunden lang hörte er nichts als Schweigen, dann sagte der Kontaktmann: »Verpissen Sie sich.«

78

Lennon brachte Galya zum Wagen. Immer noch spürte er auf seiner Wange Susans warmen Kuss. Dichter Nebel tauchte die Welt in ein schmutzig-graues Weiß und verbarg den dunklen Himmel darüber. Die Temperaturen waren gefallen und hatten den Schnee frieren lassen, er knirschte unter ihren Schuhen. Galya trug ein Paar alte und zu große Turnschuhe von Susan, und außerdem dicke Socken, um ihre Füße zu schützen. Ihren schmächtigen Körper hatte sie in einen Dufflecoat mit Kapuze gewickelt.

Er nahm die Pappen weg, die er zum Schutz gegen den Frost auf Windschutzscheibe und Heckscheibe gelegt hatte, und warf sie in den Kofferraum des Audi. Dann hielt er Galya die Tür auf. Sie dankte ihm mit leiser Stimme und sank auf den Beifahrersitz.

Lennon ließ den Motor an und sah auf die Uhr. Fast zehn. Man hatte ihm gesagt, dass sie das Mädchen noch vor dem Schichtwechsel dahaben wollten. Na, dann müssen sie eben ein paar Minuten warten, dachte er. Bei diesem Wetter würden sie nur langsam vorankommen, und außerdem war Weihnachten.

Auf dem Armaturenbrett blinkte die ABS-Leuchte auf, als er vom Parkplatz fuhr und nach rechts in Richtung des Kreisels am Ende des Stranmillis Embankment abbog. Galya saß schweigend und in ihren Mantel gehüllt neben ihm, nur die Nase und die Augen lugten unter der Kapuze hervor.

»Es wird schon alles gut werden«, sagte er, obwohl er sich ganz und gar nicht sicher war, ob er selbst daran glaubte.

Sie antwortete nicht, sondern starrte nur weiter vor sich hin, während sie am Ufer entlangfuhren. Der Fluss zu ihrer Linken war im Nebel verschwunden. Wie ein Gewicht legte sich draußen die eisige Luft auf die leeren Straßen und steigerte noch das Gefühl der Stille. Lennon sah weder andere Autos noch irgendwelche Fußgänger der Kälte trotzen.

Warum hatte der Diensthabende wohl darauf bestanden, dass das Mädchen noch heute Abend gebracht wurde? Wer würde denn jetzt kommen und sie verhören? Auf Nachfrage hatte der Diensthabende ihm nur erklärt, man habe ihn aufgefordert, dafür zu sorgen, und fertig. Lennon wollte wissen, wer das angeordnet habe, und der Diensthabende sagte ihm, DCI Thompson wolle nicht, dass das Mädchen frei herumlaufe. Aber von alleine hätte sich ein fauler Sack wie Thompson nie eine solche Mühe gemacht, es sei denn, jemand anderes hatte ihm eine entsprechende Anweisung gegeben. Lennon fragte sich, ob dieser andere womöglich ein alter Freund aus dem Geheimdienst C3 war, der ihm das Leben schwermachen wollte.

Um die Geschwindigkeit zu drosseln, schaltete er herunter und trat dann stotternd auf die Bremse, damit er auf dem Eis und Schnee nicht ins Rutschen geriet. Der Audi vibrierte, als er südlich der Kings Bridge an einer Ampel anhielt. Obwohl sonst niemand zu sehen war, schaltete er den Blinker ein, um den Fluss zu überqueren.

Die Ampel schaltete von Rot auf Gelb, und Lennon ließ vorsichtig die Kupplung kommen, bis der Audi anzog. Bei Grün machte er die Handbremse los und fuhr, ohne zu rutschen, langsam los, weil nur ein paar Meter weiter noch eine zweite Ampel kam.

»Es dauert nicht mehr lange, bis wir da sind«, sagte er. Er wandte Galya den Kopf zu, doch die erwiderte seinen Blick nicht.

»Ich schwöre es«, sagte er. »Alles wird gut. Sie werden …«

Irgendwo aus dem Nebel kam ein schrilles Geräusch, das Aufheulen eines Motors und durchdrehende Räder. Lennon hielt Ausschau nach Scheinwerfern, entdeckte aber keine. Ein Auto brach durch den Schleier, ein alter Nissan mit Allradantrieb. Der Fahrer hatte mit dem Eis zu kämpfen, die Schnauze des Wagens schlingerte hin und her. Für den Bruchteil einer Sekunde glaubte Lennon, da habe jemand die Kontrolle über sein Fahrzeug verloren, das jetzt die Ridgeway Street hinabschlingerte. Aber der Wagen wurde schneller, und da wusste er, dass die Kollision kein Unfall sein würde.

Lennon trat das Gaspedal durch und spürte den Audi unter sich bocken, als die Reifen auf der eisigen Straße die Bodenhaftung verloren. Das Heck schlug aus und drehte die Schnauze vom Fluss weg. Als Galya begriff, was vor sich ging, keuchte sie erregt auf. Schützend hielt sie sich die Arme über den Kopf, und im nächsten Moment krachte der andere Wagen auch schon gegen die hintere Flanke des Audi.

Noch bevor Lennon hörte, wie die seitlichen Airbags aufgingen, spürte er, wie ruckartig sein Hals zur Seite gedrückt wurde. Sein Kopf schlug gegen das Fenster der Fahrerseite, hinter seinen Augen blitzte etwas auf.

Er blinzelte verwirrt, ohne jede Ahnung, ob seit dem Aufprall Sekunden oder Minuten vergangen waren. Alles verschwamm vor seinen Augen, dann wurde es wieder klarer. Er horchte. Der Motor des Audi lief immer noch im Leerlauf, irgendein Warnsignal pingte. Lennon blickte sich im Wagen um. Das hintere Beifahrerfenster war zertrümmert und die Tür eingedrückt, aber vorne war noch alles heil. Galya saß immer noch neben ihm, den Kopf in den Händen vergraben, hechelnd und keuchend.

Der Schaden wäre noch größer gewesen, wenn der Nissan seinen Kurs hätte beibehalten können, aber das Eis hatte ihn rutschen lassen und abgebremst. Durch den dichter werdenden Nebel und den Motorenqualm hindurch konnte Lennon noch erkennen, wie auf der anderen Seite des Wagens die Fahrertür aufging. Ein Mann tauchte auf, eine Kapuze über dem Kopf und einen Schal vor dem Gesicht. Angestrengt spähte Lennon durch den Nebel, da hob der andere auch schon seine Hand.

Lennon warf den ersten Gang ein und trat das Gaspedal durch. Eis spritzte unter den Reifen hoch, dann fuhr der Wagen los, und das Heck brach nach rechts aus. Im selben Moment zersprang die Heckscheibe, und etwas schlug in den Himmel des Daches ein. Galya schrie auf.

Der Audi schleuderte hin und her. Verzweifelt versuchte Lennon, sich an das Fahrtraining zu erinnern, das er vor Jahren nach seinem Eintritt in die Polizei absolviert hatte. Er schlug das Lenkrad gegen die Richtung ein, ging vom Gas und spürte, wie der Wagen wieder in die Spur kam. Wäre er seinen Instinkten gefolgt, hätte er das Gaspedal jetzt voll durchgetreten, aber er behielt sich unter Kontrolle, blieb bei seiner Geschwindigkeit und riskierte nicht die Bodenhaftung für Tempo.

Er bugsierte den Wagen auf die King's Bridge, beschleunigte auf der Geraden und ging wieder vom Gas, als er merkte, dass die Hinterräder durchdrehten. Während er sich auf der anderen Seite der Kreuzung näherte, warf er einen raschen Blick in den Rückspiegel. Durch das zersplitterte Glas der Heckscheibe sah er, wie Scheinwerfer den Nebel durchbohrten, einer blendend hell, der andere vom Aufprall getrübt.

Als er die Kreuzung an der Sunnyside Street überquerte, schaltete die Ampel gerade auf Rot, aber Lennon ignorierte sie. Die Scheinwerfer des Nissan kamen näher, da sein Allradantrieb eine bessere Bodenhaftung hatte als der Audi.

Lennon dachte fieberhaft nach. Von der Sunnyside Street gingen mehrere Seitenstraßen ab, die in ein Gewirr schmaler und gewundener Wohnsträßchen mündeten. Der Nissan mochte einen besseren Grip haben, aber dieser Vorteil ging verloren, wenn er mit seinen großen Rädern um die Ecken kurven musste. Lennon riskierte es, das Gaspedal möglichst weit durchzutreten, und erklomm den flachen Hang. Der Nissan hielt sein Tempo und holte auf.

Als Lennon sich der Ecke zur Deramore Avenue näherte, wurde er langsamer und schlug das Lenkrad ein. Er ließ zu, dass der Audi ein wenig wegrutschte, kam dann aber wieder auf Spur und beschleunigte. Mühsam hielt er sich auf dem schmalen Fahrstreifen in der Mitte, ohne gegen die zu beiden Seiten geparkten Autos zu prallen. Im Rückspiegel sah er, dass der Nissan ihm folgte und in der Kurve ins Schleudern geriet. Er stieß gegen einen Wagen, wurde quer über die Straße geschleudert und streifte noch einen zweiten, bevor er wieder in Fahrtrichtung kam. Alarmanlagen heulten in der Dunkelheit auf.

Kaum mehr als ein Meter trennte die eingedrückte Frontpartie des Nissan noch von der hinteren Stoßstange des Audi. Lennon beschleunigte weiter und kurbelte wie wild hin und her, während die Hinterräder auf dem Eis tanzten. Weiter vorne sah er im verschwommenen Grau die Einbiegung zum Ailesbury Drive. Dahinter, das wusste er, ging es scharf rechts in die Deramore Gardens. Praktisch unmöglich, aber er musste es versuchen.

Lennon sprach ein stummes Stoßgebet, dass niemand sonst noch dumm genug war, sich an so einem Abend auf der Straße herumzutreiben. Er schaltete in den dritten und dann den zweiten Gang hinunter und merkte, wie das Chassis durch die abrupte Motorbremse ins Schlingern kam. Der Wagen machte einen Satz, als die Räder die verlorene Bodenhaftung wiedererlangten.

Lennon ließ den Audi mit seiner eigenen Fliehkraft durch die enge Kurve gleiten und steuerte ihn, so gut es ging. Doch er bekam die Schnauze nicht weit genug herum, im Kegel der Scheinwerfer ragte plötzlich die Mauer auf der gegenüberliegenden Seite der schmalen Straße auf. Lennon atmete scharf ein und wollte schon aufschreien, aber stattdessen erfolgte der Aufprall hinten, denn der Nissan stieß gegen die Stoßstange des Audi und drückte ihn von der Ziegelmauer weg und scharf rechts genau in die Deramore Gardens.

Wieder unterdrückte Lennon den Impuls, das Lenkrad herumzureißen und die Richtung zu korrigieren. Stattdessen ließ er den Wagen rollen, bis seine Schnauze dorthin zeigte, wo er sie haben wollte. Dann gab er ein wenig mehr Gas und merkte, wie der Fond sich senkte. Er atmete keuchend aus, meisterte die Kurve und schaute in den Rückspiegel. Der Nissan schlingerte hin und her, und obwohl der Fahrer sich auf dem Eis alle Mühe gab, rutschte er in Lennons Kofferraum. Darauf schlitterte er erst gegen einen, dann gegen den anderen Bordstein und hob trudelnd ab. Seine linke Vorderpartie kollidierte mit einem geparkten Toyota Celica, das Vorderrad drückte auf die flache Motorhaube des Sportwagens. Dann kippte der Nissan auf die Seite, die Räder auf der Beifahrerseite drehten sich in der Luft.

Lennon sah, wie der Abstand zwischen seinem Audi und dem Verfolger größer wurde. Der Nissan rollte noch ein paar Meter weiter, die beiden Räder, die noch Bodenhaftung hatten, schlitterten in einer unkontrollierbaren Kurve dahin. Durch die Wucht seines Eigengewichts rutschte der Wagen auf dem Eis weiter und hob nun auf der Fahrerseite ab. Das abgedunkelte Fenster barst in tausend Splitter, als er auf die Seite fiel. Kreischend rutschte der Wagen weiter, bis ein geparkter Transit ihn zum Stehen brachte.

Lennon bremste ab und sah in den Rückspiegel, aber niemand stieg aus. Er beschloss, keine Zeit zu verlieren, und bog ab, um einen sicheren Ort zu finden.

79

Edwin Paynter spürte, dass seine Zeit gekommen war. Wenn er die Augen schloss, vernahm er, wie flüsternd der Engel des Herrn zu ihm sprach. Jeder andere hätte nur leise Schritte auf dem Fußboden des Krankenhauses oder das Wasser in den Leitungen oder das Auf- und Zugleiten der Türen gehört. Aber für Paynter waren es Gebote, heilige Worte, göttliches Geheiß.

Genau wie einst die Hand des Apostels Petrus würde der Engel des Herrn nun, zweitausend Jahre später, auch die seine führen.

Fast vierundzwanzig Stunden hatten sie ihn dabehalten. Zur Beobachtung, hatten die Ärzte gesagt, um sicherzugehen, dass die Gehirnerschütterung keine Komplikationen auslösen werde. Die ganze Zeit über hatte Paynter still dagelegen, zuerst bei der Triage, dann auf dem Flur, dann in der Orthopädie, dann in der Notaufnahme und schließlich auf Station, durch einen dünnen Plastikvorhang vor den erbärmlichen Kreaturen abgeschirmt, die die anderen Betten belegten.

Aber jetzt entließen sie ihn aus dem Krankenhaus, und der Zeitpunkt war gekommen, sich dieser Trottel zu entledigen, die glaubten, sie könnten ihn gefangen halten.

Einer der Polizeibeamten machte sich daran, die Handschelle aufzuschließen, mit der er mit dem Handgelenk ans Bett gefesselt war. Der andere, mindestens zehn Jahre jünger als sein griesgrämiger Kollege, beobachtete die Sache vom Fußende des Bettes aus, eine Hand auf den Griff seiner Pistole gelegt. Schon den ganzen Tag über hatte Paynter sich die Waffen genau angeschaut, bei drei verschiedenen Paaren von Polizisten, wenn sie abgelöst wurden. Er war sich sicher, dass es sich immer um die gleiche Waffe handelte, die er am Abend zuvor abgefeuert hatte, er würde also damit umgehen können. Das sei sein Schlüssel zur Freiheit, hatte der Engel des Herrn ihm verkündet. Die Waffe an sich zu reißen und zu benutzen.

Und dann? Diese Frage konnte nur Gott allein beantworten.

Beginne, sprach der Engel des Herrn.

»Mir geht es nicht gut«, sagte Paynter.

Der Polizist ließ sich davon nicht beeindrucken. »Aufsetzen«, befahl er.

Paynter hustete und verzog schmerzhaft das Gesicht.

»Ich sagte, aufsetzen«, wiederholte der Polizist und hielt die Handschelle umklammert, die er vom Bett losgemacht hatte. Die andere lag immer noch um Paynters Handgelenk

Paynter hob seinen Oberkörper vom Bett. »Mir geht es nicht gut«, wiederholte er. »Wirklich nicht.«

Er ließ die Füße auf den Boden fallen. Er beschleunigte seinen Atem. Er schluckte mühsam.

»Lassen Sie das«, sagte der Polizist. »Sie können so viel winseln und heulen, wie Sie wollen, Sie kommen trotzdem mit.«

»Bitte«, flehte Paynter, »ich brauche einen Arzt.«

»Halten Sie den Mund und stehen Sie auf.«

Mühsam rappelte Paynter sich hoch, stolperte gegen einen der Polizisten und stöhnte auf.

Der Polizist stieß ihn von sich weg. »Verpiss dich, du.«

Paynter fiel gegen das Bett, blieb aber auf den Beinen. Mit der freien Hand packte er den Arm des Beamten.

»Mir ist schlecht«, ächzte er. »Ich brauche ...«

»Umdrehen«, befahl der Polizist und riss an der Handschelle

Paynters Arm nach hinten. Zu seinem Kollegen sagte er: »Hilf mir mal, ja?«

Der andere Polizist kam herbei und hielt mit beiden Händen Paynters freien Arm fest.

Jetzt, sagte der Engel des Herrn.

Paynter verdrehte die Augen und ließ seine Beine wegsacken. Sein Gewicht überrumpelte die Polizisten. Das Bett rollte weg und schob den Vorhang auf, der es umgab. Paynters Körper folgte ihm, als er zu Boden sackte. Die Polizisten packten seine Kleider, um seinen Sturz aufzuhalten, dann lag er zu ihren Füßen.

Eine Krankenschwester, die von dem Tumult angelockt worden war, kam herbei, riss den Vorhang beiseite und näherte sich dem Menschenknäuel.

Wenn man einen Anfall vortäuschte, das hatte Paynter gelernt, war das Entscheidende, die krampfartigen Zuckungen auf die Bauchgegend zu konzentrieren. Alle anderen Bewegungen mussten von diesem Punkt ausgehen. Er biss die Zähne zusammen, verschluckte seine Zunge und zuckte krampfartig, seine Bauchmuskeln spannten sich ruckartig an, er trat mit den Beinen aus.

»Der verarscht uns doch«, sagte der ältere Beamte.

»Weiß nicht«, sagte der jüngere und hockte sich neben Paynter. »Der sieht schlecht aus.«

Die Schwester versuchte sich zwischen den beiden hindurchzuzwängen. »Lassen Sie mich mal sehen«, sagte sie. »Machen Sie mir Platz.«

Paynter steigerte seine Zuckungen, keuchte durch die zusammengebissenen Zähne und stöhnte aus tiefster Kehle. Mit beiden Händen umklammerte er seine Brust, die Finger gekrümmt wie Klauen. Der ältere Polizist hielt weiter die Handschelle fest und versuchte das zweite Handgelenk zu umklammern, kam aber aus dem Gleichgewicht, als Paynter sich auf die andere Seite rollte.

Keiner bemerkte, dass der jüngere Beamte seine Pistole nicht mehr hatte, bis Paynter ganz plötzlich aufhörte und den Älteren wegstieß. Er stand auf, die Pistole in seiner Hand auf den Boden gerichtet.

Die Schwester schrie auf.

Der jüngere Polizist kroch rückwärts. »Herrgott, der hat meine Waffe!«

Der ältere Polizist rappelte sich hoch und riss seine eigene Pistole aus dem Halfter. Er hob sie und zielte mitten auf Paynters Brust.

Patienten und Besucher keuchten auf und kreischten.

Paynter hielt die Waffe weiter nach unten. Solange er nicht auf sie zielte, würden sie nicht auf ihn schießen. Das musste er riskieren, wenn er frei sein wollte.

»Sofort fallen lassen, verdammt!«, rief der Polizist.

Sag nein, verlangte der Engel des Herrn.

»Nein«, sagte Paynter.

Der Polizist hob die Pistole und zielte auf Paynters Stirn.

»Fallen lassen, oder ich schieße.«

Sag nein.

»Nein«, sagte Paynter.

Langsam beugte er den Arm und hob die Pistole, richtete die Mündung jedoch nicht auf den Polizisten vor ihm, sondern an die Decke.

»Ich schieße, verdammt!«

Nein, macht er nicht.

»Nein, machen Sie nicht«, sagte Paynter.

Die Freiheit war sein, auch wenn die Polizisten oder irgendwelche Gaffer das vielleicht noch nicht begriffen. Fast vierundzwanzig Stunden lang hatte er diesen Moment im Geiste immer wieder durchgespielt, hatte jede Bewegung, jedes Wort einstudiert, geleitet von den flüsternden Stimmen.

Etwas Warmes umfing sein Herz, etwas, das sich anfühlte wie

Frieden, und er rief sich wieder die Worte in Erinnerung, die er vorbereitet hatte.

Jetzt sprich, sagte der Engel des Herrn.

»Mein Name ist Edwin Paynter«, begann er. »Ich habe acht Frauen zum Herrn geführt, drei in Salford und fünf in Belfast.«

»Herrgott noch mal, lassen Sie die Waffe fallen!«, schrie der Beamte.

Paynter ignorierte ihn. Ihm fiel wieder ein, was er vor ein paar Stunden den Ausländer in seinem Keller hatte machen sehen. Er legte seine freie Hand auf den Schlitten der Pistole, schob ihn zurück, spürte, wie die Metallteile ineinanderrasteten, und sagte: »Sie werden mir danken, wenn ich sie in Seinen Armen sehe.«

Der Polizist machte einen Schritt auf ihn zu. »Ich erschieße Sie, verstehen Sie mich?«

»Ihr könnt mich nicht festhalten«, entgegnete Paynter. »Eure Gefängnisse können mich nicht festhalten. Der Engel des Herrn wird mich befreien.«

Er hörte nicht die Schreie der Menschen um ihn herum, als er sich die Mündung an die Lippen setzte und zwischen den Zähnen hindurch bis zum Gaumen hochschob.

Es schmeckte nach Öl und Metall, und er spürte, wie der Engel des Herrn ihn auf die Wange küsste.

Dann drückte er ab.

TEIL 4
JACK

80

Galya wartete auf dem Beifahrersitz, während Lennon das Heck des Wagens untersuchte. Obwohl sie den Mantel eng um sich geschlungen hatte, spürte sie, wie durch das zertrümmerte Fenster hinter ihr die kalten Finger der Nacht nach ihr griffen. Trotz der Erschöpfung, die ihren Körper befallen hatte, zitterte sie. Um Angst zu haben, war sie viel zu erschöpft, sie wollte nur noch schlafen.

Lennon machte die Fahrertür auf und stieg ein. »So schlimm ist es nicht«, sagte er. Sein Atem dampfte. »Man kann ihn noch fahren.«

Eine halbe Stunde lang hatten sie sich durch alle möglichen Straßen geschlängelt, vorbei an unzähligen Reihen dunkler Häuser. Die ganze Zeit über hatte der Polizist in den Rückspiegel geschaut, bis er sich sicher war, dass sie nicht verfolgt wurden. Erst dann hatte er angehalten, um den Schaden zu begutachten.

Jetzt ließ er wieder den Motor an, fuhr los und suchte sich über die vereisten Straßen seinen Weg.

Nachdem sie einige Minuten geschwiegen hatten, fragte Galya: »Wer war das?«

»Ich weiß es nicht«, antwortete Lennon. »Aber ich weiß, wer ihn geschickt hat.«

»Wer?«

»Arturas Strazdas«, sagte er. »Der Bruder des Mannes, den Sie getötet haben.«

Die Frau im Krankenhaus hatte Galya mit sanfter, trauriger Stimme die Konsequenzen ihres Handelns erklärt. Da war es ihr noch vorgekommen wie eine Geschichte, ein Märchen über irgendein Mädchen, das man in eine fremde Stadt gebracht hatte, wo sie verkauft wurde.

»Ich wollte diesen Mann nicht töten«, sagte Galya. »Ich wollte nicht, dass das alles passiert.«

»Das weiß ich«, sagte Lennon. »Aber ich glaube nicht, dass es für ihn eine Rolle spielt.«

Lennon bog nach links in einen Kreisel ein und fuhr von dort auf eine lange, gerade Straße. Als sie sich einem von einer hohen Mauer umgebenen Gebäudekomplex näherten, wurde er langsamer. Flutlicht durchbohrte den Nebel, der sich über das ganze Gelände gelegt hatte. Neben einem Doppeltor standen klotzig die Worte: Polizei von Nordirland, Dienststelle Ladas Drive.

Lennon hielt an und machte den Motor aus. Er starrte auf das Gebäude.

»Da wollen Sie mich hinbringen?«, fragte sie.

»Ja«, sagte er. »Wollte ich jedenfalls.«

»Wollte?«

Er saß einen Augenblick schweigend da, legte die Unterarme auf das Lenkrad und dachte nach. Sein Atem ließ die Windschutzscheibe beschlagen.

»Bitte, was ist los?«

Er antwortete nicht.

»Hier draußen auf der Straße ist es nicht sicher«, sagte Galya. »Wir sollten da reingehen.«

»Nein«, sagte Lennon.

»Warum nicht?«, fragte Galya.

Er zog sein Handy aus der Tasche und begann, nach einer Nummer zu suchen.

81

Das Telefon riss Strazdas aus seinen blutrünstigen Träumen. Immer noch nackt, schwitzend und zitternd setzte er sich im Bett auf. Das Herz in seiner Brust hämmerte, er atmete schwer.

Ein stechender Schmerz fuhr ihm von der Stirn mitten in den Kopf und von dort bis in den Nacken und die Schultern. Er presste einen Handballen auf die Stirn. Das Telefon klingelte noch einmal. Strazdas sah auf die Uhr. Fast elf. Er hatte weniger als eine Stunde geschlafen. Das hieß, in den letzten 72 Stunden insgesamt nur drei.

Er griff nach dem Telefon, bevor es ihm mit seinem schrillen Getöse noch den letzten Nerv raubte.

»Ja?«

»Guten Abend, Mr. Strazdas, hier ist die Rezeption. Ich habe einen Mr. Lennon in der Leitung. Soll ich ihn durchstellen?«

Strazdas schluckte. »Ja.«

»Sie können sprechen«, sagte die Empfangsdame.

»Sie sollten einen besseren Helfershelfer anheuern«, sagte Lennon.

»Ich weiß nicht, was Sie meinen«, sagte Strazdas.

»Ich meine damit, dass der, den sie losgeschickt haben, um Ihre Drecksarbeit zu erledigen, Scheiße gebaut hat.«

»Ich weiß nicht, worauf Sie anspielen.«

»Wir sind entkommen, das Mädchen und ich.«

»Was für ein Mädchen?«

»Aber ich habe ein bisschen nachgedacht.«

»Mr. Lennon, vielleicht reden Sie besser mit meinem …«

»Woher konnte er wissen, dass ich zur Dienststelle zurückbeordert wurde?«

»Sie sollten mit meinem Anwalt reden, dem Herrn, den Sie bei mir im …«

»Und woher konnte er wissen, welche Route ich nehmen würde?«

»Mr. Lennon, ich lege jetzt auf.«

»Ist es Dan Hewitt? Ist er der Maulwurf, den Sie bei uns haben? Er hat mich schon einmal verkauft, und er würde es wieder …«

Strazdas setzte das Mobilteil zurück auf die Ladestation und verfluchte die Seele seines Bruders, dass er sich in dieser gottverdammten Stadt hatte umbringen lassen.

82

Lennon steckte das Telefon wieder in die Manteltasche. Dabei berührte er den Pass, der dort steckte. Er zog ihn heraus und schlug die laminierte Seite mit den persönlichen Angaben auf, von der ihn ein Mädchen ansah. Nicht das Mädchen, das neben ihm auf dem Beifahrersitz des Audi saß. Aber es hatte dieselben blauen Augen, die fast unnatürlich schönen Gesichtszüge, die hohen Wangenknochen und strohblonden Haare.

Er sah hinüber zu Galya, dann hielt er den Pass dicht neben ihren Kopf, um beide gleichzeitig betrachten zu können.

»Was gucken Sie da?«, fragte sie.

»Es könnte reichen«, sagte er.

»Was könnte reichen?«

»Dass ich ein verdammter Idiot bin«, sagte er, legte den Gang ein und fuhr durch das Tor der Dienststelle, das schon bald darauf hinter ihnen vom Nebel verschluckt wurde.

Er nahm zuerst die Crumlin Road und die Ligoniel Road, fuhr dann aber nicht weiter nach Norden und zur Autobahn, sondern in Richtung Westen aufs Land. Nur einmal hielt er an einem Bankautomaten an. Der beschädigte Wagen würde Verkehrspolizisten auffallen, die nach Alkoholsündern Ausschau hielten, und er konnte es nicht riskieren, herausgewinkt zu werden.

Die Autobahn wäre schneller, besser beleuchtet und weniger

vereist gewesen, aber auf den Nebenstraßen war weniger Verkehr. Lennon fuhr konstant langsam und achtete auf eisige Stellen und die Straßenschilder. Selbst auf diesen Nebenstraßen hätte die Fahrt normalerweise nicht länger als 40 bis 45 Minuten gedauert, wegen der Witterung waren sie jetzt schon so lange unterwegs, ohne dass ihr Ziel bislang auch nur angezeigt worden wäre. Da klingelte Lennons Handy.

Er sah aufs Display. Die Nummer von Sergeant Connolly.

Warum rief er an? Er sollte doch eigentlich zu Hause bei seiner Familie sein und wie jeder andere normale Mensch sein Weihnachten genießen.

»Was gibt's?«, fragte Lennon.

»Wo sind Sie?«, fragte Connolly zurück.

»Unterwegs«, sagte Lennon. Er behielt eine Hand am Lenkrad und die Augen auf die neblige Straße gerichtet.

»Ich habe im Ladas Drive angerufen, und die sagten, Sie müssten jeden Moment da sein.«

»Ich bin noch nicht weit gekommen«, redete Lennon sich heraus. »Das Wetter.«

»Jedenfalls, es ist was passiert«, fuhr Connolly fort. »Ein Kumpel hat mich angerufen, mit dem ich früher zusammen auf Streife gegangen bin, als ich gerade frisch aus Garnerville kam. Er war einer von denen, die Paynter im Krankenhaus bewacht haben. Ich dachte mir, Sie würden gern wissen wollen, was er erzählt hat.«

»Schießen Sie los«, sagte Lennon.

»Paynter hat Selbstmord begangen.«

Lennon fuhr vorsichtig an den Straßenrand, hielt an und schaltete die Warnblinkanlage ein.

»Wie?«, fragte er.

»Er hat einen Anfall vorgetäuscht«, sagte Connolly. »Im allgemeinen Gerangel hat er es geschafft, sich eine Dienstwaffe zu schnappen. Ein oder zwei Minuten gab es ein Patt, heißt es, und sie dachten, er würde versuchen abzuhauen.«

»Ist er aber nicht«, sagte Lennon.

»Nein«, sagte Connolly. »Er hat erklärt, er habe acht Frauen getötet, und leidgetan hat es ihm nicht. Dann hat er sich die Waffe in den Mund gesteckt und sich das Hirn weggepustet.«

»Meine Güte«, sagte Lennon.

»Jedenfalls dachte ich mir, das wollen Sie sicher sofort erfahren.«

»Ja, danke«, sagte Lennon. »Ach, hören Sie mal.«

»Ja?«

»Kann sein, dass ich ein paar Tage nicht zur Arbeit komme. Vielleicht auch für länger.«

»Was, jetzt? Aber es gibt ...«

»Morgen erfahren Sie alles. Tun Sie mir einfach nur einen Gefallen, in Ordnung?«

»Nämlich?«

»Passen Sie ein bisschen auf. Bei diesem Fall könnte es Ärger geben. Seien Sie einfach nur vorsichtig, was Sie sagen und wem sie es sagen. Besonders wenn einer von der Special Branch Sie ausquetscht.«

»Vom C3?«, fragte Connolly. »Was hat Paynter denn mit denen zu tun?«

»Ist eine komplizierte Sache«, sagte Lennon. »Ziehen Sie einfach nur ein bisschen den Kopf ein, okay?«

»Okay«, sagte Connolly. »Sagen Sie, Inspector, ist auch alles in Ordnung bei Ihnen? Sie sind anständig zu mir gewesen, deshalb ... na ja, wenn ich irgendwas für Sie tun kann, dann mache ich das.«

»Mir geht es gut«, sagte Lennon. »Machen Sie sich um mich keine Sorgen. Passen Sie lieber auf sich selbst auf.«

Er legte auf und ließ das Handy in den Getränkehalter des Wagens fallen. Im Nachbarsitz rührte sich Galya. Sie war eingeschlafen, noch bevor sich die Stadt draußen gelichtet hatte. Jetzt sah sie ihn aus schweren Lidern verwirrt an.

»Ist etwas passiert?«, fragte sie.

Zuerst wollte er es vor ihr geheimhalten, aber er wusste, dass das Unsinn war. Sie hatte genügend Gefahren durchgestanden. Zu wissen, dass eine davon nicht mehr existierte, konnte ihr gewiss nicht schaden.

»Edwin Paynter«, sagte er. »Der Mann, der Sie in diesem Haus gefangen gehalten hat. Er hat sich umgebracht.«

Sie bekreuzigte sich und starrte mit ausdruckslosem Gesicht vor sich hin.

»Er hatte den Tod verdient«, fuhr Lennon fort. »Für das, was er Ihnen angetan hat. Und vielleicht noch einigen anderen.«

»Nein«, widersprach sie. »Nur Gott lässt sterben. Das bestimmen wir nicht. Er auch nicht. Nur Gott.«

Lennon brachte nicht den Willen auf, ihr zu widersprechen, also legte er nur den Gang ein und löste die Handbremse. Noch zehn, fünfzehn Minuten, dachte er, dann sind wir in der Pension. Er fuhr in den Nebel hinein und wünschte sich, er hätte an ihren kindischen Traum von Gerechtigkeit glauben können.

83

Den Rest der Fahrt verbrachte Galya in Gedanken. Der Mann, der sie gefangen gehalten hatte, hatte sich als Pastor bezeichnet, als Christ, dabei fragte sie sich, ob er überhaupt eine Seele hatte. Wenn ja, wo war sie hingegangen, nachdem er sich selbst das Leben genommen hatte?

Was empfand sie bei seinem Tod? Erleichterung? Genugtuung? Mitleid? All das. Aber wenn sie tief in ihr Herz hineinhorchte, dann entdeckte sie da auch Wut. Wut darüber, dass er nicht vor sie trat und erkannte, dass sie die Oberhand behalten hatte.

Sie schalt sich selbst für ihre Häme, selbst wenn sie sie nur in ihrem Kopf auskostete. Zu solcher Gehässigkeit hatte Mama sie nicht erzogen. Aber sie hatte überlebt, und darauf konnte sie wenigstens stolz sein. Galya ließ ihre Gedanken schweifen und stellte sich vor, sie wäre in diesem Keller gestorben und diese graue Welt wäre ihr Jenseits: für immer diesen dunklen Nebel zu durchwandern. Am liebsten hätte sie aufgeschrien, und schnell kniff sie die Augen zu, um die Vorstellung zu verscheuchen.

Als sie sie wieder aufmachte, waren sie auf einen Vorplatz eingebogen, der von einem herrschaftlichen Landhaus überragt wurde. Lennon stellte den Wagen in der äußersten Ecke unter den Zweigen eines winterlich kahlen Baumes ab.

»Wir sind da«, sagte er.

Er stieg aus, schloss die Fahrertür und kam um den Wagen herum. Galya ließ ihn ihre Hand nehmen und sich auf die Füße helfen. Am Horizont schimmerten durch den Nebel unzählige Lichter.

»Was ist da drüben?«, fragte sie.

»Der Flughafen«, sagte Lennon.

»Wo sind wir hier?«, fragte sie.

»Das ist eine Pension«, erklärte Lennon. »So etwas wie ein Hotel. Hier bleiben wir heute Nacht. Kommen Sie, lassen Sie uns aus der Kälte verschwinden.«

Er machte die Tür zu, verschloss den Wagen und führte sie zum Haus. Hinter den geschlossenen Vorhängen im Erdgeschoss brannten Lichter. Lennon drückte auf einen Klingelknopf. Ein paar Augenblicke später wurde einer der Vorhänge zurückgezogen, und eine ältere Dame spähte hinaus.

Der Vorhang fiel wieder zurück, dann sah man durch das geriffelte Glas in der Tür, wie in der Halle das Licht anging. Auf der anderen Seite tauchte die Silhouette der Dame auf. Sie schob eine Sicherheitskette vor und öffnete die Tür ein paar Zentimeter. Die Sorge war ihr ins Gesicht geschrieben.

»Kann ich Ihnen helfen?«, fragte sie.

»Wir brauchen ein Zimmer«, sagte Lennon.

»Um diese Zeit?« Sie riss die Augenbrauen hoch. »Am Weihnachtsabend?«

»Ich weiß, es ist auf den letzten Drücker«, sagte Lennon. Er legte Galya einen Arm um die Schulter. »Die Mutter meiner Freundin ist zu Hause in Lettland krank geworden. Wir fliegen morgen ganz früh hin.«

Die Dame sah nacheinander Galya und Lennon an. »Nun ja, da wir weder einen Stall noch eine Krippe haben, wo wir Sie unterbringen können, lasse ich Sie wohl besser herein. Sind auch noch drei Könige zu erwarten?«

84

Lennon dankte Gott, dass Galya den Verstand besessen hatte, sich ihre Fragen zu verkneifen, bis sie auf dem Zimmer waren. Als sie drin waren, ignorierte sie die geblümten Vorhänge und den schalen Kohlgeruch und setzte sich auf die Bettkante.

»Wohin fliegen wir?«, fragte sie.

»Nicht wir«, sagte Lennon. »Nur Sie.«

»Wohin fliege *ich* dann?«

»Weiß ich nicht«, sagte er und lief vor ihr auf und ab. »Sie nehmen den erstbesten Flug, den ich Ihnen besorgen kann. So nah zu Ihnen nach Hause, wie es geht.«

»Warum? Wegen des Mannes in dem Wagen?«

»Ja. Strazdas hat jemanden bei der Polizei. Nur so war es möglich, dass jemand uns verfolgt hat, als wir zur Dienststelle gefahren sind. Und ich habe auch einen Verdacht, wer es ist.«

»Wer?«, fragte sie.

Er machte schon den Mund auf und wollte ihr erzählen, dass es Dan Hewitt vom Geheimdienst C3 war, erkannte dann aber, dass dieses Wissen sie in noch größere Gefahr bringen würde, als sie ohnehin schon war.

»Irgendjemand eben.«

»Ein schlimmer Mann?«

»Ja«, sagte Lennon. »Früher war er mal ein Freund von mir. Er ist ein dreckiger Kerl.«

»Dreckig?«

»Er lässt sich bestechen, nimmt Geld von Gaunern.«

»Verhaften Sie ihn?«, fragte sie. »Stecken Sie ihn ins Gefängnis?«

Unwillkürlich musste Lennon lachen. »So einfach ist das nicht. Und er ist nicht gut auf mich zu sprechen.«

»Heißt das, er kann Sie nicht leiden?« Sie grinste. »Ich glaube, Sie können ihn nicht leiden.«

»Nein, das kann ich nicht«, gab Lennon zu. »Aber wenn ich recht habe, dann sind Sie auf keiner Polizeistation sicher. Das bedeutet, Sie müssen hier weg. Nach Hause.«

Sie nickte. »Nach Hause. Ich will nach Hause und meinen Bruder wiedersehen. Aber Sie werden in Schwierigkeiten kommen.«

»Vielleicht«, sagte Lennon. »Wahrscheinlich. Aber ich setze Sie trotzdem in ein Flugzeug.«

Die Zimmerwirtin zeigte Lennon den Computer im Aufenthaltsraum der Pension. Es war ein altes Gerät mit einer elend langsamen Internetverbindung, aber nach ein paar Minuten hatte er trotzdem herausgefunden, dass der einzige Flug, der überhaupt für Galya infrage kam, der um sieben Uhr morgens nach Krakau war. Er hatte keine Ahnung, wie es in Osteuropa um die öffentlichen Verkehrsmittel bestellt war, hoffte aber, dass Galya von Krakau einen Zug nach Kiew würden nehmen können und von dort einen in ihr Dorf, wo immer das auch sein mochte.

Aber der Preis. Einen Moment lang überlegte Lennon in Panik, wie viel Kredit er noch auf seiner Mastercard hatte. Nicht viel, aber vielleicht reichte es ja. Wissen würde er es erst, wenn er es ausprobierte und die Webseite seine Zahlung entweder akzeptierte oder nicht.

Die Erleichterung kam, als er seine Kartennummer eingab und auf dem Bildschirm eine Zahlungsbestätigung sowie ein Link für den Online-Check-In erschien. Der uralte Drucker brauchte eine halbe Ewigkeit, um eine Din A4-Seite mit einem unscharfen Strichcode auszudrucken.

Die Zimmerwirtin beobachtete ihn von der Tür aus. »Alles geklappt?«, fragte sie, als er aufstand.

»Ja, vielen Dank«, sagte er. »Entschuldigen Sie, dass wir Sie an Weihnachten gestört haben.«

»Keine Sorge«, sagte sie. Als er vorbeiging, strich sie ihm leicht über den Arm. »Das Mädchen macht einen netten Eindruck. Ich hoffe, Sie konnten Ihre Probleme lösen, was auch immer die sein mögen.«

Fast hätte Lennon widersprochen, fast hätte er gesagt, es gebe keinerlei Problem außer der kranken Mutter, von der er schon bei ihrer Ankunft erzählt hatte. Doch stattdessen sagte er: »Ich auch.«

Er stieg die zwei Treppen bis zum Zimmer hoch und hielt vor der Tür inne. Bestimmt wartete Susan schon auf ihn. Er hatte ihr versprochen, es sich mit ihr auf dem Sofa gemütlich zu machen und einen Schluck Wein zu trinken, sobald er zurückgekehrt war. Die beiden Mädchen würden ja schon schlafen. Seufzend zog er sein Handy aus der Tasche. Beim ersten Klingeln ging sie dran.

»Mir ist was dazwischengekommen«, sagte er.

»Tut es das nicht immer?«, fragte sie und legte auf.

»Scheiße«, sagte er zu sich selbst.

Galya schlief tief und fest, als er das Zimmer betrat. Er setzte sich in einen Sessel am Fenster, die Tür im Auge. Dann legte er die Glock neben sich auf den Tisch und stellte den Wecker seines Handys auf sechs Uhr.

Fünfeinhalb Stunden Schlaf, wenn er Glück hatte. Aber Glück hatte er noch nie gehabt.

85

Nachdem er eine Stunde lang telefoniert und sich eine weitere halbe Stunde lang selbst kasteit hatte, fing Arturas Strazdas an, sich wieder zusammenzureißen. Er hatte das schon öfter durchgemacht und wusste, wie er den Scherbenhaufen, zu dem er in den letzten Stunden und Tagen geworden war, wieder zusammenkehren konnte.

Er begann stets mit einer Phase der Stille und Kontemplation. Er saß reglos da, schaute sich noch einmal alle Verletzungen an, die er sich zugefügt hatte, und rief sich noch einmal ins Gedächtnis, dass er doch eigentlich ein gesunder Mensch war und gesunde Menschen sich nicht derart verstümmelten. Vernünftige Menschen kanalisierten ihre Wut, benutzten sie als Kraftquelle und nicht dazu, sich selbst zu zerstören.

Der Kontaktmann hatte gesagt, die Liquidierung des Mädchens sei jetzt nur noch eine Frage der Zeit. Strazdas habe keinen Grund, auch nur eine Minute länger als notwendig in dieser Stadt zu bleiben. Morgen früh um zehn Uhr, hatte der Kontaktmann gesagt, solle er sich in das Taxi setzen, das man ihm schicken werde. Falls nämlich nicht, werde ihn stattdessen ein Polizeiwagen abholen. Und der werde ihn zum Verhör aufs Revier bringen.

Entweder das eine oder das andere, hatte der Kontaktmann gesagt, so einfach sei das.

Strazdas glaubte ihm und machte sich daher daran, sein Gleichgewicht wiederzufinden.

Als er sich wieder einigermaßen unter Kontrolle hatte, rasierte er sich und duschte, dann zog er ein frisches Hemd und seinen guten Reiseanzug an. Sein Magen knurrte. Er sah auf den Wecker neben dem Bett.

Fast fünf Uhr morgens.

Ob es um diese Zeit wohl schon Zimmerservice gab? Vielleicht einen Toast und ein gekochtes Ei?

Er würde es versuchen. Ein gesunder Mensch musste essen. Und wenn Arturas Strazdas eines war, dann ein gesunder Mensch.

86

Es lag immer noch dichter Nebel über dem Vorplatz, als Lennon Galya zum Auto half. Bis zum Sonnenaufgang waren es noch zwei Stunden. Zehn Minuten bis zum Flughafen, sagte er, und danach noch eine halbe Stunde, um durch die Sicherheitskontrolle und in den Flieger zu kommen. Er drückte ihr die Dokumente in die Hand und erklärte ihr, sie müsse allein in die Abflughalle und dort direkt zur Sicherheitsschleuse gehen. Dort musste sie dann nur noch ihre ausgedruckte Bordkarte und ihren Pass vorzeigen.

Ganz einfach, sagte er.

Galya glaubte ihm nicht.

Unterwegs blieb sie still. Die Scheinwerfer des Wagens drangen kaum durch den Nebel, und das heiße Wasser, das er auf die Scheiben gegossen hatte, um sie zu enteisen, war gefroren, so dass die düstere Welt da draußen nun ganz verschwommen und verzerrt aussah.

Vor ihnen tauchten die vagen Konturen des Flughafens auf, zu erkennen nur am trüben Schimmern der Lichter. Lennon fuhr auf einen Parkplatz gegenüber dem Terminal. Galya konnte kaum die Umrisse des Gebäudes erkennen und sah auch keine Leute hineingehen oder herauskommen. Trotzdem wusste sie, dass welche da sein mussten, verborgen im grauen Dämmerlicht.

Lennon schaltete den Motor aus. Er griff in seine Tasche und gab ihr ein Bündel Papier. Als sie die raue Oberfläche und das Gewicht fühlte, wusste sie, dass es Geld war.

»Dreihundertfünfzig«, sagte er. »Es ist alles, was ich dabei hatte. In Krakau müssten Sie das umtauschen und einen Zug nach Kiew nehmen können. Sobald Sie zu Hause sind, nehmen Sie Ihren Bruder mit und verschwinden Sie. Bleiben Sie nicht da. Sonst findet Strazdas Sie.«

»Mamas Hof«, sagte sie. »Der ist doch unser Zuhause. Wo sollen wir denn wohnen?«

»Ich weiß es nicht«, sagte Lennon. »Ihnen wird schon etwas einfallen. Sie sind klug, und Sie sind stark. Wenn Sie erst dort sind, werden Sie schon wissen, was zu tun ist.«

Galya dachte darüber nach und kam zu dem Schluss, dass das stimmte. Zu Hause konnte der Mann, dem Mama so viel Geld schuldete, ruhig den Hof haben. Dann würden Galya und ihr Bruder frei von ihm und den Schulden sein. Damit konnte sie leben. Sie schaute in Lennons gezeichnetes Gesicht, entdeckte die Narben unter der Haut.

»Ihre Freundin Susan«, sagte sie.

Lennon schwieg einen Moment, dann fragte er: »Was ist mit ihr?«

»Sie sollten sie glücklich machen«, sagte Galya. »Dann macht sie Sie auch glücklich.«

Lennon lächelte. »Vielleicht.«

»Nicht vielleicht«, sagte sie. »Einfach nur ja.«

»Gehen wir«, sagte Lennon und langte nach dem Türgriff. »Sie müssen ins Flugzeug.«

Er stieg aus, kam herum zur Beifahrerseite, öffnete die Tür und half ihr heraus.

»Denken Sie dran«, sagte er noch, als er die Tür zumachte. »Sprechen Sie mit niemandem, wenn Sie nicht unbedingt müssen. Gehen Sie sofort zur Sicherheitsschleuse. Wenn Sie da durch sind, müsste eigentlich schon das Einsteigen beginnen. Gehen Sie sofort zum Gate und ins Flugzeug. Sonst müssen Sie gar nichts machen.«

»Danke«, sagte Galya. Sie zögerte einen Moment, dann schlang sie ihre Arme um seine breiten Schultern.

Er zögerte seinerseits einen Moment, dann erwiderte er ihre Umarmung.

»Machen Sie Susan glücklich«, sagte sie.

»Ich versuche es.«

Ein paar Schritte weiter rief jemand mit von der Kälte erstickter Stimme: »Jack.«

87

Lennon suchte nach dem Ursprung der Stimme und stellte sich vor Galya, eine Hand griffbereit auf dem Halfter an seinem Gürtel.

Hinter dem Audi stand eine große, schlanke Männergestalt. Der Mann kam humpelnd näher. Die erhobene Linke hielt einen Revolver, der rechte Arm war fest an den Körper gedrückt, so als schmerze er ihn. Getrocknetes Blut zog tiefrote Linien über seine Wange. Überall auf der Stirn und dem Kinn hatte er Schnitt- und Schürfwunden, seine Kapuzenjacke war zerrissen.

»Connolly«, sagte Lennon.

Mit einer Hand griff er hinter sich und stieß Galya weg, mit der anderen befreite er die Glock aus dem Halfter.

»Tut mir leid, Jack«, sagte Connolly.

Wie der Schlag eines Schwergewichtsboxers traf ihn der erste Schuss in die Schulter und warf ihn gegen den Audi. Er blieb auf den Beinen, und noch vor dem Schmerz durchflutete Adrenalin seinen Körper. Instinktiv hob er die rechte Hand, die Glock zielte auf Connollys Brust. Noch bevor er abdrücken konnte, spürte er einen Schlag in den Bauch, dann einen zweiten, und seine Beine versagten ihren Dienst.

Die rechte Hand immer noch erhoben, fiel Lennon auf den Rücken. Aus dem Augenwinkel sah er, dass Galya über ihm hockte, den Mund weit aufgerissen, obwohl er keinen Schrei hörte.

»Laufen Sie«, keuchte er.

Connolly kam in sein Gesichtsfeld, seine Pistole war nicht auf Lennon gerichtet, sondern zielte irgendwo über seinen Kopf hinweg.

»Laufen«, rief Lennon. »Sofort.«

Ohne zu wissen, ob er richtig zielte oder nicht, schoss er auf Connollys Körper. Connolly zuckte zusammen und schlug gegen die Seite des Transporters, sein Gesicht war schmerzverzerrt.

Lennon atmete, hielt die Luft an, richtete die Glock auf Connollys Brust und beruhigte seine Hand. Connolly hob den linken Arm, seine Pistole war auf Lennon gerichtet. Eine harte Kälte breitete sich in Lennons Unterleib aus. Er drückte ab, sah Connollys Mündungsfeuer, sah ihn fallen, dann sah er nur noch tiefes, kühles Schwarz, wo eben noch die Welt gewesen war.

88

Zuerst rannte Galya, ohne an den Schmerz zu denken, an das Geld, die Dokumente, die sie an ihre Brust gedrückt hielt. Als das Gebäude in Sichtweite kam, lief sie im Schritttempo weiter und überquerte die Straße, die am Eingang des Terminals entlangführte. Flughafenpolizisten rannten in den Nebel hinein, sie folgten dem Knallen der Schüsse. Galya bemerkten sie nicht.

Die Türen glitten auf, und ein Schwall warmer Luft stürzte auf sie ein. Mit besorgten Gesichtern hasteten weitere Polizisten zum Ausgang, Rauschen kam aus ihren Funkgeräten. Galya bemerkten sie immer noch nicht.

Sie folgte einem Schild, auf dem *Departures* stand. Die Pfeile führten sie vorbei an Geschäften und Restaurants, an Leuten mit Gepäckwagen voller Koffer, die Kaffee tranken und Toast aßen. Sie wussten gar nicht, in was für einer Welt sie lebten, welche Gefahren sich jenseits ihres Vorstellungsvermögens verbargen.

Galya wusste es.

Aber sie vergrub dieses Wissen tief in ihrem Inneren, damit der Mann, der weiter vorne an der Sicherheitsschleuse wartete, es ihr nicht im Gesicht ansah.

»Die Bordkarte bitte«, sagte er.

Galya reichte sie ihm.

Mit einem Hauch von Missfallen im Gesicht musterte er ihre Kleidung. Galya konnte beinahe seine Gedanken lesen. Noch so ein elender Parasit, noch so eine Gastarbeiterin, die jetzt, wo kein Geld mehr zu holen ist, ihre Arbeitgeber im Stich lässt.

Sie lächelte ihn an, als er ihren Pass einscannte und ihr anschließend zurückgab.

»Besser, Sie halten sich ein bisschen ran«, sagte er. »Die steigen wahrscheinlich schon ein.«

»Danke«, sagte Galya.

Sie stellte sich in die kurze Schlange vor der Sicherheitskontrolle, legte gehorsam die Schuhe und den Mantel, die Susan ihr überlassen hatte, in die bereitstehenden Schalen – die verbunden Füße waren unter dicken Socken versteckt – und wartete geduldig, bis sie an der Reihe war und durch die Magnetschranke gehen konnte. Auf der anderen Seite beschwerte sie sich nicht, als eine Frau vom Sicherheitsdienst sie abtastete.

Nach einem kurzen Gang erreichte sie das Gate, wo eine Flugbegleiterin ihre Dokumente kaum eines Blickes würdigte. Dann noch ein paar Schritte über die Rollbahn bis zum Flugzeug, und schon stieg sie ein. Sie fand Reihe 12 und setzte sich.

Als die Dame im Nachbarsitz sie fragte, ab alles in Ordnung sei, sagte Galya, ja, danke, und wischte sich mit dem Ärmel die Tränen von der Wange.

Beim Fliegen glaubt jeder an Gott, dachte sie.

Sie sprach ein kurzes Gebet für die Seele von Jack Lennon.

89

Strazdas saß im Foyer des Hotels, den Koffer zu seinen Füßen. Acht Uhr 45, hatte der Kontaktmann gesagt. Er sah auf die Uhr. Acht Uhr 47.

Sein Handy klingelte.

»Das Taxi ist unterwegs«, sagte der Kontaktmann. »Nehmen Sie es und steigen Sie in das Flugzeug.«

»Und das Mädchen?«

»Ich empfehle Ihnen, dem Fahrer ein anständiges Trinkgeld zu geben«, sagte der Kontaktmann. »Immerhin haben wir den zweiten Weihnachtstag. Er hat mir schon oft einen Gefallen getan.«

»Was ist mit dem Mädchen?«, fragte Strazdas.

Einen Moment herrschte Schweigen, dann sagte der andere: »Sie ist uns entwischt. Die Sache ist schiefgegangen.«

Strazdas schob seinen Fingerknöchel zwischen die Zähne, biss fest zu und schmeckte etwas Salziges. Er atmete schnaufend durch die Nase ein, und ein tiefes Stöhnen entfuhr ihm.

»Die Sache ist vorbei, und damit hat es sich. Ein guter Mann musste deswegen sein Leben lassen, vergessen Sie das nicht. Der ist nur wegen ihrer blöden Vendetta gestorben. Geben Sie endlich Ruhe.«

Strazdas merkte, dass die Empfangsdame ihn beobachtete. Er zwang sich, seinen Knöchel aus dem Mund zu nehmen. Etwas tropfte ihm aufs Kinn. Er wischte es weg und lächelte sie an. Sie wandte den Blick wieder ihrer Schreibarbeit zu.

»Haben Sie mich verstanden, Arturas?«, fragte der Kontaktmann. »Es ist vorbei. Da kann man nichts mehr machen.«

»Doch, eines kann man noch machen«, sagte Strazdas. »Ich werde Ihren Vorgesetzten einen Brief schreiben. Ich werde Ihren Namen erwähnen. Detective Chief Inspector Daniel Hewitt. Ich werde eine Aufstellung aller Zahlungen beifügen, die Sie in den letzten achtzehn Monaten erhalten haben. Diese Zahlungen werden sich zu keiner meiner Firmen zurückverfolgen lassen, aber sie werden dafür sorgen, dass Ihre Vorgesetzten ihre Bankkonten und ihre Investitionen unter die Lupe nehmen und Ihren Lebensstil.«

Vor dem Hoteleingang sah Strazdas das Taxi halten.

»Sehen Sie sich vor, Arturas«, sagte der Kontaktmann. »Wenn solche Dinge erst einmal in der Welt sind, kann man sie nie mehr rückgängig machen.«

»Leben Sie wohl«, sagte Strazdas. »Ich muss meinen Flug erwischen.«

90

Wie helle Blitze drang alles auf Lennon ein, die Bilder, die Szenen, die Gesichter, die halbwachen Momente, und über allem lag der Schmerz.

Zuerst der Himmel, im Nebel verborgen und dadurch nur noch umso dunkler. Dann die Polizisten, die ihn umringten, ihre Finger in seinem Mund. Sein Kopf, der sich ohne seinen eigenen Willen bewegte. Der Hustenreiz und die Höllenqualen, die er auslöste, weil er ihn schier in Stücke zu reißen schien.

Danach das Innere des Krankenwagens, Lampen so grell, dass sie ihm den Schädel durchbohrten und sich tief in sein Hirn gruben. Die Rettungssanitäter, die um ihn herumwuselten, die Sauerstoffmaske, durch die er sich fühlte wie ein Ertrinkender.

Dann das Krankenhaus, noch mehr Lampen, Schwestern und Ärzte, noch mehr Herumstochern, die dringlichen Stimmen, die blutigen Tupfer, die lange Nadel, die seine Brust durchbohrte, das Pfeifen und Piepsen, dann ein gleichbleibender hoher Ton, wie ein Faden aus Baumwolle und Lärm, der sich immer weiterzog, bis er im Dunklen verschwand, und er dachte an Ellen und wie sehr er sich wünschte, sie ihr ganzes Leben lang gekannt zu haben, und an Susan mit ihren traurigen Augen und wie gern er sie noch einmal wiedersehen würde, aber die Dunkelheit war so warm, wie ein Bett an einem kalten Morgen, und …

Dann plötzlich ein greller Blitz, und da war wieder der Schmerz und das unbarmherzige gleißende Licht, dann noch eine Maske, und er war wieder weg.

91

Der Fahrer sprach weder, als er Strazdas den Koffer abnahm, noch auf dem Weg zum Flughafen. Das Taxi sah aus wie die, die auf den Londoner Straßen herumkurvten, aber vom Fenster seines Hotelzimmers aus hatte er inzwischen schon viele davon gesehen. Eine Plexiglasscheibe trennte ihn von dem vierschrötigen Mann mit dem pickeligen Nacken, der das Lenkrad umklammert hielt.

Unterwegs überlegte Strazdas, was er seiner Mutter sagen sollte. Schon beim bloßen Gedanken schrumpfte ihm der Hodensack in der Hose und seine Blase drückte. Höchstwahrscheinlich würde er erst einmal gar nichts sagen. Sobald er in Brüssel landete, würde er sich sofort einen Flug woandershin besorgen. Von dort aus würde er dann die Spur des Mädchens verfolgen: wer sie Aleksander besorgt hatte, wo sie herkam, ihre Familie, alles, das ihm helfen konnte, sie zu finden.

Wenn er Glück hatte, würde sie wieder nach Hause zurückkehren, und dort war sie schutzlos. Und wenn er erst diesen Schandfleck aus dem Kopf hatte, dann konnte er zu seiner Mutter zurückkehren, als ehrbarer Sohn.

Das Tageslicht schien sich eine Bresche durch den Nebel bahnen zu wollen, trotzdem fühlte Strazdas eher als es direkt zu sehen, dass der Wagen auf einem langen, geraden Streckenabschnitt fuhr. Jetzt sah der Fahrer in den Rückspiegel.

»Scheiße«, fluchte er.

Strazdas drehte sich auf der Sitzbank um und schaute aus dem Rückfenster.

Als Erstes sah er das Blaulicht aufblitzen, dann immer deutlicher die Umrisse des Wagens aus der trüben Suppe auftauchen. Eine Sirene heulte auf.

Der Fahrer schaltete den Blinker ein und trat auf die Bremse.

»Was machen Sie da?«, fragte Strazdas.

»Ich fahre links ran«, sagte der Fahrer. »Was glauben Sie denn wohl, was ich hier mache?«

»Nein«, rief Strazdas. »Fahren Sie weiter.«

»Sie können mich mal«, sagte der Fahrer, steuerte das Taxi auf den befestigten Randstreifen und hielt an.

Der Wagen stellte sich hinter sie, die Scheinwerfer gingen aus. Die Fahrertür wurde geöffnet, und ein Mann im Anzug stieg aus. Während er humpelnd zum Taxi kam, rollte der Fahrer das Fenster herunter. Der Mann im Anzug schaute die Straße hinauf und hinab.

»Mensch, Dan«, rief der Fahrer, »was ist denn hier los? Du hast mir einen Riesenschrecken eingejagt. Dachte schon, ich krieg einen Strafzettel. Ich kann mir nicht noch mehr Punkte …«

Hewitt zog eine Pistole aus dem Hosenbund, zielte auf die Stirn des Fahrers und drückte ab.

Noch bevor er den Schuss hörte, reagierte Strazdas, riss den Türgriff auf und warf sich aus dem Auto. Er schlug mit der Schulter auf, zog sich hoch und taumelte das sonst grasbewachsene Bankett hinauf. Immer wieder glitten seine Schuhe im Schnee aus.

Ein Schuss ließ die eisige Luft erzittern, und von hinten schlug etwas in Strazdas' Bein. Aufheulend fiel er nach hinten und rollte über den kurzen Abhang wieder auf das Taxi zu, dessen Motor immer noch lief. Der vereiste Asphalt des Randstreifens schürfte ihm die Hände und Knie auf, dann blieb er am Hinterrad des Taxis liegen. Er versuchte, unter das Auto zu kriechen, aber eine Hand packte ihn am Fußgelenk und zerrte ihn zurück.

Hewitt stand über Strazdas, die Pistole zielte dem hingestreckt daliegenden Mann genau zwischen die Augen.

»Ich schicke keinen Brief«, sagte Strazdas. »Das war doch nur Gerede. Ich mache es nicht, das schwöre ich beim Leben meiner Mutter.«

»Dafür ist es jetzt zu spät«, sagte Hewitt.

Strazdas schrie auf.

Zwei Hammerschläge trafen seine Brust, und er konnte nicht mehr betteln, nur noch schreien und zusehen, wie Hewitt noch näher herantrat und sich zu ihm herabbeugte. Er fühlte die heiße Mündung auf seiner Stirn, roch das Schießpulver und wünschte seine Mutter zur Hölle.

92

Susan saß wartend an Lennons Bett, als er aufwachte. Sie hatte Ellen auf dem Schoß.

»Da bist du ja wieder«, sagte sie.

»Wo bin ich?«, fragte er.

»Im Royal. Vor zwei Tagen haben sie dich aus Antrim hierher verlegt.«

»Ich kann mich an nichts erinnern«, sagte er heiser. Die Stimme in seinem Rachen kratzte wie Sandpapier.

»Das überrascht mich nicht«, sagte sie. »Du warst bis oben hin vollgepumpt mit Medikamenten.«

»Warst du da?«

»Ja«, sagte sie. »Ich habe im Krankenwagen deine Hand gehalten. Ich war jeden Tag bei dir.«

»Wie lange?«

Susan lächelte. »Na ja, gestern Abend habe ich mir dann selbst ein frohes Neues Jahr gewünscht.«

»Danke«, sagte Lennon.

Sie nickte.

Lennon sah seine Tochter an. Er rang sich ein Lächeln für sie ab. »Hallo«, sagte er.

Ihr Gesicht blieb ausdruckslos. »Hallo.«

»Warst du auch ein braves Mädchen?«

Sie lächelte und machte: »Mmm.«

Er streckte seine rechte Hand nach ihr aus. Sie umklammerte zwei seiner Finger. Er wollte etwas sagen, etwas ganz Wichtiges, aber der Schlaf war schneller.

Zwei Tage später saß CI Uprichard an Lennons Bett.

»Das Besucherniveau geht rapide bergab«, bemerkte Lennon.

»Es wird noch weiter bergab gehen«, antwortete Uprichard. »Sie haben sich da ganz schön was eingebrockt.«

»Wie schlimm ist es?«, fragte Lennon.

»Machen Sie sich darüber jetzt erst mal keine großen Gedanken«, sagte Uprichard. »Konzentrieren Sie sich lieber darauf, dass Sie wieder gesund werden. Das ist im Moment für Sie das Wichtigste.«

»Wie schlimm ist es?«, fragte Lennon noch einmal.

Uprichard seufzte. »Ziemlich schlimm. So, wie es im Moment aussieht, sehe ich für Sie keinen Ausweg. Schon allein die Tatsache, dass sie dem Mädchen geholfen haben, sich der Gerichtsbarkeit zu entziehen, sorgt wahrscheinlich dafür, dass Ihre Tage als Polizeibeamter gezählt sind. Aber durch den Tod des jungen Connolly, auch wenn es Selbstverteidigung war ... ich kann nur hoffen, dass sie dem Untersuchungsausschuss einen hieb- und stichfesten Fall präsentieren können.«

»Hat sich schon mal jemand mit Connolly beschäftigt?«, fragte Lennon. »Warum er da war?«

»Seine Frau hat eine Aussage gemacht«, sagte Uprichard. »Und wir haben uns Einblick in seine Bankkonten verschafft. Sie steckten bis zum Hals in Schulden. Darlehen, Kreditkarten, drei Monate mit der Miete im Rückstand. Dann waren da plötzlich drei große Einzahlungen von einem Schwarzgeldkonto. Eine wurde erst am Heiligabend überwiesen, die konnte erst nach den Ferien geklärt werden. Seine Frau sagte, sie hätten kurz davor gestanden, aus dem Haus zu fliegen. Und dann behauptete er, eine Geldquelle aufgetan zu haben, mit der sie eine Anzahlung auf etwas Eigenes leisten könnten. Anscheinend hat jemand ihm gutes Geld dafür bezahlt, dass er Sie verfolgt hat.«

»Es war Dan Hewitt«, sagte Lennon.

Uprichard stand auf. »Das habe ich nicht gehört.«

»Es war Hewitt. Er hat für Strazdas gearbeitet. Er hat Connolly dazu angestiftet.«

»Beweise, Jack«, sagte Uprichard und drohte Lennon mit dem Zeigefinger. »Beweise. Solange Sie davon nicht einen Sack voll haben, wagen Sie es lieber nicht, den Namen eines unbescholtenen Beamten in den Dreck zu ziehen.«

»Er war es«, beharrte Lennon. »Ich erwische ihn schon noch. Ich werde ihn erledigen.«

»Schluss jetzt.« Uprichards Gesicht wurde rot. »Schluss damit. So was höre ich mir nicht an.«

Mit gesenktem Kopf machte er sich auf den Weg zur Tür. Unterwegs blieb er noch einmal stehen und zuckte unwillig die Achseln. Schließlich gönnte er Lennon noch einen Blick über die Schulter.

»Fast hätte ich es vergessen«, sagte er. »Ich habe da was für Sie.«

Ohne Lennon anzusehen, kehrte Uprichard zum Bett zurück. Er ließ einen Umschlag auf das Laken fallen. Lennon nahm ihn, drehte und wendete ihn in den Fingern. Er war adressiert an »Polizeimann Jack Lennon, Revier Ladas Drive, Belfast, Nordirland«. Abgestempelt war er in »Kyyiv«.

»Ich habe es nachgeschlagen«, sagte Uprichard. »Das heißt Kiew. Er ist heute Morgen gekommen. Ich dachte mir, Sie wollten ihn vielleicht sehen.«

»Ja«, sagte Lennon. »Danke.«

Uprichard scharrte mit den Füßen. »Na ja, ich muss dann jetzt gehen. Gute Besserung, Jack. Wenn Sie aus dieser Grube herauskommen wollen, die Sie sich selbst gegraben haben, müssen Sie so fit wie möglich sein.«

Als er wieder allein war, betrachtete Lennon den Umschlag und studierte die säuberliche mädchenhafte Schrift. Erst wollte er ihn aufmachen, merkte dann aber, dass seine Lider zu schwer waren und die Augen zu trocken. Er schaute auf die Uhr auf der anderen Seite.

Wie auf ein Stichwort kam eine Schwester herein, um eine Dosis Schmerzmittel in den Tropf zu füllen, dessen Kanüle in seiner Hand steckte.

»Was haben Sie denn da?«, fragte sie.

»Einen Brief von einer Freundin«, sagte er.

»Wollen Sie den noch lesen, bevor ich Sie vollpumpe und Sie winke-winke machen?«

Er legte den Brief auf den Nachttisch.

»Später«, sagte er.

EPILOG

Lieber Jack Lennon,

ich schreibe diesen Brief aus einer kleinen Stadt südlich meines alten Heimatdorfes Andriivka, nicht weit von Sumy. Den Namen schreibe ich lieber nicht. Diese Stadt ist jetzt mein Zuhause und das von meinem Bruder Maksim.

Ich hoffe, dass Sie noch leben. Ich bete zu Gott, dass Sie noch leben. Ich glaube es nicht, aber ich schreibe den Brief trotzdem.

Es hat fünf Tage gedauert, nach Hause zu kommen. Der Zug fährt von Krakau nach Warschau. Er fährt von Warschau nach Kyyiv, und dann fährt ein anderer Zug nach Sumy. Ich habe Träume von dem Mann, der mich in dieses Haus gebracht hat. Ich glaube, ich werde immer Träume von ihm haben, aber irgendwann nicht mehr so schlimm.

Als ich nach Hause komme, ist Maksim froh. Er hat gehabt Angst um mich, aber jetzt nicht mehr. Ich erzähle ihm nicht, was passiert ist in Belfast. Ich erzähle ihm, ich konnte keine Arbeit finden. Ich erzähle ihm, ich habe Autounfall gehabt.

Ich sage dem Mann, der Geld geliehen hat, er kann Mamas Hof haben. Wir fahren mit Bus weg und kommen in diese Stadt. Jetzt ich habe Arbeit in einem Café. Ich verdiene nur wenig Geld, aber ich kann das Zimmer bezahlen für uns zwei. Bald Maksim hat auch Arbeit, und er wird in eine Schule gehen und Englisch lernen so wie ich.

Wir sind in Sicherheit. In Sicherheit.

Manches Mal, wenn ich schlafe, träume ich von Ihnen und Susan. Ich hoffe, dass Sie leben, damit Sie können Susan glücklich machen und Susan kann Sie glücklich machen. Seien Sie nett zu Susan und Ihre kleine Mädchen. Sie werden glücklich sein.

Danke.

Galya Petrowa

DANKSAGUNG

Vielen Dank an alle, die bei der Entstehung dieses Buches mitgeholfen haben.

Wie immer gilt meine tiefe Dankbarkeit Nat Sobel, Judith Weber und allen bei Nat Sobel Associates für ihre Unterstützung, Beratung und Freundschaft. Ohne Euch könnte ich mich in diesen Gewässern nicht zurechtfinden.

Dank an Caspian Dennis und alle in der Agentur Abner Stein für alles, was sie für mich getan haben.

An Geoff Mulligan, Briony Everoad, Alison Hennessy, Kate Bland, Ruth Warburton, Vicky Watson und alle anderen von Harvill Secker und Vintage Books für ihre freundliche Unterstützung.

An Bronwen Hruska, Julien Grames, Justin Harbett, Ailen Lujo und alle anderen von Soho Press dafür, dass sie mich so gut behandeln und mir zeigen, was ein leidenschaftlicher Verleger alles erreichen kann.

An Betsy Dornbusch dafür, dass sie immer noch meine Freundin ist, auch wenn ich manchmal nicht zum Ausdruck bringe, wie wichtig mir das ist, und an Carlin, Alex und Gracie, die mir halfen, San Francisco zu entdecken.

An James Benn, Henry Chang und Jassy Mackenzie, meine Kumpels auf der Lesereise, die dafür sorgten, dass es unterwegs nicht ganz so einsam war.

An David Torrans und alle anderen bei No Alibis dafür, dass sie immer und immer weitermachen.

An all die unabhängigen Buchhandlungen überall in Amerika, die mich in gedruckter Form und auch persönlich willkommen hießen.

An die lesende und schreibende Online-Gemeinde, die immer noch die Fahne hochhält.

An Hilary Knight für ihre Freundschaft und harte Arbeit.

An Sidney McKnight, der mir das Geheimnis des Buttermilch-Shandys anvertraut hat. Trotzdem nein, den probiere ich nicht.

An meine Mutter und den restlichen Klan für so ziemlich alles.

An Jim, Sally und die Familie Atkinson, die mich ihre Tochter stehlen ließen.

An meine wunderbare Frau Jo, die mich glücklicher gemacht hat, als ich es je verdient habe.

Und danke schließlich für das Buch *Selling Olga* von Louisa Waugh (Phoenix), das mir bei den Recherchen für dieses Buch eine enorme Hilfe war.